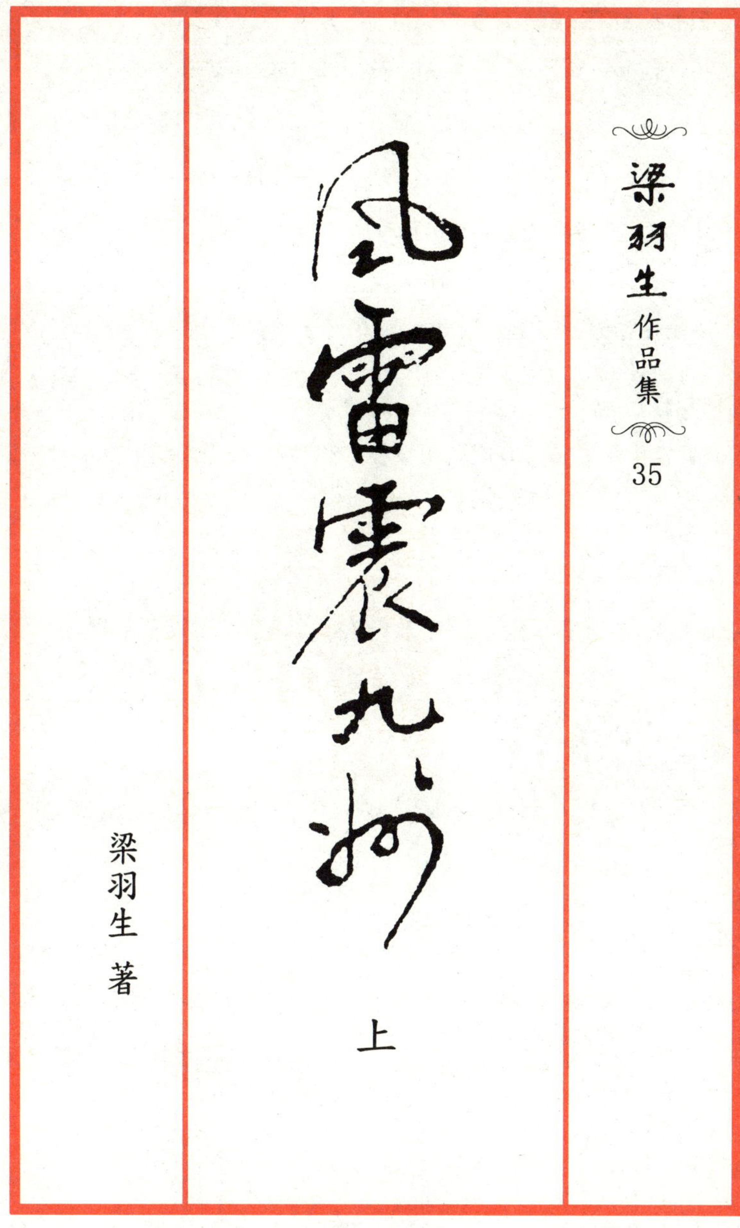

梁羽生作品集

35

风雷震九州

上

梁羽生 著

中山大学出版社
·广州·

图书在版编目（CIP）数据

风雷震九州/梁羽生著. --广州：中山大学出版社，2012. 9
（梁羽生作品集）
ISBN 978-7-306-04318-4

Ⅰ. ①风… Ⅱ. ①梁… Ⅲ. ①侠义小说－中国－当代 Ⅳ. ①I247.5

中国版本图书馆CIP数据核字（2012）第221119号

封面题字：黄苗子 书名篆刻：张贻来

风雷震九州

出 版 人 祁 军
策 划 欧阳群
责任编辑 何 娴 熊锡源
封面设计 林卓萍 德斯裴设计
内文插画 罗远潜
文字编辑 林卓萍 曾紫凤
出 版 社 中山大学出版社
（地址：广州市新港西路135号 邮政编码：510275）
电 话 编辑部020-84111996 传真020-84036565
网 址 http://www.zsup.com.cn E-mail:zdcbs@mail.sysu.edu.cn
代理发行 广州市朗声图书有限公司（电话：020-34297719）
印 刷 湛江南华印务有限公司
规 格 880mm×1230mm 1/32 30印张 852千字 插图35幅
版次印次 2012年9月第1版 2013年12月第2次印刷
总 定 价 69.00元（全三册）

目　录

第一回　四海翻腾云水怒 百年淬历电光开

九州生气恃风雷，万马齐喑究可哀。
我劝天公重抖擞，不拘一格降人才。

泰山之巅，惊雷勃发，暴雨骤降，狂风卷石石纷落，黑云压山山欲摧，东方天际刚刚出现的一点曙光也被黑云遮掩了。但在这倾盆大雨之中，却有一个虬须如戟的粗豪汉子，披襟当风，迎雷狂吟，雷声虽响，却也掩不了他的声音。

雷声轰鸣，电光疾闪，厚厚的云层，便似给炸开似的，一道电光，划过长空，宛如横亘天际的金蛇，突然咬穿云幕，钻了出来，照明大地！电光闪处，忽见有个人影向这虬须汉子走来，朗声赞道："好诗好诗！萧大哥，你也好豪兴啊！"电光一闪即灭，但已照见了这人的形容，是一个清秀的少年，文士打扮，和那个粗豪汉子，恰好成为对比。

虬须汉子大笑道："叶兄弟，你也来了。我只道除我之外，再也没第二个人有我这股傻劲了呢！哈哈，东海浴日的奇景看不到，咱们却先变成落汤鸡了。"那少年笑道："晴光潋滟，固饶佳趣，风雨晦冥，也未始不佳。泰山绝顶赏雷雨，那也是人生难得一见的奇景呢。"

原来这虬须大汉名叫萧志远，是武当派的俗家弟子，胸怀壮志，游学四方，以武会友。这少年书生名叫叶凌风，是他新相识的朋友。虽是新知，但因志趣相投，早已是情如兄弟。他们结伴同游，来泰山，观日出，不料恰巧就在黎明到来之前，碰上了一场大雷雨。

两人在古松之下，风雨之中，握手大笑。叶凌风道："萧大哥，原来你不但武功出色，还作得如此好诗！"萧志远大笑道："我连平仄都还不晓，哪会做诗？这是江南才子龚定盦的佳句。"叶凌风道："就是那有狂生之称的杭州秀才龚定盦么？"

萧志远道："不错，就是此人。日前我过镇江，正碰上镇江玉皇祠祭祀风神雷神的大典，那龚定盦也恰巧来看热闹，道士求他写了这首诗，焚化给风神雷神作为祷告的。诗虽焚化，但已是万口争传了。小弟不懂做诗。但这首诗足以消我胸中块垒，适逢雷雨，我就不觉对景狂吟了。"

雷雨来得快去得也快，说话之间，已是雨过天晴。金霞隐现，银光闪动，从泰山之巅，眺望东海，东海正捧起一轮红日，霞光灿烂，霄漠顿清。萧志远拍手笑道："妙呀，雷雨之后，景色更为壮丽了！"叶凌风却忽地叹了口气。

萧志远道："贤弟因何叹气？"叶凌风道："正是因听了此诗，有感而发。想吾中原沦于夷狄，迄今已百有余年，多少志士仁人，曾洒热血，掷头颅，要把满洲鞑子逐出关外，还我河山。但如今经过了顺治、康熙、雍正、乾隆四朝，满清的根基已固，鞑子对付汉人的手段也是越来越阴狠了，镇压与笼络兼施，钢刀与纱帽并用，不知多少豪杰入其彀中，民气消沉，人心麻痹，小民百姓，敢怒而不敢言，这不正是'万马齐喑究可哀'的局面？能不令人浩叹！"

萧志远道："这却未必尽然，九州生气恃风雷，你看在刚才那场大雷雨之前，岂不也是万木无声，尘埃不起，但一场雷雨之后，不就是污秽消除，生机勃发，百卉争荣？"

叶凌风道："话虽如此，但却不知何时始有这一场雷雨，洗涤膻腥，震荡九州？再说到人才方面，咱们同是武林中人，就拿武林的人物来说吧，百年之前，有凌未风大侠的纵横塞外，震撼清廷；五十年前有吕四娘女侠的夜入深宫，宝剑屠龙；即二十年前也还有金世遗大侠，行踪所至，群丑慑伏，邙山一战，令得清宫侍卫不敢再行走江湖。如今这些前辈英雄，死的死了，老的老了，剑气没埋，雄风消歇，言念及此，又能不黯然？小弟游学四方，寻师访友，除了与大哥意气相投之外，也还未碰过真正能令我心折的豪杰。”

萧志远道：“前辈英雄虽然或死或老，但也不见得从此便后继无人？贤弟不用慨叹。”叶凌风道：“可惜小弟初出江湖，交游狭窄，世上纵有英雄，小弟也未曾相识。大哥，你是名门之后，正派高徒，交游比小弟广阔得多，大哥你既如此说法，想必在你心目之中，定有堪为咱们师友的英雄人物了？”

萧志远略一沉吟，终于慨然说道：“愚兄也谈不上交游广阔四字，但实不相瞒，我此行却是想去拜谒一位大侠的。这位大侠近年来虽然收敛锋芒，没有什么轰轰烈烈的事迹，但也算得是当世一位英雄！”叶凌风道：“是谁？”萧志远道：“就是你刚才提及的金世遗大侠的衣钵传人，邙山掌门谷中莲的丈夫江海天。”叶凌风道：“大哥是与他相识的吗？”萧志远道：“我与江家，稍稍有点世谊。论起辈分，他是我的世兄，却未曾见过。家父本来早就叫我去拜谒他了，但他一直不在家中，最近才听说他从塞外回来。”

原来萧志远的祖父乃是青城派名宿萧青峰，萧青峰可说是江海天之父江南的第一个师父（事详《冰川天女传》），所以算起来，萧志远和江海天是平辈。但萧志远随即说道：“这位江大侠现在大约已是四十左右的中年人了，他年少成名，我可不敢与他妄扳平辈。”

叶凌风道：“江大侠家居何处？”萧志远道：“就在本省东平县内的杨家庄，自泰山东去，不过三百里路程。”原来江海天的外祖母乃是当年北五省武林领袖铁掌神弹杨仲英的女儿，外祖父邹锡九入赘杨家，兼祧两姓，可惜膝下无儿，独生一女，嫁给江海天之父江南。江南是个书童出身，无家可归之人，所以一直就在杨家这间老屋居住，那个庄子也仍然叫做杨家庄。

江海天的妻子谷中莲是邙山派掌门，但因她是已婚女子，依她前两辈掌门曹锦儿之例，每年春秋二祭，才上邙山，听取各支派的大弟子禀报半年内的大事，其余时间，则住在夫家。至于玄女观的日常事务，则由谷中莲交给她的师伯辣手仙姑谢云真料理。

萧志远约略谈了一些江海天的家事，叶凌风听了，忽道：“小弟有个不情之请，不知大哥可肯应承?”萧志远道：“你我弟兄，还用得着什么客气，但说无妨。”叶凌风道：“江大侠的名头我也是久仰的了，只恨无缘得识当代英雄，我兄既与他有世谊，小弟也想随同拜谒，不知吾兄可肯引见?”

他这个请求早在萧志远意料之中，当下也就慨然答允，说道：“我虽然未见过江大侠，但也知他是个喜欢提携后进之人，贤弟胸怀壮志，和他又正是同道中人，想必他也会喜欢见你的，但去无妨。”

叶凌风大为欢喜，说道：“朝阳初出，正好赶路，那么咱们就下山吧。”他们是在泰山最高处玉皇顶看日出，正要下山，忽听得一声长啸，宛若龙吟，萧志远吃了一惊，心道：“此人是谁?功力如此深厚!”心念未已，只听得东南西北，也接连发出了四声长啸，或似猿啼，或如虎吼，或似鸣金击鼓，或如刀枪铿鸣。萧志远练的是青城派正宗内功，也觉得耳鼓嗡嗡作响，颇为难受。从这五个人的啸声听来，竟似是功力悉敌，各具神通，难分轩轾。

那四声长啸过后，只听得有个人朗声说道：“诸位果是信人，全都来了。林某在玉皇顶恭候大驾光临。”人影未见，声音已似就在耳边。

萧志远是个江湖上的大行家，吃了一惊，连忙说道：“看来似是有人在此寻仇约斗，这类事情，局外人知道了，可是大大犯忌之事！但咱们要走也来不及了，快快躲起来吧。”两人刚在一块大石背后躲好，只见已有两个人来到了他们刚才所站立之处，一个披着斗篷，遮过了面部，相貌看不清楚。从背影看来，大约是个中年汉子，另一个却是个十一二岁的小孩子!

那孩子道：“爹爹，你答应我给你帮手。我已学会了九宫步法，那套五虎断门刀，我也已练得十分纯熟了。”那大汉叹了口气，说道：“孩子，你当这是好玩的吗?这次来的敌人个个都十分厉害。待会儿他们全都上来之后，我与他们一交上手，你就立即溜走。东平县杨家庄有位大英雄名叫江海天，咱们与他非亲非故，但我相信他会照顾你，你可以去投靠他。”

萧志远心道：“人的名儿，树的影儿，这话当真不错。此人与江大侠素不相识，对他却是如此信赖。他要孩子去投靠江大侠，他本人大约也不是坏人了。”但萧志远却仍是大有疑惑之处，这人既是自忖不敌，教孩子独自逃生，却又因何带他前来赴约？不过他要孩子等待敌人全都上来之后再溜，这却易解，因为四方都有敌人，若然现在就溜，不论逃向何方，都会碰上敌人的。但敌人全都上来之后，一个孩子是否就能轻易溜走，这希望只怕也是极之渺茫了。

萧志远正在琢磨那人的身份，一面也在替那孩子担心，心念未已，只听得那孩子已然说道：“爹爹，我决不逃！爹爹，你是英雄，我也要做好汉！”

那汉子面色一沉，孩子知道父亲不肯答应，抢着说道：“爹爹，我不会怪你的，我一直也没有怪你！你别以为我什么都不懂，我是懂得你为什么要这样做的！爸爸，你是死是生，我都陪你，咱们也未必打不过敌人。”萧志远可是大为奇怪，这孩子所说的话令他如坠五里雾中，对父亲还有什么“怪”“不怪”的？不过，他虽然不懂话中含义，但这孩子却分明是个十分懂事的孩子。

那大汉似是怔了一怔，忽地哈哈笑道：“好，好，好一个父是英雄儿好汉！也罢，也正是覆巢之下无完卵，我就答应了吧。但愿你死去的妈能原谅我。嘘，噤声！敌人来了！”

只见四个敌人，几乎是同时到达。东面来的是个和尚，西边来的是个道士，南面来的是个黑衣武士，北面来的则是个面肉横生，相貌凶恶的大汉。这四个人中，萧志远只认得那个凶汉是江湖上著名的剧盗彭洪。

这四个人来到了玉皇顶，仍然是分向四方站定，将那两父子围在当中。和尚与道士同声说道：“林舵主真好胆量，你既同时约了我们四人，也请恕我们不能依照江湖规矩了。我们今日奉命而为，不得已而来杀你，你死了之后，我们必定好好给你念往生咒！”

那汉子哈哈一笑，说道：“倘若真有天堂地狱，我死了定上天堂，你们二人口念弥陀，身为鹰犬，那却是必坠地狱无疑的了。这往生咒留给你们自己受用吧！”那武士嘿嘿冷笑道：“这么说，你是死也不肯投降的了！你就不怜惜你这个孩子吗？”

那孩子把眼睛瞪得圆鼓鼓的，斥道："狗强盗，你上来吧！我死在你的手里，也决不讨饶，谁要你的怜惜！"那武士大笑道："这小贼种骨头倒是很硬。好，那就成全了你们父子二人吧。斩草除根！"

"斩草除根"这命令一下，那和尚抡起禅杖，道士拔出佩剑，迅即布成犄角之势，占好了有利的方位，向那披着斗篷的汉子进迫。那大盗彭洪却仍然站在原地不动，忽地叫道："且慢！"和尚、道士愕然止步，说道："彭大哥，还不动手，更待何时？"

彭洪这才踏上两步，蓦地喝道："你是何人？"那武士大吃一惊，叫道："什么，这人，难道不、不是林清吗？"话犹未了，那汉子蓦地把斗篷卸下，哈哈笑道："你们这才知道了吗？林舵主你们是追不上的了，还是让我姓李的陪你们练几招吧！"

这一下奇峰突起，不但彭洪这边的四个人大大吃惊，藏在大石背后的萧志远也是吃惊不小。原来江湖上有个秘密的反清组织，名叫"天理会"，林清就是在会中坐第二把交椅的头领。萧志远虽然不识其人，但却是早已闻名，对他颇为景仰的。心中想道："看这情形，这几个人乃是清廷的鹰爪。林清被他们追缉，难道天理会的总舵已被破获了？这汉子义气干云，当真是令人钦佩！"

和尚、道士大吃一惊，同声叫道："是李文成！"李文成纵声笑道："不错，这很出你们意外吧。我也想不到你们两位，千佛寺的高僧黑木大师，万妙观的主持白涛道长竟然都成了清廷鹰犬！"

萧志远不识李文成是什么人，但黑木大师和白涛道人这两个名字他却是听过的，可都是武林中响当当的角色，他们对李文成尚自如此吃惊，可知这李文成也一定是来头不小的了！

彭洪早已听出是李文成的声音，倒不怎样吃惊，还在劝道："李大哥，你替人代死，这是何苦？"话犹未了，李文成已是猛地一声大喝，刀光出鞘，向他劈了过来，厉声骂道："彭洪，你毁了绿林义气，甘作鞑子奴才，生不如死，还有何面目见我？"口中说话，手底丝毫不缓，一招"力劈华山"，刀光疾闪，已是朝着彭洪的天灵盖劈到！

这彭洪是北五省的著名剧盗，武功委实不弱，就在这刀光一闪

李文成把斗篷卸下，哈哈笑道：“林舵主你们是追不上了，还是让我姓李的陪你们练几招罢！”

之间，他的一对判官笔也已掣了出来，左手笔一招“横架金梁”，和李文成的鬼头刀碰个正着，火花飞溅中，彭洪的右手笔已是一招“卧观北斗”，铁笔横施，一招之间，连袭李文成的七处要害穴道。哪知李文成的刀法比他更快，鬼头刀被对方的左手笔一碰，趁势反弹，已是转到彭洪右侧，恰巧又把他的右手笔荡开，闪电般的就是一刀斩下。

彭洪的右手笔余势未衰，倘若跨上一步，笔尖仍是够得上点中李文成腰部的愈气穴，但李文成那一刀斩下，却势必将他一条臂膊切下，彭洪是个杀人不眨眼的剧盗，但在这生死关头，却还当真不敢和李文成拼命，只听得“当”的一声，彭洪硬生生的一个“大弯腰，斜插柳”，把前进之势改为后退，双笔齐挥，硬接了李文成一刀，蹬，蹬，蹬地连退数步，险险跌倒！

李文成没有去追，身形一起，斜掠而出，刀光闪处，又已和侧面袭来的白涛道人交上了手。

白涛道人是苏州万妙观万妙真人的嫡传弟子，剑法奇诡莫测，端的奥妙无穷，一招“举火燎天”，上刺李文成小腹，李文成尚未脚踏实地，陡地便是一个“鹞子翻身”，双足“十字摆莲”，交叉踢出，白涛道人身移步换，剑锋中途一转，避招还招，反削李文成膝盖，李文成喝声：“来得好！”脚尖着地，一个盘旋，闪过剑锋，一口气就斫了六六三十六刀，但听得叮叮当当之声，宛如繁弦急管，快得难以形容，刀光剑影之中，白涛道人蓦地“啊呀”一声，倒纵出一丈开外，原来他头上所挽的髻，已给李文成一刀削去，头发蓬飞，要不是闪避得快，脑袋怕不给削去半边？

李文成的三十六刀快刀刚好使出最后一刀，那和尚这才赶到，李文成喝道：“好，再领教你黑木大师的疯魔杖法！”黑木大师外家功夫登峰造极，力大无穷，禅杖使开，泼水不进，李文成改用游身八卦刀法，瞬息之间和他对攻了二三十招，各自占不到便宜。那个小孩突然地来到了和尚背后，抽刀便刺他的右腿。

那黑衣武士笑道：“这小鬼倒是胆量惊人！看在你这份胆量，我倒有意饶你性命了。”他人未赶到，长鞭已经抖开，向那小孩子霍地卷来，意欲将他活捉。

李文成叫道："夏儿，小心了！"话犹未了，黑木大师已是一个蹬脚向后踢出，他眼观四方，耳听八方，焉能给一个小孩子偷袭得手？

黑木大师头也不回，一个蹬脚向后踢出，恰好对准了这孩子的前心，变成了凶狠绝伦的"兜心腿"，这孩子不过十一二岁光景，骨骼都还未长得坚实，若是给这"兜心腿"踢中，焉能还有命在？

这刹那间，躲在大石背后偷看的萧志远吓得几乎叫出声来，正要出去，身形未动，场中的形势已是忽地一变。那孩子机灵之极，就在这性命俄顷之间，突然身躯一矮，竟从那黑木大师的胯下钻了过去！黑木大师武功虽是高超之极，但却从来没有和小孩子打过架，这一种小孩子"钻狗洞"的顽皮打法，对他来说，却变成了一招意想不到的怪招。

这孩子不但只是从他胯下钻过，还顺手给了他一刀。这一刀正刺中黑木大师的脚踝接臼之处，孩子虽是年纪小，气力弱，刀锋划过，也挑开了一条软筋，痛得黑木大师哇然大呼，不由自己的身躯倾侧，向后倒跃。

那武士的长鞭正好卷到，他本来是算准了距离，要活捉这孩子的。哪知变出意外，黑木大师往后一退，鞭梢正好卷着了他的痛脚，黑木大师一个踉跄，骂道："你不长眼睛吗？是我！"

那武士满面通红，抖开长鞭，呼的一鞭，又朝着那孩子打去，这一鞭他已是绝不留情，鞭风呼响，鞭梢竟是向着孩子的颈项卷去，是金龙鞭法中一招追魂夺命的"锁喉鞭"！

黑木大师更是怒不可遏，他一腿受伤，纵跃不便，蓦地把禅杖当作撑竿，在地上一顿，登时便似巨鸟腾空，饥鹰扑兔，禅杖击下，竟然也是对准了那孩子的天灵盖。

李文成大怒喝道："好狠的强盗，这样对付孩子，你们还是人吗？"疾的一掌拍出，用的一股巧劲，把孩子推开，恰好避过了那一鞭一杖。

黑木大师一杖击下，孩子已经避开，李文成便替代孩子成了他的目标，这一杖凌空下击，加上了俯冲的力道，实是威不可当，李文成横刀一扬，刀杖相交，"当"的一声，李文成借着那股猛劲，身躯也是倏地弹起，刀光如练，已是朝着那黑衣武士杀到。

黑衣武士长鞭翻飞，使出了“回风扫柳”的连环鞭法，刷、刷、刷三鞭打出，李文成腾挪闪展，衣袂飘飘，黑衣武士的长鞭施展开来，周围三丈之内，都是一片鞭影，却连李文成的衣角都未沾着，但李文成的快刀却也近不了他的身子。这武士原来是清廷的大内高手，一身本领，决不在白涛、黑木、彭洪诸人之下。

李文成蓦地刀中夹掌，一托鞭梢，一招“顺水推舟”，刀锋贴着长鞭便削过去。这一招用得险狠之极，登时把那武士“回风扫柳”的连环鞭法破了。但那武士也极为了得，虽遇险招，丝毫不乱，倏地将长鞭一缩，抖起了一个圈圈，攻守兼施，布下圈套，只待李文成的宝刀劈到跟前，他长鞭收紧，便要反夺李文成的兵刃。

李文成却不再与他缠斗，他用意只在破那武士的鞭法，好脱出身来，当下刀锋一转，倏地便如燕子掠波，斜飞出去，又截住了彭洪。原来彭洪正在追赶他的儿子。

彭洪叫道：“擒贼先擒王，先对付这老的要紧。”白涛道人道：“不错，我再来领教李舵主的快刀刀法。”这白涛道人本是正派中人，虽受清廷收买，多少还有点羞耻之心，不愿去和一个小孩子为难，同时，他因为刚才输了一招，心中还不服气，定要再用本门剑法把李文成打败，才肯罢休。他只要挽回面子，虽然是以众凌寡，那也顾不得了。

那黑木大师却因为被这孩子刺了一刀，这还是他有生以来第一次吃人的亏，怒火难消，兀是向那孩子追逐。但他一足受伤，一跷一拐的，却哪里追得上这机灵的孩子？

那黑衣武士笑道：“黑木大师，何必与一个小孩子计较？你去对付正点儿吧！”黑木大师心道：“叫人斩草除根的是你，如今故作大方的又是你，哼，还不是因为我刚才无心之失，骂了你那么一句，你就暗中和我较起劲来，总要编派我的不是了。”

但一来因为这黑衣武士乃是他们的首领；二来他也实在追不上这个孩子，正好借此下台；三来他被黑衣武士这一句话提醒，也想起了自己的身份。故而心中虽是对这武士很不服气，还是依从了他的命令，转过身来，助彭洪、白涛，围攻李文成。李文成被彭洪的一对判官笔和白涛道人的一口长剑紧紧缠住，脱身不得，虽有上乘轻功，已是难施。黑木大师虽是纵跃不灵，李文成轻功使不出来，也占不到他的便宜了。

这一场恶战，看得萧志远惊心动魄，场中任何一个人的武功都要胜过他许多，他有心出去，却又怕帮不了李文成什么忙，心里想道："幸好现在他们已放松了这个孩子了。我不如把这孩子救了，赶快逃跑，好坏保全他李家一脉。但这孩子强项得很，却不知肯不肯听我的话？"心念未已，只见那黑衣武士已抖开长鞭，截住了这孩子的去路。

李文成叫道："夏儿，快跑！"但已经来不及了，那武士长鞭翻飞，宛如怪蟒盘空，毒蛇匝地，一团鞭影，已是将这孩子的身形罩住，这孩子东窜西避，身法灵活之极，但仍是摆脱不开，只听得刷刷几声鞭响，这孩子的衣裳已是化作片片蝴蝶，眼看就要在长鞭抽击之下，体无完肤！

李文成急怒交加，猛地喝道："无耻恶贼，我与你们拼了！"急怒之下，气力陡增，神威凛凛，指东打西，指南打北，每一刀都是拼命的招数，刀光闪处，"咔嚓"一声，那和尚跳跃不灵，先着了一刀，自左肩斜削而下，一条手臂，被剖作了两边。但就在这同一时间，白涛道人一招"白虹贯日"，自侧面袭来，李文成来不及回刀招架，肩上也着了一刀，血流如注。

如此残酷的恶战，不但交战双方紧张，躲在大石后面偷看的萧叶二人，也是手心捏着冷汗。两人紧紧相靠，萧志远只觉叶凌风的身躯微微发抖，心道："叶兄弟初走江湖，几曾见过如此阵仗，难怪他害怕了。"

萧志远心里也是害怕的，但眼见李文成父子身处险境，一股义侠之气，却不禁勃然升起，叶凌风一看他的神色，已知他的心意，悄声说道："大哥，你，你要出去？"萧志远道："不错，你我兄弟一场，拜托你给我捎个信儿，告诉江大哥今日之事，告诉他白涛、黑木二人已是朝廷的鹰犬了。"原来萧志远明知一走出去，即是九死一生，故而以后事相托，这也是照顾他的把弟，免得他陪着自己送命的一番心意。

就在这时，只听得“呼”的一声，那黑衣武士一卷一收，长鞭在那孩子身上绕了一匝，将那孩子提了起来，作了一个旋风急舞，哈哈笑道：“李文成，你还要不要你的儿子？”原来他见李文成拼命厮杀，自己这边四人联手而攻，虽然可以稳操胜券，将他置于死地，但只怕也难免有所伤损，何况黑木大师已先着了一刀了。故而还是采用原来的计划，捉他的儿子，胁他投降。

那武士笑声未毕，萧志远蓦地大喝一声，猛地就从大石后面扑了出来。他明知那些人武功远胜于他，但此时此际，他已根本把生死置之脑后了。

萧志远把生死置之度外，想也没想就跑出去了。这刹那间，叶凌风却转了好几个念头，先是想道：“我今年不过二十岁，正有机会可以拜在名师门下，练成绝世武功，前途似锦！为一个不相识的人送命，值不值得？”心念未已，萧志远早已跑了出去，叶凌风陡地脸上发烧，随即想道：“萧大哥可以舍己为人，我怎可以贪生怕死，让他一人送命？罢了！罢了！大丈夫死则死耳，焉能负了‘侠义’二字！我今番若不出去，即使以后武功盖世，那也难免抱愧终生！”如此一想，心意立决，跟着也跑了出去。

那黑衣武士突然见大石后面跑出两个人来，只道是李文成预先伏下的党羽，吃了一惊，说时迟，那时快，萧志远已飞身扑到，把手一扬，一道寒光向那黑衣武士飞去。他发出的是一柄可以断金切玉的匕首。

黑衣武士狞笑道：“好呀，教你打吧！”他的长鞭已卷上了那个孩子，正在作着旋风急舞，当下长鞭一抖，要把那孩子当作抵挡暗器的盾牌，不料萧志远发暗器的手法精妙绝伦，那黑衣武士的长鞭又因为卷住一个孩子，十一二岁的孩子身体虽然不重，也有五六十斤，坠着鞭梢，也是沉甸甸的，饶那武士本领高强，鞭上坠了重物，舞动起来，总是不够灵活，只听得一片断金戛玉之声，那黑衣武士本来要用孩子来抵挡暗器，却不料萧志远这柄飞刀恰好在缠着孩子腰部的那一段鞭梢斜削过去，只是分毫之差，连那孩子的皮肉也没有触着，就把那一段鞭梢切断了。这也是因鞭梢较幼，易于切断的缘故。要是削着长鞭的中部，他的匕首虽能断金切玉，但在那武士沉雄的内力反击之下，就未必能一举断之了。

那段鞭梢一断，孩子的身躯疾飞出去，跟着就要摔到一块大石头上，这一摔下，怕不要脑浆迸裂？李文成失声惊呼，疾冲出去，这时正是他刚刚削去了黑木大师的半条手臂，打开了一个缺口的时候。但距离尚远，哪来得及？

眼看那孩子已是如流星飞坠，就要碰上那块凸出来的岩石了，斜刺里忽地抢出一人，却原来是叶凌风在石后跃出，刚好迎上。叶凌风双手一张，将那孩子接了下来，蹬、蹬、蹬连退三步，“蓬”的一声，背脊撞上一棵大树，这才煞得住身形，只觉双臂酸麻，浑身的骨头都似要裂开似的，那黑衣武士内力的强劲可想而知。

叶凌风本是仗着一股气跑出去的，受了这么一撞，一股气登时泄了，心想：“我救了这个孩子，也总算是尽了我的力了。”

叶凌风把孩子放了下来，连忙叫道：“萧大哥，你保护这孩子下山去吧！”他不好意思自己逃跑，却借着保护孩子这个题目，叫萧志远和这孩子逃跑，听来不是为本身打算——似乎他只要别人逃跑，自己还要留下来似的——其实正是为本身打算。

试想萧志远若然接受他的提议，护这孩子下山，又焉能让他一人留下，当然是叫他同走的了。叶凌风的想法是：敌人太强，与其一齐白送性命，不如给李家留下一株根苗，敌人的主要目标是李文成，他和萧志远护这孩子下山，敌人想不至于分兵追赶。能够为一位英雄保全后裔，那也无负于侠义两字了。

这想法是有自私的成分，但也不能说它完全不对。不料这孩子却倔强之极，他一落到地上，立即便向叶凌风一个鞠躬，亢声说道：“多谢恩公，我不跑！我爹爹不跑我也决不逃跑！”话声未了，又舞着短刀，向他爹爹那边跑过去了。李文成这时正自飞步跑来，白涛道人与彭洪二人，如影随形地跟踪追击。李文成身上已受了两处伤，虽然仍是身手矫捷，已不似刚才那么跑得快了。

萧志远这时正是陷于苦战之中，险象环生，稍一疏虞，就有血染尘埃之险，已是根本不能分神说话了。那黑衣武士的虬龙鞭一丈多长，削去了一段鞭梢，也还差不多长达一丈，他摔脱了那孩子之后，鞭法恢复了原来的灵活，勾、锁、卷，拉、击、扫、推、磨，

“神鞭八诀”使得精妙绝伦，猛袭过来，迅如暴风骤雨，萧志远全神应付尚自艰难，还焉能再把他的长鞭削断。

那武士的本领是胜过萧志远不止一筹，幸亏萧志远也有一样本门绝技，他青城派以剑术著名之外，还有“天罗步法”，也是武林一绝。

青城剑法与峨嵋、武当、邙山三派齐名，武林人士，人所熟知，但“天罗步法”则是碰到强敌时，才用来保全性命的，这是青城派不传之秘，轻易也决不肯施展，江湖上见过这种神妙步法的人，那却是寥寥无几了。萧志远是青城派名宿萧青峰的长孙，“天罗步法”自是十分纯熟，他的剑法，那黑衣武士可以随手拆解；这天罗步法，黑衣武士却没有见过，一时之间，就不知如何破它了。

萧志远剑随身转，步似行云，瞻之在前，忽焉在后，瞻之在左，忽焉在右，那黑衣武士暴风骤雨般的鞭法，竟不能沾着他的衣角，萧志远还能够时不时出其不意地还击两招。但萧志远看似从容，其实也是步步凶险，必须着着小心，一点也不轻松！

叶凌风见这孩子小小年纪，如此刚烈，心中暗暗惭愧，重新鼓起勇气，飞步追上前去，叫道：“小兄弟，我助你一臂之力！李英雄，萧大哥，咱们并肩子杀下山吧！”

李文成被白涛、彭洪二人绊住，且战且走，还差十数丈之遥，未能与儿子会合，黑木大师突然抢过他的前头，蓦地将禅杖脱手掷出，喝道：“小贼种，洒家超渡了你吧！”

那孩子伏地一滚，禅杖贴着他的头顶飞过，叶凌风正在他的后面，眼看就要给禅杖撞个正着，那禅杖来得迅猛之极，要闪躲也已来不及了。

叶凌风心头一凉，正自暗叫：“我命休矣！”忽听得“当”的一声，只见李文成的身子似箭一般的射来，刚好及时赶上，一刀拍下，将那根碗口般粗大的禅杖打落了。

李文成身上本来已受了两处伤，虽然不是要害，但激战中没工夫敷上金创药，血流不止，气力已是大大减弱，这一冲一拍，差不多已是用尽他全部气力，禅杖虽然拍落，他也立足不稳，晃了一晃，就“卜通”地倒下去了。

吆喝声中，黑木、白涛、彭洪三人同时赶到，黑木被削去了半条臂膊，对李文成父子恨入骨髓，一见李文成倒地，方即扑上去便是猛地一掌！

黑木大师练的外家功夫造诣非凡，气力极大，虽然折了左臂，右臂单掌之力，仍是足以裂石开碑。李文成被他一掌击中背心，痛彻心肺，仗着内功深湛，一口真气护着心头，虽是双眼发黑，神智尚未迷糊。

剧痛之中，李文成蓦地想道：“我本来就不打算活着回去。却不能连累了这两位义士！”一咬牙根，也不知哪里来的一股气力，突然一个“鹞子翻身”，把黑木大师掀翻，压在他的下面，喝道：“出家人如此狠毒，我佛难容！”双手用力，叉着喉咙，“咔嚓”一声，把黑木大师的颈子硬生生拗折！

李文成拾起了鬼头刀，托地跳起，只见彭洪一对判官笔盘旋飞舞，正在把叶凌风迫得步步后退，险象环生。另一边，白涛道人，也正在追赶他的儿子！

彭洪一面加紧攻击，一面喝道：“叶廷宗，你这小子也敢来多管闲事，还不快快撤剑求饶？”叶凌风心头一凛：“他怎么知道我的真名？”但这时已是生死关头，他虽然不愿别人知道他的真名，这点小事，那也不足介怀了。倒是生死大事，迫得他不由得不心里想道：“是拼了一死做个好汉呢？还是腼颜求活，从此再也抬不起头来？”正是：

一失足成千古恨，舍生取义要思量。

欲如后事如何？请听下回分解。

第二回　为护良朋拼性命
相逢义士托遗孤

心念未已，忽听得萧志远一声怒吼，声如郁雷。原来他见叶凌风处境危险，想冲出来与叶凌风会合，却忘了自己的处境比叶凌风更险。那黑衣武士的本领还远在叶凌风的对手彭洪之上，一条虬龙鞭纵横挥舞，当真是矫若游龙，早已把萧志远的前后左右四方退路全都封闭了，萧志远全仗着纯熟的天罗步法才能勉强支持，心中一躁，想冲出去，天罗步法稍稍露出破绽，登时便给那黑衣武士抽了一鞭，衣裳碎裂，背脊现了一道深红的血痕，叶凌风在十数丈的距离之外，也可以见到了。

萧志远受伤之后，更加奋不顾身，高呼酣斗，剑光霍霍，每一招都是两败俱伤的拼命招数，他的武功虽然是远不及那黑衣武士，但他的青城剑法，本来就是最上乘的剑法之一，一经拼命，更是锐不可当，那黑衣武士也不能不有所顾忌，一轮激战，竟给萧志远冲出两步。

可是那黑衣武士用的虬龙鞭长达一丈，萧志远的青钢剑只有三尺，鞭长剑短，黑衣武士长鞭一挥，立即又拦在他的前头。萧志远且战且走，他与叶凌风之间，虽然只有十数丈的距离，但却似隔了一道鸿沟，要想会合，谈何容易？

但萧志远不必冲到叶凌风身边，叶凌风已是受了他的鼓舞。他见萧志远如此舍死忘生，要想前来救他性命，禁不住热血沸腾，心中想道：“萧大哥宁死不屈，我岂可给他丢脸？”害怕敌人的念头登时云散烟消，厉声喝道：“你这鞑子的奴才，我叶某是何等样人，岂能向你求饶?”

彭洪怔了一怔，似乎颇觉意外。原来他正是因为知道叶凌风是何等样人才向他招降的，心道:“难道是我认错人了，他不是那位叶知府的大少爷?”心中疑惑，正要向叶凌风喝问，叶凌风怯意一去，剑招竟是凌厉非常，也似萧志远一样，每一招都是豁了性命的招数。

彭洪心道:“一定是我认错人了。一个官宦人家的少爷，岂有不怕死之理?”原来他在十数年前，曾见过那位叶知府的小儿子，叶凌风是个二十来岁的少年，和他当年所见的那个十岁小儿当然差别甚大，不过脸部轮廓还依稀相似。彭洪不敢肯定，叶凌风又攻得很急，不容他仔细问话。彭洪心里想道:“管他是真少爷还是假少爷，他与朝廷的叛逆一路，我就可以将他杀了。”

彭洪的武功不及那黑衣武士，但叶凌风的武功也远远不及他的萧大哥，他纵然拼命，也总是打不过彭洪，彭洪杀机一起，双笔一招“敌阵纵横”，交叉插出，倏地就戳到了叶凌风胸前!

“嗤”的一声，彭洪的笔尖已挑破了叶凌风的衣裳，叶凌风心头冰冷，在这瞬间蓦地起了后悔的念头，“唉，想不到我竟是如此死了，死得当真不值!”

也就在这一瞬之间，蓦听得一声大喝，原来正是李文成赶来救他。李文成这时刚刚杀了黑木大师，在地上拾起了他的鬼头刀，他纵目一看，见他的儿子和叶凌风都正在生死关头，他不假思索，立即便向叶凌风这边冲来。

李文成虽然差不多耗尽全身气力，但这一喝仍是神威凛凛，俨如平地起了个焦雷。彭洪心头一震，笔尖点歪，没有点正叶凌风的穴道，只是在他胸膛“璇玑穴”的旁边，戳了三分深浅的一个伤口。

叶凌风痛得一声大叫，猛地向旁边一跳，跃出了一丈开外，抬头看时，只见李文成脚步踉跄，显是受了重伤，但他脚步虽然歪歪斜斜，来得仍是恍如暴风骤雨，只听得“当”的一声，李文成一刀劈下，已是与彭洪的判官笔碰个正着。

叶凌风又是吃惊，又是惭愧，心道:“他、他竟然不管他的儿子，先来救我！”他胸前的伤口鲜血还在沁出，但奇怪得很，忽然一点也不觉得痛了。他身形一稳，立即挥舞长剑，又杀上去。

李文成呼呼呼连劈三刀，这三刀是他凝聚了全身功力，与敌人作孤注一掷的，当真不是敌死，便是我亡！双方性命相搏，决无侥幸！

彭洪本是个杀人不眨眼的剧盗，但见李文成这一副凶神恶煞的样子，喝声如雷，刀光如电，心中也不禁有几分慌了。大喝声中，刀光闪过，彭洪蓦地一声惨叫，天灵盖被劈去了半边，兀自向前冲出几步，这才倒下。李文成刚好是最后一刀才杀了他，但叶凌风都还未曾赶到。

叶凌风几曾见过如此惨烈的战斗，吓得目瞪口呆，半晌，惊魂稍定，讷讷说道："李英雄，你，你——"李文成道："没什么，你快料理你自己的伤吧。"倏地一个转身，又向白涛道人奔去，喝道："你欺侮我的儿子，羞也不羞，来，来，来！有胆量的你再来与我决一死战！"

其实在对方四个人中，正是只有白涛一个稍有几分羞耻之心，他追赶李文成的儿子，倒并非有意取他性命，而是想把他活捉的。白涛道人受了一处刀伤，这孩子又机灵之极，东躲西闪，忽而在地上打滚，忽而跳上树梢，以白涛道人的本领，要杀这孩子不难，但要想在一时三刻之间，活捉这个小孩，在受伤之余，倒还当真不易。

白涛道人以玄门正派万妙观主持的身份，追逐一个黄口小儿，心里本已有几分惭愧，如今被李文成这么一喝，更是羞愧难当，禁不住面红过耳。

这时他们四人之中，黑木大师和彭洪都已先后给李文成杀了，白涛道人自己也受了伤，见李文成如此凶猛，也不觉暗暗胆寒，连忙说道："我这次是奉命而来，身不由己。并非和你李舵主有什么过不去的深仇大恨。好，如今你我也已见过真章了，你砍了我一刀，我也刺了你一剑，彼此扯了个直，算是各不吃亏，何必再性命相搏？我就交了你这个朋友吧，青山绿水，后会有期。少陪了！"插剑入鞘，抱拳一拱，行过了江湖礼节，便即匆匆奔跑下山。

白涛道人由于对敌怯惧，避战下山，这对李文成来说，却是天大的侥幸。白涛哪里知道，李文成所受的伤，比他不知要重了多少倍！而萧志远、叶凌风二人也受了伤，虽非要害，也是伤得不轻。倘若白涛道人不跑，与那黑衣武士联手，对付这三个受伤的大人和一个小孩，李文成这边人数虽多一倍，决计不是他们的对手，定要被他们尽数擒获无疑。

这时对方那四个人，已是两死一逃，只剩那黑衣武士，尚未受伤，还在与萧志远恶战。

萧志远被他接连抽了几鞭，身上伤痕累累，眼看就要不支倒地。叶凌风见只剩下一个强敌，胆气陡壮，草草裹了伤口，便跑上去助他。李文成想要过去，双脚已是不听使唤。

但这时那黑衣武士也早已慌了，一见叶凌风舞剑冲来，而李文成又正在双目圆睁，向他怒视。虽然李文成身躯尚未移动，但神态威猛之极，无须举手投足，已是含有雷霆不测之威！比叶凌风的舞剑狂呼，还更令人骇惧！这黑衣武士哪里还敢恋战？

黑衣武士猛地反手扫出一鞭，叶凌风刚好碰上，给他鞭梢一绊，“卜通”跌倒，萧志远忙不迭地前去扶他，黑衣武士也就趁此时机，转身便跑，他顾不得伤害萧叶二人，萧志远也顾不得追他了。

可是还有个李文成虎视眈眈，不肯将敌人放过，心中想道：“我可不能给林大哥留下一个祸根！”猛地牙关一合，狠狠地咬了一下舌头，剧痛之下，气力陡生，鬼头刀脱手掷出，这一掷乃是他毕生功力之所聚，威猛无伦，只见一道银虹，快如闪电，倏地追到了黑衣武士身后，“刷”的一声，从他的琵琶骨插入，穿过了肩头，那黑衣武士大叫一声，骨碌碌就从山坡上滚下去了。

一场惨酷之极的恶斗，突然在这黑衣武士凄厉的叫声中结束了。对方四人，黑木、彭洪被杀，白涛道人负伤而逃，这黑衣武士被尖刀穿过了琵琶骨，又从乱石嶙峋的山坡上滚下，即使还能活命，也必将是废人了。

叶凌风这时刚刚爬了起来，似是从恶梦之中醒转，不，更恰切地说，是从死门关上逃了回来，山风吹过，还带着一股血腥的味道，他摸一摸胸部的伤口，这时才觉得疼痛，但他也知道战斗是确实结束了，他还活着！他有一种难以名说的喜悦，不单是为了自己还保住性命，还为了自己第一次参加了战斗，像个英雄般的参加了战斗，虽然敌人不是给他打败的，他也感到了骄傲，觉得自己无愧于“侠义”二字，够得上称个“英雄”了。但回想刚才惊险的情形，他也还禁不住不寒而栗！

李文成兀立峰巅，遥望远方，心中一片安宁，他知道这是他最后一次的战斗了，雄心尚在，命已难留，死亡的阴影已降到他的身上，但他并没有在死亡的阴影中感到恐惧，他已经做了他应该做的事情，虽有遗憾，遗憾不能再与昔日的战友并辔驱驰，但一个人总是要死一次的，这也算不了什么了。他兀立峰巅，四顾茫然，在他即将走到生命尽头的此刻，回顾过去一生轰轰烈烈的事迹，既有苍凉，更多悲壮，情绪兴奋，但心境又是一片平和。他四顾茫然，忽地仰天大笑，笑声中一口口的鲜血吐了出来！

萧志远慌忙向他跑去，叫道：“李英雄，你怎么啦？”那孩子也过来扶着了他的父亲，叫道：“爹爹，你可不能抛下我啊！”

李文成喘着气大笑道：“我好，好得很！这一次真是意想不到的好，敌人只跑了一个，还是受了伤的。夏儿，你的林伯伯和你的轩哥是可以安然脱险了！”笑声未了，又是一大口鲜血吐了出来，霎时间面如金纸。

萧志远道：“我有治伤的丸药。”正要拿出，李文成道：“不用费事了，人总是要死一次的，死得其所，又有什么可悲？我如今是纵有仙丹也难续命的了，你们两位伤得也很不轻啊，你们试试我这金创药和九转还阳散，或许比你们的丸药更有灵效。”

萧志远稍懂医理，手搭他的脉门，只觉脉息散乱，知他所言不假，确是生机已绝，只是凭着深厚的内功支持一时的了。萧志远黯然无语，李文成道：“你们接过去啊，试试我的药看。你们还能活下去的就应该爱惜身子！你们快敷了药，我还有话和你们说。”叶凌风心头充满了感激，暗自想道：“这人在临死的时刻还是只知照顾别人，这才是真正的英雄！”

叶凌风敷上他的金创药，只觉触体清凉，疼痛果然立即止了。

萧志远知道李文成受伤之重，已是回天乏术，无可奈何，也只好咽着眼泪，服下他的九转还阳散，问道："李英雄有什么吩咐？"

李文成道："李某父子今日多承两位义士拔刀相助，大恩大德，今生是不能报了，李某还有身后之事，要麻烦两位……"萧志远连忙说道："我们只恨本领低微，帮不上李英雄的忙。李英雄有什么吩咐，我们力之所及，赴汤蹈火，决不推辞。"李文成道："客气的话别多说了，两位义士是——"萧志远道："我是青城萧志远，家祖萧青峰。这位是我的义弟叶凌风。"

李文成双眉一轩，道："哦，原来你就是萧志远萧大哥，久仰了。"他听得萧志远的名字，知他是个江湖上人所称道的好汉子，越发放心，便毫不隐瞒地将他所要交代之事说了出来。

李文成道："我们天理教的总舵设在保定，这次教中出了叛徒，总舵被破，教主张廷举当场被害，副教主林清逃了出来。他要给各地分舵报讯，今后如何收拾残余，再图恢复，重担子也都搁在他一人肩上，清廷派出四大高手，专为了追踪他一人，情势实在危险得很。

"我也是天理教的一个头目，给总舵主做联络各地分舵的秘密使者。在保定城中，则以木工身份掩蔽。我的身份在教中也不公开的，朝廷鹰犬知道的就更少了。这次林副教主逃了出来，还带着他的一个孩子，他的孩子名叫林道轩，和我的夏儿一般年纪，今年都是十二岁。我的孩子名叫李光夏。

"我和林副教主是结拜兄弟，他比我大一岁，两人的身材也差不多。我和夏儿冒充林大哥父子的身份，却操着天理教的'切口'，故意在朝廷鹰犬之前露出形迹，引起他们的疑心，杀了几个鹰犬之后，最后那四个高手，以那黑衣武士为首，也以为我定然是林大哥了，就这样，我吸引他们转移了目标，一路跟踪追我。我还不放心，又故意冒用林大哥的名义，托丐帮弟子在他们留宿的客店送去柬帖，约他们在泰山绝顶决一死战，林大哥的硬朗脾气他们是知道的，他们只道是林大哥被追得急，自知无法躲藏，故而现身邀斗，见了柬帖，果然毫不疑心，被我引到泰山的玉皇顶来。以后之事，两位都是亲眼见了。敌方高手四去其三，剩下一个受伤的白涛道人，那是决计不能为害林副教主的了。哈哈，你说今日的结果，不是出乎我意料之外的好么？”

李文成目光缓缓移到孩子身上，含笑说道：“难得这孩子年纪虽小，也懂得要‘舍生取义’的前贤教训，他无论如何都不肯离开我，跟着我冒充林清父子的身份，好让那些鹰犬更无疑心。如今幸得他毫发无伤，这更是意外之喜，我纵身死，亦已瞑目！”

萧叶二人这才知道李文成把孩子带上泰山，参加这“死亡约会”的内里因由，对他的高风亮节、侠义胸怀都是佩服无已。萧志远满怀激动，咽泪说道：“李英雄可要我给林副教主捎个信儿？”

李文成道：“我已杀了三个敌人，死亦无憾，无需别人给我报仇了。我也不想林大哥知道今日之事，要是他问起我是怎么死的，还请你们代我隐瞒一二，不必把详情都告诉他，免得他心里不安。我本身实已无甚奢求，更无后事需要料理。但有一件关系我教机密之事，却要拜托两位义士代为转达。”萧志远道：“多谢李英雄信任我们，我们决不敢有负知己之托。便请李英雄示下。”

李文成道：“刚才那一场大雷雨，两位可曾碰上了？”萧叶二人都是一怔，不知他何以说到紧要关头，却离题万丈谈起雷雨来了。叶凌风道：“碰上了。这却有何相干？”李文成道：“目前的局面，就正是与雷雨之前相似，看来大家都已给鞑子压得透不过气来，到处都是一片粉饰升平的麻木气象，其实却是人心思变，积怒待发，有如雷雨将临！

“我一向给总舵主做联络各地分舵的密使，经常在江湖走动，除了给本教各地分舵沟通消息，还结纳了不少志士英豪，联络了许多江湖帮会，可以和咱们联谊，共谋大事的。这些我已有了联络的帮会，大部分林大哥是知道的，但也有若干，我连总舵主都来不及禀报的，他却是无从得知。如今我把最重要的几处的首领人物都告诉你们，请你们记下来，可不要写在纸上，要在心里牢牢默记，这些人是山东武城的程百岳，河南虞城的郭泗湖，山西猗氏的侯国龙，川北广元的徐天德，小金川的冷天禄，陕北米脂的三张：张士龙、张汉潮与张天伦……”每一个地方名和人名他都说了几遍，萧叶二人用心记住，复述无讹之后，李文成才接下去说道：“我和这几个人已经约定，用两句暗号作为联络，说得出这两句暗号，彼此就知是自己人，最为紧要，必须牢记，不能泄漏。”说到此处，也不知他是有意还是无意，忽地望了叶凌风一眼，似乎心里稍稍有点踌躇。

叶凌风七窍玲珑，鉴貌辨色，心里想道：“李文成莫非对我有相疑之意？知人秘密者不祥，嗯，这暗号嘛，我不听也罢！”便站起来，想要找个借口行开，却又暗自思量：“我今番舍了性命，救助他们父子，本是不图报答，但若由此得以结纳天下英豪，他日风云际会，说不定就可干出一番事业。这暗号我知道了也未始没有好处，最少可以用来与那些帮会中的头面人物结交，也可以让他们知道我是大英雄李文成推心置腹、临终付托的朋友。”

正自踌躇，李文成已赶忙说道：“我已知得清楚，除了那四个鹰犬之外，别无党羽随来，这泰山绝顶，也不会有外人突如其来的，叶兄弟也无须太小心了。这两句暗号是：‘专等北水归汉帝，大地乾坤一代传。’‘乾坤’的‘乾’字暗指乾隆，意思是说传了乾隆这一代，他们满洲鞑子的国运就要完了。这是假托符谶，激励弟兄们的斗志的。”李文成轻轻巧巧的几句话，把叶凌风突然站起来这个举动，解释为是由于谨慎小心，眺望把风，丝毫不着痕迹地就把叶凌风的“失态”掩饰过去，同时也无异向叶凌风解释，他对叶凌风决无疑心。

其实在李文成心里，的确是曾考虑了一下的，这倒不是由于他对叶凌风有所怀疑，而是由于他的江湖阅历，看得出叶凌风是个未曾经过怎么锻炼的贵介子弟，说不定还是官宦人家，这种人若是落在敌人手上，到了紧要关头，确难保他不把秘密泄漏。正是基于这个理由，他曾稍稍有所踌躇。但后来他看见叶凌风站了起来，似是颇有愤懑之意，李文成是一个胸襟宽广，光明磊落的汉子，立即想道：“这姓叶的舍命救我孩子，我若见外于他，岂不冷了他的心？何况这只是我的疑虑而已，不见得这姓叶的将来就会那样。”因此，还是说了。

叶凌风的不平之气，登时消散，舒服下来，问道：“北水归汉帝，这又是什么意思？”李文成道：“这是帮会中一种假托符谶的说

李文成道:“我是不行了，这小孩请两位多费心照顾。大恩大德，只有等待这孩子长大再图报答了。”

法，林大哥听了自然会明白的。两位义士若是找不着我的林大哥，在天理教中还有聂人杰与邱玉两位舵主，可以告诉他们这个秘密。这是我天理教的‘海底’，交与你们，你们读熟‘海底’，可以随口应答，我教中兄弟就会认你们是自己人了。”

原来当时的任何帮会，都有他们自己的一套特殊暗语，称为“海底”，帮会弟兄查问身份，称为“盘海底”。萧叶二人未曾入教，李文成将“海底”交与他们，本来不合规矩，但此时事出非常，也只好从权了。

萧志远熟谙江湖规矩，恭恭敬敬作了一揖，将小册子接过来，却交给了李文成的儿子，说道：“这‘海底’应由令郎保管，我可以在路上请世兄口授。”这样一则表示他愿意接受李文成的嘱托，二则表示他不敢以教外人士的身份占有他们教中的信物。帮会的“海底”等于是证明身份的证件。

李文成笑了一笑，说道：“也好。这孩子本来应该到十六岁才能宣誓入教的，就让他提早几年吧。夏儿，你接过爹爹的‘海底’，以后见了林伯伯再请他给你补行仪式。”

萧志远道：“李英雄还有什么吩咐？”李文成道：“夏儿，你给两位叔叔叩头。”萧叶二人欠身道：“这怎么敢当？”李文成道：“两位义士若是避不受礼，我底下的话可就不敢说了。”萧叶二人见他如此说法，只好受了李光夏的大礼。

李文成道：“我只怕不能照料这孩子了，还请两位多多费心。我与两位萍水相逢，就要两位代我挑起一副重担，大恩大德，只有等待这孩子长大再图报答了。”

萧志远将李光夏扶了起来，说道：“我们何幸得李英雄当作朋友，敢不尽心。我正有个主意，不知李英雄可肯赞同？”李文成见萧志远老成干练，对他十分信赖，说道：“萧大哥所想的主意，那一定是好的了。便请萧大哥指教。”他将萧叶二人合称的时候，称作“义士”，对萧志远一人则称作“大哥”，口吻之间，不觉已是有点亲疏之别，这在李文成是无心之失，萧志远也未注意，但叶凌风听了，却是有点不大舒服。

萧志远说道：“我与江大侠江海天有点世谊，此行正是去拜访他的。我的意思是把令郎带去，就让世兄拜江大侠为师。一来可以跟他练武，二来可以无须忧虑鹰犬加害，你看可好?”李文成喜道:“这当然是最好不过了！实不相瞒，我与江大侠素昧平生，却也正有这个意思呢。如今有你引见，那更好了。夏儿，过来!”

李光夏道:“爹爹有何吩咐?”李文成道:“你自小与别的孩子不同，从来没有哭哭啼啼的，爹爹去了之后，你只要记着爹爹平日是怎么期望你的，不负爹爹的期望那就是好孩子了。我可不许你多流眼泪！林伯伯已经脱险，你又有了安顿，我夫复何求?哈哈，我夫复何求?”大笑三声，忽然寂然不动，萧志远一探他的脉息，原来已是死了。

李光夏抱着李文成叫道:“爹爹!”他眼眶里泪珠滚动，却在说道:“是，爹爹，我听你的吩咐，我只记着鞑子的仇恨，我要像你一样，做个顶天立地的汉子，我不哭，我只要报仇!”他说是不哭，泪珠却也滴下来了。

萧志远虎目蕴泪，把李光夏扶了起来，说道:“死有重于泰山，令尊今日为国尽忠，为友尽义，慷慨捐躯，足以名垂千古，请世兄还是遵从令尊遗嘱，暂且节哀，早点给他办理后事。”李光夏道:“小侄年幼无知，一切还得请两位叔叔作主。”

萧志远道:“这里玉皇观的主持涵虚道长是我朋友，虽是出家之人，但古道热肠，对朋友却最是热心不过的。他观中存有各方善士施舍的棺木，咱们可以请他泰山之上入土为安吧。”李光夏道:“是，多谢萧叔叔费神了。萧叔叔，你的伤碍不碍事?”

萧志远道:“你急着下山不是?多谢你家的金创膏，我的功力虽未恢复，跑总是跑得动的。待会见过了涵虚道长，交代了令尊的后事，咱们便可以下山了。至于给令尊建碑立墓之事，待到你他日学成归来，再尽孝思吧。”

李光夏道:“是，两位叔叔也应换一套干净的衣裳，才好下山。”要知他们经过一场恶战之后，满身泥土，血染衣裳，自是不便在人多之处露面，萧志远暗暗赞这孩子细心，小小年纪，已经是很懂事，也会替别人想了。

萧叶二人上泰山观日出，就是寄居在涵虚道长的玉皇观中，这涵虚道长也是个武学深湛之士，而且还是个暗中赞助反清义士的同道中人，但他一向深藏不露，知道他的底细的不过萧志远等有限几人。青城山是道教圣地之一，涵虚道人在未做泰山玉皇观主持之前，也曾在青城山修过道，与萧家两代都有交情，算起来是萧志远的长辈。所以萧志远可以毫无疑虑地信赖他，泰山绝顶虽是游人少到，但那几具尸体总是越早掩埋越好，免得惹出祸来。当下萧志远就带了那个孩子，与叶凌风急急忙忙赶回玉皇观。

赶到观前，只见涵虚道人早已在那里等候，脸上大有惊惶之色，萧志远只道他是因为自己满身血污，故而惊惶，亦不足怪，正想说话，涵虚道人忽地伸出一个指头，贴在唇边摇了几摇，示意噤声，却悄悄地带领他们，在角门进入，避开正殿，绕过回廊，进入他练丹的静室。

双方都是惊疑不定，涵虚道人先问道:“你们怎么这个模样?”萧志远将刚才所发生的事情告诉了他，涵虚道人抚摸李光夏的头顶道:“好孩子，你放心，你爹爹的身后之事都交托给贫道好了。但贫道现在可还不能出观，还要马上应付一桩事情!”萧志远连忙问道:“是观中出了事么?”

涵虚道人道:“这倒与玉皇观无关，是你们两位的事。”叶凌风吃了一惊，抢先问道:“什么事情?”涵虚道:“有两个贫道所不认得的陌生人来找你们两位。”萧志远道:“叫什么名字?”涵虚道:“其中一人姓冷，留下拜匣，是给你的，拜帖上想必具名。也不肯说出姓名，到来的情形也比前一个人古怪得多。”萧志远道:“他们不是同来的吗?”涵虚道:“不是。那个姓冷的先来。”

涵虚道人取出拜匣，说道:“我先说这个姓冷的，看来像是个江湖汉子，很是豪爽，他一到来便说有紧要之事，要找萧志远、萧大侠，我说我不知道谁是萧志远，但我也怕真是你的朋友，不敢立即回绝，说你不在这儿，我说:‘这里是有几位游客寄宿，可是游山去了，我不知道里面有没有你要找的那位萧大爷，你是他的什么人，找他可有何事?可不可以告诉我，待这几位客人回来，要是其中有你所找的那位萧大爷，我就替你传话。’那姓冷的说他和你是没有见过面的慕名朋友，有要事和你当面说。他留下这个拜匣，就是让你先看了拜帖，若有意见他，那固然最好，若是不愿见他，那就原帖掷还，他也不敢勉强。我让他坐在知客房里等你。”

萧志远道：“哦，不认识的慕名朋友，他却知道我的行踪，这倒有点奇怪了。”当下将那拜匣放在香案上，说道：“叶兄弟，你护着光夏世兄，躲过一边，提防里面藏有暗器。”他自己则从正面走过七步，掏出一柄匕首，一抖手飞出匕首，手法高明之极，匕首将拜匣横剖剖开，毫无异状。叶凌风心道：“萧大哥果然是江湖上的大行家，我就想不到有此一着。”

萧志远这才过去取出拜帖，只见帖上画着一轮红日，旁边半弯眉月，下面四个大字，竟是“知名不具”。叶凌风诧道：“闹了半天，还是没有姓名。”萧志远哈哈大笑道：“原来是冷寨主派人找我，还可真是慕名已久的朋友了。”叶凌风道：“冷寨主是谁?”

萧志远道：“是川北首屈一指的英雄人物，也就是李文成刚才提过的那几位帮会领袖之一，小金川大芒岭寨主冷天禄，他以反清复明为职志，日与月凑成一个‘明’字，这是他的旗号。我和他虽没见过面，却有几个共同的朋友，我在朋友处见过他的手书，这几个字也的确是他的笔迹，替他送拜匣这个汉子既是姓冷，想必定是他的子侄辈了。他远道而来，定有要事，我当然是非见不可了。”涵虚道长忽道：“且慢!”

萧志远道：“道长有何指教?”涵虚道：“还有一个客人呢!”萧志远道：“不错，我正要问你，这个客人又是如何?你说他比那个姓冷的更为古怪?”

涵虚道：“姓冷的一来就张口找人，这个人却深沉得多，像个普通香客的模样，他入庙之后，先参神拜佛，东张西望，我看他有点可疑，就亲自出来招呼，他和我搭讪了一会，不待我开口，就说要签香油，出手倒是豪阔得很，三锭大元宝，每锭都是十两重的足色纹银。”萧志远笑道：“这人落足本钱，自是有求于你了。”

涵虚笑道：“可不是吗?他只当我是个寻常的贪财道士，他签了三十两香油钱就容易打听消息了。嘿嘿，我也乐得受落。他签过香油，这才笑嘻嘻地问我，说出你们的相貌，问我你们两位是否住在这儿?”

萧志远道："你怎么回答？"涵虚道："我见他形迹可疑，但也怕他真是你们的朋友，就像对待那位姓冷的客人一样，说是你们游山去了，请他留话。他却说有点私事，一定要和你们见上了面才说。他没有拜匣，也不肯说出名字，我只好让他也留在知客房里等候你们。"

萧志远眉头一皱，连忙问道："他和姓冷的那位客人可是同一个房中？"涵虚笑道："贤侄放心，这点江湖世故贫道还有，怎会让他们同在一处？我让他们隔得远远的，一个在东，一个在西，彼此都不知道。"

萧志远这才放下心上的石头，笑道："姜是老的辣，道长应付得适当不过，倒是小侄多此一问了。"他怕叶凌风听不明白，接着解释道："这两人若是同道中人，那自然毫无问题。只怕其中有一个是朝廷鹰犬，那就要闹出事了。还有，即使不是这种情形，但江湖上宗派复杂，倘若他们之间是有什么过节的，做主人的一个不知，让他们碰上了头，也会闹出祸来的。"

涵虚道："如今姓冷的来历已弄清楚了，这个客人的底细尚未摸到分毫，依我看来，这人比姓冷的深沉得多，只怕未必是正路人，他练有歹毒的邪派功夫。"叶凌风心头一动，忙问："道长怎么知道？"

涵虚道："他签香油的时候，提笔写字，我暗自留心，他掌心有七点红点，这是七步朱砂掌的功夫。倘若给他运起毒功，打中一掌，走不出七步，便会毙命，当然若不是内功深湛，他的朱砂掌也就未必能七步追魂了。不过，对付这种练有毒掌的人，总是要加倍小心才好。萧贤侄，您想想看，你的朋友之中，有谁练过七步朱砂掌的？"萧志远交游广阔，江湖上各式朋友都有，是以涵虚道人先向他查询。

萧志远沉思半晌，皱眉说道："奇怪，我却想不起有哪个曾练过七步朱砂掌的朋友。"叶凌风忽道："这人形貌如何？"涵虚道："稍微有点发胖的中年人，也没什么特别之处。嗯，对了，有一处地方与一般人有点不同，他的眉毛疏落，而且是淡黄色的。"叶凌风道："哦，疏眉毛，淡黄色的？"萧志远道："叶兄弟可是认得此人?”

叶凌风道:“我似曾见过这样的一个人,不过也不敢断定,要见过了面才知是也不是?”萧志远道:“他是什么来历,什么身份?”叶凌风道:“小弟是一概不知,但我也怀疑他不是正路人。此人曾和小弟有点小小过节,说来话长,待我见过了他再说吧。我看他多半是冲着小弟来的。萧大哥,你去会那姓冷的,这个人就让我打发吧。”言下之意,即是想单独会见这个怪客。

萧志远见叶凌风眼神不定,说话也有点吞吞吐吐,似是有难言之隐。江湖人物常有些意想不到的纠纷,萧志远心想叶凌风或者是有些什么事情不愿当着涵虚说的,他并不怀疑叶凌风,却是有点为他担心,当下说道:“好,那咱们就分头会客吧。贤弟,你可得多加小心了。”叶凌风站起身来,萧志远想了一想,忽又说道:“道长,你先带我去会那位姓冷的客人,回头再给叶兄弟带路,这两个客人既然不是一路,咱们也是避免一同出去的好。”

原来萧志远老于世故,也善于体贴人。他是要拜托涵虚道人,代他暗中照顾叶凌风,却怕伤了叶凌风的自尊心,所以要把涵虚拉出云房之外再说。

叶凌风在房内忐忑不安,思如潮涌,心道:“这人一定是当年那个姓褚的死囚了。我自小离家,难道他还认得我?我爹爹当年有意给他开脱,后来想必定是办到了,故而他重出江湖?”又想:“我风闻他已摇身一变,从一个独脚大盗变为专门对付江湖义士的鹰爪,不知是否属实?咳,若然属实,这也是我爹爹作的孽。”再又想道:“我的相貌与名字都已改了,又与萧大哥一道,说不定他当作我是与萧大哥同路之人,要来对付我的?”最后想道:“莫非我爹爹已知我南归,竟要派他来接我回家的?哼,我如今已是另一个人,我怎还能回家?我也不愿再有人知道我原来的姓名来历。”

正自胡思乱想,涵虚道人已经回来。他打开丹橱,取出一颗药丸,再说道:“这是可以防御毒气侵害的九转辟邪丹,有备无患,你先把它服下吧。”叶凌风也不客气,谢了一声,便即接过。

涵虚待他服了药丸,再又说道:“练这种毒掌的人,身上必有三处罩门,是最怕敌人攻击的,一是左胁的冷渊穴,一是手心的劳宫穴，一是脐眼的丹田穴。专挑这三处地方攻击，纵使他武功远胜于你，也是只有招架的份儿了。”叶凌风道：“我先看他来意如何？也未必就要动手。”涵虚道：“能不动手，那是最好不过。好，我现在陪你去吧。”

玉皇观规模颇大，从涵虚这间云房出去，还要经过好几重院，才是知客房，知客房也有十数间之多，参差错落，在大殿的两侧。将近大雄宝殿，叶凌风忽地停下脚步，说道：“道长，那人是在哪一间房子，你指给我便行。”涵虚听他的意思是不想自己在旁，涵虚老于江湖世故，本来也并不准备和他一同会客，只是给他带路而已，但却想不到叶凌风迫不及待，先说了出来，倒似显得与那人之间，似是有什么不可告人的秘密了。

幸而涵虚是个胸襟宽广的人，心里虽然稍稍有点不大高兴，心想：“我何须劳你嘱咐，我也岂是偷听别人的秘密之人？”但他也想到叶凌风是个刚出道的雏儿，对他礼仪上的“无心之失”，也就曲予原谅了。当下指着一间房子说道：“就是这西首的第一间知客房，你可以在外面张一张望，看看是否真是你认识的人。”尽管涵虚不大高兴，但他还是把应付江湖人物的经验，对叶凌风不吝指点。

叶凌风到了那知客房前，果然依涵虚之教，先在外面张望一下，似乎踌躇了一会，又向后面望了一望，这才推门而入。涵虚却并未曾回去，而是躲在一座假山后面，他为人甚是热心，他既曾受萧志远的托，要他暗中照顾叶凌风，他也就宁冒偷听别人秘密的嫌疑了。不过他躲得远远的，叶凌风那回头一望，却也没看见他。

涵虚无意偷听他们的谈话，但过不多久，忽听得有人大叫：“三官，你干什么？你，你下得好，好……”声音粗犷而又凄厉，“好”字底下，大约是应该接着“毒手”二字了，却忽地戛然而止，似乎是当真遭了毒手了！

这不是叶凌风的声音，这么一来，倒是大大出乎涵虚道人的意料之外，他一直担心的是怕叶凌风遭受那怪客的毒手，想不到刚刚倒转过来，是那怪客遭了叶凌风的毒手。

那人的声音突然中断，但随即听得乒乒乓乓的重物翻倒的声音，想来是那人虽遭了一下暗算，却并未伤及要害，此时正在与叶凌风在客房里打得落花流水！正是：

毕竟是谁遭毒手，事乖情诡惹疑猜。

欲知后事如何？请听下回分解。

第三回　一语起疑诛怪客
双雄竟不敌红妆

涵虚是观中主持，又曾受了萧志远之托，听得里面打斗声起，焉能坐视？连忙跳了出来，闯进客房，大声叫道："两位有话好说，请给贫道一个面子。"

只见那怪客头上青筋暴露，口中"荷荷"作声，似是听到了涵虚的说话，却不能回答，横眉怒目，一副凶神恶煞的模样，双掌翻飞，向叶凌风猛打猛扑！掌心已是红似朱砂，每一掌发出，都有一股腥风扑鼻！

涵虚武学深湛，一看就知那怪客是被点了哑穴，所以说不出话来，另外他左胁的"冷渊穴"下面半寸之处，也被剑尖戳开一个伤口，但因没有戳正穴道的方位，伤得还不算太重。从他刚才话声突然中断的迹象看来，可以看出，他是先被点了哑穴，然后方受剑伤的。

那怪客虽受了一点伤，但功力却远在叶凌风之上，他双掌翻飞，着着进迫，已是把叶凌风迫至墙角，幸亏叶凌风先服了一颗九转辟邪丹，不惧毒气侵袭，吸了腥风，亦无妨碍；他又曾得涵虚指教，运剑如风，剑剑都是指向对方的"罩门"，那怪客也有顾忌，这才未敢全力进攻。但虽然如此，叶凌风亦已是处在下风，险象环生！那怪客怒气冲天，涵虚哪喝得他住手？

涵虚一见这个情形，不觉心头一动，略有所疑，"叶凌风为什么一出手就先点了他的哑穴？"疑心方起，未暇思索，只听得"铮"的一声，那怪客忽地化掌为指，中指一弹，已是把叶凌风的长剑弹开，左掌迅即当头劈下！

涵虚未明底蕴，也不知谁是谁非，本来是只想把二人劝开，而不作左右袒的。但此时那怪客已是一掌劈下，叶凌风亦已被迫至墙角，避无可避，当真乃是生死关头，涵虚若不出手，难道眼睁睁看着叶凌风毙于对方掌下？

涵虚处此境地，哪容再作思量，只好立即手挥拂尘，一招“横扫千军”，向那怪客挥去，他知那怪客功力甚深，这一招也是不敢轻敌。

涵虚几十年功力非比寻常，这一招又是为了要救叶凌风性命的，功力用到八九分，招数也精妙无比，说时迟，那时快，那怪客一掌打下，正好被拂尘拂中他的掌心，他掌心的“劳宫穴”乃是身上三处罩门之一，涵虚默运玄功，尘尾似利针般的刺了他的“劳宫穴”一下，那怪客真气涣散，闷哼一声，连退三步。就在这一瞬间，涵虚未来得及将他们拉开，叶凌风已是一跃而上，闪电般的一剑插下！

涵虚骇然叫道：“叶施主，你——”只见叶凌风那一剑已是插进那怪客的脐眼，剑尖透过了后心，纵有华佗再世，扁鹊重生，也是救不了他的性命了。涵虚想要劝阻的那一句说话当然也不必再说下去了。

涵虚不由得又多了一分疑心，暗自寻思：“叶凌风为何如此急不可待地就要取他性命，自始至终，根本不容他和我说一句话？莫非是有什么秘密捏在这客人手里，故而要杀人灭口么？”

心念未已，只听得萧志远的声音已在叫道：“叶兄弟，不必惊慌，我来了！”声到人到，后面还跟着一个中年汉子，正是那姓冷的客人。原来他虽然拜托了涵虚暗中照顾叶凌风，自己仍是毕竟放心不下，所以和那姓冷的客人见面之后，来不及寒暄，便邀那姓冷的一同来这边探望了。

萧志远进来的时候，叶凌风已是把长剑拔出，那怪客亦已是倒卧在血泊之中，萧志远又惊又喜，道：“叶兄弟，你已把这贼人料理了，你可没受伤吧？”萧志远对叶凌风是完全信任，这怪客既是给叶凌风所杀，萧志远当然也认定他是坏人无疑。

涵虚道长叫道：“叶施主，你——”只见叶凌风那一剑已插进那怪客的脐眼，剑尖刺透后心，纵有华佗再世，也救不了他的性命。

叶凌风在衣襟上抹干净剑上的血迹，插剑归鞘，说道："多谢涵虚道长相助，小弟侥幸未曾受伤。只是可对不住涵虚道长，弄污了你的宝观了。"

萧志远毫没疑心，涵虚道人却是有一点疑心，问道："这是什么人？"话刚出口，忽听那姓冷的客人叫道："我认得这个人！好、好极了！"

叶凌风愕然回顾，萧志远道："这位是小金川冷寨主的侄子，大名铁樵。这位是我的义弟叶凌风。"他给了两人介绍之后，便即问道："这厮是个什么来历。冷兄何以说是好极了？"

冷铁樵道："这厮是黑道上的叛徒，罪在不赦，叶英雄一剑送了他的性命，正是给江湖除了一害！"萧志远与涵虚这才知道他那一声"好极了"乃是赞扬叶凌风杀得对的。

叶凌风哈哈笑道："我只知他是个狠毒的鹰爪孙，却也还未清楚他的姓名来历呢。这么说来，我倒是没有杀错人了。"叶凌风的江湖经验容或不足，人却是聪明之极的，他鉴貌辨色，已察知涵虚道人对他似有所疑，这话实是说给涵虚听的。涵虚不作一语，默然如有所思。

叶凌风得这姓冷的帮腔，自以为已解除了涵虚的疑心，但却又不能不又添了一重心事，"这姓冷的不知知道了多少？"故此叶凌风假作不知这怪客的姓名来历，却让那姓冷的先说。

冷铁樵道："二十年前，黑道上有个大名鼎鼎的独脚大盗，外号人称'七步追魂手'褚元，便是此人。"萧志远道："哦，原来他就是昔年在齐鲁道上，单掌击毙十三家寨主的那个七步追魂手褚元。"这是二十年前震惊绿林的火并事件，当时萧志远还是个十余岁的童子，听他祖父说过此事。

冷铁樵道："不错，就是他了。"接着说道："这件案子过后，褚元俨然成为黑道上的霸主，大约过了四五年光景，江湖上突然不见此人，有人传他是为了躲避强仇，故而销声匿迹；有人传他已发了大财，故而金盆洗手，作富家翁去了。其实两者俱都不是。"

萧志远道："两者俱都不是，那么他销声匿迹是为了什么？"冷铁樵道："他哪里是自甘于销声匿迹，而是不得不然，他被官府拿获，关进监牢里去了。”萧志远诧道：“他那么大的本领，也被官府活擒？是个什么官儿，能为倒是不小呀！”

冷铁樵道：“听说他是在襄阳府失手被擒的。当时那位襄阳知府，名字我想不起了，只知他是一个两榜出身的进士，和这位叶兄弟同一个姓，虽是文官，手下却很有几位能人，有人说他本人也练有独门武功，不过从不显露，也无人知道他的深浅。听说这褚元就是他率领手下，亲自擒获的。”涵虚忽道：“这位叶知府是否就是现在官居陕甘总督的叶少奇？”冷铁樵道：“这个我就不大清楚了。当时我年纪还小，只是从祖父与客人的闲谈中听到一鳞半爪，道长可是知道此事？”涵虚道：“我是个出家人，这等秘密事情哪会传到我的耳朵里？我不过是猜想而已，因为如今官居高位者，只有这位陕甘总督是姓叶的。”

叶凌风放下了心上的一块石头，想道：“幸而他们也是知道得不很详细。”有个大官和叶凌风同姓，这并不稀奇，萧志远也不放在心上，问道：“后来怎样？”

冷铁樵说道：“后来听说这褚元被那姓叶的官儿收服，摇身一变，变为专门对付江湖义士的朝廷鹰爪，起初在这姓叶的手下当差，后来一路高升，屡得保举，做到了清宫的带刀侍卫，但仍是不时奉命在江湖上做朝廷的暗探。一年他来到小金川，被家叔知道，联合了几家寨主，前往除他，陌路相逢，一场恶战，他被家叔斫了一刀，家叔这边的一个寨主也毙在他的掌下。这恶贼武功确是高强，虽被斫了一刀，仍然给他逃了。想不到今日他在这儿出现，却死在叶兄弟的剑下！叶兄弟，你给江湖除了一害，可当真是可喜可贺哪！”

叶凌风道：“小弟是全仗涵虚道长出手相助，否则只怕早已毙在这恶贼掌下了，还焉能杀得了他？”他说话倒很谦虚，但仍是掩盖不住他那洋洋得意的心情。

涵虚道人这时才放下心上的石头，暗自想道：“原来这人就是七步追魂手褚元，冷铁樵亦已证实了他是朝廷鹰犬，这么说来，叶凌风倒没有杀错了人。要不然我的罪孽可就大了。”

萧志远道：“贤弟，我尚有一事未明，你既是不知他的姓名来历，却怎地和他结下了梁子。”

叶凌风早已料到他有此一问，也早已编好了说辞，当下便即答道：“今年春初，小弟单身行走江湖，发现有人暗地跟踪，那一晚我在一家小客店投宿，临时心血来潮，换了一间房间，那间客房后来也租出去了。

“我倒并非料到定有祸事发生，只不过心有所疑，多作一层防备总是好些。哪知道恶贼当晚果然来下毒手，我幸亏搬了房间，侥幸得以逃过，却连累那个客人为我送了性命。当晚午夜时分，我正自心绪不宁，忽听得一声惨叫，正是从我原来要住的那间房间发出，店里的伙计和客人都给惊醒，我也随同大伙进去察看，只见那个客人气息已绝，胸衣撕裂，胸膛上印有个掌印，现出七颗鲜明的红点。”冷铁樵道：“这正是七步朱砂掌的杀人标志！叶兄弟，你当真是好险哪！”

叶凌风叹了口气，说道：“我后悔得了不得，早知如此，我也不该搬房，累这客人为我送命了。我也真不明白，我与他素不相识，他却为何要对我暗下毒手？”萧志远道：“这有什么不明白的？这恶贼不是要专门对付反清义士的吗？想必是你不够谨慎，给他识破行藏，故而要来杀你领功了。贤弟，你这一次搬房，倒是颇为机警，虽是累及无辜，却得以保存了你的性命。那恶贼在黑夜之中想必不知杀错了人？”

叶凌风道：“不错，后来就没有发现他再跟踪了。”说至此处，又长长叹了口气，说道：“虽然如此，我累及无辜，心里总是大大的不安。因此我也就记下了这恶贼的形貌，准备他日若能练成武功，总要找这恶贼给那无辜的客人报仇。想不到天网恢恢，疏而不漏，才不到数月，他已自行投到，我武功虽未练成，却幸得涵虚道长之助，终于让他死在我的剑下了。道长，请你原谅我当时实是气愤不过，匆匆忙忙的一剑便结果了这恶贼的性命，未得留下活口问话。”

叶凌风这个故事编得合情合理，轻描淡写地就把他何以一剑就杀了褚元之事，交代过去，萧冷二人都相信了他，可是涵虚道人却还不能疑心尽去。

涵虚暗自想道："听他这么说来，他和这七步追魂手褚元是素不相识的了，但何以褚元却叫他做什么'三官'？这似是一个老仆对少主人的称呼；还有，叶凌风一出手就先点了他的哑穴，这也分明是存心不许褚元说话。叶凌风顾忌的是什么呢？"

涵虚隐隐猜到了几分，但随即想道："不管褚元和叶凌风有何关系，褚元既是朝廷鹰犬，叶凌风就并没杀错了他。从今日叶凌风舍命救助李文成父子之事看来，他也算得是侠义中人，他不愿意别人知道的秘密，我又何必苦苦追究？"

玉皇观里有各方善士施舍的义棺，当下涵虚就把几个心腹弟子唤来，收拾了褚元的尸首，另外，还有给李文成殓丧之事，也交托他们办理了。

萧志远刚才匆匆赶来，还未来得及和冷铁樵叙话，这时才有余暇，问他来意。冷铁樵道："家叔在小金川和众家兄弟聚义，密谋起兵抗清，这是你知道的了。如今时机已到，白莲教正在两湖闹事，河南拳民聂人杰也纠集揭竿而起，攻占了许多州县。清廷目前正调集大军，对付白莲教和河南的拳民，川陕云贵一带边远之地，它已是鞭长莫及，心有余而力不足的了。家叔的意思是想趁机起义，一来可以牵制清军，间接帮助中原义师；二来也可以在川中开创一个局面，振奋人心。家叔已约好了川北广元的徐天德，陕北米脂的张士龙、张天伦等人同时举事，彼此呼声。萧大哥，你是四川人，又是武学名家、青城高弟，与武林人士，多有渊源，因此家叔特命我前来邀请，务必请萧大哥回乡相助。"

萧志远慨然说道："多承令叔看得起我，且又是乡邦之事，我岂敢不效驰驱，稍尽绵力？可是我还有一点小事，要先到东平县杨家庄走一趟。"冷铁樵道："东平县的杨家庄？嗯，江海天、江大侠不就是住在那儿的吗？对了，听说令祖与江家很有渊源，是江大侠父亲的武学开蒙师父？"

萧志远道："我此去不单是去探访世交，还是为了给一位英雄托孤的。"当下将李文成父子之事说了。冷铁樵听了李文成的侠义事迹，大为感动，说道："给李英雄安顿他的遗孤，这是应该的。好在东平县离此不远，只是两日路程，我也想谒见江大侠，就陪你们去走一趟吧。”

萧志远道：“冷兄同去，这是再好不过。”要知李文成是冒充天理教副教主的身份，清廷必欲得而甘心，虽说追捕李文成那四个高手，已是两死两伤，却难保没有第二拨、第三拨续来追捕的？何况还得提防那两个逃脱的伤者，向附近的官厅通风报讯，又给他制造麻烦。

萧志远受了李文成临终之托，务必要把他的孩子送到江家才得心安，此去江家，虽是只有两日路程，但因有上面所述种种关系，萧志远也就不能不加倍小心，恐防路上出事了。冷铁樵是冷天禄的侄子，冷天禄是四川绿林中第一高手，冷铁樵武学是他叔父所传，想来必定不弱，有他一路，等于添了一个保镖，故而萧志远听说他也要前往江家，自是欢迎之至了。

当下萧冷叶三人就携了李光夏一同下山，第一日平安无事，第二日中午时分已踏进东平县境，离江家所在的杨家庄也不过四五十里路了。以他们的脚程而论，不需两个时辰，就可以赶到。

萧志远放下了心上的石头，心道：“有江大侠坐镇此间，宵小之辈，固是闻风远避，朝廷鹰犬，谅也不敢在此横行。”哪知心念未已，忽听得“呜呜”的尖锐啸声，掠过空隙，这是两支响箭！

响箭乃是强盗劫掠之前所发出的讯号，并不伤人，而是示警的。敢用响箭的强盗，都是比较有来头的黑道人物。

萧志远颇为惊诧，心道：“这股强盗，胆敢在江家的五十里之内行劫，也算得是胆大包天了！”

冷铁樵哈哈笑道：“我自出娘胎，便是在强盗窝子里长大的，想不到今日竟有强盗向我拦路截劫，这可真是太有趣了。”萧志远道：“恐怕不是普通的强盗！”冷铁樵道：“管他是谁，他若是不卖我小金川冷家的账，我就要他好看！”萧志远道：“且先看他来意再说。”

话犹未了，只见五骑快马已是疾驰而来，在他们面前一字散开，为首是个年约三十左右，长眉入鬓、姿容妖冶的美妇人，后面四个是一式青衣的少女，看来乃是她的丫环。

饶是萧冷二人见多识广，也不禁有些惊诧，萧志远心道：“女流之辈，大约总不会是朝廷鹰犬吧?”冷铁樵本来准备要拿出“道上同源”的身份，与对方交涉的，想不到来的竟是几个女子，他平生从未与女子打过交道，一时间竟不觉有点尴尬，迎上前去，讷讷说道:“你，你们是哪条线上的朋友?”

冷铁樵的江湖“唇典”熟极如流，出口之后，这才忽地感到有点不大适当，要知这些他平日说惯了的唇典，一向都是对男性的同道说的，但如今对方却是个女的，称兄道弟，拉关系、讲交情这一套，即使还是可用，也总得换过一套委婉的说辞了，可是冷铁樵从无此种经验，毕竟应该如何措辞，他也不懂。

一个丫环忽地“噗嗤”笑道:“谁是你的朋友?你这黑汉子也不去拿副镜子照照你的尊容，凭你这副尊容，也配和我们的小姐交朋友!”那美妇人斥道:“小菊别胡说八道。”她虽斥责了她的丫环，对冷铁樵可也是一般毫不客气，冷冷说道:“什么线上面上，我可不懂。有话爽直地说!你是想求饶不是?”

冷铁樵本来就是一副耿直的脾气，他也从没受过人这样奚落，一时气起，便即大声说道:“你是强盗，我也是强盗，你懂不懂?”

那美妇人点点头道:“唔，原来如此，懂了。”冷铁樵道:“你既是明白，就不该再拦我们的路。”那美妇人蓦地面色一端，说道:“你是强盗，强盗的规矩你懂不懂?”冷铁樵道:“哪一条规矩?”那美妇人道:“强盗出去打劫，岂能空手而回?”

冷铁樵道:“哦，你是要向我收买路银子?”摸出一个铜钱，“铮”的一声，向那妇人挥去，朗声说道:“大钱没有，小钱一个，意思意思。”心里可在直骂:“当真是岂有此理，岂有此理!要不是看在你是个女流份上，我真的‘孝敬’你一锭元宝，可叫你吃不了，兜着走!”

要知所谓“强盗打劫，绝不空手而回”的规矩，是对付一般客商说的，绿林中同道相逢，“黑吃黑”尚且悬为厉禁，何况公然声言要打劫同道?这是一种大大的蔑视，难怪冷铁樵生气。不过冷铁樵是绿林中极有身份的人物，他可不愿和“女流之辈”一般见识，是以他用发金钱镖的手法，弹出那枚铜钱，不过是想吓那妇人一下，聊示儆戒，倒不是真想伤她。

冷铁樵这枚铜钱是想打落那妇人的耳环，哪知道妇人轻轻把手一招，铜钱已是落到她的掌心，她五指收拢，再一张开，那枚铜钱已然粉碎，铜屑就似一撮泥尘洒了下来。铜钱虽然不算很厚，但她只是这么一握，就化成粉末，掌力之强，也是非同小可的了。

那美妇人冷笑道："你口口声声和我讲什么绿林规矩，却原来你还是不懂规矩！强盗打劫，喜欢拿什么就拿什么！岂有随便你给我什么我就要什么的？"

冷铁樵气往上涌，怒道："你喜欢拿什么就拿什么？你要我项上的人头，我也得给你了？"那美妇人淡淡说道："你的首级值得什么，我还不屑要呢！"言下之意，冷铁樵在她眼中，实是不值一顾。冷铁樵大怒，正要发作，萧志远连忙拦阻，说道："这么说，你想要什么？"要知萧志远急于把李光夏平安送到江家，却不想在路上多惹麻烦。何况对方只是一个妇人，胜之不武。

那美妇人道："我言出如矢，一发便不可收回。你们可要想清楚了才好，你们敢不敢答应？"这话的意思，即是要他们答应了她才肯说，而一说之后，那便是非要不可的了。

萧志远心中一凛，暗自寻思："这妇人言语好怪，好似是存心来找麻烦的了。这可怎么答应，倘若她是要这孩子的话，我就说什么也不能给她了！"

冷铁樵怒道："我还不曾见过这样蛮不讲理的人，萧大哥，你也无谓与她多说了，且看她有什么本领，胆敢口出狂言？"

萧志远笑道："彼此都是道上同源，何必伤了和气？小娘子，这位冷兄是小金川冷寨主的侄儿，冷寨主的'万儿'你大约也曾有个耳闻？"萧志远还是希望能把话说开，给他们调解。

那美妇人道："什么冷的热的，煎的炒的，我都是要吃定的了。除非你们答应我两件事情，或者可以放你们过去。"

萧志远想打探她的来意，向冷铁樵抛了一个眼色，阻止他动手。冷铁樵忍住了气道："什么事情？你说说看。"

那美妇人道："你们从这条路来，想必是经过泰山的了？"萧志远心头一震，"难道她已知道了那日之事，为此而来？"便道："娘子这话，是什么意思？"那美妇人道："你们从泰山经过，当知有句俗话叫做‘有眼不识泰山’……”冷铁樵冷笑道：“你这个三截梳头两截穿衣的女流之辈，竟敢自比泰山？”

那美妇人淡淡说道：“你们有眼不识泰山，嘿！你们自行把‘招子’废了吧！”冷铁樵怒极气极，仰天大笑，那美妇人不待他发话，就在他大笑声中又平平静静地说下去道：“你们若是不敢自废招子，那就跪下来给我磕三个响头。这两件事情随便你依从一件，我都可以放你们过去！”

萧志远本想打探她的来意，哪知却换来了一场侮辱，任他涵养再好，不由得也气了起来。冷铁樵更是怒不可遏，登时掣出兵器！

那美妇人冷笑道：“好呀，你们就并肩子上吧！”萧志远付之一哂，他见冷铁樵上前，早已退开。冷铁樵怒道：“你有多大本领，便想见识我萧大哥的青城剑法？我萧大哥剑下不伤无名之辈，你先会会我这对虎抓吧。咄，你还不亮出兵器？”

那美妇人道：“你忙什么，你先露两招，待我看看，我是否值得动用兵器？”冷铁樵本来想让她先出招的，被她这么一激，不禁气往上冲，大怒喝道：“好，你要看那就仔细看吧！”他这对虎抓连着铁柄，长达三尺六寸，状如人臂，五指如钩，可以锁拿兵刃，可以点人穴道，又可以施展擒拿手法，端的是一种罕见的外门兵器，厉害非常。

不过他在盛怒之中，也还顾着自己的绿林身份，不愿伤害一个女流之辈，他“虎抓”抓去，一直一横，右手这柄虎抓，直点对方前胸的“气海穴”，左手这柄虎抓则横撕过去，横直配合，对方即使能避开他的点穴，罗衣也势将被他的虎抓撕破。冷铁樵虽是不想伤害对方性命，但这一招两式仍是凌厉之极，精妙非常。他是因为气那女子不过，有意令她当场出丑，一招落败的。

虎抓呼呼挟风，眼看冷铁樵右手这柄虎抓堪堪就要点到那美妇人的胸前，只见她身形一晃，倏然间就似弄魔术一般，那么大的一个人，竟突然在冷铁樵的眼前消失！冷铁樵扑了个空，忽听得鞭声呼响，那女子已是从他侧面袭来，冷铁樵大吃一惊，幸他惯经阵仗，虽惊不乱，左手那柄虎抓立即往地下一按，借着这虎抓一撑之力，飞窜出去，他在旋身之际，还显了一手冷家虎抓的独门功夫，听风辨器，右手虎抓反抓过来，锁拿那女子的长鞭，人在半空，脚还向后一蹬，疾踢那女子的手腕。那女子哈哈一笑，冷铁樵这一抓一踢，全都落空，但他也避过那女子的一鞭，纵出了三丈开外。

冷铁樵脚落实地，回过身来，只见那女子已站在他面前，盈盈笑道："也还有两下子，好，我就用这根马鞭对付你吧！"马鞭是拿来赶马的，虽然也可用来打人，毕竟算不得是正式的兵器，可以说对冷铁樵仍是有几分藐视。

可是冷铁樵却哪里还敢计较这些？他照面一招，便已险险吃了大亏，不由得倒吸了一口凉气，心道："这贼婆娘不知是从哪里钻出来的，她竟能在避招之际，一个晃身，便立即抽鞭还击，身手之快，真是罕见罕闻。今日只要能保住不败，已是万幸了。"心念未已，只听得那美妇人又已笑道："怎么，你怕了么？你现在磕头求饶，也还未迟！"

冷铁樵"哼"了一声道："你武功确是不错，但冷某也何至于怕了你了？好，这次要请你先赐招了。"他豪气仍在，口气却已谦逊许多，不敢再轻视对方是个"女流之辈"了。

那女子随手将马鞭打了一个圈圈，淡淡说道："也好，你留心接招了！"一鞭打出，鞭梢伸缩，俨若灵蛇，冷铁樵舞起两柄虎抓，一柄护身，一柄攻敌。

那女子笑道："你真是不自量力，居然尚敢向我还手！"马鞭盘旋飞舞，夭矫如龙，霎忽之间，只见漫天鞭影，罩了下来，那条马鞭竟似化作了十数百条，在冷铁樵的身前身后身左身右，呼呼抽击。不过片刻，冷铁樵已是被她打得手忙脚乱，果然只有招架之功，毫无还手之力。迫不得已，只得把两柄虎抓都撤了回来护身。

那女子笑道："好，这才对了。这样你还可以多接几招。"她口中说话，手里的马鞭可丝毫未缓，一团鞭影，越迫越紧，再过片刻，冷铁樵连招架也觉艰难，不觉大汗淋漓，连连后退，但那团鞭影已是把他身形罩住，任他连连后退，也总是摆脱不开，旁人看去，就似他已被马鞭圈住。

萧志远看得手心捏了一把冷汗，要待上去，以他与冷铁樵的身份，联手对付一个女子，即使自己不怕给人笑话，那也是损了冷铁樵的颜面；但若不上去，冷铁樵已是眼看就要支持不住。

正自踌躇未决，忽听得那女子道：“冷家的虎抓抓穴功夫，我已经见识了，不过如此。让你也看看我的吧！”蓦地喝声“着！”刷的一鞭飞出，冷铁樵跌出了一丈开外，两柄虎抓都被那女子的马鞭卷去了。

萧志远大惊，连忙跃出，阻拦对方追击。那女子哈哈一笑，马鞭一抖，将那两柄虎抓抛出，一左一右，恰恰插在冷铁樵的身旁，说道：“我若是要取他性命，早已取了。怎么样？你看我这女流之辈，可配向你请教青城剑法了么？”

叶凌风过去将冷铁樵扶起来，只见他两眼圆睁，额上青筋暴露。但却不能说话，也不能动弹。叶凌风见此形状，知道冷铁樵已是被点了穴道，心里骇然，“这女子竟能用鞭梢点穴，这要比剑尖刺穴更难得多了。幸好我刚才未曾鲁莽争先。”叶凌风尽其所能，试替冷铁樵解穴，丝毫也不见效。那女子冷笑道：“你别白费气力了，留着点儿，我见识了青城剑法，说不定也还要试试你的功夫呢。”

萧志远道：“萧某不自量力，正想领教女英雄的高招！”捏了一个剑诀，剑尖下垂，这是自居于客人的地位，对主人表示谦恭之礼。虽是表示谦恭，但他这么一亮架垂，渊停岳峙，气概非凡，“行家一出手，便知有没有。”那美妇人只是看了他的亮招架式，便知萧志远的本领又要比那冷铁樵高出许多。

那美妇人收回马鞭，把佩剑也拔了出来，说道：“青城乃中原四大剑派之一，今日得会青城高弟，幸何如之！这里不是你的地头，也不是我的地头，无分主客，萧英雄不必多礼了，便请赐招吧。”

这美妇人亮剑迎敌，说话也谦和许多，这固然是由于萧志远对她先有礼貌的缘故，但也可看出，她对萧志远实是不敢轻敌。

萧志远举剑平胸，说道：“不敢有僭！”那美妇人道：“好，那我就不客气了！”左手捏着剑诀一指，右臂向前一递，剑尖吐出碧莹莹的青光，一招“玉女投梭”，已是脚踏“洪门”（中宫方位），向着萧志远的胸坎刺来。她虽不敢轻敌，说话也颇有礼，但开首这一招，却是用得极为大胆，而且不大礼貌。

要知武学有云："剑走偏，枪扎一线"，又云："刀走白，剑走黑。""白"是"明刀亮斫"，"黑"是"旁敲侧击"，这两句话都是说使剑的应以轻灵翔动为主，宜于左右偏锋走进，不似使枪使刀的可以随便从正面进招。如今这美妇人开首第一招就从中宫刺来，不但是犯了剑术之忌，而且也含有藐视之意，尽管她说话颇有礼貌。

萧志远老成稳重，见对方剑术不依常轨，分外小心，待她剑尖堪堪刺到，这才蓦地一招"长河落日"，疾圈出去，这是青城剑法中一招带守带攻的绝招，萧志远又拿捏时候，恰到好处，这一圈一带，即使对方本领多强，兵刃也要被夺出手。

哪知这美妇人的剑术完全不依常轨，变化奇幻无比，明明是一招"玉女投梭"从正面刺来的，就在萧志远还招这一刹那，不知怎的，她的剑锋一颤，已蓦地滑过一边，青光疾闪，似左似右，左刺肩胛，右挂腰胁。这美妇人变招后发，刹那间已变成了先手攻敌，拿捏时候之快、之准、之狠，更在萧志远之上！

萧志远大吃一惊，连忙使出家传绝技的"天罗步法"，连人带剑转了半个圆圈，这才险险避过了美妇人这一招两式。但说时迟，那时快，这美妇人又已如影随形跟了上来，青钢剑疾如风发！

萧志远听得背后金刃劈风之声，反手便是一剑，用的是一招"金鹏展翅"，截斩敌人手腕，本来精妙非常，哪知还是给对方抢先了一着，只听得"当"的一声，萧志远一剑刺空，那美妇人已是平剑拍了下来，压着他的剑脊，沉重如山。

萧志远毕竟是名家子弟，虽惊不乱，沉住了气，运足功力，连人带剑，疾地再转了半圈，这才摆脱了对方的长剑。他用了天罗步法，配合上乘内功和青城剑术才勉强解开了对方的一招，当真可说是出尽九牛二虎之力，而虎口还是感到阵阵酸麻，不禁心头大骇。

那美妇人笑道："果然不愧是青城高弟，居然没有撤剑！"笑声未了，已是接连攻了七招，萧志远用尽平生所学，奋力招架，仍是给她迫得连连后退。

叶凌风解不开冷铁樵的穴道，又见萧志远败象毕呈，心中大为烦乱，不知如何是好。在目前的情形下，萧志远要人相助，失了抵抗力的冷铁樵也要人保护，叶凌风暗自思量：“这女贼本领太强，我上去助萧大哥，也未必是她对手。冷铁樵已被点了穴道，我要保护他只怕也是有心无力。不如、不如携了这孩子逃了吧？他是李文成的遗孤，绝不能让他遭了意外！”其实这是叶凌风心里想逃，自己给自己找个借口，但借口虽然有了，背友而逃，心中也究竟不安，因而也还在踌躇，一时间打不定主意。

李光夏忽地悄声说道：“叶叔叔，你去助萧叔叔对付那个女贼。待我试试给冷叔叔解穴。”他伸出了小指头在冷铁樵身上戳了几下，冷铁樵喉头“咕咕”作响，似乎感到痛苦，身子仍是不能动弹。

叶凌风皱皱眉头，心里想道：“这孩子真是不知天高地厚，我都解不开的穴道，他也来试。”李光夏见叶凌风尚未走开，忽地又悄声说道：“我的内力不够，我把这手法教给你吧。哎呀，不好，还是先上去助萧叔叔吧！”

话犹未了，只听得那美妇人纵声笑道：“这一回你该撤剑了吧？”青光疾闪，朝着萧志远的虎口刺来；萧志远举剑相迎，那美妇人剑法奇幻无比，忽地剑锋反弹，向上一绞，说到“撤剑”二字，只听得“当”的一声，萧志远的长剑果然应声脱手，飞上了半空！

那美妇人纵声长笑，身形疾起。倏然间已到了叶凌风身前，叶凌风大惊，忙拔剑迎敌，那美妇人在离他一丈之外，已取出了马鞭，刷刷两鞭，第一鞭扫过，把叶凌风头上的“英雄巾”扫落，第二鞭闪电般的便朝着他的面门抽击！

鞭声呼响，劲风扑面，叶凌风一剑刺了个空，急切间撤不回来护身，要躲闪亦来不及，眼看这一鞭打下，怕不要把他的面目打得血肉模糊？就在这刹那间，叶凌风忽觉鼻尖上冷风掠过，麻痒痒的有点儿难受，忽听得那美妇人娇声笑道：“瞧你长得怪俊俏的，倒教我舍不得毁了你这小白脸了。好，让你稍微知道一点厉害，饶了你吧！”笑声中，那条马鞭在他面门掠过，倏地收回。

叶凌风惊魂未定，下意识地举袖一抹鼻端，只见衣袖上一点殷红，一片污泥。原来那女子的鞭梢轻轻在他鼻尖碰了一下，抖落了鞭梢上的一片泥土，黏在他的鼻子上，同时刮破了他鼻尖的一点表皮。鞭法之奇妙，当真是匪夷所思！叶凌风吓得目瞪口呆，腿都软了。

那美妇人一个转身，“刷”的又是一鞭打出，这一次却是向李光夏卷来，李光夏翻了一个筋斗，这一鞭卷了个空，那美妇人“咦”了一声，道：“你这小鬼身手倒是灵活得很！”身形疾掠，刷刷刷接连打出三鞭，李光夏虽然身手灵活，本领毕竟相差太远，翻到第三个筋斗，那美妇人的长鞭已缠上了他的身子，将他拦腰卷了起来！

萧志远刚刚拾起被打落的长剑，见状大惊，拼着豁出性命，便冲过去，那美妇人笑道：“我要取的已经取了，你是我手下败将，我也不想再难为你了。你却不识好歹，还想与我较量么?”长鞭一抖，将李光夏凌空抛出，她的一个丫环接过，立即放马便逃。

那美妇人随即也飞身上马，一声呼啸，她那四个丫环分向四方逃走，那美妇人则拦住了萧志远的去路，骑在马上，马鞭狠狠地抽击下来，萧志远挫败之余，他费尽心力所要保护的孩子又被劫去，任他如何冷静，此时此际，也禁不住心慌意乱了。

不过几招，只听得“当”的一声，那美妇人又把他的长剑卷出了手，摔于地下。那美妇人哈哈笑道：“你还要三次较量么？我可没工夫奉陪了！”当下拨转马头，鸣鞭赶马，绝尘而去。转瞬之间，与那四个丫环，都已走得无踪无影。

萧志远再次拾起宝剑，一片茫然，想不到将到江家，还遭遇了如此意外，而且败得如是之惨！叶凌风虽也难过，却也暗自庆幸敌人竟然轻易地放过了他们，当下便安慰萧志远道：“这女贼本领太强，咱们栽了，那也是没有办法的事。”

萧志远一言不发，正想过去察看冷铁樵，冷铁樵忽地一个“鲤鱼打挺”，跳起身来，大叫道：“气死我也！”正是：

纵横无敌英雄汉，未甘低首服红妆。

欲知后事如何？请听下回分解。

第四回　玉女迎宾招责骂
少年惊艳惹相思

叶凌风吓了一跳，道："冷大哥，原来你自己会解穴道，倒教我受了一场虚惊了。"冷铁樵满面通红，叹口气道："惭愧，惭愧！这贼婆娘的独门点穴手法好不厉害，我哪里能够自己解开？全亏光夏这孩子助我打通了三焦经脉！可惜他救了我，我却不能救他，眼睁睁地看着他被那贼婆娘掳去了！"

叶凌风好生惊诧，脸皮也禁不住发起烧来，心道："我只道这孩子是胡闹一气，却不料他当真会解这种邪门点穴。"原来李光夏自幼跟随他父亲练武，他父亲李文成不但本身武学渊博，所往来的又多是奇人异士，李光夏也就学了许多本事。只可惜他年纪太轻，内力不够，所以他虽然懂得解穴，却不能立即见效。冷铁樵是得了他的助力之后，气血流畅，再加上本身的功力运气冲关，这才解开了被封闭的穴道的。

萧志远黯然说道："冷大哥，咱们这次可是栽到家了。栽了还不打紧，连对方的姓名来历都不知道，却怎地讨回那个孩子？叫我如何对得住李文成？"

冷铁樵道："这贼婆娘欺人太甚，迟早我要查出她的来历，和她算账。不过话也得说回来，这贼婆娘虽是不讲绿林道义，咄咄逼人，却也还算不得太过心狠手辣。"

叶凌风想起那女贼的鞭梢在他鼻尖扫过，说是看在他"小白脸"的份上，不愿毁了他的颜容，心中又是欢喜，又是羞愧，却怕冷铁樵提起此事，令他难堪，连忙抢先说道："冷大哥是小金川的少寨主，这女贼总不能不有点顾忌。”

冷铁樵虽是性情憨直，但江湖经验甚丰，想了一想说道：“这女贼有顾忌是真的，但却不是为了怕我小金川冷家。萧大哥，你可曾注意她抢光夏这孩子之后，她那四个丫环，是分别向四个不同的方向逃的？”

萧志远亦已冷静下来，听了此言，猛地一拍大腿，说道：“不错，此地离江家不到五十里，她是怕碰上江家的人。所以将孩子一抢到手，便急急忙忙逃了。她那四个丫环分向四方逃走，那也是准备江家发觉此事，好叫追兵不能集中一路的。她在江家附近犯案，可也真是大胆之极，却不知她何以定要抢这孩子，竟不惜冒此危险？”

冷铁樵道：“这且不必管她了。为今之计，还是快到江家禀告江大侠吧。”萧志远苦笑说道：“咱们本来是要到江家的，不过却想不到一进门便要麻烦江大侠。但事已如斯，也顾不得颜面了，好，咱们走吧！”

他们虽然都在那女贼手下吃了大亏，却幸而没有受到什么伤，当下施展轻功，四十多里的路程，不过半个时辰便赶到了。

江海天住的是杨仲英的故居，一切建筑布置还是当年风貌。附近有个大湖名为东平湖，杨仲英当年就是因为雅爱这里的湖光山色，故而在这半山上建造房舍的。一行人来到杨家庄外，但见山峦起伏，湖水晶莹，湖滨柳树成行，山岗秀草没胫，说不尽无边景色。但他们有事在身，却是无心观赏了。上到半山，柳树丛中露出绿瓦红墙，几座高矮不齐、倚山建筑的平房已是隐约可见。这一列房屋前面，树荫中有一座平台，台上有个女孩子正在练武，舒拳踢腿，练的是一套游身八卦掌。

这女孩子约莫有十六七岁光景，叶凌风一望过去，禁不住眼睛发亮，心道：“世间竟有如此清丽绝俗的姑娘，刚才那女贼已是美艳动人，但若和这小姑娘相比，那女贼却不啻是庸脂俗粉了。素闻江大侠的妻子是个美人胚子，这小姑娘大约是她的女儿了？”

叶凌风只注意这少女的姿色，萧志远却注意她所练的武功。他们从发现这少女之后，一路走去，走近平台，已看她练了十招八招，初看之时，还不觉得怎么，看多了几招，可不由得萧志远不大为惊诧！

这少女练的游身八卦掌，是一套很普通的掌法，这少女使开这套掌法，也没有什么特别创造之处，只可说是平平无奇而已。

然则萧志远何以惊诧？他是个武学大行家，等闲的武功哪会看得上眼，却怎的被一套平平无奇的掌法弄得大惊失色？

原来奇妙之处不在掌法的本身，而在这少女运用的掌力。平台对面有一树山茶，红满枝头，密层层也数不清有多少大红花朵。那少女一掌打出，便有一朵大红的山茶花离开枝头，飘坠下来。初时萧志远还以为是偶然的，但看了十招八式，她每一次发招之后，都有茶花坠下，这当然不是偶然而是给她的劈空掌击落的了。

功力深厚的劈空掌可以开碑裂石，击落茶花有什么稀奇？但奇就奇在每一次只是一朵茶花落下，旁边的花朵完全不受影响，连树枝也未摇动！这可要比开碑裂石难上十倍都不止了。

萧志远不由得倒抽一口冷气，心道："这样的劈空掌力，运用之妙，当真是妙到毫巅！尤其她只是用一套平平无奇的掌法，而能发挥如许威力，那更是深不可测了。"萧志远正在吃惊之际，叶凌风却丝毫没有在意，已抢先上了平台。

那少女倏地收掌，冷冷说道："你们是些什么人？"叶凌风抱拳说道："这里可是江大侠的家，我们是来拜谒江大侠的。"那少女忽道："你有什么本领，先试几招，打得过我，就让你见江大侠。"

叶凌风怔了一怔，道："这是江大侠所定的规矩吗？我可不敢冒犯姑娘。"话犹未了，那少女已是不由分说，闪电般的便一掌打来，叶凌风想不到她说打便打，大吃一惊，已来不及闪避，那少女掌锋倏地从他面门削过，说道："还不快快招架！什么冒犯不冒犯的，凭你这点本领，看来你还未必打得着我呢。快接招，这一掌我可不和你客气了！"左掌一圈，右掌拍出，这一掌掌势稍缓，却是作势要打叶凌风的耳光。

叶凌风虽是喜欢这个女子，却不甘心受她所辱，心道："我且挫挫你的骄气，也好叫你知道我不是本领平庸之辈。"当下使了一招"劈挂掌"，掌背一挥，用崩掌往外一挂，意欲将那少女双掌荡开，趁势刁她手腕。

那少女道："这一招使是使得对了，功夫可还差得太远！"衣袖一拂，双臂一分，身随掌走，呼呼两掌，打将出去，叶凌风变了一招"横云断峰"，抡掌劈下，那少女身形微晃，立刻反掌截击叶凌风左腕，叶凌风回掌一招，那少女变招奇快，说时迟，那时快，变掌为指，已是一招"金龙探爪"，欺身直进，刷的朝着叶凌风面门抓了过来。

萧志远连忙叫道："姑娘手下留情！"话犹未了，只听得"啪"的一声；叶凌风躲过了那记耳光，胸部却已是中了一掌！这还是那少女无意伤人，只用了一两分力道，要不然叶凌风更是难堪。

但虽然如此，叶凌风已是踉踉跄跄地退了七八步，险险跌倒。冷铁樵慌忙将他扶住。萧志远大惊失色，正想过去察看叶凌风有否受伤，那少女已是到了他的面前，一声笑道："你这朋友是不够资格见江大侠的了。且看看你又如何？"声出招发，这一次却是握掌成拳，朝着萧志远的胸膛猛捣。

萧志远横掌一挡，拳掌相抵，掌心火辣辣作痛。那少女笑道："好，你的本领稍微好些，再接这招！"加了两分力道，劈面又是一拳。萧志远不敢招架，使用"天罗步法"闪开，那少女打他不着，"噫"了一声，说道："你倒善于躲闪。好，你若能躲过十招，那我也可以放你过去了！"

萧志远道："我不是姑娘对手，决计接不了姑娘十招，我……"正想自报姓名来历，那少女已是一声笑道："我还未发招，你怎知接不了呢？留心，接招！"不由分说，双掌一分，一招"弯弓射雕"，已是暴风骤雨般的攻到，萧志远哪还敢分神说话，连忙施展天罗步法闪避，只听得"嗤"的一声，那少女指尖刮过，萧志远的衣袖被刮破了一小片，幸没伤着皮肉。

那少女一招落空，后招续发，迫得萧志远透不过气来，萧志远的本领远远不及对方，但天罗步法却是极为神妙，闪了几招，心中想道："好在她只是限定十招，或者我还可侥幸对付过去。"

心念未已，忽听得那少女娇声笑道："还有三招，你可要小心应付了！"一掌拍出，顺手一招，萧志远使用天罗步法，正自一步

江海天喝道：“芙儿，不许胡闹。”

跨出，忽觉有股力道将他一带，这一步不觉踏得歪歪斜斜，本来可以踏出三尺开外的，只踏出了两尺之遥，而且踏错了方位，说时迟，那时快，只觉背后劲风飒然，那少女已是一掌打到。

萧志远难以闪避，只好用了全力，反手一掌，双掌相交，“蓬”的一声，萧志远虎口酸麻，那少女笑道：“你的本领委实不错，我已用了一半气力了。好，再接这最后一招！”笑声中，又是一掌拍到。

萧志远暗暗叫了一声“苦也！”他在接这一掌已是竭尽所能，即使那少女不加气力，他也是不能再接一掌的了，何况听这少女的口气，这一掌的力道势必要大大地增强？

眼看这一掌就要拍下，忽听得有人喝道：“芙儿，不许胡闹！”那少女吃了一惊，连忙缩手，回过头分辩道：“爹爹，我只不过是想给你减少麻烦，我可不敢真的伤人！”原来这少女名叫江晓芙，正是江海天的独生爱女。

江海天因为名头太大，经常有人来求他指点武功，实是不胜其烦。江晓芙便想出这个办法，瞒着父亲，替他“挡驾”，除非来人打得过她，她才放他进门。她这样做已经有好几次了，江海天许久不见有客来访，甚是奇怪，也料到几分是他女儿捣鬼，因此对他女儿的行动特别多加注意，果然这次给他碰个正着。

萧志远喘过口气，正要说话，江海天已先问道：“阁下是青城派的么？请问萧青峰萧老爷子是你什么人？”原来江海天只看了一眼，已看出萧志远的武功家数，尤其那天罗步法，更是萧家的嫡传。

萧志远施礼道：“正是家祖。家祖叫晚辈前来谒见江大侠。”江海天大吃一惊，还过礼后，铁青了脸喝道：“晓芙，你闹得简直太不像话，还不快来给你萧叔叔叩头赔罪！”

江晓芙自然知道她爷爷的往事，一听报萧志远自陈家世，不由得心头“卜通”一跳，想道：“原来这人的爷爷，正是我爷爷的武学开蒙师父，哎呀，这个祸可闯得大了。”她一向娇纵惯了，几曾见父亲生过如此大气，当下又是羞愧，又是难堪，眼圈儿都红了，要不是极力忍住，眼泪都险险流了出来。但武林中最讲究的是尊师重道，长幼之礼。论起辈分，萧志远是长她一辈，她以下犯上，确实是一件不可饶恕的错误。她只好含着眼泪，上去磕头。

萧志远连忙说道："这也怪我不好，我未见过世妹，也未曾向她自报姓名，她怎知我是何人？不知不罪，这大礼我是绝不敢当！"结果只受了江晓芙屈膝的"半礼"。其实当时是江晓芙立即迫他动手，根本不容他分说的。江晓芙知他是有心为自己开脱，十分感激。

江海天面色好转了些，说道："要不是萧叔叔给你说情，我还要责打你呢。再去给这位客人赔罪。"叶凌风本来是满肚皮的怒气的，一见江晓芙宛如梨花带雨，楚楚可怜，不由得怒气全消，也连忙说道："我得姑娘指点招数，感激都还来不及呢，这，这真是……哎呀，倒是我应该向姑娘道谢才是。"他本来想说的是"这真是几生修到"，话到口边，这才感到是唐突佳人，大大不妥，连忙改口。

江晓芙最喜欢人家奉承，心道："这小子倒会说话。"本来还是含着眼泪的，见叶凌风定了眼神看她，口中不住讨好，忍不住便低声笑了出来，说道："你太客气了，是我对你不住，应该向你赔罪的。"检衽一"福"，叶凌风心花怒放，连忙长揖还礼。

江海天眉头一皱，说道："芙儿，快去禀告爷爷，说你萧叔叔来了。"萧志远有事在身，迫不及待，便即上前说道："江大侠，晚辈这次前来进谒，一来是奉了爷爷之命来叙世谊；二来恰巧在路上遇了一点小事，还想请江大侠帮忙。"

江海天说道："你我乃是世交，自应如兄如弟，哪来的什么长辈晚辈，请问萧兄今年贵庚？"萧志远只好改过称呼，说道："小弟虚度三十三龄。"江海天哈哈笑道："那么我比你痴长几岁，好，我可要不客气叫你一声老弟了。老弟，难得你远道来访，有什么需要愚兄效力之处，愚兄自当遵命。进去说吧。这两位朋友一并请了。"萧志远心道："难得江大侠如此豪爽，一口应承。"他见江海天已在前头领路，也只好暂且不说了。

进了客厅，宾主刚刚坐定，萧志远正要说话，忽听得有人嚷道："稀客，稀客！是萧家哪位小哥儿来了？"出来见客的正是江海天之父江南，江晓芙也随侍在侧。

萧志远连忙起来行礼，自报姓名，江南道："呀，日子过得真快，上次见你，你还是拖着两筒鼻涕的毛孩子，如今竟已是江湖上响当当的好汉子。你爷爷身体可好？你大哥呢？你成家了没有？"江海天笑道："爹爹，你上次独上青城，芙儿还没有出世呢。"

江南已是年近六旬，老脾气仍是一点也没改变，不但爱说话，而且爱夸张，其实他那一次在青城山见到萧志远之时，萧志远也有了十多岁，并非拖着鼻涕的"毛孩子"了。

萧志远为了礼貌，不得不先回答他这一串问题，"爷爷去年做了八十大寿，（江南插口叫道："哎呀，我都不知道呢！可真是失礼了。"）不想惊动亲友，设的只是家宴。他老人家年过八旬，精神还是很好。大哥三年前已在少林寺出家。小侄还没成亲。"

原来萧志远父亲早已去世，他有一个哥哥一个姐姐，姐姐嫁给武当派掌门人雷震子的大弟子甘宗华，萧志远的哥哥萧志宏则爱上了甘宗华的妹妹甘朝华，甘朝华另有心上人，萧志宏情场失意，遂到少林寺出家，拜在方丈大悲禅师名下。

江南道："你大哥好端端的怎么出家了？这么说，你更应该早日成亲了。你有了合心意的姑娘没有？好，待我给你想想……"萧志远大为焦急，道："这个缓提，我……"

江南哈哈笑道："三十多岁的大人了，还怕羞么？嗯，想必是你只知一心练武，这终身大事就没搁在心上了？武功是要练的，想当年，我和晓芙一般年纪的时候，连三脚猫的功夫都还未会，你爷爷，在西藏宣抚使衙门教练大人的公子，这位公子后来和我做了结拜兄弟的，他们每逢在后园习武，我就悄悄跟着偷练……"

江海天笑道："你老人家这个故事，萧兄弟还会不知道吗？"江晓芙也笑道："爷爷，这个故事我已不知听你说过多少遍了！"

江南一本正经地道："知道了就好。我正是要你们知道我当年习武多么艰辛，哪像你们今天有师父教导，这么容易。不过话说回来，练武、成家都是要紧的，成了家我看也并不妨碍练武，我二十岁出头就成了家，武功只有越练越好，你爹爹不到二十就娶了你妈，他武功比我更好。所以呀，萧贤侄……"萧志远暗暗叫苦，心道："听来他又要向我讲一番劝我成家的大道理了！"

萧志远为了礼貌，不得不作出“洗耳恭听”的模样，但心中的焦急终是不禁稍稍显露出来，脸上堆着的笑容也就不大自然了。江海天察觉他的神气有点不对，瞿然省起，连忙说道：“萧兄弟，你不是说有什么事的么？那你就先说正经事吧。”这才打断了他父亲的长篇大论。

江南也有点尴尬，笑道：“不错，你有什么事情，不必客气，叫海天给你去办。办好了正事，我再与你商谈你的终身大事。”

萧志远向江南告了个罪，回过头来，这才对江海天道：“天理会有位香主名叫李文成，江大哥可听过他的名字？”江海天道：“哦，是八卦刀李文成吗？我知道他是一条好汉子。他怎么啦？”萧志远道：“前日我在泰山碰见他，他，他已给清廷的鹰犬害死了！”江海天大吃一惊，叫道：“可惜，可惜！他武功不弱，怎的却死在鹰犬之手。”萧志远道：“他还有一位遗孤……”当下将那日在泰山绝顶所发生的事情，以及李文成临死托孤等等，简单扼要地对江海天说了一遍。

江海天慨然说道：“我年纪不大，在武林中比我德高望重的不知多少，所以我一直都未想到要收徒弟，也不知拒绝过多少人了。但这个孩子我却是非收不可，否则也对不住他的爹爹对我的期望。这孩子呢？你们为什么不把他带来见我？”萧志远道：“刚才在离宝庄五十里之处，给一个女贼劫去了！”

江海天又惊又恼，拍案说道：“岂有此理，竟有人敢在我眼皮底下做出这等无法无天之事！是怎么样的女贼？”萧志远讲了经过，江海天道：“哦，能用鞭梢点穴的？”脑海里闪过几个善于用鞭的武功门派，但一时间也还未能断定这女贼的来历。

江海天沉吟片刻，说道：“如今已过了两个时辰，这班女贼，恐怕已出了东平县境了。哼，晓芙，你真是误事不少，要不是你这么胡闹一场，咱们……”江晓芙站了起来说道：“爹爹，我骑赤龙驹去追拿女贼，将功赎罪。”

江海天道：“也好，但未必追得上了。不过你可以拿我的拜帖去，多拿几张，给德州的丐帮分舵主和沿途的武林前辈，请他们帮忙，代传英雄帖与绿林箭，查缉这个女贼。到了德州，你就可以回来了。”萧志远听了，心中宽慰不少。

要知以江海天在武林的声望，他和各大门派又有深厚的交情，这英雄帖和绿林箭，一传出去，必将越传越远，得到这个消息的武林同道，甚或是绿林中人，谁能不卖江海天这个面子，给他帮忙？

江海天此次让女儿给他办事，也是有心借此机会，让女儿到江湖上历练历练。那匹赤龙驹是唐努珠穆送给他的一对名马之一，日行千里，此去德州，将沿途可能停留的时间都计算在内，也至多三日，便可以来回。那女贼的武功在萧志远等人看来，那是高强之极，但在江海天心目之中，却算不了什么，相信女儿可以应付得了，何况她带有自己的拜帖，一路之上，都有武林前辈照应，自是可以无虑。

但这毕竟是江晓芙的第一次“出道”，江海天免不了多叮嘱两句，说道：“你把我的宝剑与你妈的那副护身宝甲带去，万一碰上敌人，打她不过，你要立即便跑，切勿贪功，你的马快，打不过总可以跑得了。若是未遇敌人，到了德州，交妥拜帖给杨舵主之后，也要立即回来。以后的事情，自有我的好朋友们给我代办了，不必你再操心。”

江晓芙小嘴儿一噘，说道：“知道啦。你和妈也是十六岁便走江湖的，我如今已是你们当年出道的年纪了，你怎么还把我当作小孩子似的，老不放心。”

江南忽道：“我有几年不出门了，我也想去舒展舒展筋骨。”江海天怔了一怔，道：“爹爹，你也要去？”江南道：“我还未老呢，你就要我在家里吃饱便睡，安享清福做老太爷么？我欢喜出门散心，你休得阻我。”江海天道：“孩儿不敢，不过——”江南道：“不过什么，你怕我武功不够？想当年我也会过多少英雄好汉，你又不是不知道？如今我又多练了二十年功夫，即使比不上你，大约也差不多了，你还怕我给你丢脸么？”江海天忙道：“爹爹言重了！”

江南不理睬他，自顾自地说下去道：“我总比芙儿强一些，也多一些江湖阅历吧？芙儿去得，我当然也去得。而且，我绝不许你和我一道去，有你一道，敌人闻风远避，你的朋友也只知道我是你江大侠的父亲，这还有什么意思？你好好的给我在家里陪客，不准你阳奉阴违，待我出门之后，你又悄悄跟我。这点小事，你还怕我办不了吗？”

江海天知道父亲的脾气，他虽好说笑，但一认真起来，却是非常执拗。而且江南说的虽有点夸张，也是事实，他练了几十年的功夫，虽未登峰造极，武林中能胜过他的确是不多了。当下只好依从，说道：“既然爹爹要去，那就骑那匹白龙驹去吧。”

江南这才转怒为喜，笑道：“芙儿，我和你各走一路，那批女贼，不是分开四路逃的吗？你管东南，我管西北，看谁幸运，先发现敌踪？不论谁先遇上敌人，就发蛇焰箭为号，这样就不至于失去联络了。你看可好？”

江晓芙娇声笑道：“这是最好不过，我就怕爷爷仍是把我当作小孩，不让我有施展本领的机会。”江海天心道：“爹爹毕竟是最宠爱芙儿，用心细密。他知道我有意让芙儿到江湖历练一次，却又不能放心，所以他想出这个法子，既可以暗中保护她，表面上又是放手让她单人匹马去闯。嗯，这法子倒是两全其美。”当下也就笑道：“哼，你有多大的本领了，还怕没有施展的时日么？好，既是爷爷给你保驾，那你就和爷爷去吧。”

他们一老一少欣然色喜，客人中的萧志远心里可是大大不安，连忙说道：“为了我的事情，麻烦世妹也还罢了，还惊动了老伯，这可叫小侄怎生过意得去？小侄……”言犹未了，江南已打断他的话道：“贤侄此言差矣，你可以为素不相识的朋友尽力，我们就不如你吗？什么你的事情我的事情？海天已答应收那孩子做徒弟了，那孩子也就是我的孙儿了，这还不算得是我的事情吗？”

江南为人最是热心，老而弥甚，萧志远无话可说，仍自沉吟，江晓芙忽地笑道：“萧叔叔，我们家里没有第三匹千里马了，这次我得罪了叔叔，就让我代你报这一箭之仇，作为向你赔罪吧。”萧志远正是想与他们同去，却被江晓芙先识破他的心意，话中藏话，婉拒了他。

萧志远面上一红，心道：“不错，他们是骑了千里马去的，我怎能跟得上他们，我是那女贼的手下败将，跟他们去也帮不了什么忙，反而给他们多添累赘。”当下只好起立道谢，江晓芙笑道：“我还不知能不能把这女贼捉回来呢？萧叔叔，我可不敢要你预先道谢。”

江南也道：“萧贤侄，咱们不是外人，你可不用和我客气。你和你海哥是初次见面，你们俩就多谈谈吧。你放心，不出三天，我们就回来的，即使捉不到那女贼，这事情也一定可以办得有点眉目……”江晓芙怕祖父一说开了，就不知什么时候停口，连忙拉他袖子，往外便走，笑道：“爷爷，你看看天色！”江南这才笑道：“不错，咱们是该动身了，天黑了可就不好走路啦！”

萧志远是脸上发热，叶凌风可是在心里发热，江晓芙清丽绝俗，武艺超群，更加以天真活泼，宜喜宜嗔，叶凌风一见了她，不由得情思惘惘，灵魂儿已是随她去了。他目送江晓芙刚健婀娜的背影走出了门，心里暗自思量：“即使不是为了江家的绝世武功，只是为了这位姑娘，我也值得冒险搏搏。”萧志远似是发觉他的神态有点奇特，眼光向他射来，叶凌风接触了萧志远清冷的目光，不觉心头一凛，似是发了高热的病人清醒过来。

叶凌风心里自思：“我也是个男子汉大丈夫，岂能、岂能做出这等羞辱家门之事？”只见萧志远站起来道：“江大哥，我给你介绍两位朋友。这位是我的同乡、小金川冷寨主的侄儿冷铁樵，冷大哥。”原来萧志远这时才抽得出空来给他们引见，在介绍之前，他的眼神自是要关顾他们一下，叶凌风却作贼心虚，以为他发现了自己心里的秘密。

叶凌风定了定神，随即想道：“我学了江家的武功，只要是用于行侠仗义，那又有什么不好？逆取顺守，也还无愧于作个英雄。”他深深吸了口气，松弛绷紧的心弦，空气中似还留下江晓芙少女的体香，顿时间叶凌风又禁不住神魂飘荡，心道：“我不再见这天仙似的美人儿一面，我又怎舍得离开？唉，只要我能留在江家陪伴于她，一年也好，一月也好，甚或只是一天半日都好，我即使身败名裂，也是甘心的了。”

心念未已，江海天已与冷铁樵寒暄过了，萧志远道：“这位是我的义弟叶凌风。”叶凌风忽地迈前一步，在江海天面前“卜通”

跪倒，江海天大吃一惊，叫道："叶英雄怎可行此大礼？"刚要将他扶起，叶凌风已"咚咚咚"叩了三个响头，一面叩头，一面说道："姑父在上，侄儿拜谒。"

江海天呆了一呆，讷讷说道："你，你是——"叶凌风道："这是家父的信。"江海天惊疑不定，接过信来，打开一看，看了几行，手指微微颤抖，忽地叫道："莲儿，快来，你大哥的孩子来了。"匆匆阅毕，随即把叶凌风一把揽入怀中，双眼红润，说道："你果然是我侄儿，我们已有二十年未见过你的爹娘了，这些年来，你姑母想得你们好苦！"

原来江海天的妻子谷中莲有两个哥哥，二哥唐努珠穆是马萨儿国的国王，大哥叶冲霄因为少年时候受仇人所骗，认贼作父，做了许多坏事，后来知道了生身之谜，兄弟重逢，这才改邪归正，但始终是心中有愧，唐努珠穆要把王位让给他，他就躲起来了。其间虽因本国有难，曾回国一次，但乱事过后，他们夫妇又逃走了。（事详《冰河洗剑录》。）

二十年来，江海天与唐努珠穆虽是天南地北，也还是鱼雁常通，只有叶冲霄却从无消息，也不知道他们夫妇躲在哪儿。想不到今日突然来了个叶凌风，这才带来了他们的消息。那封信上有叶冲霄夫妇的署名，信则是叶冲霄妻子欧阳婉写的，江海天认得她的笔迹。他意外惊喜，一时间也顾不得客人在旁，便叫起他妻子的小名来了。

叶凌风突然在江家认亲，萧志远也是诧异无比，不觉对叶凌风有点不满，心道："原来他是江大侠的侄儿，这关系比我亲得多了。他却为何一直瞒着我，却要我来给他引见？"

萧志远是个忠厚老实的好人，随即自己给他开解，"是了，他们虽说是近亲，但二十年来，从无来往。叶兄初到中原，不知江家所在，要我带路，那也是情理之常。江大侠名震天下，不知多少人与他攀亲道故，叶兄弟不愿说出他与江家的关系，正是他矜持之处，怕别人说他用江大侠近亲的身份招摇。但他应该知道我是不会用那种眼光看他的，他对我也不说实话，却是有点过分了。"但萧志远更是为他们姑侄相认的意外之喜而高兴，这一点点的不满也就不放在心上了。

谷中莲恰好在家，一听有大哥的消息，这一喜也是非同小可，连忙出来，但她却比江海天精细得多，一出来就先说道："大哥的信呢，拿给我看。"叶凌风本来就要上前拜见姑母的，见谷中莲已经把信捧在手中，好像全副精神都放在信上，他只好暂且站在一旁听候了。

江海天在旁解释道："这是大嫂亲笔写给咱们的信。"谷中莲笑道："我从来没见过大嫂的笔迹，幸亏你还认得。"江海天面上一红，心道："莲儿也真是的。早已事过境迁，侄儿也已经成人了。她好似还未忘怀旧事？"原来江海天少年时候与欧阳婉有过一段颇不平凡的交谊，她与谷中莲的大哥结婚之后，从不来看他们，这大约也是原因之一。

江海天以为妻子的话语之中，含有挑剔他旧事之意，其实谷中莲只是要琢磨这封信的真假，心道："海哥既是认得大嫂的笔迹，那就决不会是假的了。不过，也还有点疑窦，这少年人为何说'这是我爹给你写的信'，而不说'这是我妈写的'？好，且先看了这封信再说。"

这封信是欧阳婉的笔迹，但却是用叶冲霄的口气写的，信中说他们又决意到海外另觅安身立命之所，免得二弟让位之心始终不息，他们有生之日是再也不回中原来了，因此特命儿子来投奔姑姑，请江海天夫妇多加照顾。信中并忏悔他们过去的误入歧途，希望儿子将来是个侠义中人，好补父母之过。

谷中莲读了，不觉热泪盈眶，心道："想不到大哥性情如此偏激，大家都宽恕了他，他却不肯自己原谅自己。二哥不断地派人寻觅他的行踪，想必是给他知道，二哥的好意反而把他迫走了。"

大哥的心情，谷中莲是完全可以体会得到的。看了这一封信，谷中莲已是再也没有怀疑，心里想道："这信是他的母亲替他父亲写的，用的是他父亲口气，他递信之时，不想说得太过转折，便直接说是他爹爹写的，那也是理应如此。倒是我多疑了。"当下把信收起，问道："贤侄，你回过本国没有？"她所说的"本国"乃是指马萨儿国。

叶凌风这才上前行过大礼，叩见姑母，说道：“我爹爹叫我直接来找姑父姑母，他还给了我一条禁令。”谷中莲道：“什么禁令？”叶凌风道：“要待马萨儿国的太子即位之后，才许我回本国探亲。不但如此，他还要请姑姑代为隐瞒，不可让二叔知道我在你们这里。”

谷中莲点点头道：“我明白了，唉，你爹爹也真是用心良苦。他是怕二叔要你继承王位。好，我成全他的心愿便是。”江海天笑道：“做一个笑傲王侯的江湖游侠，那是比做一个国王自在多了。”

叶凌风道：“侄儿本事低微，我爹爹叫我代他行侠仗义，只怕我有负爹爹期望。因此我爹爹意欲，意欲……”

谷中莲忽道：“是你爹爹的意思，想你拜你姑父为师么？”叶凌风聪明绝顶，他本来想说“正是”的，忽地感到谷中莲的问话有点跷蹊，立即便改口说道：“这是我妈的意思，后来我爹爹也同意了。最初他好像还不大赞同似的，大约是怕我资质太差，不配做姑父的徒弟吧。”

谷中莲心道：“这才对了。大哥改邪归正之后，虽是深自忏悔，但他内心却还是极其骄傲的。他曾几次败在海哥之手，欧阳婉与海哥又曾有过那么一段尴尬的往事，大哥总是难免心有芥蒂，是以不肯在信上写明求海哥授他儿子武功。其实，事过境迁，我与海哥早已不把往事搁在心上了。”

江海天性情直爽，心思更是没有妻子这么曲折，当下便即慨然说道：“侄儿，你既然到我这儿，咱们就是一家人了。我当然要成全你父母的心愿。从今之后，你就与晓芙一同跟我学武吧。哈哈，想不到我二十年不收徒弟，今天一收就是两个。只可惜李文成那孩子还是未见面的徒弟，不知可有师徒缘分？”

武林最重师道，师父比生父还更紧要，叶凌风听得江海天答应收他为徒，喜不自胜，连忙再上来行过拜师大礼。

行过礼后，谷中莲忽地说道：“侄儿，你以前练过些什么功夫，露几手给我看看。”正是：

正喜图谋皆遂意，哪知还有难题来。

欲知后事如何？请听下回分解。

第五回　欲驻萍踪陪玉女
难明心迹觅孤儿

叶凌风道："小侄的功夫不值一哂，怎敢在姑父姑母面前献丑？"江海天笑道："贤侄，这就是你有所不知了。我们倘若不知道你曾练过些什么功夫，又怎能因材施教呢？不过，也无须如此急急，过两日再试吧。"后半段话却是向他妻子谷中莲说的。

谷中莲突然就要叶凌风马上显露功夫，江海天也有点奇怪，心想："还有两位客人在座，萧志远虽不是外人，毕竟也是初次见面。那位姓冷的更是生客。咱们马上就要教起徒弟来，这岂不是把客人冷落了？"

谷中莲道："好，那我就只试一招！"话犹未了，忽地一掌向叶凌风胸前拍来，掌风飕飕，竟是一招毫不留情的杀手！叶凌风大吃一惊，心道："难道她对我已是起疑，要取我的性命？"性命交关之际，也无暇仔细思索，本能地便以全力接了一招。谷中莲的掌力早已到了收发随心的境界，轻轻一碰，便即收回，叶凌风打了两个圈圈，稳住了身形，这才知道谷中莲并非蓄意取他的性命。

谷中莲冷冷说道："你爹爹的看家本领为何丝毫也未曾授与你？"叶凌风正自不知如何回答，江海天道："你爹爹是否因为大乘般若掌太过狠辣，所以未曾教你？"

江海天这一问不啻给叶凌风一个提示，立即便回答道："姑父明见。爹爹正是因为大乘般若掌专伤奇经八脉，太过狠毒，所以自小就不许我练。非但如此，我母亲原来所学的邪派武功以及使用毒药等等本领，一概都不许我练，他们只是教我一些他们所知道的正派的普通功夫，这也是出于我母亲的意思。她说免得我将来改学正派的上乘武功之时，反而有所妨碍。”

谷中莲听他讲得甚是内行，心想：“他知道大乘般若掌的功能，也知道欧阳婉练的是邪派武功，擅能使毒，看来大约不会是假冒的了。”但还是问道：“大乘般若掌是佛门三大神掌之一，绝非邪派武功。只因我大哥当年未得真传，所以流于狠毒，但它运功的秘诀，还是正宗内功的一脉，将来你若要学上乘武功，正可以用得着它。这大乘般若掌的运功秘诀，你爹爹也没教你吗？”

叶凌风道：“这三篇运功秘诀，爹爹自小就要我背诵的。但他不许我练掌法，只知秘诀，内功的基础却是太差了。”谷中莲道：“你既是念得烂熟，背一遍给我听听。”江海天这时也察觉到谷中莲的用意乃是在试叶凌风的真假，心里颇觉有点不安，心想：“莲儿也未免太过精细了。”

叶凌风定了定神，心里暗暗好笑：“幸亏你只是考我背书，这可难我不倒。”当下便低眉合十，缓缓念道：“能所双忘，色空并遗，于无起有，似有还无。此佛法之妙理，亦此篇武学之根基也。行功之道，端在以意御气，以气摄精，以精凝神，以神运力，气贯丹田，力透经穴，刺敌于动念之间，伏魔于表象之外……”正自念完大乘般若掌运功秘诀的第一篇“总纲”，谷中莲忽道：“错了，错了！”叶凌风愕然道：“哪里错了？”

谷中莲道：“有三处地方错了。大乘般若掌是佛门的上乘武功，贵在心性和平，方能发挥制敌奇功，伏魔定力，但这三处地方，却是以霸道取胜，与此篇总纲开首的十五句妙旨恰不相符，是何道理？”当下将那三处地方列举出来，目光凝视着叶凌风道：“这是不是你爹爹亲口传授你的？”

在谷中莲驳诘叶凌风之时，江海天几次作色想要说话，只因谷中莲一开了口便滔滔不绝，江海天未有机会插嘴，叶凌风瞧在眼内，登时便似服了定心丸一般，却故意作出惶惑的神态，说道：“这的确是家父亲口所传，何以有错，侄儿也是十分不解。”

江海天哈哈笑道：“莲妹，是你错了！你要知道你大哥的般若掌是传自金鹰宫的宝象禅师，此人虽是佛门高弟，但当时却正走入魔道，他将这运功秘诀擅自修改，以符合他所练的魔道武功。所以你大哥所得本来就不是原本真传，这三处错处，就正是宝象禅师擅自修改的，你怎能怪风侄念错？”

谷中莲微微一笑，说道：“海天，这个你多年之前，早已给我讲解过了，我并非忘记，我是故意考考风侄的。”说至此处，便温言对叶凌风道：“不必再背了，你果然是我侄儿！”

叶凌风委委屈屈的神气说道：“原来姑母是有相疑之意，唉，侄儿……”眼中含泪，作势便要拜别，谷中莲忙将他一把拉着说道：“贤侄，你休怪我。江湖上人心险恶，你姑父是个老实人，我不能不多加一点小心。好在真金不怕红炉火，如今已证实你绝非假冒，这不比我心有怀疑而口中不说要好得多吗？贤侄，我使你受了委屈，今后定当悉心传授你的武功，以作补偿。你可不要怨我才好。”

谷中莲说丈夫太过老实，其实她自己也是心地纯良，十分坦直之人，所以她在感到无可怀疑之后，便明明白白地把自己心中的想法都对叶凌风说了出来。

叶凌风心里是大喜过望，口中却在说道：“侄儿怎敢埋怨姑姑？侄儿但求常得姑姑的教诲，武功的传授那倒是次要的了。”

江海天哈哈笑道：“好了，你们姑侄已然相认，你姑母如今又是你的师母了，你快来与你师母再见过礼吧。”拜见师母之礼更为隆重，叶凌风行过大礼，改口叫了一声“师母”，谷中莲喜得掉下泪来，说道：“你虽然不是贪图江家武功，但我与你姑父却必须成全你爹娘心愿，让你学好本领，做一个名实相副的大侠。海哥，这是你第一个徒弟，从今之后，你算是开宗立派了，你给你的徒弟一些训告吧。”武林规矩，拜师之时，师父便应向徒弟宣示本门的戒条，谷中莲是邙山派掌门，这一套规矩她是十分熟悉的。

但江海天却不熟悉，原来他自己拜师之时就没有经过这一套，他的师父金世遗是一个十分随便的人，压根儿就没有向他宣示过一条戒条。江海天怔了一怔，本想说个“免”字，但见谷中莲的态度十分庄重，好像非如此不足以完成拜师大礼，便笑了一笑，说道：“请你以师母的身份，代我这个做师父的训告徒儿吧。”

谷中莲微微一笑，道："就让你偷一次懒吧，以后你再收徒弟，可得你自己主持了。"江海天笑了一笑，用天遁传音说道："我不是偷懒，我是偷师。我记着你讲的是什么戒条，以后我就学会做师父了。"

谷中莲摆了个临时香案，当作是江海天本门的历代祖师神位，其实江海天的本门祖师也只有两个，第一代是已逝世多年的毒龙尊者，第二代就是江海天的师父金世遗了。金世遗在十多年前与谷之华偕隐海外，算来已有六十多岁年纪，是否还活在人间，无人知道。

谷中莲端了一张太师椅坐在上首，叫叶凌风跪在下首，说道："本门戒条，一不许欺师灭祖，二不许滥杀无辜，三不许奸淫妇女，四不可恃武凌人……"大部分是从邙山派的戒条中抽出来的，一共说了十条最重要的，说道："若然犯了上列戒条，重则立时处死，轻则废去武功，你依得么？"叶凌风听她宣读一条，就叩一个响头，最后说道："弟子叶凌风谨领本门戒律，如有故违，甘受惩处。"

谷中莲道："还有一些次要的，你也听了。不许擅取不义之财，不许结交匪类，不许与公门中人来往，除非得师尊允许，不许给富室保镖，不许……"说了几条，顿了一顿，最后忽地加上一条，"不许谎言欺骗。如有犯上了上列戒条，重则废去武功，打断手足，轻则逐出门墙，你依得么？"叶凌风吓出了一身冷汗，却连忙叩头说道："弟子一一遵奉，决不敢违背本门戒律！"

谷中莲道："好，最后还有一条，但这一条我只要你依从一半。"叶凌风心里暗暗嘀咕："不知师母还有什么刁钻的戒条？怎么叫做只依从一半？她所说的这些戒条别的倒没有什么，只是刚才说的那条，嗯，可是有点蹊跷，什么'不许谎言欺骗'，武林中一般门派的戒条，我也略知一二，这一条似乎少见；她却为什么特别提出？难道，难道她是对我有了疑心？"他心有所疑，神色却丝毫不露，恭恭敬敬地说道："请师母吩咐。"

谷中莲道："你师父是汉人，我养母兼师傅的谷女侠是汉人，我如今又是嫁夫从夫，因此我早已把自己完全当作汉人了。汉族的英雄义士，虽未约齐了会盟定约，但人人心中都是有一个共同的誓约，即是要驱除胡虏，恢复中华。但你不是汉人，我不强求你也与汉族的英雄义士一般：毕生矢志，反抗清廷。但最少你不能做清廷的爪牙，不能残害汉族的仁人义士。所以我说要你只依从一半。本门的戒条不是因你一人而立的，你师父以后还会收汉人徒弟的，他们就要全部遵守了。”

叶凌风忽地抬起头来说道：“师母你说错了！”谷中莲愕了一愕，道：“怎么错了？你、你不愿——”叶凌风道：“我母亲是汉人，最少我也是半个汉人。我愿意全部遵守你这一条，像别的汉人义士一般，尽力之所及，反抗清廷，如背誓言，甘受处死！”

江海天哈哈笑道：“莲妹，你还未知道风侄早已是咱们的一路人了。他和萧贤弟曾在泰山救了李文成的遗孤呢。他也早已与清廷的鹰犬交过手了。”当下将萧志远刚才所说的故事，向谷中莲补述一遍。谷中莲大为欢喜，把叶凌风扶了起来，说道：“好侄儿，好徒弟，从现在起，你是本门的掌门大弟子了！”

武林规矩，掌门弟子多数是大弟子，但也不一定就是大弟子，例如谷中莲以前就是在同辈之中，位居最末的小师妹，却做了掌门弟子的。如今谷中莲这么说法，即是在他一入门之时，就先立定他做掌门人了。不管以后江海天还收多少徒弟，那些徒弟是否才能胜过于他。

叶凌风心里是喜出望外，神情却是极惶恐，讷讷说道：“这个、这个……我看掌门弟子之位，还是留待光夏师弟的好。他是汉人，而且是大英雄李文成的遗孤。再不然还有晓芙师妹呢。”

江海天哈哈笑道：“你师母所说正合我心，你不必谦让了。光夏我是答应了收他为徒，但还不知是否有师徒的缘分呢，何况他年纪也还太小。至于你的师妹，哈哈，她是个只知淘气的小姑娘，决不能让她做掌门人的。”

叶凌风自是欢喜无限，忙再叩头感谢师恩。萧志远却是有点儿奇怪，暗自寻思：“叶贤弟一向与我说话，都是痛恨清廷，恨不得早日驱除鞑虏，恢复中华的，听他的口气，谁也想不到他竟然不是汉人！”不过，萧志远虽是有点奇怪，但想到叶凌风是与他“志同道合”，他以“半个汉人”的身份，而能与汉人同仇敌忾，萧志远也自高兴，便不再去深思了。

这时叶凌风已正式做了江海天的“开山大弟子”，而且江海天还预先立了他做掌门人，萧志远更是为他庆幸，便与冷铁樵一同上来向他道贺。

叶凌风道：“萧大哥，你是我师父的同一班辈，我不敢高攀，今后可要改过称呼，叫你做萧大叔了。”萧志远哈哈笑道：“你与我结义在先，拜师在后，各有各的交情，你何必如此拘泥什么班辈？”江海天也像他师父金世遗一样的脾气，对一些小节，乃是随随便便的人，当下也笑道：“这也不错，江湖上各交各的，你的萧大哥既是一番好意，我也就随便你们怎样称呼了。”

萧志远本是与冷铁樵约好，一同回乡，助他叔父小金川寨主冷天禄举义的，但一来他是初次来到江家，江海天自是想挽留他多住几天；二来他受了李文成的托孤之命，李文成的孩子还未找回，他也放心不下，好在江南祖孙临走之时，已经说过三天之后，便可回来，萧志远便决意再留三天，等到江南、江晓芙回来之后，得到确切的消息，然后离开。

哪知过了三天，江南祖孙俩，竟都是未见回来。他们骑的是日行千里的骏马，以行程而论，到德州一个来回，加上沿途投递拜帖的一些耽搁，三天也应该够了。

江海天根据情理推断，虽然明知他们决无遇险之理，也不免有点忧虑，但他心想：“爹爹是个喜欢热闹，爱交朋友的人，他到了德州，可能是给丐帮的朋友留下了。芙儿第一次出门，在他爷爷庇护之下，说不定也是想在外面多玩几天。”于是他和妻子商量之后，决定再等三天，若还不见他们回来，他再自己亲自出马寻找。萧冷二人碰上这个意外，也只好决定再在江家耽搁三天。第二个三天又过去了，就在最后那天的晚上，已是三更时分，江海天忧心忡忡，正在与萧冷二人在客厅聚谈，忽听得门外马嘶，江海天大喜道：“他们回来了！”全家人都急不可待，出去迎接，这晚正是月圆之夜，月色很好，只见只有江南一人骑马回来！

江海天吃了一惊，连忙问道：“爹爹，你，你只是一人回来么?”江南吃惊更甚，跳下马来便道:“怎么芙儿还未回来?我以为她早已回来了?”江海天本来挂虑女儿，但怕父亲心里不安，反而安慰他道:“芙儿也未必就是出了什么事情，她武功胜于那个女贼，又有宝剑宝甲，而且一路之上，还有咱们的朋友，只怕她在哪位世叔伯的家中留下了。”

江南神情惶恐，讷讷说道:“这个，这个……”他平时最爱说话，这时却似担着很重的心事，结结巴巴地说不出来。江海天情知凶多吉少。强作镇定，说道:“爹爹，你在路上碰到什么事情，进屋子里慢慢再说。”

江海天替父亲拉过那匹坐骑，正要把它拉入马厩，谷中莲忽地“咦”了一声，道:“爹爹，你这匹坐骑怎的换了?”

原来江南走时坐的本是一匹白马，全身没有一条杂色的毛，日行千里，故此名为“白龙驹”，如今回来，坐的却是一匹黑马。黑白分明，本是极容易发觉的，只因江海天一心记挂他的女儿，根本就没留意到江南的坐骑是什么颜色。谷中莲虽也是一样记挂女儿，但她是在旁边听他们父子说话，注意力比较在说话中的人较易接触其他事物，故而首先察觉，那匹日行千里的“白龙驹”已是换成了一匹寻常的黑马。

江南在惶恐之中多了几分尴尬，说道:“这次我是八十岁老娘倒绷孩儿，给一个女贼骗了。”江海天道:“爹爹碰上了那个女贼么?”心想:“这倒是不幸中之幸，最少可以找到一丝线索。”

萧志远、叶凌风亦都出来迎接，争着打听消息。江南进了屋子，坐定之后，叹口气道:“我碰到了一个女贼，可惜不是正点儿。”萧志远道:“不是那帮女贼么?”江南道:“是倒是的，但却不是为首的那个女贼，只是她的一个小丫环!”

原来江南在离家后的第二天，便追上了一个形迹可疑的单骑女子，年龄服饰和萧志远所说的那帮女贼都很符合，可是却没有带着孩子。那女贼的坐骑当然跑不过江南的白龙驹，江南飞马抢过她的前头，拦着她问话，那女贼最初还想动手，江南心地纯良，非但不愿伤她，而且因为她是个年轻女子，江南怕她羞愧，连碰也不想碰她，故此没有点她穴道。只是施展劈空掌力，把她的坐骑击毙，叫她知道一点厉害。那女贼见了他的功夫，立即猜到了他的身份。

那女子爬起身来，便作出一副受了委屈的样子，气愤愤地向着江南嚷道："你不是名震天下的江老爷子吗？你是老前辈、大英雄，为何欺负我一个孤身弱女？"江南给她这么一说，反觉不好意思，正正经经地和她理论道："你休得抵赖，我知道你是昨日在东平县抢了一个孩子的那伙女贼，你也分明懂得武功，怎能说是'弱女子'呢？"

那女子嚷道："哎哟，江老爷子，你是江湖上人人佩服的老前辈，我以为你一定是个公平正直的人，却怎的如此不明事理？"江南道："我怎的不明？有哪点错了？倒要请教！"那女子道："岂止一点错了，总共有三点不对！"那女子实是有意胡缠，好拖延时间，心中暗暗盘算脱身之计。

江南怔了一怔，道："我只说了几句说话，就有三点不对了吗？"那女子道："我才不会冤枉你呢。你且听着，第一、你也不知道我们是些什么人，和那孩子是什么关系，怎能一口就咬定我们是贼？第二、即使我当真是贼，'捉贼捉赃'，也总得有赃物才能说我是贼。你看我只是孤身一人，哪有什么孩子？你是要讨回那孩子的，孩子不是我抢走的，你就不该与我为难。第三、我虽然懂得一点武功，但比起你江老爷子，简直等于一头羔羊和一头老虎，在你的面前，我还不能说是弱女子吗？"

江南给她捧得飘飘然的，心想："这小妮子说的倒也有点理由。"说道："我并非故意与你为难，那姓李的孩子乃是我的徒孙，我非得讨回不可。劫了那孩子的是不是你们一伙？这点你总不能抵赖了吧？"

那女子笑道："我为什么要赖？可是在你朋友手中夺了那孩子的乃是我们的小姐，我只是她的一个丫环。"江南喜道："好，到底是探出一些消息了。你的小姐是谁？她为何要劫夺李文成的孩子？快说！"

那女子道："我们小姐么，她名叫千手观音祈圣因，'祈祷'的'祈'，'圣贤'的'圣'，'因缘'的'因'，你老爷子见闻广阔，想必听过我们小姐的名字吧？"江南道："什么千手观音？没听过这个名字。她是什么来历？不，你先说她为何要抢那孩子，再说她的来历。”

那女子叹口气道：“老爷子，你又糊涂了。”江南怔了一怔，道：“我怎么又糊涂了？”那女子道：“你也不想想看，我只是一个丫环，主人做的什么事情，做丫环的还能去向她查根问底吗？”江南愠道：“你刚才的口气，不分明是说你的小姐和那孩子有什么关系的吗？你还说我不该冤枉你的小姐是贼呢。”

那女子笑道：“江老爷子，我说你糊涂，你当真乃是糊涂！不错，我是说过你不该冤枉我们的小姐是贼，正因为我知道她不是贼，所以我才敢断定她和那姓李的孩子一定有些关系，要不然，她何必从你朋友手中夺了那孩子呢？至于什么关系，小姐她未告诉我，我又怎能知道？”这女子缠七夹八地兜了几个圈子，说来说去，还是一个“不知道！”

江南苦笑道：“我听你说了半天，你越说我倒是越糊涂了。你们的小姐到底是什么人？”那女子道：“我们的小姐，就是我们的小姐！你要问她的身世么，待我想想看，嗯，查家世该查三代，那我就从她的祖父说起吧，哎呀，我说了半天，当真是有点口渴了，咱们找个茶亭歇歇，我拼着耗个半天工夫，陪你老聊聊。”

江南吃了一惊，心道：“这丫头要说她小姐的三代底细，还准备耗个半天工夫！我自小被人叫做‘多嘴的江南’，岂知今天碰上这个鬼丫头，比我江南还要唠叨十倍！”忽听得鸦声阵阵，原来天色已晚，已是百鸟归巢的时候了。

江南虽是忠厚老实，毕竟也在江湖上混了几十年，瞿然一省，“这丫头莫非是故意与我胡缠，好让她的小姐走得越远越好？”连忙截住那女子的话头，说道：“我不想听你小姐的三代底细了，你小姐走的哪条路？我追上了她，我自会问她来历！”

那女子翻了翻眼睛，一副狡狯的神气笑道：“江老爷子，我可以告诉你，我们的小姐走的是哪一条路，但你就不怕我骗你吗？”江南道：“对，你给我带路！你高兴说话，在路上再说，说她三代、五代、七代、八代，只要不耽搁赶路，我就随你说个够！”

那女子道：“好，江老爷子，你是天下闻名的老英雄，你要我带路，我是荣幸之至，敢不依从？”江南叫道：“别多说闲话了，快走！”那女子道：“可是有个大大的难题！”江南道：“什么难题？”那女子道：“你老爷子把我的坐骑击毙了，叫我跑路跟你吗？你的马跑得这样快，我的气力又这样小！”

江南搔搔头道：“这个，这个——”沉吟了好一会子，毅然说道：“好，那你也骑上来吧！”那女子娇声笑道：“不，不好！你虽然足可做我爷爷，但毕竟是个男子。我不瞒着你老，我今年虽然只有十八，已经是许了人家的了。我那未婚夫婿妒忌心重，要是给他知道我与一个男子那么亲热的同坐一匹马，他会不要我的。”

江南无可奈何，想了一想，说道：“也罢，我就让你坐我的坐骑，可你得听我的吩咐！你瞧着！”江南一记劈空掌打出，五丈开外的一棵柳树，登时倒下。

那女子吃了一惊，却自笑道：“江老爷子，你这是什么意思？我早已说过，我是一个小丫环，能够有个机会，给你这位名震天下的老前辈、大英雄效劳，那是我天大的荣幸，我还能不听你老的吩咐吗？”

江南给她一顿奉承，心里十分受用，却端起脸来，正色说道：“我最不喜欢戴高帽子，你别给我多说恭维的话儿了。哪，你听着，我让你骑我这匹白龙驹，你可别要心怀鬼胎。我跟着马走，人与马的距离不准距离三丈开外，我叫你停，你就要停。否则我一记劈空掌就能叫你从马背上摔下来，摔成一团柿饼！”

那女子叫道：“哎呀，江老爷子你太多心了，我还能骗你的宝马不成？不过，你在后头，我怎知道是否不超过三丈距离，不是要我常常回头看你吗？”江南道：“这马我是骑惯了的，你不用鞭打它，只要保持它平常的速度，我就可以跟得上了。”

原来江南积了几十年的功力，轻身的本领亦已是非同小可，寻常的马匹，速度还不及他，即使是这匹白龙驹，在最初的三五里路程之内，人与马都以全力奔跑的话，他也可以不至落后三丈之外。但若走长程，那就要白龙驹不可跑得太快了。

那女子道：“这白龙驹看来十分神骏，只怕它不服生人。”江南道：“不要紧，它很听我的话的。”当下将白龙驹拉到那女子身边，拍拍马儿，指一指那女子说道：“这位姑娘骑你一程，你可不要欺负她。”那白龙驹果然似通灵性，蹲了下来，让那女子毫不费力的便跨上马背。

江南道：“我已吩咐它不可欺负你了，你也不可存着坏心眼儿，以为可以将它偷走。我一发出命令，它会把你摔下来的。”那女子笑道：“江老爷子，你真是啰唆得紧。你有劈空掌，这匹坐骑又是听你号令的，我不怕你劈空掌打死，也怕给它摔死，我还怎敢偷你的坐骑呢？”

江南为了急于追赶这帮女贼的首领，想出了这个主意，自以为万无一失。哪知这女子跨上马背，忽地刷的一鞭，催得她跨下的白龙驹四蹄如飞，绝尘而去。

江南大惊，喝道：“快停！我要发劈空掌啦！”那女子娇声说道：“江老爷子，你是天下闻名的老英雄，你不怕人耻笑，说你欺负一个孤身弱女，你就打死我吧！”江南双掌扬起，掌力却是不敢发出。以江南的本领，本来还可以伤马而不伤人的，但这匹白龙驹是他心爱的宝马，他又怎忍伤它？稍一犹豫，人马距离已在十数丈外，江南大叫道：“小白龙，听我的话，摔她下来，摔她下来！”

那女子扬空虚打一鞭，也在叫道：“小白龙，听我的话，跑快些，跑快些！”那匹坐骑果然越跑越快，那女子笑道：“江老爷子，你的白龙驹听我的话，却不听你的话，合该是我做它的主人了！”江南追赶不上，气得七窍生烟，却是无可奈何。

江南失了坐骑，只好步行，他心急赶路，昼夜不停，功力虽高，毕竟是上了一点年纪，赶了一日一夜，赶到德州，已是疲劳不堪，他以为江晓芙坐着赤龙驹，应该早已到了，哪知他找到了丐帮的德州舵主杨必大一问，江晓芙竟还未到。

江南在德州等了一天，仍然不见孙女到来，已知有点不妙，便问杨必大要了一匹坐骑，从江晓芙走的那条路回去。一路上他也曾到处打听，却就是无人知道江晓芙的下落。

江南把他的遭遇说给儿子、媳妇听，虽然隐瞒了一些，例如给那丫环戏弄的情形，他就只是粗枝大叶的说了几句。但大致还是说清楚了。

江海天沉吟半晌，道：“千手观音祈圣因，这名字我也没听过。”谷中莲道：“有个名字，总是比较容易打听一些，就怕那丫环是胡说一通，根本没有此人。”

江海天道：“我叫芙儿沿途投递拜帖的，从咱们这儿到德州，走她那条路，有三处地方要投拜帖的，一处是飞龙枪董镖头，一处是大刀关五爷，一处是赛灵猿梁少英，爹爹，你走那条路回来，可问过这三家没有？”

江南神情颓丧，说道：“海儿，你爹爹还没那么糊涂，这三处地方，当然都已去查问过了。芙儿都没去过。”江海天道：“奇怪，最近的一处飞龙枪董镖头家里，离此不过二百余里，赤龙驹还不到半日路程，难道她在这一段路程之内，就出事了。”

谷中莲道：“还好芙儿只是没有消息，还没有传来什么坏消息。爹爹回来时候的神气，我几乎以为芙儿已经遇害了呢。”江南顿足道：“没有消息也就是坏消息了，你们还不着紧，快去找她！”江南最疼爱这个孙女，故此特别紧张。

江海天道：“芙儿失踪，我们当然要着紧找她。但爹爹也不必太过担心，闯荡江湖，哪有不受到风险的？让她历练历练，也未尝对她没有益处。爹爹放心，待会儿天一亮，孩儿就去找她。”

江南父子说话之时，萧冷二人也在一旁静听，萧志远心里却是好生为难，他受了李文成托孤之命，论理是该帮忙寻找的，可是冷铁樵却又等着他一同回乡。

江海天已听他说过这事情，知道他的为难之处，便恳切地对他说道：“萧贤弟，李文成这孩子虽未向我叩头拜师，我已是把他当作我的徒弟了，我怎能让我的徒弟落在坏人手中。贤弟，你放心吧，我是定要尽我所能，将他找回来的。你既是答应了回乡相助冷寨主，这是一件大事，于公于私，你都不该失约，寻觅孩子之事，你就让我多负点责任。一有消息，我就会托人送信给你。”

萧志远一想，以江海天的武功与威望，有他亲自出马，自是无须乎多他一个帮忙，只是还有一事未能放心，说道：“江大哥，有你出头管事，再难十倍的也能办好，小弟还有什么不放心的？只是李文成这孩子你未见过——”江海天哈哈笑道：“你忘记了还有凌风吗？我正想借此机会，带他出去走走江湖，让他多认识一些武林前辈。”

萧志远笑道：“这就最好不过了，叶贤弟，你可得赶紧多学武功，要是碰上那个女贼，便请你代我报那一鞭之仇！”叶凌风更是暗暗高兴，心想这次与师父同行，人人都知道他是当今武林第一高手江大侠的掌门弟子，何等光荣！当真是未出师门，已经名闻天下了。不过，他在萧志远面前，却是不敢显出太过得意，他叩谢了师父的栽培之后，还与萧志远说了好些谦逊的说话，那也不必细表了。

计议已定，第二日一早，主客便各自分道扬镳，萧志远与冷铁樵一路，赶回四川。江海天夫妇则带了叶凌风先往德州，查访江晓芙和李光夏的消息。留下江南看守老家。

花开两朵，各表一枝。江晓芙遭遇了什么意外呢？这事可得先从李光夏这孩子说起。且说那日李光夏被擒之后，是“千手观音”祈圣因手下的一个丫环先把他带走，祈圣因则留在后面，准备抵挡追兵。祈圣因将李光夏抛给她的丫环之时，已是顺手点了他的穴道，李光夏不过是个十一二岁的孩子，祈圣因用的是邪派独门点穴手法，她的丫环亦非无能之辈，祈圣因当然不会想到李光夏能够逃走。

哪知李光夏年纪虽小，正邪各派的功夫他却是知道得不少，祈圣因这门点穴手法，正巧他也知道解法。祈圣因出手点他穴道之时，又顾虑他是个小孩，怕伤了他的身体，不敢用重手法，这就给了李光夏一个逃走的机会了。李光夏功力未到，解穴须得运气冲关，本来是极不容易的，好在祈圣因用的不是重手法，他把真气一点一滴地慢慢凝聚起来，终于在过了一个时辰之后，竟然给他自己解开了穴道，这时天已入黑，祈圣因所顾虑的追兵，未见追来，也恰巧在这时候，赶上了她。

这时已是入黑时分，恰巧走到一段非常险峻的山路上，这是从两山夹峙之中开辟出来的一条道路，下面是深不可测的幽谷。祈圣因追了上来，叫道：“天黑了，这路很不好走，你把孩子交给我吧。”那丫环应道：“是!”勒住坐骑，正要把李光夏抱下马背，交给她的主人。李光夏忽地在她耳边大叫一声，那丫环吓了一跳，李光夏反手一推，把她推倒，迅即以其人之道还治其人之身，使尽气力，用重手法点了她的穴道。

祈圣因叫道：“怎么啦？你还不赶快扶这孩子起来!”她还只道是天黑路险，那丫环马失前蹄，把李光夏摔坏了。李光夏趁祈圣因未曾来到，双手一抱，护着头颅，闭了眼睛，就从山坡上滚了下去。

祈圣因亮起火折，这才发现倒在地上的是她的丫环，从山坡上滚下去的才是李光夏。祈圣因是个武学行家，一眼看出了她的丫环是被点了穴道，大吃一惊之后，也就明白这是怎么一回事情了。

祈圣因摇了摇头，说道：“你这小家伙真是胆大包天，我也是太过疏于防范，忘记你是李文成的孩子了。糟糕，从这么高的山坡上滚下去，不死只怕也得遍体鳞伤。”当下，已是无暇给那丫环解开穴道，便即跟着下去寻觅。

山坡陡峭，天色又已黑了，当然不能骑着马下去。祈圣因又怕他在中途被树枝石笋绊倒，未必就滚到谷底，因此只好一步步地走下去，小心寻觅，未到谷底，她手中的火折已是燃烧净尽。

李光夏幸好没有碰着尖利的石头，只是荆棘勾破衣裳，伤了几处皮肉。脚踏实地，便即没命奔逃。

这晚没有月亮，只有几点疏星，山谷黑沉沉的，也不知哪里才有出路？祈圣因发了一支蛇焰箭，叫道：“好孩子不要跑了，我不会害你的!”她已听得谷底的脚步声响，知道李光夏即使受伤，至多也是轻伤。

山谷底下，长满了高逾人头的茅草，李光夏也真机灵，知道祈圣因的轻功远在自己之上，她已然下来，倘若自己继续奔跑，给她循声觅迹，反而不妙，于是一见火光，立即便钻入茅草丛中。

蛇焰箭一闪即灭，祈圣因没瞧见李光夏，但已察知他逃走的方向，火折已经烧掉，只好解下软鞭，拨扫茅草，小心寻觅。李光夏身躯矮小，蹲在茅草丛中一堆乱石后面，连大气也不敢出。

祈圣因柔声说道：“好孩子，我是你的长辈亲戚，你父母不幸双亡，无依无靠，我是特来照顾你的。我决意将你抚养成人，你别害怕。”

李光夏年纪虽小，但自幼听得父亲谈论江湖上种种欺诈的事情，见识远非寻常童子可及，心道：“我哪来的这门亲戚？你只凭着几句话就想骗我不成？”心念未已，只听得祈圣因又道：“你奶奶是姓祈的不是？我爹爹是你奶奶的亲兄弟，我是你爹爹的表妹，算起来是你的表姑。我名叫祈圣因，你爹爹没和你说过我么？”李光夏怔了一怔，有点奇怪。

原来他祖母确是姓祈，但他自懂人事以来，却从未听过他父亲说过他祖母娘家的事情，也从未提过祈家的任何人。他祖母的娘家，这门亲戚和他的关系已经相当疏远，他又是个孩子，因此也从未想过向父亲查问，如今突然冒出了这个表姑来，他也不知是真是假。

李光夏没答话，祈圣因叹了口气，又道：“你爹爹竟然从未提过我的名字么？我还有个外号叫做‘千手观音’，你也没听人说过么？”李光夏仍然不出半句声，祈圣因似是有点生气，忽地大声说道：“你爹爹和你妈妈吵架之时，也没提过我千手观音么？”

李光夏心道：“我爹爹和妈妈可从来没有吵过架，你这贼婆娘简直是胡说八道。”但这“千手观音”的外号却忽地令他想起了一件事情，有一年，他爹爹生日，有个从江西来的朋友，送他爹爹一套景德镇的瓷器，其中有一尊观音，制作得甚为精美，客人送来的礼物是他母亲收拾的，他母亲发现了这尊观音瓷像，不知怎的，忽地无端端生起气来，将这尊观音“砰”的一声便摔个稀烂，他爹爹后来知道了，曾赔着笑脸向他母亲劝解，李光夏依稀还记得的几句话是：“这么多年了，你的气还没消么？好，你要发泄，明天我买十尊观音像来，让你一一摔个稀烂，只要你不怕菩萨责怪。”他母亲给说得笑了起来，这场风波也就过去了。

李光夏心里自思：“这贼婆娘外号‘千手观音’，我妈无端端将那观音摔破，莫非恨的是她？管她是不是我的表姑，我妈既是不高兴‘观音’，这千手观音就定是坏人。”

祈圣因等了一会，仍不见李光夏说话，似乎更生气了，忽地冷笑说道："你的爹娘就这么要好，从未吵过嘴么？不过你爹娘纵然不认我这门亲戚，我总是要照顾你的。好孩子，你出来吧！"正是：

眼前一个玉罗刹，可是当年观世音？

欲知后事如何？请听下回分解。

第六回　威加稚子滋疑虑
力战强豪动杀机

李光夏躲在茅草丛中，乱石之后，静静地听，只不作声，祈圣因怒道:“你这不识好歹的小东西，哼，你不听话，你就以为我没法叫你出来吗？哼，看来是非叫你吃点苦头不行了。你赶快把双手掩着眼睛，我要放梅花针啦!”只听得嗤嗤声响，祈圣因果然是一把梅花针撒了出去。

梅花针是最细小的暗器，不能致人死命，但若是给射中关节穴道，却是疼痛难当。祈圣因心想，李光夏无论怎样倔强，毕竟是个孩子，中了梅花针，非出声叫喊不可。她事先提醒他遮掩眼睛，还算有点爱惜之意。

祈圣因以“天女散花”的手法发出梅花针，撒出一把，三丈方圆之内，便都在她满天针雨笼罩之下，她越来越近，第三把梅花针发出，正对着李光夏藏身之所，只听得“叮叮”之声不绝于耳，李光夏面前的那块石头已是中了无数梅花针。

祈圣因叫道:“你是躲在石头后面不是，还不快快出来？我瞧见你啦!”李光夏吃了一惊，不自觉地把身躯缩成一团，祈圣因隐隐听得茅草摭动的声响，但却还不能断定是由于有人躲在里面，或是由于自己的梅花针射在草丛中所发出的声响，姑且再试一试，这次只把七枚梅花针射出，兜了个圈，从石头后面射进来，李光夏再也躲避不开，肩头、臂膊、脚踝有三处地方中了梅花针。

受伤之处，火辣辣作痛，脚踝所中的那枚梅花针，更是刚好插入了骨缝，比利刀剜肉还要疼痛难当，李光夏心头怒火烧燃，想道："这贼婆娘如此心狠手辣，她还说是我的长辈亲戚呢。哼，即使是真，我也绝不能跟她。"咬着牙关忍受，死也不肯出声。他年纪虽小，却颇有见识，心知祈圣因说是瞧见他，那一定是骗他的，否则还有不过来捉他之理。

祈圣因想不到他如此倔强，心道："我这把梅花针撒出，若有人躲在石头后面，那是非中不可。看来是躲在第二处了。"她的梅花针撒了几把，已是所剩无几，喝道："你不出来，我放火烧你！看你还能藏得安稳？"李光夏横了心肠，心道："你烧死我，我也不出来！"

祈圣因动了怒气，喝道："我数到三字，你不应声，我就放火。一、二……""三"字未曾出口，忽听得有个阴恻恻的声音冷笑道："千手观音，你欺负一个孩子，不也感到羞耻吗？"祈圣因吃了一惊，只见一条黑影如飞奔来。人还未到，声音已如在耳边。

祈圣因冷笑道："我道是谁？原来是鹿老大。鹿老大，你这闲事可管得歪啦，你知道这孩子是我的什么人？"

那被她称作"鹿老大"的怪客嘿嘿笑道："我有什么不知道，那孩子是李文成和罗绮纨生的，你当年想嫁李文成没有嫁成，把罗绮纨恨如刺骨，你在她脸上斫了一刀还嫌不够，如今又想来虐待她的亲生儿子啦。哼，哼！你当我不知道你的心思？你是装得假仁假义，好骗这孩子跟你，然后你就可以慢慢地折磨他了。幸亏我这侄儿没有上你的当！"

李文成交游广阔，李光夏也不知道他父亲是否有这么一个姓鹿的朋友，但听他把自己称做"侄儿"，所说的事情又有根有据，料想不是假话，心中暗暗祷告："爹爹，你在天之灵保佑这位鹿伯伯打赢那贼婆娘。"

原来李光夏的母亲的确是名叫罗绮纨，脸上也确是有个刀疤，在靠近耳朵的左颊，有头发遮住，平时是看不出来的。李光夏小时候看他母亲梳头，曾问过母亲这刀疤是怎么来的，他母亲说是小时候不小心弄刀子，给割伤的，如今始知是祈圣因所斫。

李光夏更增愤恨，心中想道："你斫了我的娘一刀，她还替你隐瞒，你却要把我拿去报复，哼，只怕普天之下，也没有像你这样狠毒的女人了!”

祈圣因气得破口大骂道:“你、你、你简直是胡说八道!李文成哪来的这个兄弟,你竟敢厚着脸皮把他的孩子叫做侄儿?”声音在盛怒之中发抖,似是给对方说中了心事。

那鹿老大哈哈笑道:“李文成知道你的狠毒,他与罗绮纨结了婚就再也不理睬你,他交了一些什么朋友,难道还会一一告诉你吗?哼,即使我与李文成毫无交情,他是天下闻名的大英雄,我也不能让他的孩子落在你的手上!何况我与他乃是有八拜之交!”鹿老大这番话明里是驳祈圣因,实是说给躲在暗处的李光夏听的。

祈圣因斥道:“鬼话,鬼话!你这头独角鹿臭名昭彰,居然有胆在我面前冒充侠士,哼,你胡说一通,分明是想骗走李文成的孩子。”

鹿老大也“哼”了一声道:“你这才是以小人之心度君子之腹!废话少说,你即刻离开这儿,我侄儿之事,从今之后,你再也休管!”

祈圣因大怒道:“鹿老大,你敢欺负到我千手观音头上来了!”鹿老大冷笑道:“千手观音又待如何?”祈圣因喝道:“照打!”霎时间,暗器如蝗,纷纷朝着那鹿老大打去。她号称“千手观音”,暗器上的功夫确是非同小可!

只听得叮叮当当之声不绝于耳,那鹿老大使一支奇形怪状的兵器,形状有点像是一支开叉的鹿角,配合上腾、挪、闪、展的小巧身法,打落飞刀,拨开甩手箭,接下飞蝗石,闪过毒蒺藜,哈哈笑道:“你是千手观音,我就是金身罗汉,你暗器虽多,能奈我何?”声到人到,祈圣因手上还有几件暗器未曾打出,那鹿老大已是迫到她的身前。原来鹿老大虽然故作大言,其实对祈圣因的歹毒暗器也是有点怯惧,他刚才用了浑身解数,还险些被暗器打中,故此要采用近身缠斗的办法,使得“千手观音”也腾不出手来。

祈圣因也不觉心头一凛,想道:“这头独角鹿果然是有几分本领,只怕我一人还对付不了。”当下将那几件暗器打出,迅即解下软鞭,拔出佩剑,喝道:“好,咱们再在兵器上见个输赢!”

祈圣因的鞭剑合用的功夫,是她祈家的武学双绝,她曾以一条鞭击倒冷铁樵，一口剑杀败萧志远，如今鞭剑合用，厉害可想而知。但鹿老大所使的也是罕见的奇门兵器，名为“鹿角叉”，其实却是西藏特产的一种通天犀犀角所制，坚逾金石，但在一端装上两支尖叉，形状似是开叉的鹿角，故此名为“鹿角叉”。他这支“鹿角叉”可以用来点穴，又可以当作三尖两刃刀来使，还可以使出“蛾眉刺”的招数，一件兵器而兼有三种兵器之长，用来对付祈圣因的一鞭一剑，正是功力悉敌，并不吃亏。

祈圣因以劲敌当前，出手便是绝招，短鞭抖直，呼呼声响，卷起一团鞭影，向鹿老大下三路疾扫而来，鞭梢伸缩不定，还竟杂有枪法的刺戳招数。

武学有云：“枪怕圆，鞭怕直。”枪是硬兵器，若使得圆转自如，那是枪法的上乘境界，极难应付；鞭是软兵器，若能使得其直如矢，兼有枪法之长，那在鞭法上也是上乘境界，更难对付。她鞭扫下盘，右手的青钢剑也跟着配合，一招“云龙三现”，抖起三朵剑花，似左、似右、似中，疾刺鹿老大中盘胸腹之间三处穴道。

鹿老大叫道：“好个鞭剑双绝的功夫，俺鹿老大今日见识了!”鹿角叉抖得当啷啷作响，反手一绞，迎上了软鞭，软鞭恰巧打在那角上的两支尖叉之间，被他一绞一拉，祈圣因不觉被他牵动，跟着冲上两步。祈圣因想不到这一招绝妙的鞭法，竟被他的邪门怪招所破，不敢再缠，便即把软鞭抖开，说时迟，那时快，只听得“当”的一声，祈圣因右手的青钢剑也斫中了“鹿角叉”。

“当”的一声，火花四溅，祈圣因这口剑乃是百炼精钢，虽还不能说是削铁如泥的宝剑，却也锋利非凡，哪知一剑斫在那犀角上，犀角一点裂痕也没有，她的青钢剑却损了一个缺口。

祈圣因虎口微感酸麻，知道对方功力在己之上，但也高不了太多。当下立即变换打法，仗着轻灵的身法，挥鞭舞剑，与对方游斗，却不去和他的鹿角叉硬碰。祈圣因的招数其实并不输于对方，她之所以一交手便险险吃亏，那是因为未曾熟悉这种奇门兵器的功能之故。

鹿老大在兵器上稍占便宜，功力也略高少许，已是立于不败之地，但祈圣因的两宗兵器，一长一短，远攻近守，相互配合，妙到毫巅，在招数上却是占了上风。因此鹿老大虽是立于不败之地，想要速胜，却也不能。

激战中，祈圣因忽地发出一声长啸，鹿老大笑道："千手观音，你敢把你的当家汉子唤来吗？你要李文成这孩子，你不怕他吃醋？依我之见，你还是放手了吧，你年纪尚轻，还怕自己养不出孩子吗？"

祈圣因斥道："狗嘴里不长象牙，哼，依我之见，你是快快夹着尾巴逃跑的好！否则我当家的一到，他不将你这头独角鹿宰了，那才怪呢！"鹿老大想激祈圣因生气，便好乘机取胜，哪知祈圣因初时虽然愤怒，一交手之后，却是十分冷静，他反而给祈圣因吓得有点心慌了。

祈圣因情场失意之后，迟迟不婚，直到三十岁出了头，感到需要一个终身伴侣，这才答应了一个独行大盗的求婚，他们结婚至今不过两年，江湖上已传出他们夫妻不和的消息，争吵的原因，当然是因为她的汉子妒忌心重，不满意妻子还在暗中怀念着李文成了。

鹿老大心头一凛，暗自思量："千手观音倘若不是得当家的同意，想来也未必敢要李文成的孩子？糟糕，只怕我是料错了一着，他们夫妻其实已经是讲和了？"祈圣因的丈夫以心狠手辣在黑道驰名，鹿老大不怕祈圣因，但对她的丈夫，却不能不有几分忌惮！

鹿老大既不能迅速打败祈圣因，心里又着实有几分害怕她的丈夫，倘若事情不是关系重大，他早已跑了。可是李文成这孩子是他处心积虑要夺到手中的，机会难逢，他已知道这孩子就躲在附近，他又怎肯就此甘心逃走？他心念一转，立即大声叫道："光夏贤侄，你赶快跑吧！我决不能让你落在恶人手里遭受折磨，我拼了性命，也要替你抵挡追兵！"

李光夏心情激动，"嗖"的从草丛中窜了出来，叫道："鹿伯伯，要走就咱们一齐走！"祈圣因叫道："夏儿，这人是骗你的，不要上他的当！"李光夏哪里还肯听信祈圣因的说话，心道："你用梅花针打我，又要放火烧我，你虽是我长辈亲戚，我也不能再与你讲什么情分了。"

祈圣因正在大声疾呼，李光夏已跳了过来，拔出腰刀，一招

"铁牛耕地"，便向祈圣因双脚斩去，他身材矮小，攻敌人下盘，最是适宜。若在平时，祈圣因当然不会将一个孩子放在心上，但此际她与鹿老大恶斗之时，她还稍处下风，添上这么一个比寻常的大人更难对付的孩子，可就是大大的不利了。

祈圣因又气又恼，喝道："夏儿，退开！你莫要迫我打伤了你！"李光夏更是愤激，说道："你本来就要打伤我的！"他是大侠之子，自小便受熏陶，他以为那鹿老大是舍命救他，他还焉能袖手旁观？更兼在愤激之下，明知以祈圣因的本领，举手投足，便可制他死命，他也置之脑后了。

祈圣因一个回身滑步，飞足向他踢去，用意是在踢他的单刀，不料李光夏像一头小蛮牛般的冲上来，身形一矮，竟然不顾性命，那一刀仍然向她脚踝斩下。祈圣因的脚尖正对着他的头颅，这一脚若然踢出，岂不是要把他的头颅踢得开花？

李光夏是她情敌罗绮纨的孩子，但也是她情人李文成的孩子，她情场失意，到了中年，方始出嫁，嫁得又不如意，多年来愤懑的心情，造成了她很不正常的心理，她痛恨情敌，也怨及情人，但对她年轻时候的情人，心底也总还存有一份爱意。

正是由于她对李光夏父母的又爱又恨的心情，她对李光夏的心理也非常复杂，鹿老大说她想折磨李光夏，也不算冤枉了她，可是她对李光夏，其实也是憎中有爱，无论如何，总不至于便要取他性命的。她刚才发出梅花针，不过是要迫李光夏出来，梅花针是伤了人也无大碍的，而且她在事先还提醒李光夏遮掩眼睛，从这件事也可以想见她对李光夏的复杂心情，纵施毒手，也不忍太过分的了。

祈圣因那一脚不敢踢出，只好迅速躲闪，硬生生地使个"大弯腰、斜插柳"的身法，柳腰一俯，单足旋转，把踢出的腿收了回来。这个身法极费气力，那鹿老大何等狠辣，趁此良机，鹿角叉一抖，便插过来。祈圣因一剑架空，臂上着了一叉，血如泉涌！

鹿老大哈哈笑道："千手观音，你虽然狠毒无比，我鹿老大却不能不顾念交情，我如今饶了你的性命，你好好养伤去吧。"其实，他是担心祈圣因的丈夫赶来，侥幸得手之后，哪里还敢再与千手观音缠斗下去，乐得趁她受伤，说几句漂亮话了。

鹿老大拉了李光夏急急逃跑，祈圣因气得破口大骂，却是无可奈何。她随身带有金创药，当下敷了伤口，坐下休息。幸而不算伤得很重，但一条右臂，暂时已是不能使用了。

祈圣因正自气恼，忽听得健马嘶鸣之声，随即听得有人从斜坡上走下来，祈圣因一口怒气无处发泄，骂道："贼汉子，这个时候才来！我吃了人家的大亏，你知不知道？你还不赶快给我去追，追那杀千刀的独角鹿！"她只道来的必定是她的丈夫无疑。

哪知话声未了，只听得一个清脆的少女声音冷冷说道："谁给你管什么独角鹿四脚羊？李文成的孩子呢？"原来来的不是她的丈夫，而是江晓芙。江晓芙骑着赤龙驹走的本是另一条叉路，但因夜深人静，却仿佛听得这里有金铁交鸣的厮杀声，心里想道："莫非是我爷爷碰上了贼人，却何以不见蛇焰箭？不管如何，且先过去看看。"就这样，这谷底的厮杀声把她引来了。

这晚没有月亮，谷底尤其幽暗，但天边挂着几点疏星，也还不至于漆黑一团，江晓芙自小练功，目力异乎常人，看得出对方是个女子，而且身材形貌也与萧志远所说的那个女贼相符，不禁又惊又喜，连忙喝问。

祈圣因从声音听得出江晓芙至多是个十六七岁的少女，不觉怔了一怔，她是提防江家有人追来，但想不到是如此一个"乳臭未干的丫头"，她还不知道江晓芙就是江海天的女儿。

祈圣因正自没有好气，"哼"了一声，冷笑说道："你是什么人？你这乳臭未干的丫头也要来管人家闲事？"江晓芙是第一次出道，正恨不得有个机会试试本领，心道："我要是说出了我爹爹的名字，这女贼一定不敢和我交手。"于是就学着她所想象的江湖好汉的口吻说道："你管我是什么人？天下人管得天下事！你这臭贼婆娘抢了人家的孩子，我是路见不平来啦！你抢去了的那个孩子呢？我数到三声，你不回答，我就叫你知道我的厉害！"她还怕这一架打不成，臭骂了祈圣因一顿之后，急急忙忙地就数起"一、二、三！"来。

祈圣因吃了那鹿老大的亏，正自一肚皮闷气，怎禁得江晓芙再给她火上加油，一见面就把她骂得狗血淋头。祈圣因气得七窍生烟，莫说她还未知道江晓芙是江海天的女儿，即使知道，这口气她也是不能咽下的了。

江晓芙一个“三”字尚未叫出，只听得“啪”的一声，祈圣因已是手起鞭落，闪电般的向她抽击，江晓芙吃了一惊，心道：“吓，这女贼好横，我还未决定怎样教训她，她就先动手了。”

祈圣因这一鞭大大出乎她意料之外，以她的本领，本来可以避开的，但心里一慌，刷的就着了一鞭，背心的一幅衣裳化作了片片蝴蝶，幸而她里面还穿有护身宝甲，衣服破了，人却未伤。

祈圣因骂道：“臭丫头，知道厉害了吧？快给我滚！”江晓芙这一气可大了，喝道：“岂有此理，你敢打我？”祈圣因冷笑道：“打你又怎么样？”刷的又是一鞭打来。

这一次江晓芙早有提防，话声未了，只见白光一闪，她的裁云宝剑业已出鞘，“咔嚓”一声，就把鞭梢削去了一段，祈圣因赞道：“好一把宝剑，拿过来吧！”长鞭一抖，绕了个圈子，疾缠江晓芙的手腕，鞭梢一颤，又点向她的脉门。祈圣因有“鞭剑双绝”之称，鞭法实已到了出神入化之境，鞭梢点穴，尤其是她的家传绝技，这一招“灵蛇绕腕”的绝技一使，以为必定可以把对方的宝剑夺出手中。

哪知江晓芙忽地使出个古怪的步法，身形不动，鞋底却似抹了油一般，陡地在草地上滑出一丈开外，祈圣因的长鞭就差了那么几寸未能缠上，祈圣因一鞭打空，说时迟，那时快，只见剑光闪处，咔嚓一声，祈圣因的长鞭又被削短了几寸。

原来江晓芙的武功本来就在祈圣因之上，但却是毫无对敌的经验，过去她虽然也曾暗中瞒着父亲，与客人较技，替父亲拒客，但那毕竟只是“点到即止”的试招性质，那些客人一来是武功确不如她，二来也因为她是江海天的女儿，即使有胜过她的，也不能不手下留情。真正的与敌交锋，这次还是她有生以来的第一次。所以开首的时候，险险吃了大亏。过了几招，这才渐渐沉着下来。

祈圣因却是老练狠辣，一瞧不对，身形一晃，长鞭噼啪一响，却并未真个打出来，黑夜中看不清楚，江晓芙学过“听风辨器”之技，听那鞭声，似是向她左侧打来，但知这却是祈圣因的巧妙手

江晓芙一剑削去祈圣因一片头发。

法，她不用把长鞭打出，就能弄出噼啪的声响，待得江晓芙一剑向左侧削去，她这才一抖长鞭，悄没声就一鞭的向她右臂疾抽，江晓芙剑招用老，急切间哪能撤回抵御，“刷”的又着了一鞭！

这一鞭祈圣因因为已知对方了得，竟是用尽全力，江晓芙虽有宝甲护身，也觉手腕着鞭之处，火辣辣的作痛。她两次削短了对方的长鞭，但自身也着了两鞭，比较起来，还是她吃的亏更大。

江晓芙一向娇纵惯了，连吃两次亏，气得可就大了，喝道：“好呀，你敢打我，我杀了你！”她恃着有宝甲护身，即使多挨几鞭，也是伤不了她，当下就不顾一切，径向祈圣因扑去，祈圣因纵横江湖，可还真未见过这样不顾自身，只攻不守的打法，何况江晓芙手里拿的又是一把削铁如泥的宝剑，要是着了一下，这可不是好玩的事。祈圣因也不禁慌了。

祈圣因心道：“哪来的疯丫头，也罢，算我倒霉，避开她吧。”她要想逃跑，可是江晓芙的轻功比她更高，她一想逃，吃亏更大，说时迟，那时快，只听得噼啪连声，祈圣因接连抽中她几鞭，江晓芙已是欺身扑到，一招“顺水推舟”，剑光起处，明晃晃的剑锋竟是朝着她的颈项推削过来。

祈圣因吓得魂不附体，百忙中霍的一个“凤点头”，冀图死里求生，败中反击。这一瞬间，江晓芙却忽地想道：“这女贼虽然可恶，但我也还未查明她的来历，要是就杀了她，只怕爹爹责怪。”她若是剑锋一落，本来可以要了祈圣因的性命的，这一瞬间，心念电转，剑锋疾的转了一圈，平削过去，登时把祈圣因的头发削去了十之八九，露出了一大片光头。

江晓芙哈哈笑道：“你这女贼作恶多端，理该佛前忏悔，我如今给你剃度，削去你三千烦恼丝，你以后就做个尼姑了吧！”江晓芙犹有童心，完成了这个“杰作”，觉得很是得意，忍不着就把对方取笑，却不想对方是何等一个狠辣的敌人，笑声未止，祈圣因大怒，反手便是一鞭，这一鞭打中江晓芙的脚踝，那是没有宝甲防护之处，痛得江晓芙大叫一声，跳了起来。

祈圣因冷笑道：“看你还凶，我非打得你求饶不可！”鞭风呼响，鞭鞭都是卷地扫来，打她双足。原来祈圣因在她身上抽了几鞭之后，见她没有受伤，已想到她有防身之物，是以改了鞭法，专打她的下三路。

江晓芙着了两鞭之后，大怒叫道：“岂有此理，我不杀你，你反而打我！这回我可是非杀你不可了！”使出了天山剑法的须弥剑式，剑光护了全身，专找她的鞭梢切削。剑中夹掌，以剑防身，以掌击敌。原来她虽然说了狠话，却也还不敢真个杀人，心想：“以掌力将她打成残废，那也可以消去一口闷气了。”

江晓芙年纪虽小，可自小练的是上乘内功，掌力雄浑，武林中的须眉男子也罕有比得上她的。祈圣因功力也颇不弱，但她已伤了一条右臂，只能使鞭，无力用剑，“鞭剑双绝”的功夫使不出来，在江晓芙剑中夹掌的攻击之下，就只能有招架的份儿了。

幸而江晓芙双脚先已被她抽了几鞭，虽未筋断骨折，也是受了点伤，跳跃不灵，轻功大受影响。祈圣因施展腾挪闪展的小巧功夫，和她游斗，还勉强支持得住。但在江晓芙剑光笼罩之下，要想逃走，却已不能。

时候稍长，祈圣因越斗越觉吃力，心头暗暗叫苦，“鹿老大的一叉之仇，尚还未报，若然又折在一个黄毛丫头的手里，那更是不值了。哎呀，不对！一个乳臭未干的丫头，怎的如此厉害？”这时祈圣因已隐隐想到这“黄毛丫头”多半是江海天的女儿了。但她的年纪比江晓芙大了一倍有多，平素一向心高气傲，如今被江晓芙削光了头发，又口口声声要取她性命，却叫她怎能低首下心，向一个“乳臭未干的黄毛丫头”讨饶？

正自心慌，忽听得一个重浊的声音喊道：“怎么样，惹出了麻烦了不是？好呀，且待我来会会这位高人。”祈圣因已是大汗淋漓，气喘吁吁，说不出整句的话来。只能断断续续地喊道：“贼、贼汉子，你、你快来！”

江晓芙知道对方来了援兵，却也傲然不惧，峭声说道：“你是这贼婆娘的男人么？你老婆是个泼贼，你也决计好不到哪里去，很好，你也来试试我的宝剑吧！”

江晓芙骂得一副孩子口吻，那汉子听了，倒是觉得“新鲜”，大笑说道：“哈哈，因妹，你如今也有人骂你作贼婆娘了。你还不甘心嫁鸡随鸡，嫁狗随狗吗？妙得很呀，这回不是我做贼连累了你，却是你这‘贼婆娘’连累了我也被人当作坏人了。”原来祈圣因出身于武学世家，却是从未干过黑道营生的。她嫁了绿林人物之后，非但不肯帮忙她的丈夫，反而屡屡劝他金盆洗手。他们夫妻意见不和，这也是原因之一。

这汉子觉得江晓芙骂得好笑，同时又觉得奇怪，“怎的似是个初出道的雏儿？声音还似是个未成年的童子？”江晓芙要学大人说话，故意把声音迫尖，但童音未改，男不像男，女不像女，那汉子一时间倒是弄不清她是何等人物。待走近了定睛一瞧，这才看清楚了是一个稚气未消的少女，那汉子不觉一怔，原来他以为能够打得他的妻子要向他呼救的，自必是大有来头的人物，故而他才问是“哪方高人”，却不料竟是个乳臭未干的黄毛丫头。

祈圣因见丈夫来到，刚自松了口气，江晓芙蓦地一剑削出，“咔嚓”一声，又把祈圣因的软鞭削去了一段，剩下的已不到一半了。江晓芙用的是世上无双的宝剑，剑锋未到，剑芒先吐，她刚才只是以剑护身，宝剑的威力还未十分显露，这时她为了急于将祈圣因打败，再对付她的丈夫，忽然剑掌互易，改守为攻，祈圣因吃的苦头就更大了。

祈圣因方觉手上一轻，陡然间便见剑光耀目，只道对方的剑尖已指到咽喉，却不知只是剑尖上吐出的光芒，祈圣因大惊之下，慌忙使尽吃奶的气力，向后倒纵，她本来已是筋疲力竭，再一用力，臂上的伤口又再裂开，疼痛难当，不由得“咕咚”一声，跌倒地上。江晓芙的宝剑并未刺中她的身体，她已是又带了花。

江晓芙右手一剑刺出，左手便即反手一掌，她凭着听觉知道来人已到身后，这一掌打出恰是时候，那汉子和她的距离不到五尺，只觉一股大力涌来，那汉子未及出掌相迎，已给她的劈空掌力震得晃了一晃，心头也不禁微微一凛，“这小丫头果然是非比寻常，怪不得圣因败在她的手下！”

这时距离已近，天上的黑云也刚消散，一弯眉月从云层中透了出来。那汉子对他妻子的狼狈形状，已是可以看得清清楚楚。只见她露出一片光头，只剩下鬓边稀疏的头发还未给削去；又见她上身衣裳一片鲜红，显然已是受伤不轻。那汉子只道这都是江晓芙干的，却不知臂上的伤乃是鹿老大的鹿角叉戳的。

那汉子又惊又怒，尽管他与祈圣因夫妻不大和谐，但他心中却是最痛惜妻子的。一怒之下，杀机陡起，猛地喝道："小小年纪，如此狠辣，可饶你不得！"大喝声中，呼的一掌劈出！

江晓芙终是功力稍逊，双掌一交，轰的一声，只觉胸口发闷，如受巨锤，气血翻涌，不由得连退数步，方才稳住身形。那汉子喝道："往哪里跑？"如影随形，急步赶来，跟着又是一掌。

江晓芙吓得慌了，心道："这汉子这么凶，我不杀他，只怕他要杀我。"她最初本来还是不想杀人的，这时在那汉子紧迫之下，下手再也不敢留情，她一个"天罗步法"闪开，转过身来刷刷刷便是连环三剑。

江晓芙使的是天山剑法的"追风剑式"，追风剑式攻势强劲无比，在各家剑法之中，首屈一指，与刚才她对付祈圣因之时只用宝剑防守，当然大大不同，只听得剑尖上嗤嗤作响，剑芒闪烁，就似有数十口利剑同时向那汉子刺来。饶是那汉子技高胆大，也不觉有点心惊！

那汉子一个盘旋，以脚跟作轴，转了一圈，呼呼呼呼，向东南西北，连发四掌，掌力有如排山倒海，四面荡开，登时把江晓芙的剑点震歪，剑光流散，但饶是如此，宝剑的光芒掠过，那汉子也稍微着了一点，一撮头发随着剑光飞起，幸而被削的不多，否则就要和他妻子的光头相映成趣了。

江晓芙默运玄功，舒散胸中闷气，她功力比那汉子自是不如，但也还不至于相差太远，凭着宝剑的威力，仍然鼓勇抢攻。她已知道这汉子的本领在她之上，若然不以全力抢攻，震慑对方，只怕便要遭受对方毒手。

武林中人最喜爱的是两样东西，一是骏马，一是宝剑。江晓芙所骑的赤龙驹那汉子已见过了，这时又见了她所使的宝剑，更是人间至宝，比那赤龙驹又宝贵得多了。登时又起了抢马夺剑的念头，心道："杀了这丫头为我妻子报仇，正是一举两得！"

双方都已怀了杀机，搏斗更烈。那汉子拆了十数招，知道只凭双掌之力，实是难以夺剑伤人，战到紧处，忽地一个转身，江晓芙恨他刚才小觑自己，也是一声喝道：“哪里跑？”挥剑疾刺，剑尖指向那汉子的背心大穴。这时她以为胜算在握，又不想伤那汉子的性命了。

但这一剑虽然不是杀手绝招，也是上乘的刺穴手法。祈圣因这时已喘过口气，正在包扎伤口，忽见丈夫遇险，不觉失声惊呼！

岂知这汉子正是要江晓芙如此，眼看剑尖堪堪刺到，忽听得“啪”的一声，那汉子手中多了一样东西，原来是他解下了围腰的皮带，当作软鞭。

皮带“啪”的卷上了剑柄，那汉子喝道：“拿过剑来！”剑柄被卷，不能转动，剑锋自然也不能拐过弯来削他皮带了。江晓芙人急智生，喝道：“偏不给你！”运掌如刀，身躯半侧一掌向那绷紧了的皮带削下。

以江晓芙的掌力，这一“削”不亚于利刃，皮带本来是非断不可，但那汉子功力在她之上，双方的力道抵消，皮带没断，江晓芙的宝剑也解开了束缚。

那汉子心道：“我也还是小觑这丫头了，她气力未衰，我要一招夺剑，原属奢望。”当下哈哈笑道：“我想要的，哪还由得你来作主？因妹，你瞧着，三十招之内，我把这柄宝剑拿来，送给你作个小小的礼物！”他打定了主意先消耗江晓芙的气力，估量在三十招之内，一定可以得偿所愿。

当下那汉子更把掌力加剧，另一只手则挥舞皮带，乘隙攻取，皮带在他手中夭矫如龙，使将开来，竟是绝不逊于他妻子的鞭法。

江晓芙虽有宝剑，但功力经验，都是不及对方，宝剑的威力，竟给这汉子的一条皮带抑制得难以发挥！江晓芙把六十四路追风剑式，全部使出来了，但对方那条皮带，灵蛇似的，随着她的剑锋所指，吞吐屈伸，还不时乘隙“反啮”，饶是江晓芙的剑法迅可“追风”，六十四路剑式尽数使开，竟是无法削断他的皮带！

那汉子大喝一声，猛发一掌，声如霹雳，掌若奔雷，以“声”助“势”，骇人心魄！江晓芙还是第一次出道，哪曾见过如此猛烈的声势？锐气一折，心里先自慌了。

那汉子估计她至多可以抵敌三十招，不出所料，那汉子的三十六手“天罡掌法”，刚刚使到三分之二，江晓芙已是抵敌不住，被他的劈空掌力一震，“哇”的一声，一大口鲜血便吐了出来。

那汉子喝道：“宝剑拿不拿来?”江晓芙也是倔强之极，身子已是摇摇欲坠，仍然不甘屈服，柳腰一摆，在即将跌倒之际，一剑贴地削出，那汉子已是欺到她的身前，冷不及防，双脚几乎给她削断，那汉子一觉不妙，立即跳起，饶是他闪避得快，后足跟也已给剑尖刺了一下，只是差了几分，险险就要挑断他的脚筋。

那汉子大怒，皮带“刷”地一抽，江晓芙的手腕被打得起了血痕，痛如刀割，宝剑“当啷”坠地，人也“卜通”跌倒了。那汉子拾起宝剑，冷笑道：“好狠的丫头，我且叫你尝尝你这宝剑的滋味!”剑锋指着她的咽喉，就似猫儿捉着了老鼠一般，先把她戏耍个够。

眼看这一剑就要穿过江晓芙的喉咙，祈圣因忽地叫道：“大哥，剑下留人!”那汉子怔了一怔，笑道：“因妹，你怎的发起慈悲来啦？我正要杀她祭剑，为你报仇!”

祈圣因已裹好伤，喘着气赶过来，说道：“这丫头只怕有些来历，大哥，你别忙着杀她。”将江晓芙扶起问道：“你姓甚名谁，父母何人？快说!”江晓芙伤得极重，已是奄奄一息，但神智尚未模糊，心里想道：“我反正是快要死的了。我决不能说出我爹爹的名字，辱没了他!”

祈圣因道：“哎呀，你这一掌打得好重。你看，要不要先给她敷上了药再说?”那汉子憬然如有所悟，说道：“你怕她是，是……”祈圣因道：“只怕有九成是江海天的女儿!”

那汉子涩声笑道：“哈哈，你是怕我惹不起这个大对头?”他虽然貌作强横，但听得是江海天的女儿，身上已是出了一身冷汗。祈圣因柔声道：“大哥，你的仇敌已经够多，何苦再树强仇?”正是：

得敛手时须敛手，江湖何必树强仇。

欲知后事如何？请听下回分解。

第七回　少年侠骨来相护
幽谷情苗便暗生

祈圣因的丈夫本是个杀人不眨眼的剧盗，这时听了妻子的温言软语，却不由得心里甜丝丝的，便似个驯伏的猫儿，剑柄下垂，低声说道："因妹，原来你心里也还有我。"

祈圣因星眸半睐，软绵绵的身子斜靠着她丈夫宽厚的肩膊，如怨如嗔，说道："我不关心你还关心谁呢？"那汉子苦笑道："我道你只关心那个孩子，因为他是李、李文成的孩子！"祈圣因道："李文成早已死了。一死百仇消，何况他本来和你没有什么仇恨。难道，你，你——"底下的话不好意思说出，那汉子却替她说了出来，苦笑道："我不是还在吃死人的醋，我只怕、只怕李文成虽然死了，他的影子却总是还在你的心头！"

祈圣因玉颜变色，柳眉一竖，霍地挺直身子，离开她的丈夫，冷冷说道："大哥，你既然不肯相信我，也不肯原谅我，连一个孩子也容不下，那就不要也罢。反正这孩子也已经给人家抢去了。不过，咱们夫妻闹到如此田地，在一起还有什么味儿，不如也趁早散了吧！"她越说越气，"哇"的一口鲜血吐了出来。

那汉子连忙将祈圣因揽住，说道："因妹，你先别生气，你听我说。李文成出事之后，你离开我，我早已知道你是要去救他的孩子了。我不瞒你，在他生前，我确是一直在妒忌他。但在他死后，我也早想过了，他毕竟也还是我佩服的一条好汉，他的儿子无父无母，我还能对一个可怜的孩子存着敌意吗？其实，你如对我明说，我也会帮你去救这孩子的。你离家后，我悄悄地随后追踪，却又不敢让你知道，就是怕你遭遇意外。”

祈圣因大为感动，不由得又化怒为喜，噗嗤笑道：“我早已知道了，要不然我刚才怎会呼唤你来?”

那汉子举袖抹去妻子嘴边的血污，说道：“我之不愿露面，是想让你单独救这孩子，好了却你一重心事。我打算，以后你如对我明言，我就把这孩子当作亲生抚养；你如不相信我，瞒着我另作安排，我也就诈作不知。”

祈圣因不由得又是感激，又是惭愧，心道：“想不到大哥对我这样体贴入微。其实我对这孩子也还没有像他所说的那样爱护呢。我恨他的母亲，对他是在怜爱之中也有憎厌。我的心胸，其实还没有大哥这样宽大。”内疚于心，不觉叹了口气。那汉子只道她是失了孩子而难过，忙道：“是谁抢去的？我一定帮你抢回来，成全你的心愿。”

祈圣因道：“是鹿老大，我臂上的伤，也是他鹿角叉刺的。”那汉子颇感诧异，说道：“是鹿老大？奇怪，他也来管这闲事，还胆敢把你伤了。我还一直以为是这臭丫头呢。”

那汉子与妻子情意缠绵，这时方记起了旁边还有个江晓芙，提起剑来，说道：“待我料理了这臭丫头，再找那鹿老大算账。”祈圣因吃了一惊，忙拉着他的袖子说道：“怎么，你还是要杀她？哎哟——”她情急之下，用力过度，牵动伤口，半是撒娇，半是真痛，叫出声来。

那汉子道：“因妹，你受伤不轻，咱们可得赶快离开此地。难道还能叫这丫头变作咱们的累赘吗？料理了她，咱们才好走路呀！”祈圣因道：“你把金创药给她敷上吧，也费不了多少工夫。”那汉子道：“因妹，你在江湖上也非新出道的雏儿了，怎的如此不明?”祈圣因道：“不明什么？这女娃儿可是江海天的女儿呀！”

那汉子笑道：“就因为她是江海天的女儿，更是非杀她不可，你难道还没有听过这句俗语：捉虎容易放虎难，咱们把江海天的女儿打得重伤，再放她回去，岂不正是自找麻烦？江海天是武林第一高手，他肯让女儿平白受人欺负？咱们放她回去，只怕江海天不领咱们的情，他可不肯放过咱们呢！我不但要杀她，还要把她毁尸灭迹，有谁知道是咱们干的?”

祈圣因道:“我曾在萧志远手中抢了孩子，他认得我。日后总会猜疑到我身上。”那汉子道:“那也只是猜疑而已，到底没有真凭实据，总胜于留下活口，让这臭丫头日后指证咱们。”

这汉子说得也确是有他的道理，祈圣因心乱如麻，失了主意，拉着丈夫的袖子道:“这个，这个……”“这个，这个”的，却也说不出道理来，不知该不该让丈夫杀人?只觉得杀害无辜，总是有点于心不忍。

那汉子已是极不耐烦，说道:“别这个那个的啦，常言道得好:量小非君子，无毒不丈夫!”蓦地举起宝剑，一剑就向江晓芙胸口插去!祈圣因虽是扯着他的袖子，气衰力弱，哪里拦阻得住?

祈圣因大惊之下，忽听得“叮”的一声，不知从哪里飞来一颗石子，不偏不倚的正打中那汉子手中的宝剑，剑尖荡歪，石子也弹过一边，又恰恰从祈圣因的额角擦过，祈圣因正自慌乱，忽地又遭意外，额角擦破，虽然伤得不重，已禁不住失声惊呼!

那汉子大怒道:“来者是谁?但敢与我作对?因妹，你怎么啦?”这刹那间，那汉子也禁不住手忙脚乱，既要防备敌人偷袭，又不知妻子受伤如何，必须要照顾她，一时间也就无暇再去杀江晓芙了。

飞蝗石连珠般地打来，那汉子抱着妻子，挥剑把石子一一打落。他已有防备，当然不至于再吃亏了。但饶是如此，被那一顿暴风骤雨般的飞石也打得他退后了十几步。说时迟，那时快，只见一条人影已是如飞赶到。

那汉子凝神一瞧，淡淡的月光之下，隐约可以看得出是个二十岁左右的少年，这少年发现了躺在地上的江晓芙，“啊呀”一声，似是吃惊不小，顾不得再用石头打那汉子，慌忙便朝着江晓芙奔去。

那汉子也不禁有些骇异，心道:“哪来的这个小子，年纪轻轻，居然也有如此功力?”但他虽然心头微凛，待看清楚了是个陌生的少年之后，倒放下心来，不是那么吃惊了。

原来他最初还以为是江家的人来到，他是知道江海天未曾收过徒弟，也没有儿子的。江家老小，共是四人，他没见过，却也知道，一个是江海天的父亲江南，年已将近六旬，江海天本人是四十左右的中年人，另外两人，就是他的妻子和女儿了，那么这少年人当然不是江家的人。

那汉子放下了心，杀机又起，心道："若是给他把江海天的女儿救了出去，祸患不小，一不做，二不休，且把这臭小子也杀了灭口。"他是江湖上的成名人物，不肯对后辈偷袭，喝道："来而不往非礼也，你也接接我的暗器！"一抖手打出了两枚透骨钉。但他虽是先出声警告，手法却毒辣非常，射向少年那枚透骨钉用双指弹出，故意弄得铮铮作响，另一枚透骨钉却使了巧劲，无声无息地向躺在地上的江晓芙打去，而且是不同的方向，不同的力道，打江晓芙那枚力道更强，由于用上了巧劲，还可以后发先至。原来这汉子已试出了少年的功力，深知一枚透骨钉未必就能伤得了他，故而用出如此毒辣的手法，教那少年无法替江晓芙抵挡，先杀了江晓芙再说。

这少年武功不弱，也具有"听风辨器"的本领，可惜经验无多，对这等毒辣的手法，他连想也没有想到，更不用说有所提防了。

这少年听得暗器挟风之声，拔出随身所带的判官笔，反手便是一挑，他辨别方向，准确之极，这一挑挑个正着，把那枚透骨钉反射回去。可是就在这时，只听得"铮"的一声，随即是江晓芙发出了呻吟，一听就知是她中了暗器。这时，他和江晓芙之间的距离还在三丈开外。

这少年又惊又怒，喝道："尉迟炯你这恶贼，你胆敢伤害江大侠的女儿！"那汉子听得少年叫出他的名字，吃惊更甚，原来这尉迟炯是个横行关外的独脚大盗，中原武林人士听过他的名字的已经不多，认得他的更是非常之少。想不到在一个陌生的少年口中，竟然把他的名字叫了出来。

尉迟炯呆了一呆，最初还想问那少年的来历，蓦地心念一转，举起宝剑，便向那少年杀去！

原来尉迟炯怕问出了这少年的来历，倘若他的师父和自己有什么渊源的话，那就不便下手杀他了。要知那少年已经知道他的名字，他就不能不为自己打算了，若不杀人灭口，这少年将他杀了江海天女儿之事泄露出去，江海天还焉能容得他夫妻活在人间？

尉迟炯心想：“即使他是我哪一个好朋友的儿子，我也是非杀他不可了！”他十八般武艺件件皆能，剑术虽非专长，但使的是天下无双的宝剑，在他手中，如虎添翼，一剑刺出，剑光暴长，威不可当！

这少年一个回身滑步，判官笔反手斜挑，只听得“铮”的一声，火星溅起，判官笔损了一个缺口，还幸他已避开正面，迎其偏势，判官笔这才没有给宝剑削断。这少年也好生了得，他使的是一对判官笔，左手这支判官笔一架剑锋，右手那支判官笔迅即便戳过来，黑夜之中，认穴奇准，笔尖一颤，一招之内，连袭尉迟炯胸前三处大穴。

尉迟炯来不及回剑防身，对方的笔尖已指到了他的胸前，尉迟炯内功深湛，这刹那间，陡地吞胸吸腹，笔尖戳破衣裳，就差那么半寸不到，未刺中他的穴道。这少年正要跨上一步，使劲再刺。尉迟炯身形向后一挪，宝剑转了个圈，已是一招“横云断峰”，向判官笔当中切下。

这少年认得宝剑的厉害，连忙移步变招，双笔虚虚实实，攻他四脉八穴。尉迟炯处处需要提防，只好暂且回剑防身。要知道这少年使的乃是一对判官笔，手法又精妙绝伦，尉迟炯宝剑虽利，也没把握一举便削断他一对判官笔，倘若只削断一支，给另一支戳中穴道，可就不划算了。

这么一来，双笔对单剑，成了游身缠斗的局面。那少年身法也是轻灵迅捷之极，双笔一出即收，一沾即退，以攻代守，迫对方防御，刹那间拆了三十余招，双笔竟未曾再给宝剑削着。尉迟炯剑术非其所长，功力虽是较高，兵器虽占便宜，但论到招数的精奇，可就远远不及对方了。

尉迟炯心挂妻子的伤势，无心与这少年久战，大喝一声，舍剑用掌，一掌劈出，这少年身形一晃，闪过一旁，掌力虽然也波及他，他却没有跌倒，趁着尉迟炯换掌之际，双笔又攻过来。尉迟炯大怒，剑掌兼施，剑光化作了一道光幢，护着了全身穴道，一掌紧于一掌，掌力向四方发出，那少年近不了他的身子，登时便给他反客为主，占了上风。可是尉迟炯想在一时三刻之内杀这少年，也实是大不容易。祈圣因无力帮忙，焦急说道："大哥，天快亮，放过他吧。"

尉迟炯听了妻子的催促，心里委实踌躇，这时他正自占到上风，那少年接了他数十招，已是大汗淋漓，气息重浊，尉迟炯胜算在操，却没把握一定可以在天亮之前将他击毙。尉迟炯一来担心天亮之后，江家会有人来；二来也怕他妻子受伤，支持不住，须得赶快离开此地，另找个地方，给妻子医治。但他更怕留下活口，后患无穷，既已胜算在操，又怎肯轻轻放过？

尉迟炯眉头一皱，计上心来，忽地说道："因妹，你去看看那臭丫头死了没有？给她补上一剑。"他估量江晓芙着了他那枚透骨钉，早已是死多活少，但毕竟还是放心不下，故而叫妻子去斩草除根，他妻子虽也受伤，但杀人的气力总还是有的。

江晓芙气息奄奄，却还活着。原来她因为身穿宝甲，那枚透骨钉打不进去。但她先前所受的伤已经很重，这枚透骨钉又正打在她心窝的部位，虽没穿过宝甲，心脏受震，亦已是伤上加伤。

祈圣因应了声："是。"拔剑出鞘，便向江晓芙走去。江晓芙听她脚步声越来越近，吓得魂不附体，连忙闭了气息，假装死去。

江晓芙吓得个半死，殊不知祈圣因心里也是又慌又乱，她探了探江晓芙的鼻息，又摸了摸她脉搏。内功深厚的人，本来可以闭息停脉，支持一段时间，但江晓芙业已受伤，呼吸虽然勉强止了，脉息还是微微跳动。她的鼻翼肌肉，由于惊慌过甚，也不自觉的微微抽搐。祈圣因一摸之下，当然立即便知道她是装死的了。

祈圣因举起了剑，对准江晓芙的咽喉，但不知怎的，却是手颤脚软，这一剑竟是不能刺下。这霎那间，祈圣因已是转过无数念头，"杀她呢还是不杀？"想到他们夫妻今后的安危，似是应该杀人灭口，妥当一些，但她出身于武学世家，毕竟还不似她丈夫这样心狠手辣，杀害一个无辜少女，又觉得有点于心不忍。

正在祈圣因踌躇未决之际，那少年急怒交加，大吼一声，一个倒纵，便向祈圣因冲去。却不知尉迟炯正要他如此，当下如影随形，一记劈空掌发出，那少年身子悬空，如何闪躲？“砰”的一声，跌落尘埃，距离江晓芙不到一丈之地。

说时迟，那时快，尉迟炯已是跟着一剑刺到。那少年身子未能挺直，判官笔一招“举火燎天”，往上招架，“当”的一声，那支判官笔又被削断了，尉迟炯哈哈大笑道：“看你还敢硬充好汉么？和那臭丫头一同去见阎王吧！”

尉迟炯在大笑声中，一剑劈下，只道这一剑便能要了这少年的性命，哪知道少年蓦地一个“鲤鱼打挺”，翻起身来，刚刚避开了他这一剑，说时迟，那时快，左手的判官笔亦已闪电般的飞了出去。

尉迟炯也是轻敌过甚，只道这少年已被他的掌力震得死多活少，哪料到他还有还击的能力，猝不及防，小腹已给他的笔尖插入，痛彻心肺。尉迟炯的笑声登时变成了厉叫，他也当真是凶悍绝伦，受伤之下，竟不后退，腾地便飞起一脚，把那少年踢了一个筋斗，摔出了数丈开外。

祈圣因大惊道：“大哥，你怎么啦？”尉迟炯道：“没什么，稍稍带了点花。哼，你这臭小子还想活吗？”那少年在远远的应声说道：“不错，我是不想活啦，你过来，咱们再来拼命。哼，我死了要叫你也活不成！”

尉迟炯惊诧无比，心道：“这臭小子居然还能说话！看来他虽是受了内伤，大约还可以支持个一时三刻。奇怪，他年纪轻轻，怎能有如此功力？难道他刚才还未曾使出全副本领，倒是我走了眼了？”

尉迟炯咬紧牙根，将插在小腹上的判官笔拔出，连忙敷上金创药。祈圣因走了过来，要替他包扎伤口，但她也伤得很重，走来走去，早已疲累不堪，看见丈夫满身鲜血，已是直打哆嗦，悄声问道：“大哥碍事么？”尉迟炯大声道：“没碍事。你杀了那臭丫头没有？”祈圣因道：“那臭丫头确实是已经死了，我没工夫将她大卸八块，就让她保个全尸吧。”

那少年不知祈圣因说的乃是谎话，又惊又怒，但却没气力再骂了。只听得尉迟炯又在哈哈笑道：“好，很好！你这臭小子为了江海天的女儿，不惜舍了一条性命，我也让你保个全尸吧，江海天要是顾念你对他女儿的情义，说不定将来会给你们合葬。我可没工夫在这里陪死人啦。”

原来尉迟炯受的伤委实不轻，尽管他口出大言，心里还当真有点害怕那少年再过来和他拼命。他的大笑，他的豪语，都是为了掩饰自己严重的受伤而做作出来的。他实在是不能再动手的了。不过他有上好的金创药，只要静养两天，就可恢复如初。而按他的估计，那少年所受的伤，决不在他之下，在这荒谷之中，没人救他，在日出之前，那是非死不可。在这样情形之下，他哪还肯与这少年拼命？

尉迟炯吸了口气，把妻子抱了起来，他知道妻子已看出他受了重伤，在妻子耳边小声说道：“因妹，你不用担忧，这丫头的坐骑是匹千里马，咱们正可借它逃走。你大哥虽受了伤，驯服一匹畜牲的本事还是有的。”

那少年提心吊胆地把耳朵贴在地上，听得马蹄声去得远了，这才吁了口气，但这口气一松，他也就不省人事了。原来他受伤极重，他嚷着要和尉迟炯拼命，心思也正是与尉迟炯如出一辙，是为了掩饰自己的伤势，不让敌人识穿。

尉迟炯起初是过于轻敌，后来却又是估敌过高，他以为这少年的伤势与他不相上下，大约还可以支持个一时三刻，所以他才不敢在受伤之后，再去侵害这个少年。殊不知这少年所受的伤，竟是超出他的估计，远远比他为甚，一时三刻也支持不了，紧张的心情一过，人也就立即昏迷了。

也不知过了多久，那少年在朦胧中忽听得“啪”的一声，有一颗石子在他身边落下。那少年在睡梦里也提防着敌人，蓦地一惊，便醒了过来。只见阳光耀眼，已是白天。前面茅草丛中，有悉悉索索的声响，定睛一瞧，这才发现是一个人，正在向他爬来。这个人不用说就是江晓芙了。

江晓芙受伤之重，不在少年之下，爬了半天，不过向前移动了几尺之地，那颗石子是她使尽了吃奶的气力，弹到这少年身边的。

她见这少年张开眼睛，心道："还好，这人也还没死，只不知他还有没有一点气力？"她张口想要呼喊，说出的声音细如蚊叫，那少年隐约听得出她说的是："你、你快来！"

这少年所受的伤并不比江晓芙轻，但他功力较高，救弱扶危的侠义之心一起，见江晓芙没死，陡地精神一振，终于慢慢地爬到了她的身边。

江晓芙嘴唇开阖，侧转了头，指着耳朵，这少年知她是没气力说话，示意叫自己侧耳倾听，当下将耳朵凑到她的嘴边，只听得江晓芙说道："我身上有小还丹，你帮我找出来。"力竭声微，侥幸这少年还能听懂。

小还丹是治内伤的圣药，以华山医隐华天风配制的最具灵效，江海天是华天风的义子，得他赠了十颗，这次江晓芙初次出道，江海天预防不测，叫她随身带了五颗。可惜她受伤之后，气力毫无，连手指也不能运用，虽有妙药，却是取不出来。

这少年也知小还丹的功效，心头大喜，但随即想到一个难题，江晓芙是个少女，自己怎好伸手入怀，在她身上摸索解药。

江晓芙道："怎么，你也连伸手的气力都没有了吗？快掏出来，我分你一颗。"这少年心里自思："也罢，为了救人，可顾不得这么多了。"闭了眼睛，用力抬起手来，在江晓芙身上摸索，他是破题儿第一遭接触女子的身体，不由得面红过耳，心里慌张。偏偏江晓芙身上的零星物事甚多，他摸来摸去，也不知道小还丹是藏在哪里。

江晓芙年纪更小，一片天真，本来尚还不懂男女情事，但她是无可奈何才向一个陌生男子求救，也是第一次给异性触及她的身体，不觉也隐隐感到有点羞耻，终于忍耐不住，说道："你是怎么搞的。老是摸来摸去，还不快点把小还丹拿出来？"

那少年吓得缩手不迭，结结巴巴地道："我，我不知道，你，你的小还丹是、是在哪儿？"江晓芙面上一红，这才省起自己粗心大意，未曾说得清楚，忙道："是在一个小盒子里面。"

少年这才把盒子找了出来，拈了一颗丹丸送进江晓芙口中。江晓芙咽了下去，半晌说道："咦，你在这里发呆作什么，你为什么不赶快服食丸药?”那少年道:“是,多谢姑娘赠药救命之恩。”

江晓芙服了小还丹,胸中的郁闷之气,先自消了许多,精神也稍稍恢复,笑道:“你倒是客气得紧,是你救了我的性命,我还未曾多谢你呢。”她受伤太重,小还丹虽具灵效,毕竟不是仙丹,可以立生奇效,她说了几句话,禁不住微微气喘,不过却也没有先前那样吃力了。

这少年吞了一颗小还丹,把盒子盖上,交还给江晓芙,深深看她一眼,心头卜卜乱跳,“想不到竟有这样奇遇,未见着江大侠,先碰上他的女儿。她有江大侠这样的父亲,武功好并不出奇,难得是还长得这样好看,我见过的女子可没有一个比得上她。幸亏她没有死在尉迟炯夫妻手下。”原来昨晚因是在黑夜之中,他根本未曾看见江晓芙的容貌,刚才之所以发呆,就是因为乍睹仙姿,震惊于江晓芙艳丽的缘故。

江晓芙也是又喜又惊,心道:“这少年看来也不过比我大几岁年纪,武功可比我强得多了。我妈老是怕我年轻识浅,说是江湖上人心险诈,须要步步提防,这少年却似个知书识礼的正人君子。唉,我现在气力毫无,倘若他是个坏人,那可就大大不妙了。”江晓芙想起母亲平日的教训,她虽然对这少年颇具好感,但究竟是个陌生男人,陪着她在这荒谷之中,她心里也是难免有点惴惴不安。

两人怀着心事,各自闭目养神,过了两个时辰,小还丹功效渐显,江晓芙疼痛止了,这才感到饥饿。那少年身体比江晓芙健康,气力也恢复得更快,他带有干粮袋,还有几个炒米饼留着,便拿了来给江晓芙。

江晓芙道:“你自己呢,怎么都给了我?”那少年道:“我去找点吃的东西,咱们也得想个法子出这荒谷才行。”他折了一根树枝,当作拐杖,一跛一拐地去找寻食物。江晓芙看着他走得如此吃力,心里极为感激。约莫过了一个时辰,那少年回来,树枝上穿着两条鱼,神情却甚为沮丧。

江晓芙肚子饿得咕咕作响,笑道:“这两条鱼虽是小了一点,总胜于找不到东西,怎么还不高兴?亏你已有气力捉鱼,我现在连一块石头也还拿不动呢。”那少年道:“我已看过地形,四面都是陡峭的山坡，咱们除非养好了伤，否则休想出去。这两条小鱼还是我在山涧边守候了许久才打到的，明天是否有这运气，还未可知呢！”

江晓芙听了，也不禁发愁。要知他们伤得实在太重，幸得小还丹保住了性命，但却不知何时方能养好了伤，恢复原来的本领。

江晓芙道：“那么只有盼望有人来到，将咱们救上去了。”那少年道：“这希望也很渺茫，如此荒凉的山谷，哪有人来？”江晓芙道：“我与爹爹约好三天之内回家，他不见我回去，一定会来找我。”那少年道：“你本来是要到什么地方去的？”

江晓芙道：“就是来追踪这个女贼的，我与爹爹说好，若是追不上女贼就到德州请丐帮的杨帮主帮忙。我的坐骑是千里马，到德州一个来回，三天是足够了的，今天刚好是第三天。可惜我的坐骑被那恶贼抢了。”

那少年无暇问她因由，先叹口气道：“这么说，你爹爹会到德州打听你的下落，却怎想到你陷身在这荒谷之中？”江晓芙想想果然，说道：“那就听天由命吧，先把这两条鱼烤熟，吃了再说。你带有火石么？”

那少年点起一堆火，江晓芙苍白的脸色给火光映红，更增艳丽，那少年怦然心动，想道：“她脱险之后，她是江大侠的女儿，身份悬殊，我还怎能一亲颜色？倒不如在这荒谷里陪着她，饿死了也是福气。”江晓芙道：“咦，你怎么又高兴起来了，可是想出了什么妙法？”她见那少年嘴角蕴着笑意，却不知他想的什么。

那少年道：“没有啊。鱼烤熟了，你吃吧。”江晓芙道：“你也吃一条。”那少年道：“不，我不饿。”江晓芙道：“你不吃我也不吃了。”江晓芙吃得津津有味，那少年却是心神不属，只是想道：“出去之后，不知她还会不会对我这样好？”

江晓芙忽道：“我倒想出了一个法子了。”那少年道：“怎么？”江晓芙道：“咱们索性把火烧大一些，日夜不熄，路人经过，看见烟火，即使不敢下来，也会将消息传出去的。”

那少年道：“这法子是好，不过四围都是茅草，一不小心，火势蔓延，咱们就要像那两条鱼一般被烤熟了。”江晓芙被浇了一盆冷水，说道：“那么简直是束手无策了？”那少年想了一想，说道：

“法子还是有的。”江晓芙喜道：“那还吞吞吐吐作甚？快说出来！”

那少年道：“还是用你的法子，不过先要把一块地方的野草清除，再烧起火堆，就不致酿成火灾了。为了小心起见，咱们还可以轮流看守。”江晓芙道：“对啊，这样简单的法子，我为什么没有想到？”

可是法子虽然简单，做起来却不容易。江晓芙刚刚可以行动，气力还比不上一个小孩。那少年较好一些，也还未恢复常人的体力。两人做一会歇一会，从近午开始，直到红日西斜，才清理出一块数丈方圆的空地。

江晓芙又饿又累，倒在草地上气喘吁吁，恨恨说道：“那恶贼害得咱们好惨，抢了我的坐骑，又夺了我的宝剑。要不然我用宝剑割草，哪用这样费力！”少年不觉失笑道：“用牛刀割鸡已是大材小用，你还要用宝剑割草，传出去更是武林佳话了。还好宝剑不在你手，要不然我倒是要为宝剑可惜呢！”

江晓芙嗔道：“人家正在生气，你还说风凉话儿。好，我夺回宝剑，先割那恶贼的首级。”幸亏有这少年陪她说笑，江晓芙的气倒渐渐平了。

那少年拄了拐杖，又去找寻食物，江晓芙看着他一跛一拐的模样，心中甚是不安。入黑时分，那少年回来，这次较为幸运，他用石子打死了一只野兔，还采了十来个野果，勉强可堪一饱。

少年拾了一些枯枝败草，生起火来。烤熟野兔，分而食之。江晓芙吃饱之后，精神稍振，有了说话的兴趣，笑道：“我还未请教你的高姓大名呢。”

那少年道：“我复姓宇文，名雄，北京人氏。”江晓芙道：“你怎么会到这儿来的？”

宇文雄道：“你追踪那个女贼，我则是追踪那女贼的丈夫。他名叫尉迟炯，是关外的一个大盗。”江晓芙有点奇怪，问道：“你小小的年纪，怎的和关外的大盗结了仇？”

宇文雄道：“我爹爹是北京风雷镖局的镖师，有一次和副总镖头保一支镖到关外去，这支镖给尉迟炯劫了。人虽没有受伤，但镖局损失太大，却因此关门了。总镖头也很有义气，我爹爹要变卖家产，贴补镖局亏空，他也没有受下。”江晓芙道：“这么说，你爹爹虽是遭了一点晦气，也还不是太紧要呀！”

宇文雄苦笑道：“你不明白，做镖师的对名誉最为看重，镖是在我爹爹手上失的，他怎能在人前抬起头来？加以总镖头不要他贴补亏空，他心里越发难过。不久就气出病来，第二年就死了。虽不是尉迟炯亲手杀他，但根究起来，总是因为尉迟炯而致他于死的。”

宇文雄接着说道：“我爹爹临死的时候，交一封信给我，这是他早已写好了的，要我将这封信交给江大侠。”江晓芙道：“就是我的爹爹吗？”宇文雄笑道：“天下哪还有第二位江大侠？”江晓芙意外惊喜，说道：“这么说，你的爹爹和我的爹爹是早就有了交情了？”宇文雄道：“爹爹从未向我提过他认得江大侠，我也不知他这封信说的是什么。”

江晓芙有点失望，想道：“我爹爹名闻天下，识与不识，同样景仰，有事也想到要来求他。他爹爹大约也是这样的人。”她随即想到李文成的例子，心道：“李文成和我爹爹也并非相识，他放心托孤给我爹爹，我爹爹不是但凭萧叔叔转述的一句话，就慨然答允了吗？我如今受伤，也还是为了李家这个未曾见过面的孤儿呢。”

江晓芙笑了一笑，将火苗挑旺，说道：“你不认识我的爹爹，也不打紧。那恶贼是你的仇人，也是我的仇人，我帮忙你向我爹爹说话，定能叫他帮你报仇。”宇文雄笑道：“好，那我就预先多谢姑娘了。但却不知我有没有福气拜见你的爹爹呢？”江晓芙看了看那陡峭的山坡，说道：“你别是尽是说扫兴的话了，难道咱们当真就会老死在这荒谷不成？”宇文雄心道：“我却但愿如此。”

宇文雄继续说道：“我办好爹爹的丧事，就动身南下。昨日在路上忽然遇上了尉迟炯这恶贼。我虽然以前没见过他，但我爹爹曾与我说过他的形貌，他虬须如戟，头大肩宽，异于常人。我见了他，还怎肯放过，不管是也不是，先跟踪再说。我本想缀上了他，待到晚上，他投宿客店，我再去下手的。岂知他进了这个荒谷，我也就跟着来了。这时，我已听得他们夫妻谈话，知道你是江大侠的女儿，即使他不是尉迟炯，我也要舍命救你了。”

江晓芙十分感激，不觉就握着他的手说道：“宇文大哥，但得脱险，我一定会好好报答你。”宇文雄笑了一笑，道：“你已经报答我了。”江晓芙怔了一怔，问道：“这是什么意思？”宇文雄道：“你待我这么好，我已经感激得很了。”

江晓芙面上一红，把手拿开，连忙转过话题，说道：“你一见那恶贼，就叫出他的名字，我还只道你本来是认识他的呢。”宇文雄道：“我是冷不防的试一试他，果然他就是尉迟炯。”江晓芙道：“嗯，你倒很有点小聪明。”宇文雄道：“你为什么又跟踪尉迟炯的妻子，难道你家也和他们有仇？”

江晓芙曾受父亲嘱咐，千万不可向外人泄漏李文成托孤之事，但她心里一想：“宇文大哥的事情对我毫不隐瞒，我怎么可以和他不说实话？”结果，她不但将这次出门的原因原原本本地告诉了宇文雄，连江海天怎样吩咐她的说话，她也都说了。

“李文成是天理会的一个头子，天理会意图造反，可惜事机不密，已被朝廷破获，挑了他们的总舵。天理会的人亡命四方，有许多人已被朝廷捕杀了。造反的人是要诛九族的，我爹爹是冒着天大的关系，决意收留这个孩子的。如今这孩子虽然失落在贼人手上，迟早总会被我爹爹寻找回来。我爹爹不怕牵连，但也毕竟是少惹麻烦为妙，所以他不许我告诉别人。请你也守口如瓶，千万不可将风声泄漏了！”

宇文雄笑道：“我也不是小孩子了，事情的轻重，还能不懂吗？你放心，我是决计不会在人前多说半句的。但你告诉了我，岂不是先就违背了你爹爹的吩咐？”

江晓芙道：“爹爹只是不许我告诉外人。你于我有救命之恩，如今又是共同患难，我还怎能将你当作外人？”宇文雄心里甜丝丝的，不知不觉，又紧紧握了江晓芙的双手，说道：“多谢你没有把我当作外人。”

春日多雨，说话之间，忽听得雷声殷殷，乌云盖月，宇文雄道：“不好，这场雨恐怕下得不小，快随我来！”江晓芙道：“糟糕，咱们好不容易才生起这堆火。”宇文雄道：“先顾你的身体要紧。”将她拉了起来，急急忙忙便走。

原来宇文雄在日间找寻食物之时，随处留心，已看中了一个地方，可以躲避风雨的。那是两块相连的大石，中间有五六尺宽的缝隙，恰恰可以容得下一个人。宇文雄和江晓芙刚好跑到那个地方，大雨倾盆而降。

宇文雄把江晓芙推了进去，江晓芙道："宇文大哥，你，你——"宇文雄道："我受伤比你轻，身体也比你好，着一点雨，不打紧的。"他脱下外衣，罩在头上，靠着石头，恰恰堵着缺口，等于给江晓芙做了一面屏风。

江晓芙本是想叫他进来，但石缝狭窄，只容得下她一个人，转动还不很自如，要是拉他进来，那岂不是挤得要命？江晓芙天真无邪，但毕竟也还是个少女，懂得害羞，所以也就只好任由宇文雄留在外面了。

江晓芙心里很是不安，但她拔了一天草，已是疲劳之极，不知不觉便在风雨声中睡去，也不知过了多久，一觉醒来，只听得宇文雄牙关格格作响，原来他正在那里发抖。

江晓芙好生难过，不由得说道："大哥，你进来避避雨吧。"宇文雄道："不必了。我、我挺得住。雨、雨也早已止了。"声音抖颤，有气没力。江晓芙探首一望，只见东方已现出鱼肚白，但大雨过后，晓寒侵人，似比深夜的寒气更重。

江晓芙走出岩洞，说道："大哥，里面暖和一些，你昨晚一定没有睡好，还是进来歇歇吧。我去生火，请把火石给我。"她把姓氏省去，只称大哥，更显亲热。宇文雄心道："就凭她这'大哥'二字，莫说着了点凉，就是大病一场，那也值得了。"

江晓芙迎着晓风，吸了口气，只觉精神爽快，比昨日已是好了许多。原来她的功力虽是不及宇文雄，身体也弱一些，但她练的却是纯正内功的底子，经过了一晚酣睡，精力渐渐恢复，虽然走起路来，还是有点脚步虚浮，但比起昨天的有气无力，已是不可同日而语。

那堆火早已熄了，幸而地上没有积水，不过柴火湿透，已不能再用。江晓芙心道："看来今日会是好天气，且待日头出了，再拾些树枝烧火。现在先去找寻食物。"大雨过后，小溪水涨，游鱼倒是不少。只可惜江晓芙不识水性，不敢下水捉鱼。用石子打死两条，水流湍急，还未来得及捞起，又冲走了。她运气太坏，找寻食物，找了半天，只遇上几只土拨鼠，她见这种野鼠的形状丑恶，哪敢捉来当作食物？只找到了十来个不知名的野生果子，也不知能不能吃，姑且摘了再说。

果然是个好天气，阳光遍地，晒得人暖烘烘的好不舒服，江晓芙精神一振，人也不觉得那么饿了。她拾了一堆枯枝，用长长的茅草捆缚，抱了一大捆回来。心道："让大哥再睡些时，再叫醒他。"

江晓芙拈刀弄剑是看家本领，生火煮饭之类的家务事却一窍不通，那些枯枝茅草也还带点湿气，好不容易才把一大堆火烧旺起来。

江晓芙一看日头已在头顶上空，是正午时分了。江晓芙喜滋滋地跑过去叫道："大哥，我把火生起来了！你醒了没有？出来烤火吧！"

只见宇文雄盘膝坐在地上，对她的叫声似是听而不闻，动也不动。江晓芙心道："原来他正在运功。哎呀，我听爹爹说过，若是重伤之后，不宜过急练功，除非有高手相助，否则真气驾驭不住，便有走火入魔之险。"她放轻脚步，缓缓走近宇文雄身边，忽听得宇文雄喉头咕咕作响，突然一跃而起，双眼火红，向她瞪视，作势便要抓来！

江晓芙大吃一惊，反身一跃，叫道："大哥，你怎么啦？"宇文雄吼道："恶贼，我与你拼了！"掌挟劲风，竟把江晓芙震得摇摇欲坠。

江晓芙用"风刮落花"之式，连避三掌，闪过一旁，叫道："大哥，你看真些，我是晓芙！"宇文雄双眼张得又圆又大，闪闪放光，蓦地叫道："我知道，你是天鹅！"江晓芙说道："我爹爹是江海天。你还想得起这个名字吗？"

宇文雄似乎呆了一呆，喃喃说道："江海天，江大侠。"江晓芙道："不错，你想起来了，我就是他的女儿呀！"

宇文雄目光呆滞，涩声叫道："不错，江大侠的女儿就是天鹅，你要飞走了是不是？我偏要抓着你，死了也要你陪我！"江晓芙柔声说道："大哥，我本来就是来陪你的呀，我怎么会抛开你呢，你别胡思乱想了。”宇文雄一个虎跳，伸手就向她疾抓。

江晓芙见他双眼红丝遍布，状类疯狂，十分害怕。叫道：“大哥，你醒醒。你这样子，我怎敢在你身旁？”宇文雄大笑道：“我早知你这头天鹅是飞走的了，好呀，我一定要抓着你，吃、吃掉你！”

宇文雄一步一步迫上前来，如疯如醉，江晓芙东躲西闪，又不敢出掌抗拒，怕打伤了他。蓦地脚下绊着石子，宇文雄哈哈大笑，一把抓着了她，叫道：“看你还往哪里跑？”张开口就要咬她！

江晓芙本能地用力挣扎，反手一掌，“啪”的打了宇文雄一记耳光。宇文雄呆了一呆，似乎清醒了一些，喃喃说道：“我，我做了什么了？”江晓芙见他脸上指印通红，不觉又是十分怜悯，惶然说道：“大哥，我失手打了你，你别怪我，你醒醒吧！”

宇文雄的目光渐转柔和，忽地抓着江晓芙的双手，凝视着她，似乎在思索什么，喃喃说道：“你不是要飞走吗？”江晓芙心道：“原来他总是怕我抛下他，想得疯了。”心里又是害羞，又是高兴，又恐怕宇文雄对她有什么无礼举动，登时心乱如麻，不知如何应付才好？

忽听得有人大喝道：“大胆贼人，放开我的师妹！”江晓芙怔了一怔，心道：“我哪来的什么师兄了？这声音好熟！”还未来得及回过头去看，已听得他爹爹的声音喝道：“谁敢欺负我的女儿！”

江海天夫妇和叶凌风三人，正是因为看见谷底有火烟升起，觉得奇怪，下来察看的。想不到果然便发现了江晓芙，从高处看下去，她正是被敌人追逐，形势危殆，江海天怕出声惊动“贼人”，会对女儿有所不利，意欲悄悄走近，再发暗器。叶凌风已忍耐不住，先叫出来。

叶凌风既出了声，江海天怕那“贼人”先下毒手，只好表露身份，并用“狮子吼”功震慑对方。

江晓芙的内功出于父亲所授，父女同一路子，江海天的狮子吼功震得她耳鼓嗡嗡作响，但对她身体却是无伤。宇文雄已是在受伤之后，怎生禁受得起？耳闻霹雳之声，心头蓦地一震，“哇”的一口鲜血便喷了出来！

江海天身形一起，疾如飞箭，自山坡上直“射”下来，脚步不停，衣袖一卷，已卷起几颗石子扣在掌心，他随身没带暗器，就地取材，信手拈来，双指一弹，一枚石子，破空飞出！

武林高手，飞花摘叶，伤人立死，何况是以江海天的功力，飞出这枚石子？江晓芙听得暗器破空之声，大惊之下，无暇思索，把宇文雄一搂，便将自己的身子遮掩着他！这才声音颤抖，叫出了“爹爹”二字。

江海天这一惊更是非同小可，连忙把第二颗石子发出，幸而他第一颗石子只是用了三分力道，这一次却是全力施为，第一颗石子堪堪打到，给第二颗石子赶上，碰个正着，“卜”的一声，两颗石子改了方向，斜斜飞出，恰好从江晓芙额边擦过，却没有伤着她一分一毫。

江晓芙的“爹爹”二字方才出口，说时迟，那时快，江海天已是闪电般地赶了到来，衣袖一拂，轻轻把女儿推开，一手便抓着了宇文雄，江晓芙连忙叫道：“爹爹，不可！……”话犹未了，江海天一掌就在宇文雄的背心印了下去。

江晓芙吓得呆了，要想扑上，双脚已是不听使唤。只见宇文雄身躯微微颤抖，却并非她想象那样，给她父亲一掌打成肉泥。

江海天“噫”了一声，说道：“这人是谁？他是重伤之后，又受风寒，运功不当，以致真气走歪，心神迷乱，幸而还没有走火入魔！”江晓芙这才知道父亲是以绝顶神功，助宇文雄收束真气，令他恢复心智，而不是要把他毙于掌下。

江晓芙道：“爹爹，你千万要给他治好。他是救女儿的恩人。”刚刚说了几句，谷中莲亦已赶到，只看了江晓芙一眼，便大惊失色，将女儿搂入怀中，说道：“是谁将你打得如此重伤？”江晓芙道：“不是此人，是一个名叫尉迟炯的恶贼。”谷中莲道：“海哥，你不先看看女儿？”江海天道：“我早已留心着了。芙儿伤得虽重，并无性命之忧。至多调养一月，便可复原。这少年嘛，哎，哎，可是有点，有点不妙……”

江晓芙泫然欲泣，颤声说道：“爹爹，女儿这条性命全是靠宇文大哥救的，爹爹，你可不能让他死去！”江海天道：“我尽力而为便是。”

江晓芙听得父亲的口气不是怎么肯定，更为着慌，连忙问道：“爹爹，你倒是说句实话，他到底有无性命之忧？”

江海天眉头深锁，半晌说道：“这个么，性命、性命大约是可以保得住的。我先把他救醒再说吧。”江海天本来还有“不过，如何如何……”一大段话的，为了怕女儿担忧，“不过”后面的一大段话就省略不说了。

原来宇文雄重伤之后，又受风寒，运功不当，真气走歪，已是病入膏肓，更加上给江海天“狮子吼功”震伤心脉，即使暂时能保全性命，最多也只能活三年，而且在这三年之内，还有随时死去的可能。

谷中莲却想到另外一件事情，望了女儿一眼，问道：“你和这人已是结拜兄妹了么？”江晓芙双颊泛红，说道：“在这患难之中，哪有心思想到结拜的事情。不过我的性命是他救的，他又对我很好，我早已经把他当作大哥看待了。”谷中莲默然不语，如有所思，过了一会，方始说道：“你是怎么碰上他的，你把经过都说给我听吧。”

江晓芙从那日与祈圣因的遭遇说起，一直说到她与宇文雄一同受伤，险死还生的种种经过，足足说了一顿饭的时间，宇文雄还没有醒来。谷中莲心道：“如此说来，这少年对芙儿实是有大恩大德，也算得是侠义中人，只是他的来历尚未深知，只凭芙儿所说的一鳞半爪，并未可靠。”

江晓芙说到一半的时候，叶凌风已经来了。他虽然没有听得完全，也已知道这少年是师妹的救命恩人，而且从师妹的神情语气之间，还可以听得出来，她对这个少年，除了感激之外，也似乎还有一种难以名说的感情。叶凌风满不是味儿，心中暗怀妒意，面上却丝毫不露，说道：“这位宇文大哥的恩德，咱们须得好好报答才是！”

谷中莲看了他一眼，说道：“你以为应该如何报答？”叶凌风道：“待师父将他救活之后，我愿意将他护送回家。他不是镖局出身的吗？师父交游广阔，还可以荐他在京师的大镖局里做个镖师，这些事都交给我办好了。”谷中莲喜道：“好，你替他设想得很是周到。海哥，你看如何？他的伤势，雇一辆车子让凌风送他回京，可碍事么？”

叶凌风道：“姑姑放心，一路上我一定好好照顾他。有什么需要的药品，可以早些备办？”谷中莲道：“芙儿，你还剩下三粒小还丹，都可以让他带去。”她在征求江海天的意见，江海天却还没有回答。正是：

欲施调虎离山计，都为关心儿女情。

欲知后事如何？请听下回分解。

第八回　慈亲择婿心良苦
大盗登门胆意豪

江海天没有回答，江晓芙却急着说道："不，他爹爹遗嘱，叫他不要再吃镖局这碗饭的。咱们不应亏待了他……"

谷中莲眉头一皱，道："依你说，咱们应该怎样待他？"原来谷中莲颇有一点私心，自从叶凌风与她姑侄相认之后，很得她的喜欢，她已颇有亲上加亲，以女儿许配于他之意。想不到横里杀出一个宇文雄，对她女儿有救命之恩，如何处置这个宇文雄，倒教她有点为难了。叶凌风提出的办法——将宇文雄送走，正可以解决这个难题，但想不到江晓芙又不同意。谷中莲是过来人了，暗自寻思："看这光景，只怕芙儿已是有几分欢喜这个少年。嗯，这少年虽也不错，却怎比得我的嫡亲侄儿？"

江晓芙毕竟是个少女，见母亲皱着眉头望着她，她不禁红了脸不好意思说话。江海天咳了一声，说道："且待我救活了他再说。"江晓芙喜道："且待大哥醒了，再从长计议。现在还不知他的伤势如何呢？"

谷中莲道："芙儿，过来见过你的师兄。"江晓芙那日赶着出门，尚未知道后来叶凌风那段"认亲"事情，诧道："就是这位叶叔叔吗？"谷中莲笑道："他不是叔叔了，他是你的表兄，也是你的师兄。"把事情原委告诉了女儿。

江晓芙天真无邪，也自喜欢，说道："多一个师兄，热闹一些，练武的时候，也可以有人喂招了。"她说这话，还含有请父母收留宇文雄的意思在内，即是说她喜欢热闹，父亲既然开始收徒，那就再多一个师兄亦是无妨。谷中莲假作不懂，笑道："芙儿，你年纪也不小了，就只知道贪热闹。你表兄刚开始练本门功夫，你可不许欺侮他。"

宇文雄喉头咯咯作响，忽地一口瘀血喷了出来，江晓芙大吃一惊，江海天吁了口气，说道："好，总算把他救活了。"虽然松了口气，但眉头深锁，显然还在想着心事。

宇文雄悠悠醒转，见周围这许多人，不觉愕然。江晓芙道："大哥，我爹娘来了，是我爹爹将你救活的。"

宇文雄"啊呀"一声，连忙说道："晚辈宇文雄拜见江大侠。"要想下拜，手脚却不听使唤，江海天按着他道："不必多礼，你救了我的女儿，我也还未曾多谢你呢。你复姓宇文，是不是凉州人氏？"宇文雄道："正是。江大侠如何得知？"江海天道："宇文朗是你何人？"

宇文雄道："正是家父。"江海天笑道："我给你收束真气，已察出你的内功是云家的金刚掌真传，你又复姓宇文，我料想你定是宇文朗的子侄，果然不错。哈哈，这就益发不是外人了！"

此言一出，江晓芙大为欢喜，道："宇文大哥，你我两家乃是世交，你何不早说？爹爹，他父亲还有一封信留给他，是要他当面交给你的呢！"

原来宇文朗乃是凉州水云庄庄主、武林名宿云召的大弟子，云召一子一女，儿子云琼，娶江海天义父华山医隐华天风的女儿为妻；女儿云璧，又正是嫁给谷中莲的二哥——马萨儿国的国王唐努珠穆为后，故此云家与江家的关系实是非比寻常。宇文朗是云召的弟子，关系隔了一层。

二十年前，江海天在云家作客，与宇文朗相识，之后就再也没有见过面了。江晓芙将他家认作"世交"，稍嫌夸大其词，不过也还勉强说得上。叶凌风听了，心里酸溜溜的很不舒服，但随即心想："俗语说疏不间亲，他虽是和江家有点关系，却怎比得上我是师母的嫡亲侄儿！"

宇文雄道："家父不幸去世，临终留下书信，叫小侄特地来拜谒江大侠。"江海天道："你父亲所遭的变故，芙儿刚才已对我说过了，那封信呢？”宇文雄道：“在我身上。”他手足转动不灵，江海天给他找了出来，打开一看，宇文朗在信上说的是，他有病在身，自知不久人世，故此托江海天照抚他的儿子。又说江湖上劫镖之事，本属寻常，自己技不如人，失落镖银，那也怨不得谁，不过总是有损师门威望。他无意要儿子报仇，只是想儿子替他出一口气，无须杀掉贼人，但也得将那贼人打败，替风雷镖局讨回镖银。请江海天看在他师父云召的份上，助他了此心愿。信中微露请江海天收他儿子为徒之意，但想是因为怕交情不够，江海天未必就肯答应，故此不敢明言，只求江海天指点他儿子一两路武功，让他儿子可以打败劫镖的强人，则他于愿已足。

江海天看了此信，心里沉吟：“他的情形不比李文成，这等江湖上的纠纷，我实是不想插手。但巧合的是，这劫镖的贼人，又正是劫走李文成孩子的贼人。我可又不能不管了。”他看了宇文雄一眼，心里又再寻思：“我女儿的性命是他救的，助他报仇之事还在其次，他的性命我一定得想法不让他早夭！”要知宇文雄实在伤得太重，虽然暂可苟延性命，在三年之内，还是随时可能内伤复发，以至死亡！

江海天沉吟半晌，说道：“你爹爹不幸身故，你可曾禀报你的师祖？”宇文雄道：“师祖举家移居马萨儿国，路途遥远，未曾禀报。”江海天说道：“你师祖的大力金刚掌天下无双，只是十分霸道，练起来很费力气。你练了几年了？”

宇文雄道：“已有八年了。”江海天道：“你今年几岁？”宇文雄道：“刚满十八。”江海天道：“那么你是十岁就开始练的了。练金刚掌必须气力雄浑，你爹爹放心让你在童年便即开始，可见你是天生异禀。”宇文雄道：“我小时候气力是可以比得上大人。唉——”想到自己现在已是手无缚鸡之力，不觉黯然。

江海天道：“你爹爹希望你练好武功，打败那劫镖的贼人，讨回镖银，给他出一口气。只是练金刚掌太费气力，只怕目前对你不宜。”宇文雄苦笑道：“我都不知几时才能身体复原，这报仇二字，只怕是谈不到了。”他虽然不知道自己在三年内可能随时死亡，但他刚才试一运气，浑身痛如针刺，已知自己的功力是完全消失了。

江海天道："金刚掌的功夫全属阳刚一路，天山剑法中有一套须弥剑式，则是柔中带刚，以平和冲淡的玄门正宗内功作为基础的，若然两者同时修习，正可以相辅相成。而且还有一样妙处，先练须弥剑式，跟着再练金刚掌，可以不必费很多气力。"

谷中莲起初有点奇怪，不知丈夫何以和宇文雄只是谈论武功，却不提如何安置他，听到这里，方始有几分明白，不觉心头一动。只听得江海天果然接着说道："你救了我的女儿，我无以为报，不知你可肯学别一门派的武功么？要是你愿意的话，我就把须弥剑式，送给你当作礼物。"

江晓芙大喜道："爹爹，你答应收宇文大哥做徒弟了？"江海天笑道："我这是投桃报李，宇文世兄另有师门，我怎能抢云老英雄的徒孙？"宇文雄福至心灵，连忙说道："我是偶然碰上，与令媛同御强敌的，江湖上路见不平，理宜相助，若要报答，那就非君子所为了！"江海天说道："你不愿意受我礼物，学那须弥剑式？"

宇文雄道："江大侠若是用师父身份，教我武功，那我是求之不得。若是谈到报答二字，拿来当作礼物，那我决不敢当。"他这番话说得很是得体，江海天哈哈大笑道："好，那我就不客气了，你暂时做我的记名弟子吧。待我修书与你师祖，禀明此事，你师祖若然允准，那时你再正式行拜师之礼。"原来江海天早有收他为徒之意，这才不厌其详，问他种种情形的。

谷中莲起初有点不大乐意，暗自寻思："我正要隔开他们二人，海哥却把他收作徒弟，这不是自惹麻烦？"但不久之后，她也看出了宇文雄伤势极重，若非授他以上乘内功，实是难以断除病根，挽救他的性命。谷中莲对女儿婚事虽是有点私心，但她也毕竟是个心胸正直、恩怨分明的侠女，在明白了丈夫的苦心之后，心里暗暗叹了口气，想道："既是非如此不足以救他性命，那也只好让他做芙儿的师兄了。姻缘之事，也难勉强，只好任其自然，且看他们二人，哪一个和芙儿有缘分了。"

江晓芙无限欢喜，上前说道："宇文大哥，如今我可要改口称你做二师哥了。"叶凌风心里酸溜溜的很不舒服，却也装作满面笑容，上前亲亲热热地叫了一声："师弟。"谷中莲道："凌风是掌门弟子，以后要多多教导师弟师妹。”又道：“芙儿，凌风是你表哥，雄侄和咱们也是世交，你们三人既是同门兄妹，又有亲谊，以后相处，更应该像一家人这样和睦亲爱。”叶凌风和宇文雄都应了一声：“是。”江晓芙更是高高兴兴地说道：“妈，你放心，我没有哥哥，这两位师兄，我就把他们当作哥哥一样，不和他们打架，也不和他们吵架！”

谷中莲这一番说话，不着痕迹地介绍了叶凌风的身份。新入门的弟子，拜师之后，第一件事就是要认识掌门师兄，这也是武林规矩，宇文雄当然不会想到师母的话中还含有别的用意。

叶凌风却是个七窍玲珑的人，一听就听得出谷中莲的意思是想女儿和他多亲近一些，而且在说明他们的“亲谊”之时，点出一个是“表哥”，一个是“世交”，对女儿有所暗示，暗示着有亲疏厚薄之分。

叶凌风自己觉得琢磨到师母的心意，不觉又暗暗高兴起来，寻思：“这小子品貌不及我，武功不知如何，但他如今功力已失，要从头练起，待他本领恢复之时，我早已在他之上了。师妹如今虽是对他较为亲近，那不过是因为这小子曾救她性命，而这两天又同在一起的缘故。将来日子久了，她自会发觉我这个人样样都比这小子强，她还能不选中我么？何况她的母亲也是帮着我的！哈哈，有个对手和我争夺，我赢了美人，那才更有意思呢！”

江海天没有他妻子想得这么长远，他只是为求心之所安，才收这个徒弟的。收了徒弟，心安理得，也就高高兴兴了。

当下江海天便对妻子说道：“咱们找到了芙儿，原来的计划可要稍微修改了。你和雄侄、芙儿回家，小心照料他们。芙儿伤得虽重，大致可以无碍，只须静养便可以了。雄侄可得双管齐下，一面给他服药，一面教他练功。家中有一支千年人参，是那年长白三雄送给我的，功能固本培元，你可以给雄侄服了。你先授他内功心法，待我回来，再教他须弥剑式。”

江海天吩咐了妻子，再回过来对叶凌风道：“你的三师弟落在贼人之手，咱们还须把他找回来。你和我先到德州，见丐帮的杨舵主。我发出的英雄帖是由他分送各方的，如今已有多日，可能也会有些消息来了。”

江海天让女儿和宇文雄回家，叶凌风失去了和江晓芙亲近的机会，心里自是有些醋意。但他也是个好高骛远的人，想到与师父同走江湖，可以和天下英雄认识，受人羡慕，这机会更为难得，也便高高兴兴地奉命唯谨了。

当下江海天背起了宇文雄，谷中莲背起江晓芙，施展轻功，走上陡峭的斜坡，叶凌风空手而行，使出吃奶气力，仍是跟他们不上，不时要江海天停下脚步等他，心里又是惭愧，又是兴奋，心道：“幸亏那日我当机立断，不放过拜师的机会，果然得如心愿。只要我学得师父一半本领，已足以纵横江湖，扬名天下了！”

江海天一路走一路向宇文雄查问尉迟炯的来历与形貌，江晓芙也把那日与尉迟炯夫妻交手的情形，详详细细再向父亲说了一遍。江海天查问得十分仔细，听了他们的叙述之后，说道：“这千手观音祈圣因曾托她的丫环向你爷爷传话，说是她对李文成的孩子并无恶意，看来倒并非虚言。”江晓芙道：“爹爹，你怎么知道？”

江海天道：“你削了她的头发，在你重伤之后，她本来可以结果你的，她不是没有杀你吗？”江晓芙道：“那是她怕了咱们江家。”江海天道：“她不杀你，岂不更要顾虑‘放虎归山’的后患？依我看来，她劫夺李文成的孩子，内中定有因由，不能与清廷鹰爪之要加害这个孩子相提并论。她不杀你，也足以见得她还不能算是心狠手辣之辈。”

江晓芙噘着小嘴说道：“爹爹，这对贼夫妻抢了我的宝剑，抢了我的坐骑，又把我与二师哥打得重伤，你却还宽恕他们。爹爹，你不为女儿出气，也得顾你的威名，这事情你怎能不管？”叶凌风有意讨好师妹，帮口说道：“不错，师父你老人家威震天下，这两个贼人竟敢在太岁头上动土，当然不能放过他们！”

江海天正色说道：“谁说我不管了？大丈夫一诺，重于九鼎，生死不移，我答应照顾李文成的孩子，怎能不管？”江晓芙心道：“你还只是为了外人，不是为我。”正要再与爹爹撒娇，江海天似是看破女儿心意，接着说道：“你这次是为了给我办事，吃的大亏，我当然也不能不管，你失落的宝剑坐骑，我当然也总得设法向贼人讨回。但你们可要记住，这不是为了我们江家的面子，我才去对付贼人。凡事先要问有理没理，有理不畏强暴，无理就不该恃势凌人。你们刚才的说话，口口声声，都只是着重要顾全我的威名，那就错了。难道因为你是江海天的女儿、徒弟，别人就非得逢人让你不成？你们若是存有这样的念头，将来难免恃势生骄，行差踏错！我要先提醒你们，你们若是做错了事，我绝不给你们当作护符！我还要先处罚你们，不待别人找上门来！切记！切记！”

一番话说得江晓芙低下头来，噤若寒蝉，哪里还敢与父亲赌气。叶凌风也是一脸尴尬，做声不得。谷中莲笑着给女儿打圆场道：“他们只不过说了那么两句话，却惹出你一车子的教训。他们说得虽是有欠考虑，你的教训也太重了。女儿还在病中呢。”江海天道：“我教训得对是不对？”

谷中莲笑道：“谁说你不对呢？但也用不着气呼呼地说话呀！”江海天笑道：“你还说呢，女儿都是给你宠坏了的。”声音已转柔和，轻轻抚摸女儿的头发说道：“芙儿，你这次给我办事，受了重伤，难道我就不爱惜你吗？只是别人尊称我为‘江大侠’，我是要勉力而为，无负于‘大侠’之称，因此我也想教你成才，要你也无愧于作一个‘大侠’的女儿，你懂得吗？”

江晓芙咽住泪水道：“爹爹的苦心，孩儿明白。”一场小小的风波就揭过去了。但从江海天这一顿教训之中，叶凌风对江海天的为人，又多了几分了解，心中暗自戒惧，想道：“讨师母的欢心，那是容易得很；讨师父的欢心，可还得多费一点心思呢！”

说话之间，已出了荒谷。江海天叫叶凌风到附近小镇雇了一辆骡车，由谷中莲护送江晓芙与宇文雄回家，他则与叶凌风同往德州，叶凌风又是欢喜，又是吃醋，那种患得患失的心情，也就不必细表了。

德州的丐帮分舵杨必大，见江海天亲自到来，高兴之极，一定要留他多住几天，一来等待消息，二来也好约德州的武林豪杰与他们师徒见面。江海天知道他们丐帮有飞鸽传书，胜于自己茫无头绪地去打听消息，便在杨必大的分舵住了下来。酬酢两天，到了第三天，果然接到了一个消息。

这是丐帮在开封的分舵，用飞鸽传书送来的消息。消息说丐帮的八袋弟子元一冲，前日在定陶县的官道上发现贼人，在场的还有邙山派的两位前辈甘人龙与林笙，他们曾与贼人交手，详情如何未悉，他们三人已快马向德州赶来，请杨必大通知江海天来与他们会面。

杨必大看了书信，骇然说道："元香主已得了仲帮主的衣钵真传，还有邙山派的甘林两位老前辈在场，竟然未能擒下贼人，看信中的语气，似乎他们还吃了点亏呢。贼人已到河南境内，只怕要请少林寺的十八罗汉下山，才能对付他们了。"尉迟炯能够打伤江晓芙，江海天自是知道他的本领非同泛泛，倒没有杨必大这么惊诧。不过，也还是有点感到意外，尉迟炯夫妻本领之强，似乎还稍稍超出了他的估计。

其时南北丐帮早已合并，南丐帮原来的帮主翼仲牟年老退休，晋为"长老"，不管普通事务，丐帮总帮主一职由原来的北丐帮帮主仲长统担任。元一冲是仲长统的大弟子，已练成了混元一气功，武功之强，在丐帮中名列第三，仅逊于乃师仲长统与副帮主高天行。甘人龙是当年江南大侠甘凤池的儿子，林笙则是邙山派第三代中的四大弟子之一，谷中莲是第四代，这两人都已在六十开外，也早已成为邙山派的长老了。总而言之，这三个人都是大有来头的武林一流高手，以他们三人之力尚自吃亏，怪不得杨必大惊诧，江海天也要稍感意外了。

当下江海天说道："定陶是在山东河南交界之处，开封的贵帮舵主接获消息，再用飞鸽传书，至少也是在事情发生两日之后。他们三人快马驰来，明日不到，后日也可以到了。且待见了他们，知悉详情，再商对策吧。我不想因此小事，便惊动了少林高僧。"杨必大本想用飞鸽传书，向少林寺报讯的，听江海天这么说，只好作罢。

第二日中午时分，元一冲等三人果然便已赶到，其时江海天正在与德州群雄聚谈，听得他们到来，群情耸动，都围在他们身边，听他们说话。

甘人龙道："我们已接到江大侠的英雄帖，邙山派的弟子已分头出动，在各处要道，准备兜截贼人了。我与林师兄一路，那日在定陶官道，恰巧碰见了元香主与贼人交手。”

元一冲先道了一声“惭愧”，说道：“那两个贼人一男一女，但并没有携带小孩，起初我还有点捉摸不定，不知是否江大侠所要缉拿的贼人。后来我才认出他们的坐骑是江大侠之物，这才上前拦截他们，向他们盘问。”

江海天最关心的是李文成那个孤儿，听说那男女贼人并未携有孩子同行，好生失望。

元一冲接续说道：“那髯须贼好横，一听得我查问李文成的孩子，二话不说，就抽出马鞭，向我劈面打来。我在马背上展开空手入白刃的擒拿手法，与他周旋。我意欲捉拿活口，一时间还未敢使用混元一气功。

“这贼人本领好生了得，我夺不了他的马鞭，反被他抽了两下。那女贼纵马过来，说道：‘李文成的孩子岂是你应该管的？要命的赶快走路！’那髯须贼喝道：‘还能容他走路？杀之灭口！’纵马向我冲来，刷刷刷又是连环数鞭，打得我心头火起，一记劈空掌发出，使出了混元一气功。

“这贼人晃了晃，竟然没有落马。就在这时，那女贼剑光一闪，向我削来，她的马快，剑光一闪而过，我来不及还招。哎，真是好生惭愧！”

说至此处，元一冲脱下毡帽，只见鬓边一片青色的发根，剃刀也没有剃得这样整齐。元一冲缓缓说道：“我出道以来，从没吃过如此大亏，这是给那女贼一剑削去的！但话说回来，这女贼的快剑本可取我性命，还是她手下留情了。”群雄见此形状，都是不禁骇然。

江海天心道：“幸亏那尉迟炯在荒谷中也已受了重伤，想是还未痊愈，要不然只怕元一冲吃亏更大。祈圣因被芙儿削去了头发，她也削元一冲的头发。虽不算是心狠手辣，毕竟也是妇道人家，气量浅窄。吃了什么亏，就要拿出同样手段报复。”

甘人龙道：“我和林师兄恰在这时赶到。林师兄手按铁琵琶，发出透骨钉，那髯须贼中了一枚，可惜中的不是要害。那女贼手中拿的是柄宝剑，舞动起来，一片青光护着身躯，透骨钉碰着剑光，绞成粉碎。嗯，这柄宝剑，倒有点似、似是……”江海天道：“正是我那柄裁云宝剑。那髯须贼从我女儿手中夺去的。”

甘人龙叹口气道：“这两个男女贼人，夺了你江家那两匹神驹，又得了你江家这口天下无双的宝剑，当真是如虎添翼，只怕很难追捕了。那日我们三人，本来可以占得上风的。我以百步神拳，与那髯须贼的劈空掌较量了一下，想是因为他先接了仲老弟的混元一气功，真力似乎稍不如我，我摔下马背，他则口喷鲜血。可是他的马快，一受了伤，就不再恋战，和他妻子逃了。”

元一冲、甘人龙二人讲了他们的遭遇，杨必大说道：“为今之计，只有仍用飞鸽传书，请各处帮会帮忙，打听那贼人的行踪。一有确实的消息，江大侠便亲自出马！”

江海天也不禁暗暗愁烦，寻思：“赤龙驹、白龙驹日行千里，这个时候，他们又不知逃到哪里去了？”

众人正在七嘴八舌地商议对策，忽听得健马嘶鸣，蹄声得得，骤如风雨，初起时只是隐约可辨，转眼间就似到了门前。杨必大吃了一惊，道：“好两匹骏马！”江海天也微露诧异之色，“噫”了一声，说道：“凌风，你出去看看！”

叶凌风出了大门，门外早已有几个丐帮弟子在那里张望，只见两骑快马，飞驰而来，一到门前，倏然止步。叶凌风抬头一看，这一惊当真是非同小可，只见来的一男一女，男的是个髯须的汉子，女的就是从前曾与他交过手的那个“女贼”祈圣因。叶凌风虽未见过这个髯须汉子，但宇文雄与甘人龙等人都说过他的形貌，满脸髯须，最易记认，叶凌风一见，也知他就是祈圣因的丈夫尉迟炯了。他们骑的，也正是江家那两匹骏马——赤龙驹与白龙驹。

尉迟炯马鞭一指，朗声问道：“江大侠是不是在你们这儿？”那几个丐帮弟子不知来者是谁，急切之间，不敢回答。叶凌风恃着有师父做靠山，想逞英雄，“刷”的拔出剑来，喝道：“好大胆的贼人，竟敢寻上门来，看剑！”

尉迟炯夫妇已下了马背，正在拂拭身上泥尘。尉迟炯听得叶凌风大叫大嚷，闲闲地看了他一眼，毫不理会，拂拭衣裳的动作也未停止，只是回过头来问妻子道："这小子是谁?"

叶凌风舞剑上前，心里毕竟也还有些怯惧，想道："师父敢情还未听见我的喊声?"原来他打的如意算盘，是最好在他和贼人刚刚交手的时候，师父便即赶到，这样，就既可以逞了英雄，又不至于吃眼前之亏。

叶凌风想等师父出来，跑两步，停一停，忽听得祈圣因笑道："这小子就是那日和萧志远一同护送那孩子到江家的人，瞧他这么神气，不必再问，江海天一定是在这里了。"

叶凌风被祈圣因瞟了一眼，又见她缓缓举起了马鞭，他是给祈圣因的马鞭打怕了的，心里一慌，禁不住就叫道："师父、师父，贼……"

尉迟炯胡须上沾有指头般粗大的泥巴，刚刚取下，笑道："我们不是来打架的，江大侠是你师父吗?好，你来得正好!"叶凌风一个"贼"字方才出口，忽地虎口一麻，就似给蚊子叮了一口似的，并不很痛，但蓦地受惊，手中的青钢剑已是掌握不牢，当啷坠地!

尉迟炯把手一扬，喝声："接住!"叶凌风长剑坠地，双手尚自张开，倏然间一件黑忽忽的东西抛了过来，当真是快如闪电，叶凌风根本没工夫去分辨是什么东西，只隐约可以觉察绝不是什么利器。

这宗物事来得太快，叶凌风躲闪不开，只好施展接暗器的手法将它接下。触手坚硬，却不疼痛，想是对方并未用上真力。叶凌风捏了一捏，低头一瞧，这才知道是方拜匣。原来尉迟炯随手将在胡须上刮下的泥巴，打落他手中的长剑，跟着便把这拜匣抛掷过来。

尉迟炯道："你这小子实属无礼，看在你师父的份上，我也不与你计较了。这拜匣就差你去送给你师父吧。"叶凌风满面通红，这拜匣是给他师父的，他不敢抛下，一个丐帮的弟子替他把青钢剑拾了起来，小声说道："客人是来拜会江大侠的，咱们就向江大侠请示吧。"意思即是认为可以转呈这个拜匣，不必擅自作主。

尉迟炯笑道："好，丐帮的弟子毕竟是较懂江湖规矩。杨舵主是这里的主人，我做客人的不可失礼，这方拜匣，也请你带进去吧。”他对丐帮弟子用了一个“请”字，对叶凌风却用了一个“差”字，显然是叶凌风在他心目之中，还比不上一个普普通通的丐帮弟子。叶凌风大为气愤，却也无可奈何。心里想道：“待我学成武艺，非把你的招子挖了不可！”

他心中有气，不敢说出。尉迟炯的讥刺说话，却隐隐从背后传来。他们两夫妻正在对话，尉迟炯道：“江大侠却怎的收了这么一个不成材的弟子？”祈圣因笑道：“人家欢喜收什么样的徒弟，你理他闲事作甚？我看这少年不过是略有浮嚣之气，也不见得就是不成材了。”叶凌风长得颇为俊雅，祈圣因对他倒有几分好感。

叶凌风面红耳赤，生怕尉迟炯说出更不中听的话来，急急忙忙走路。他们两人刚进屋子呈上拜匣，只听尉迟炯的声音也传了进来，“辽东尉迟炯求见江大侠！”用的是传音入密的内功，就似算准了他们刚好这个时候呈递拜匣似的。

群豪都是大吃一惊，甘人龙是江南大侠甘风池之子，豪情侠气，颇有乃父遗风，哈哈笑道：“这位朋友胆色倒是不小，我看倒是不妨见见。”叶凌风嗫嗫嚅嚅地说道：“师父，这贼人……”正想说几句挑拨的说话，江海天已是把手一摆，压下了满屋子嘈嘈杂杂的议论，说道：“这位朋友既以礼求见，咱们就该以礼相待！”他换了口气，平平稳稳地吐出了几个字：“江某在此，贤伉俪请进！”正是：

四座皆惊真胆色，关东大盗会群豪。

欲知后事如何？请听下回分解。

第九回　豪气雄风交侠士
奸谋诡计骗儿童

江海天这两句话平平静静道来，就似平常和人当面对话一般，并不特别提高声调，声音却远远送了出去，不但门外的尉迟炯夫妻听见，丐帮分舵几十间屋子的上下人等、没一个不听得清清楚楚，而且听到的声音都是一般大小，完全像是江海天就在对面说话。事后这些人谈论起来，人人都感到惊诧。江海天内功纯厚，比起尉迟炯来，又不知高出多少了。

尉迟炯大踏步走了进来，后面跟着祈圣因，群豪都在紧张等待，看江海天如何应付。尉迟炯眼力何等厉害，一踏进屋子，已察觉众人的注意力都集中在他与江海天身上。他便径直地向江海天走去，恭恭敬敬地问道："这位想必是江大侠了？"江海天站了起来，还了一礼，说道："不敢，尉迟舵主有何见教？"

尉迟炯蓦地拔剑出鞘，剑发清辉，明亮得如一泓秋水，正是江海天那把裁云宝剑。众人大吃一惊，但却没人出半句声，更无人上前拦阻。要知江海天已是武林公认的当今第一好手，众人一惊之后，人人也随即想到，倘若尉迟炯意欲对江海天有所不利的话，那只是自讨苦吃，江海天也绝不用自己帮忙。

江海天神色自如，冷眼看尉迟炯如何动作。只听得"卜"的一声，尉迟炯忽地把宝剑插入自己臂膊，朗声说道："尉迟炯曾伤了江大侠的千金，今日特来负荆请罪，匆忙中未备荆杖，权且以剑代荆，自行惩罚，不敢有劳江大侠贵手。江大侠若肯恕过，我再说话，否则，但凭江大侠处置！"

这一举动大出江海天意外，当下说道：“江湖上过招动手，难免伤损，即以那日之事而论，小女冒犯了尉迟夫人，小徒宇文雄也曾伤了尉迟舵主，谁也不能怪谁。尉迟舵主如此自责，倒教江某难以心安了。”

江海天这番说话极为得体，一来为江家的人占了身份，两个小辈与你交手，虽然伤有轻重之分，毕竟也是彼此受伤。二来点明了宇文雄是他新收徒弟，好让尉迟炯忆起与宇文雄父亲的过节。

祈圣因被江晓芙削了头发，尚未长长，以红布缠头，打扮得甚为怪样，听得江海天那句“小女冒犯了尉迟夫人”，不觉面红过耳。心道：“若不是我有事请求你，我才不来受你奚落。”江海天似是知道她的心思，说了那几句话，随即便给她作了一揖，说道：“小女多承夫人剑下留情，江某也在此谢过了。”祈圣因这才化嗔为喜，说道：“江大侠真是人大量大。”连忙还礼。

江海天掏出一颗药丸，双指一捏一弹，药丸化作粉末洒出，刚好洒在尉迟炯的伤口上，这是崆峒派长老乌天朗送给他的秘制金创药，效验如神，尉迟炯的流血登时止了。尉迟炯刺伤自己，以血赔罪，江海天则给他赠药治伤，亦即是表示这段“梁子”已经解了。

尉迟炯将裁云宝剑双手奉上，说道：“多谢江大侠宽宏恕罪。宝剑名马，原物奉还。那两匹坐骑，已交给丐帮弟子验过，并无伤损。”

江海天哈哈一笑，说道：“宝剑名马，乃是身外之物，无论如何贵重，总也比不上人。尉迟舵主，请恕江某揭开天窗说亮话，我要讨的是人。”

尉迟炯说道：“这件事江大侠不提我也要提，请借个地方说话如何？”说至此处，便向四方作了一个罗圈揖，说道：“我也知道诸位都是江大侠的好朋友，并非外人。但因内情复杂，并有涉及我夫妻私事之处，我只想说给江大侠一人听。”尉迟炯深知江湖好汉的脾气，索性也打开天窗说亮话，免得群豪以为他心目中只有江海天一人，心里便不舒服。

江海天道：“既然如此，便请杨舵主借个地方。”杨必大本来有点不大放心，但见江海天已经慨然答允，心想尉迟炯夫妇在他丐帮

吉

尉迟炯以剑插臂，朗声说道：“尉迟炯曾伤了江大侠千金，今日特来负荆请罪。”

重地，也未必敢用什么鬼蜮手段，暗算江海天，江海天也不是那么容易给人暗算的人。江海天已经答应，他做主人的只好给客人方便。当下杨必大将他们带进密室，便即离开，并严禁丐帮弟子走近，以防有偷听嫌疑，失了丐帮身份。

江海天掩上房门，笑道："我敢担保隔墙无耳，尉迟舵主可以放心说了吧。"尉迟炯说道："因妹，你先说。"

祈圣因道："我们是表明心迹来的。我当家的虽是干的没本钱买卖，但我们从萧志远手中抢这孩子，决非存有劫人图利的打算……"江海天说道："这个我信得过你们夫妇。可是——"祈圣因道："江大侠想是要知道原因，实不相瞒，李文成是我表哥，他不幸遭害，这孩子我想领他抚养。"

江海天道："我也不是想和你们争夺这个孩子，但李文成临死之时，曾郑重托付萧志远，要他把这孩子带来给我，由我收他为徒。我和李文成没见过面，但大丈夫死生一诺，李文成信得过我江某，郑重托孤，我岂可负了他的心意？这孩子在我家习技，你们也可以常来看他。"

祈圣因苦笑道："江大侠肯收这孩子为徒，那是求之不得。可惜只怕这孩子没有这个福分！"

江海天道："这是什么意思？"祈圣因道："惭愧得很，我保不住这个孩子，又给对头抢去啦。"尉迟炯道："这对头势力极大，我们自问抢不回来，是以来求江大侠相助。"江海天道："好，你把事情原原本本告诉我吧。不管对方是怎么个奢拦人物，我既伸手要管这事情，那就是管定的了！"于是尉迟炯夫妇说出了一件令江海天也颇为震惊的事情。

他们说的是什么，暂且不表。且说群豪在外面等待，许久不见江海天出来，禁不住议论纷纷。甘人龙道："这位尉迟舵主以血赔罪，还剑解仇，这两手漂亮极啦，算是好汉本色！"元一冲道："江大侠更是不失大侠风度！"林笙较为小心谨慎，说道："人心不同，各如其面。咱们都不知道这位尉迟舵主的来历，也不能太过相信他了。嗯，我就是怕江大侠待人太过宽厚，上了别人的当。"

叶凌风恨极了尉迟炯，乘机说道："不错，我师父武功绝世，我倒不怕他受贼人暗算，只怕他被贼人的花言巧语骗过了。我倒有条计策，倘若我师父把贼人拿下，那就算了。如果他把贼人放走，那么就可用这计策，稍稍要个手段。”

杨必大道：“要什么手段？”叶凌风道：“咱们派几个人在前头埋伏，这贼汉子刚伤了手臂，不难将他擒下。擒了之后，严刑拷打，要是审出什么破绽，那就交我师父发落；要是确无破绽，那时再放他们。这岂不是万全之策？可以补救我师父的疏忽。”他听了甘人龙的语气，知道甘人龙未必赞同，但元一冲、林笙二人，也都是吃过尉迟炯夫妇的亏的，他们二人肯依计行事，有理无理，将尉迟炯折辱一场，拷打一顿，也可以稍泄心头之气。

哪知元一冲皱了皱眉，却道：“遇君子，讲礼仪；遇小人，不得已才施诡计。如今尚未知道这尉迟炯是君子还是小人，那咱们就该先示人以光明磊落，岂可当着江大侠的面便放他走，背了江大侠却又去暗算于他？”

杨必大见江海天许久不见出来，心里正自踌躇，不知好不好派个弟子去探听消息；叶凌风碰了一鼻子灰，也正想再下说辞；正自各怀心事，忽听得尉迟炯粗豪的声音说道：“劳各位久待了。”话声未了，只见他们夫妇已是随着江海天走了出来。

江海天道：“杨舵主，请你送两匹坐骑给尉迟舵主，交个朋友。”甘人龙哈哈笑道：“我早说尉迟舵主是个朋友，果然不错。哈哈，咱们不打不成相识，可是早就交了朋友啦。”

尉迟炯抱拳说道：“甘大侠的百步神拳，在下是衷心佩服。”甘人龙道：“你老哥的劈空掌力，也委实不轻。”两人哈哈大笑。丐帮弟子报道马已备好，尉迟炯遂与群雄拱手道别。

尉迟炯夫妇走后，群雄纷纷向江海天探问究竟。江海天道：“现在是风平浪静，没有事啦。”杨必大道：“那孩子怎么样？”江海天道：“孩子的下落已经知道，不必再兴师动众了。请杨舵主向各方报讯，免得他们再与尉迟夫妻为难。这处多承各位热心朋友帮忙，江某感激不尽，容后补报。”

杨必大道：“既然没事，江大侠更可以多住几天了。”江海天面有犹豫之色，甘人龙道：“那孩子不必江大侠去亲自领回来吧？”元一冲道："想那尉迟炯既来还剑赔罪，那孩子还会不送回来吗？"众人都是这样推测，因此也都想挽留江海天多住几天。

江海天不惯说谎，正自感到盛情难却，而又急着要走，甚是为难。叶凌风道："各位有所不知，我师妹那日与贼人交手，受了点伤……"杨必大一拍脑袋，说道："我真是糊涂，忘记了贤侄女受伤之事了。既然如此，江大侠自是应该回家去看令媛。"

刚才尉迟炯以血赔罪之时曾说到"误伤"江晓芙之事，那时众人都在全神注视他的动作，对他提及的这点小事，也不怎样放在心上，只道江晓芙所受的伤与甘人龙等人所受的伤大约也差不多，并无大碍；如今见叶凌风说话时一脸孔严重的神气，众人都意会得到，他所说的"受了点伤"，实在是"伤得很重"，众人当然也就不便再挽留江海天了。

其实江晓芙的伤虽然不轻，但她有上乘内功的底子，服了小还丹之后，伤势已渐渐减轻，在江海天找到她的时候，她的危险时期早已过了，用不到江海天亲自回家料理。

叶凌风给师父找到这个借口，一来是他自己想回去亲近师妹；二来故意提及此事，要师父记起他的宝贝女儿是尉迟炯伤的。虽然师父已宽恕了尉迟炯，但在他心上留下一个疙瘩，也是好的。不过，他找到这个借口，也是顺便给师父解了围。江海天也就并不否认，当下便向群雄告辞。

赤龙驹与白龙驹业已物归原主，两师徒正好一人一骑。马行迅速，不消半个时辰，已出了德州城外十数里地，叶凌风道："师父，你怎么走这条路，这可不是回家的路呀！"江海天勒着了白龙驹，说道："凌风，我正要和你说，咱们不是回家。"

叶凌风怔了一怔，道："不是回家，是上哪儿？"江海天道："咱们要尽快赶往北京。"叶凌风愕然道："为的什么？"江海天道："你的三师弟是落在朝廷鹰爪手中，如今正解往京城。但却不知他们走的是哪条路，要是在路上碰不着，那就要到京城去营救啦！"

原来将李光夏骗走的那个鹿老大，那一晚说的全是谎话，他和李文成生前从未晤面，根本就不相识，更说不上是什么"八拜之交"了。

那么他为什么要骗李光夏呢？内里有个因由。这“鹿老大”真名叫鹿克犀，有两个结拜兄弟，他是老大，老二名羊吞虎，老三名马胜龙。三兄弟合股在祁连山南北的黑道称霸。西北绿林中人，将他们三人合称为“祁连三兽”。

这“祁连三兽”秘密接受了清廷礼聘，在江湖上充当朝廷耳目，直接受大内总管朴鼎查的指挥。

这次捉拿“天理教”首脑的这件大案子，是由御林军统领萨福康与大内总管朴鼎查合办的。李文成已死，朴鼎查严令手下，必须找到李文成的遗孤。这不单单是为了斩草除根，而是要从李文成儿子的身上，找到一条线索，好去缉拿另一个更重要的首脑人物——天理会的总舵主林清。

林清与李文成交情最好，这次他们同时逃出，就是由李文成父子假冒林清父子，引诱追兵的。李文成是以自己的性命，保护了林清！朴鼎查、萨福康等人估计，林清的行踪只有李文成知道，李文成临死之前，也可能将天理会的一些秘密文件交给他的儿子，所以要缉拿林清以及搜查天理会的秘密，就要着落在李光夏这个孩子身上。

“祁连三兽”接了朴鼎查的命令，分头寻觅李光夏的踪迹。鹿克犀知道“千手观音”祈圣因和李文成有过一段情孽牵连，又探悉祈圣因也正在找寻这个孩子。他便一路跟踪祈圣因，终于在祈圣因手里，将这个孩子夺了过来。

祈圣因夫妇走出荒谷之后，越想越是起疑，因为鹿克犀实在没有与她争夺这个孩子的理由，尉迟炯是关外大盗，和西北的绿林人物也颇有往来，“祁连三兽”充当清廷鹰爪之事，虽说是极为秘密，究竟不能瞒尽所有的绿林朋友，而且他们为清廷效力，蛛丝马迹，也是多少露出一些。尉迟炯未出山东境内，恰巧就碰到了一个从西北来的绿林朋友。这人是知道“祁连三兽”的底细的，便把鹿老大是清廷鹰爪的秘密抖露了。

这消息有如青天霹雳，令得他们两夫妻大大震惊。祈圣因对李光夏的父母有爱有妒有恨，她要抢这孩子抚养，心理本来不大正常，但无论如何，总是不愿意自己所爱过的人的孩子，落在敌人手中，即或不死，终生也要过着悲惨的命运。

那位绿林朋友走后，两夫妻相对惶然。祈圣因泫然欲泣，半晌说道："大哥怎么办?"

尉迟炯毕竟是有几分豪侠气概，一咬牙根，毅然说道："你大哥拼着豁了这条性命，也得为你找回这个孩子。"

祈圣因道："大哥，你，这，这个——"尉迟炯笑道："李文成已死，我又知道了你是喜欢我，我还会妒忌他吗?这孩子既是从你手中失去，不找回来，怎对得住李文成?我早已对你说过，李文成生前，我虽是心怀妒忌，但他的确是一条汉子，我心里也是佩服他的。"

祈圣因脸上一红，说道："大哥，不是这个意思，我怕的是咱们舍了性命，只、只恐也是无济于事。'祁连三兽'已是不易对付，何况还有许多大内高手与御林军官。"原来鹿克犀虽是"祁连三兽"中的老大，本领却并非以他最高，尉迟炯可以胜得了鹿老大，但若是对付"三兽"中本领最高的老二羊吞虎，他自问也就未必有取胜的把握了。

尉迟炯慨然说道："萧志远和李文成素昧平生，尚且不惜性命为他护送孤儿，咱们岂可不如他了?成败生死，听之天命，只求心之所安吧。"

祈圣因大为感动，说道："大哥，你对我太好了。我倒有个法子，可以救这个孩子，只不过要你受点儿委屈，你愿意吗?"尉迟炯道："我死尚且不怕，受点委屈，又何足道哉?"

祈圣因嫣然一笑，这才说道："这件事只有去求江大侠相助。"尉迟炯大感意外，皱眉说道："咱们杀了江海天的女儿，如何还能求他相助?"祈圣因笑道："大哥，那女娃儿没有死，那晚你叫我杀她，我是骗你的，我用剑斫的是块石头。"

尉迟炯生平从未低声下气求过别人，但一来是为了成全妻子的心愿，二来江海天已发出英雄帖，他到处受人追捕，凄惶奔走，也不是味儿，若不解开这段梁子，只怕在江湖上也难立足，更说不到去营救李文成的孤儿了。

这就是尉迟炯夫妇来见江海天的前因后果。江海天知道之后，可也煞费思量。

要知江海天的身份与尉迟炯不同，尉迟炯是绿林大盗，本来就是与朝廷作对了的。江海天虽则有反清之志，暗中也曾屡与清廷作对，但表面上他总还是东平县治下的一个百姓，有来历可以根查，未到时机，却不方便明目张胆地反叛朝廷。

但江海天之所以煞费思量，却不是为了考虑本身利害，而是恐怕牵连朋友。他的一班江湖朋友，情形大致与他相同。例如邙山派与丐帮诸人，都是要等待时机，始能揭竿而起的。江海天这次营救李文成的孩子，说不定要到京城大闹一场，甚至要闯进皇宫，与大内高手厮杀。倘若邙山派与丐帮诸人参与其事，一来人多嘴杂，恐防泄漏机密；二来牵连太广，对反清大业，只怕反而有害无益。

因此江海天几经考虑之后，终于决定了把这副担子独自挑起，不让众人知道。但叶凌风是他的“掌门弟子”，他也想借此机会，让叶凌风多受锻炼，是以携他同行，事情当然也就不能瞒他了。

叶凌风听了之后，心头暗暗叫苦。江海天瞧他面有犹豫之色，不悦说道：“怎么，你害怕了吗？”

叶凌风与师父同行，心知师父必定会尽力保护他，不管敌人怎么厉害，只要紧紧跟着师父，便不至有性命之忧。因此，他倒不是害怕进京与大内高手作对，他害怕的是另外两件事情。第一件是放心不下师妹，心里想道：“这次远赴京都，不知何时方能回转江家？宇文雄这小子却日夕与师妹亲近，我岂不要大大吃亏？”

第二件是担心在京城遇到识得他来历之人，“爹爹曾派七步追魂手褚元来找我回去，北京是我小时候住过的地方，我爹爹的朋友不少，虽说已隔多年，只怕也还有人识我。要是碰上了一两个熟识的人，难道我也能像对付褚元一样，将他们杀了？”

叶凌风心思灵敏，稍一踌躇，便想好了一番说话，当下胸膛一挺，说道：“我要是害怕，那日在泰山玉皇顶，我也不敢拼了性命，拔剑助李文成了。当日围攻李文成的，可也是大内高手啊！”江海天道：“是啊，我曾听萧志远言道，你那日也曾险死还生，确是不失英雄本色。照理你是不应该害怕的！”

叶凌风道：“只是——”江海天道：“只是什么？”叶凌风吞吞

吐吐地道："只是师父远赴京都，不要先报个讯与师母吗？师妹与师弟都在病中，师父，你，你也不要回去看他们一看吗？"叶凌风是想师父让他回家报讯，好有个机会与江晓芙见上一面。

江海天道："救人如救火，怎还能去料理这些婆婆妈妈的事情？从这里回家，虽然只是三天工夫便可来回，但三天工夫，咱们已可以赶不少路了。你师弟、师妹的伤，有你师母照料，如何治理，我也早已交待过了，大可以放心得下，还何必回家去看他们。"

叶凌风不敢说话，江海天道："我倒是有点不大放心你。"叶凌风吃了一惊，心道："难道我有什么破绽给师父瞧出了？"江海天接着说道："此去京都，随时都可能和敌人动手，你刚入我门，功夫都还没开始练，凭你现在这点本领，对付普普通通的敌人，还可以应付，一遇高手，就难免吃亏。"叶凌风这才知道师父并非是瞧出他的什么破绽，心上的一块大石这才放了下来，说道："我跟着师父，还怕什么？"

江海天正色说道："虽说有我照顾着你，但也总得提防意外。何况我还想你趁这机会，多受点磨练呢。现在我只有想个变通的办法，在路上传你武功，一路走我一路把口诀念给你听，晚间歇息之时，你就修习本门内功，同时我以本身功力助你练功，让你速成，但这样你难免要辛苦一些，你可有这毅力么？"

叶凌风心花怒放，忙道："多谢师父苦心栽培，弟子感激不尽，如何劳苦，都能抵受。"叶凌风喜出望外，这才是真正的甘心情愿跟师父上京，连江晓芙也抛之脑后了。

按下他们师徒二人慢表。且说李光夏这孩子被那鹿老大骗走之后的遭遇。

李光夏虽然十分机灵，毕竟只是个十一二岁的孩子，那晚鹿克犀将他从祈圣因手里救了出来，替他吸出身上所中的梅花针，李光夏在受了祈圣因的许多折磨之后，一旦得救，当然把鹿克犀当作了救命恩人。何况鹿克犀还说是他父亲的拜把兄弟，更把他哄得服服帖帖了。

鹿克犀带着他一路走，走了半天，李光夏见他走的不是大路，问道："鹿伯伯，为什么走进山路来了？这是去东平县的捷径吗？

好像方向不大对吧？那千手观音是带着我向西走的，现在咱们为何也是朝着日落的方向？去东平县应走回头路，那就是应该朝东走才对呀。”

鹿克犀心头微懔，想道：“这孩子倒是会用心思。我也可要多花点心思去哄他了。”当下笑道：“贤侄，你还是一心想做江大侠的徒弟吗？”李光夏道：“这是我爹爹的吩咐。”鹿克犀道：“这是你爹爹在重伤之后，思路不清，一时糊涂了。”李光夏睁大了眼睛，说道：“鹿伯伯，这是什么意思，难道江大侠还能不是好人？”

鹿克犀道：“江大侠当然是好人，但你爹爹可是与他非亲非故。”李光夏道：“有位萧叔叔是江大侠的好朋友，萧叔叔义气深重，他曾舍了性命，拔刀助我爹爹，他说江大侠会收我的。”

鹿克犀详细查问了李光夏这几日的种种遭遇，暗自记下萧志远、叶凌风的名字，笑道：“这位萧叔叔虽然义气深重，毕竟也还是和你爹爹初初相识的人，江湖上什么险诈的事情都有，当然咱们应该信得过这位萧叔叔，但也总得提防万一。再说，你父亲是朝廷钦犯，你就是叛逆之子，萧志远说江大侠会收你，那只是他一种揣度之辞，收不收可还在江大侠啊！何况你又不是没有亲人，何必去寄人篱下？”

李光夏被他一大套说话说得没了主意，道：“鹿伯伯，小侄不懂事，你教导我吧。”鹿克犀“咳”了一声，说道：“我与你爹爹是八拜之交，我虽本事低微，也发誓要给他报仇。你是我的侄儿，我可不放心你跟随外人。”

李光夏这才明白他的意思，倒也很是感激，说道：“只是怕连累了伯伯。”鹿克犀道：“若怕连累，昨晚我也不救你出来了。贤侄，我知道你胸怀大志，你伯伯的本事远远比不上江大侠，不配做你的师父。”说到此处，忽地叹了口气。

李光夏的确是想跟从名师，学成武艺，以报父仇的。但他见鹿克犀深深叹气，一来是为了感激他，二来是不想令他难过，心中暗自想道：“鹿伯伯能够打败千手观音，即使比不上江大侠，武功也很是不弱了，而且他是我爹爹八拜之交，总要比江大侠亲得多。”当下便道：“鹿伯伯，我只要学到你这一身本领，我已经是心满意足了。鹿伯伯，我就——”正要说出“拜你为师”几字，鹿克犀却拦住他道：“不，你还不知道我为何叹气吧？”李光夏怔了一怔，心道：“你不是自叹武功比不上江大侠吗？”这句话可不方便说出来。

鹿克犀道：“江大侠武功天下第一，我比不上他也不用难过。我是为你找不到名师而难过。要知道你是叛逆之子，一定要找咱们自己人，而又本领高强的人才合适，这个师父可就难找了。你说要拜我为师，我是自惭不配。我倒想起了一个最合适的人来，唉，可惜——”李光夏道：“鹿伯伯，这人是谁？”

鹿克犀叹气之后，说道：“他和你爹爹也是八拜之交，只是听说他也逃亡江湖，却不知他逃向何方？”李光夏道：“哦，你说的是林伯伯吗？”这个“林伯伯”不是别人，正是天理教的总教主林清。

鹿克犀道：“不错，我所说的就是你的林伯伯了。他武功远胜于我，与你爹爹又同是教中兄弟、生死之交，你若能拜他为师，最好不过。只是他是天理教的总教主，藏匿的地方一定非常秘密，却怎生找得着他？”

李光夏不知是计，心里想道：“鹿伯伯是自己人，说也无妨。”便道：“林伯伯曾与我爹爹相约，嗯，鹿伯伯，我告诉了你，你可不要泄漏了风声。”鹿克犀大笑道：“你这小娃儿也知道要守口如瓶，你鹿伯伯是几十岁的大人了，岂能不识利害？”

李光夏很是尴尬，说道：“不是侄儿过分小心，我爹爹千叮万嘱，叫我不好对人讲的。鹿伯伯，你和我爹爹和林伯伯都是一家人，我这才敢对你讲的。林伯伯与我爹爹相约，若是我爹爹逃得出性命，可到米脂藏龙堡张三叔那儿打听他的下落。林伯伯说他要是未死的话，他会托人捎信给张三叔，但他却不一定住在藏龙堡，因为张三叔有家有业，怕连累了他。”

鹿克犀眼睛一亮，说道：“这位张三叔是谁？”李光夏有点诧异，说道：“鹿伯伯不知道张三叔吗？”

鹿克犀连忙说道：“我知道你爹爹有几位姓张的好朋友，却不知谁是排行第三，住在米脂的。也许他曾经说过，我一时忘了！是张洪彪吗？是张中岳吗？……”胡乱说了几个姓张的名字。李光夏毕竟是个小孩，鹿克犀本来已露出破绽，他仍然不起疑心，答道：“鹿伯伯，你说的这些人都不是。张三叔是张士龙，我爹爹常常和我提及他的。但我可是从未见过他。”

鹿克犀一拍脑袋，说道：“你看，我的记性真是不好，张士龙就因为他名字中有个‘龙’字，所以他住的地方才命名为藏龙堡的。我竟然一时想不起来。”

李光夏道：“我也很想找着林伯伯。但我爹爹曾有吩咐，要我长大之后，学成武艺，才好找他。”鹿克犀道：“为什么？”李光夏道：“一来是不放心我独自在江湖行走；二来因为林伯伯是总教主，不愿林伯伯为我的事情操劳。所以，我也不想拜他为师了。”

鹿克犀道：“你爹爹倒也过虑得是，米脂远在陕北，你林伯伯又不一定住在藏龙堡，这条路关卡遍布，要是到米脂扑一个空，这个险就不值得冒了。不如这样吧，我先带你回家。我再到米脂见士龙大哥打听你林伯伯的下落，有确实的消息，你再去跟他。这个期间，你可以勤练武功。我有几个好朋友，个个都是有一身本领的，大家合起来教你，总能教你成才。”

李光夏道：“伯伯顾虑周详，侄儿一切听伯伯作主。”鹿克犀道：“你爹爹临终之时，可曾交了什么东西给你？还有什么紧要的吩咐？”

李光夏怔了一怔，心道：“天理教的‘海底’只能付给教中兄弟，鹿伯伯却不是本教中人。”

鹿克犀道：“我是怕你年纪小，你爹爹若有重要的物事交付与你，我可以代你保藏。他若有什么遗嘱关系到天理教的，我也可以代你去办。我虽未入教，但我与林舵主乃是结义兄弟，那也就不是外人了。”

李光夏心道：“那句暗号，爹爹已说与萧叔叔知道，请萧叔叔去向丘舵主报讯了。至于爹爹的那本‘海底’，只是用作本教的凭证的，我已贴肉收藏，绝不至于遗失。爹爹吩咐过‘海底’不能离身，鹿伯伯究竟不是本教中人，这秘密似乎无须让他知道。”

这回李光夏倒是甚为乖巧，说道：“爹爹没有东西遗留给我。

只传了给我这口他生前所用的宝刀。紧要的吩咐就只是萧叔叔带我去求江大侠为师了。”鹿克犀很是失望，心道：“不知这小鬼头是否说谎，且待我将他骗到京城之时，再搜他的身了。”

说到此处，忽地隐隐听得马蹄之声。鹿克犀发了一声长啸，跟着小声说道：“这是我的两个结拜弟弟来了。但他们和你爹爹的交情却很平常，你不要把你爹爹和林伯伯的事告诉他们。”李光夏道：“侄儿懂得。”心想：“这位鹿伯伯的结义兄弟可是真多！”

鹿克犀似是知道他的心思，笑道：“在江湖上行走的人乃是各交各的，所以我和你爹爹和你林伯伯做了结拜兄弟，另外又和其他人做了结拜兄弟，同样是我的结拜兄弟，他们却不一定相识的。”李光夏虽然也多少懂得一些江湖之事，那是他爹爹和叔伯辈告诉他的，毕竟知得不多，也就把鹿克犀的话当真了。

说到此处，只见两个人骑马跑，后面还跟着一骑空骑。这两个人看见鹿克犀和李光夏同在一起，登时喜形于色，便即跳下马来，大声叫道：“恭喜，恭喜，老大，你得手了！”

这两个人正是“祁连三兽”中的老二羊吞虎和老三马胜龙。原来鹿克犀是和他们约定在此相会的。这两人只知鹿老大是去跟踪祈圣因，要从祈圣因身上找到寻觅孩子的线索，当时还未知道孩子已然落在祈圣因手中的。如今他们见了李光夏，当然知道这一定是李文成的孩子，可是他们只道鹿老大从祈圣因手中夺来，却不知是骗来的。

鹿克犀和他们虽是结拜兄弟，心里也自怀着鬼胎。他是恐防尉迟炯夫妇追来，他的本领远不及尉迟炯，这才不能不要两位把弟帮忙他“保护”李光夏的。可是他又不愿意两位把弟把他的功劳全都分去，故此一再叮嘱李光夏不可将林清的秘密告诉他们。他是准备在回京见了大内总管朴鼎查之后，单独向朴鼎查报告他所探听得到的消息，再去捉拿林清。林清是天理教的教主，他探听到林清的下落，这功劳就大得多了。至于拿获李文成孩子的这个功劳，则让他两个把弟分享亦是无妨。

可是他还需要从李光夏身上多骗出一些消息，这孩子又太倔强、机灵，若然给他知道真相，知道自己是个“犯人”，只怕宁死也不会让他押赴京师，所以他还必须继续欺瞒，哄骗这个孩子。

鹿克犀连忙打了一个眼色，说道：“贤侄快来见过两位叔叔。”接着又叹口气道：“我与李文成是八拜之交，他不幸遭害，我不能与他一同赴难，实在愧对故人。好在救得出我这侄儿，算是稍尽一分心事。今后还得请你们帮忙我教他本事，让他得以继承父业，做一个顶天立地的英雄，这我就可以了却心愿了。”

羊吞虎和马胜龙登时会意，哈哈笑道：“我们与李大哥的交情亦非泛泛，你的侄儿，就是我们的侄儿，我们这点本领，当然倾囊相授，这还何须说得？”

李光夏年纪虽小，却颇有点心思，羊马二人刚才一见就“恭喜”老大“得手”，这“得手”二字，着实有些刺耳，但李光夏以为江湖上的口头禅是如此的，虽觉刺耳，也还不懂得仔细推敲，现在听了这两人的说话，不由得想道：“鹿伯伯说这两位叔叔和我爹爹不过是一面之交，何以在他们口中又变成了非同泛泛了？”

鹿克犀笑道：“这两位叔叔的本领比我高得多呢，依我看来，他们比江大侠也差不了多远，你只要学得他们的本领，那也不用好高骛远了。”原来鹿克犀见他若有所思，知道他是在想着学本领的事情，也许还在惋惜不能拜江大侠为师，因此便暗示他的两个把弟显显本领，好哄李光夏欢喜，甘心情愿地跟随他们。

“祁连三兽”中羊吞虎是老二，武功却数他最高，他也想要这孩子佩服他，以后便容易听他摆布，当下哈哈笑道：“老大，自己兄弟，还用客气吗？江大侠武功天下第一，你给我脸上贴金，倒教我惭愧了。”话说完了，笑声却未停止，而且越来越响，刺耳非常！正是：

口似蜜糖心似剑，声声奸笑隐奸谋。

欲知后事如何？请听下回分解。

第十回　黑夜荒山来怪客 黄童白叟斗三魔

羊吞虎面对着一棵大树纵声长笑，笑声中只见树叶纷纷飘落，待到笑声歇止，枝头已是一片稀疏，就似刮过一场大风似的。

李光夏心里又惊又喜，想道：“这位羊叔叔的本领果然高强，看来只怕还在我的爹爹之上。”半年前他曾见过父亲在园子里练劈空掌的功夫，在距离三丈之外，将一棵枣树的果实和树叶全都打下。虽说树叶比果实轻，羊吞虎距离那棵大树又不到一丈，但他能以笑声摇落树叶，这却要比劈空掌难得多了。

马胜龙道：“这棵树光秃秃的怪难看，我把它斫倒了吧。”他腰悬长刀，说到“斫倒”二字，却不拔刀，而是横掌向那大树斫去，在四边斫了四掌，大喝一声“倒！”那棵大树果然应声倒下，李光夏不由得喝彩道：“好个外家的开碑掌力！”

李光夏虽然还不算得是武学的大行家，但对武功的深浅，却是稍能判别。这棵大树一人合抱不过，马胜龙能以掌力斫断，虽比不上羊吞虎以笑声摇落树叶的内功深厚，但外家功夫，也可以说是差不多登峰造极了。

李光夏毕竟是个孩子，见了他们显露如此上乘的内功外功，不由得大为佩服，怦然心动，想道：“鹿伯伯说得不错，学成了这两位叔叔的本领，已够我终身受用了。”

李光夏固然是惊佩无已，羊马二人也是好生惊异，羊吞虎心想：“这孩子不过十岁刚刚出头，听我的笑声，居然不用堵住耳朵，敢情是一出娘胎就跟他爹爹练武的么？”李光夏当然不是一出娘胎便即练武，而是由于他禀赋特异，与他父亲来往的又都是当世高手，所以他的内外功夫，都已有了相当基础，要胜过一个资质中等的、练过十年以上武艺的大人。马胜龙听他一口道破自己的“开碑掌力”，登时也知道了他不是常儿。

羊吞虎笑道：“你爹爹是当世的大英雄，我这点本领只怕你还看不上眼吧？”李光夏听他称赞自己的爹爹，心里更为欢喜，想道：“是了，他们是由于敬佩我的爹爹，所以才把他们自己说成是我爹爹的好朋友的。”他这样的推测，本来也合于一般人喜欢攀附英雄的心理，他小小的年纪，能像大人一样的推理，也是聪明之极，就可惜正因聪明太过，恰恰就判断错误，竟不再去多想这二人的言语和鹿克犀不相符合的疑点了。

李光夏连忙说道：“哪里，哪里，两位叔叔的本领如此高强，我以前是见也没有见过，两位叔叔肯教我，我是求之不得。”当下便想拜师，羊吞虎却把他拦住。

羊吞虎道：“贤侄不必着忙，待咱们有了安身之所，那时再行拜师之礼，也还不迟。”

原来江湖上的人物颇多禁忌，若然受了拜师之礼，那就是正式定了师徒的名分，师父无故杀害徒弟，是被认为不祥，将来要绝嗣的。羊马等人不过是想骗骗李光夏而已，保不定将来会杀害他，他们怀着这种迷信，是以不愿正式受他拜师之礼。李光夏只道他们是嫌路上拜师简慢，便道：“既然如此，小侄自当听从叔叔的主意。”当下对祁连三兽，仍以叔伯相称。

羊马二人带来了一骑空骑，羊吞虎道：“贤侄会骑马么？”李光夏道：“会的。”羊吞虎道：“如今咱们四个人有三匹马，你暂且与我合乘一骑，待经过市镇，再选一匹好马买给你。”鹿克犀道：“你个子比我大，你的坐骑驮两个人比较吃力。不如让侄儿与我合乘一骑吧。”李光夏无可无不可，羊吞虎因李光夏到底是老大骗来的，也不好过分露出痕迹，与他争功，便由得他这样安排了。

鹿克犀与李光夏合乘一骑，故意落后少许，在李光夏耳边低声说：“你记得我的话么？这两位叔叔待你很好，但重大的秘密还是不可泄漏了。”李光夏点了点头。

鹿克犀似乎还想叮咛些什么，羊吞虎已停了下来等他，叫道："老大，你的马跑不动了吗?"鹿克犀道："不，刚才那段石头路，我怕摔坏了侄儿，所以放慢了一些。"刷的一鞭，催马便即赶上。李光夏暗暗纳罕，心道："鹿伯伯嘱咐我小心谨慎，不可泄漏秘密，这是应该的。但他与这两位叔叔乃是八拜之交，为何彼此之间，也似有点勾心斗角?"

四人三骑，马不停蹄地赶路，路上只吃点干粮充饥，走的仍是山路。将近黄昏时分，人未累而马已疲了，羊吞虎忽地指着前面山头一座破庙说道："咱们今晚就在这座庙里歇一晚吧。趁着日头还未落山，老大，你到前面市镇买一匹马，顺便也买两只鸡回来。只吃干粮，可是吃得厌了。你就换我这匹马去吧。"

鹿克犀怔了一怔，说道："不如老三……"羊吞虎截断他的话道："不，你是老大，还是你去的好。"突然接着叽叽咕咕地说了几句江湖切口，说得非常之快。李光夏对江湖切口懂得一些，听得不大清楚，听得清楚的也有许多不懂，听得懂的只有"报讯""瓢把子""暗哨"三几个名词，鹿克犀忙不迭地说道："老二，不必多说了，我去便是。"

原来羊吞虎是要他老大下山传达消息，找到附近的官府，一方面命他们以八百里快马加鞭向京师传报"喜讯"；另一方面则通知山东抚衙，转告京中派出来的高手，沿途在暗中接应他们。"祁连三兽"接受朴鼎查的礼聘，充当朝廷在江湖的耳目，此事甚为秘密，是由鹿克犀接洽成功的。此次京中派来追缉李文成父子的高手，由御林军的一个统带名叫卫涣的率领，此人住在山东抚衙指挥一切，鹿克犀是早已受了命令，得手之后，就要和他联络的。所以羊吞虎便用这个借口，要他亲自下山传达消息。

鹿克犀本想要老三马胜龙代劳，但转念一想，一向都是他自己出头和官府接洽的，如今碰到如此大事换个人去，只怕会出岔子；二来他也怕羊吞虎用江湖切口说得多了，便易引起李光夏的疑心，因此赶忙打断羊吞虎的说话，答应亲自去走一趟。"祁连三兽"之中，羊吞虎武功最高，鹿克犀虽为老大，也得看他几分面色，听他的话。

鹿克犀换过了马，笑道：“老二，你习惯了用切口交谈，这个习惯可得改一改才好，在这里都是自己人那无所谓，若在路上也是如此，给公门的鹰犬听到，那就要引起疑心了。”接着对李光夏道：“贤侄，你就跟那位叔叔在庙里等我回来。你羊叔叔要我去买马买鸡，还要我打听有没有鹰爪在附近出没呢。我若是回来迟了，你别心焦。”他这番说话，乃是为羊吞虎用切口交谈来作掩饰的，羊吞虎登时省悟，虽不甘心，也只好说道：“老大，你教训得是。”又与李光夏搭讪道：“江湖切口虽然不可随便乱用，但也不可不知，侄儿，你学过没有?”

李光夏已隐隐有点疑心，说道：“没有学过。”羊吞虎放下了心，说道：“不紧要，以后我慢慢教你。”他早已知道李光夏不比寻常孩子，但却还没想到这孩子的机灵还超过他的估计。

李光夏心里想道：“羊叔叔的切口我只听懂了几个字，不知他说的那番说话是什么意思。但只就这几个字而论，似乎与鹿伯伯所解释的意思又不大符合。他们要报什么讯呢? 羊叔叔口中的‘瓢把子’又是谁呢? 鹿伯伯已经是他们的‘老大’了，难道另外还有个首领吗? 嗯，也许他们大人有什么事情商量，是不想让我知道的?”李光夏究竟是个孩子，未曾知道江湖的人心险诈，因此虽是有点疑心，却做梦也还未想到这三位“伯伯”“叔叔”是对他含有恶意。

羊马二人将李光夏带到那座破庙，羊吞虎道：“这是一座久已断了香火的药王庙，正好供咱们住宿。老三，你去打水!”

马胜龙怔了一怔，道：“水壶里不是还有水么?”羊吞虎板起脸孔，冷冰冰地只说了两个字：“不够!”

马胜龙素来畏惧二哥，明知他是借故遣开自己，也只得勉强笑道：“是。大哥等下回来，还要宰鸡，是该多添食水了。”羊吞虎面色才见缓和，把盛水的皮袋递了给他，说道：“你找洁净的山泉，我还要泡茶呢。”李光夏心里想道：“羊叔叔倒是讲究享受，咱们这次等于走难，有什么吃的喝的，马马虎虎也就算了。他还要用清泉泡茶，泡茶用清泉也还罢了，宰鸡却又何须用到洁净的山泉?”他心里纳罕，可不敢发问。

马胜龙走后，羊吞虎忽地叹了口气，说道："贤侄，我心里有件事情，着实不安。"李光夏道："叔叔有何心事？"羊吞虎道："就是为了你的林伯伯啊！"李光夏道："哦，林伯伯？你说的是林教主么？"羊吞虎道："还有哪位林伯伯？你爹爹和林教主情逾兄弟，我和林教主也有着过命的交情，我虽然没有入教，但以前每次见面，他总是把教中大事，拿来与我商量的。"

李光夏大为奇怪，心道："鹿伯伯说这两位叔叔和林伯伯都是不认识的，怎的如今又变成了他的生死之交了。哎呀，不对，不是鹿伯伯说谎，就是他说谎了。"羊吞虎只道孩子容易哄骗，哪知他已暗暗生疑。

羊吞虎叹了一口气，接着说道："林教主现在不知下落，我是惦记得很。你爹爹不幸遭害，这消息也应该早日传给他。嗯，贤侄，你——"李光夏道："林伯伯的消息，我，我爹爹——"羊吞虎道："是呀，你爹爹应该知道，他临终时想必告诉你了？"李光夏道："我爹爹没有告诉我。"

羊吞虎皱起了眉头，说道："是你鹿伯伯不许你告诉我的，是不是？"李光夏记着鹿克犀的吩咐，他心里对鹿克犀也总是亲近一些，便替鹿克犀遮掩道："不，不是的。我也没告诉鹿伯伯。"羊吞虎松了口气，说道："对了，这件事情不应该告诉鹿伯伯。但这么说来，你是知道你林伯伯的下落的了，你信不过我么？"

李光夏这才发觉自己刚才那句说话已露破绽，也幸亏他机灵得紧，避开了正面的问题，故意装出一副好奇的神气问道："为什么不可以告诉鹿伯伯？咱们不能相信他么？"

羊吞虎道："这个，这个——嗯，不是信不过他，他，他和你林伯伯并不认识的，他又有个毛病，喜欢喝酒，喝醉了就胡言乱语，你林伯伯的秘密，一来是用不着告诉他；二来也得提防他喝醉了酒，无意中泄漏出去，那不是害了你的林伯伯吗？"他吞吞吐吐，砌出一个"理由"，这与鹿克犀的说话全不相符，李光夏更加疑心了。

李光夏心道："鹿伯伯说他和林伯伯是八拜之交，这位羊叔叔却说他们从不相识。却教我相信谁的说话才是？"羊吞虎柔声说道："好孩子，你把林伯伯的消息告诉我吧，我必须找着他才能安心。"李光夏道："这个，这个我爹爹……"羊吞虎道："你爹爹怎么?"李光夏道："我爹爹真的没有告诉我。"

羊吞虎道："小孩子可别说谎，你刚才已露出口风，明明是知道你林伯伯的消息的，为什么不告诉我？我是你的师父，现在虽未行过拜师之礼，师徒名分已定，徒弟是决不能欺骗师父的，这条规矩，你还不知道吗？好孩子，你告诉我，我明日就传你内功心法。"

羊吞虎武功比鹿克犀高许多，但人却远远不如鹿克犀之深沉，他越着急，李光夏就越是疑心，"他为什么这样着急要知道林伯伯的下落？要我告诉他才肯传我内功心法？这可不大像江湖好汉所为!"要知李光夏年纪虽小，但见过的江湖好汉可是不少，小小的心灵，已隐隐感到这位羊叔叔的"气味"和他见过的那些好汉大不相同。

李光夏正不知如何应付，忽见马胜龙提着一大皮袋的水，已经走回来了。羊吞虎皱眉道："你怎么这样快就回来了？这是山泉吗?"马胜龙道："恰好附近就有山泉，我怕二哥等着泡茶，一路飞跑回来的。"羊吞虎很不高兴，但马胜龙已经回来，他可是不方便再盘问李光夏了。

马胜龙道："二哥，我刚才发现两条人影，身法迅疾，怕是敌人。二哥，你出去看看如何，我给你烧水泡茶。"

羊吞虎道："你既发现了人影，为何不追上去看?"马胜龙道："他们身法太快，看来武功是远在小弟之上。我只好赶回来向你报讯，由你去打发这两个可疑之人，这才是万无一失。"羊吞虎道："未必就是敌人，何用大惊小怪!"马胜龙道："有备无患，这不是二哥你常常吩咐小弟的么？倘若给那两个人摸到这儿，二哥，你本领高强，虽然还是可以打发他们，但万一给他们逃走，侄儿和咱们一道的消息岂不是要泄漏出去了?"

羊吞虎喜欢奉承，马胜龙给他戴上高帽，他一想马胜龙的顾虑也有道理，便道："也好，我就出去看看。光夏，你今日一日奔波，很劳累了，你先睡上一觉吧。待鹿伯伯回来，煮熟了鸡，我再叫醒你。"李光夏巴不得他有这个吩咐，说道："是!"躺下来便睡，故意装作不多一会便即熟睡，发出鼾声。羊吞虎这才放心走了。

羊吞虎一走，马胜龙却把他“摇醒”，李光夏心道：“又一个来了！”

马胜龙也似羊吞虎适才那样，还未曾说话，就先叹了口气，李光夏暗暗好笑，却佯作不知，一本正经地问道：“叔叔因何叹气？”马胜龙道：“你爹爹有一位最要好的朋友，那人和我也是八拜之交，我见了你，不由得想起那人来了。”李光夏道：“那人是谁？”马胜龙道：“就是天理教的林教主了。听说他是和你爹爹一同逃出来的，唉，可惜——”

李光夏忍住了笑，心道：“这两位叔叔倒像一个师父教出来似的，说的话也完全一样。”很不耐烦，索性便打断他的话道：“马叔叔，你是可惜不知道林伯伯的下落，是么？”马胜龙道：“对啦，贤侄，你真是聪明，一下子便猜着了。”李光夏道：“这不是我的聪明，羊叔叔刚才也是这么叹气，这么问我的。”马胜龙吃了一惊，道：“你告诉了羊叔叔了？”

李光夏不置可否，却道：“马叔叔，你既是急于知道林伯伯的下落，日间在路上时，你为何不问？”马胜龙道：“你林伯伯是逃亡的钦犯身份，他的消息岂能随便让人知道？”李光夏道：“鹿伯伯、羊叔叔他们也是外人么？”

马胜龙道：“他们虽然不是外人，可是他们和林教主素不相识，这就犯不着告诉他们了。要知道这种关系重大的秘密，多一个人知道不如少一个人知道。你究竟告诉了他们没有？”

李光夏道：“可是羊叔叔说的话却和你并不一样。他说他和林伯伯才是八拜之交，你和林伯伯是素不相识的。”其实鹿克犀也是这么说的，但李光夏对鹿克犀较有好感，因此他就只提及羊吞虎的说话了。

马胜龙大为气恼，一下子便冲口说道：“羊叔叔是骗你的。”李光夏道：“羊叔叔为何要骗我？”马胜龙道：“朝廷悬有赏格，倘有谁通风报讯，因而拿获林清的，要钱可得黄金千两，要官可当三品总兵。这也许是我的过虑，不过你羊叔叔的为人最是贪财，他这毛病我却是知道的，不可不防！”

李光夏道："那么鹿伯伯呢？鹿伯伯有没有贪财的毛病？"马胜龙道："鹿伯伯不很贪财，但我知他很想得个一官半职，荣宗耀祖，所以也不可不防！你究竟告诉了他们没有？要是你已经告诉了他们，那就得设法补救了。"

李光夏吓出了一身冷汗，心里翻来覆去地只是想道："不错，是得设法补救了。我已经告诉了鹿伯伯，听他们如此说法，只怕鹿伯伯也不是好人。"马胜龙捉着他手猛摇道："怎么了，你不用害怕，赶快把实话告诉我。我可以设法通知你的林伯伯，叫他派人接你。"李光夏定了定神，道："我什么也不知道，也无从告诉他们。"马胜龙听了此言，不觉愕然。

马胜龙道："啊呀，说了半天，敢情你这孩子还是不相信我呀！我告诉你，我和你林伯伯是八拜之交，确确实实是为了你好……"正拟再下说辞，忽听得马蹄声已是隐隐传来，马胜龙面色倏变，连忙在李光夏耳边说道："我刚才和你说的话，你可不要说出去，否则于你不利！"

李光夏不作声，马胜龙捏了他一把道："你听到了没有？你倘若将我的话告诉鹿伯伯和羊叔叔，他们两人不杀你，我也要折断你的脖子！"

马胜龙比羊吞虎更鲁莽，不但攻讦两位义兄，又恐吓了李光夏，但这么一来，他的假面具也就等于给自己撕下来了。李光夏十分害怕，只得说道："听到了，我不说便是。"

马胜龙捏着李光夏的手还未松开，鹿克犀已走了进来，"咦"了一声，说道："光夏，你还未睡吗？你们在谈什么？"马胜龙道："他的肚子饿，睡不着。我正在哄他说是你买了大肥鸡，就要回来了。哈哈，你果然是买回来了。好，好，我马上给你烧水！"

鹿克犀把两只肥鸡在地上一掼，说道："不用煮了，烧来吃吧！老二呢？"马胜龙道："老二他，他出去巡查……"话犹未了，忽听一声虎啸，鹿克犀道："巡查什么？他名叫羊吞虎，难道还怕老虎吗？"马胜龙道："不是老虎，怕有敌人。"鹿克犀道："深山半夜，哪有这许多敌人？他从来也没有这样小心，是你，你——"马胜龙正自吓得不知如何回答，忽听得脚步声响，羊吞虎也回来了。

羊吞虎面有惊惶之色，一进来就道：“果然是发现有可疑之人进了此山！”马胜龙又惊又喜，心想：“我本来是谎骗他的，他却真是发现敌人，可给我圆谎了。”

鹿克犀道：“你发现了什么人？”羊吞虎道：“我发现了一头吊睛白额虎！”鹿克犀道：“你又说是人？”

羊吞虎道：“你别心急，我后面的话还未说出来呢。这头大虫是受了伤的，一路上有血迹，老虎是百兽之王，不会是给别的野兽咬伤，一定是给人打伤的！我无暇捉它，先搜查这打伤老虎的人。我听得马蹄声，只怕是敌人已向这里来了，赶忙回来，却原来是老大你回来了。”

吊睛白额虎是老虎中最凶恶的一种，鹿、马二人面面相觑，鹿克犀道：“这人能打伤大虫，武功也有点斤两了。不管是否敌人，总是不能让他闯了进来。今晚咱们轮流放哨吧。老三，你先去放哨。”马胜龙刚刚生起了火，应了一声“是”，站起身来。羊吞虎道：“老三，且慢，你为什么没有烹茶？我去了这么久，你在这里做什么？”

马胜龙道：“你去了不久，夏侄听得虎啸，忽地惊醒，我给他搽药油压惊……”鹿克犀发觉他前言不对后语，问道：“哦，光夏，你是给虎啸惊醒的吗？”马胜龙道：“他醒了之后，直嚷肚饿，再睡就睡不着了。我只好陪他说话，但也没有说上两句，你就回来了。”羊吞虎道：“说的什么？”马胜龙道：“我说鹿伯伯买了大肥鸡就要回来了，你肚饿先吃两个炒米饼吧。哈哈，可也真巧，我还没有去拿炒米饼，老大就回来了。”

马胜龙制造两个借口应付鹿、羊二人，可都露出了破绽。鹿克犀心道：“这孩子胆子非常之大，当日千手观音用梅花针打他，又要放火烧他，他都不怕，哪会给虎啸吓惊了？”但他生性阴沉，自己心里又怀着鬼胎，故此虽起疑心，却不立即追究。

羊吞虎则忍不着问道：“这么说来，老大回来的时候，这孩子已经醒了？夏侄，你听到几次虎啸？”马胜龙连忙代他答道：“两次。”

马胜龙并不是个聪明的人，他制造这两个借口，已是煞费思量，伤尽脑筋才编造出来的了。但还是不能自圆其说。要知羊吞虎临走之时，李光夏已经“熟睡”，依常理而论，不会很快就醒，所以他对鹿克犀可以说孩子是因为肚饿而睡不着，对羊吞虎却不能用这个理由。他在急促之间，难找借口，只好推说是给虎啸惊醒，然后再补加“理由”，说是惊醒之后，又因肚饿而睡不着，这样就不至于显得言语矛盾了。但其实他是在鹿老大回来之后，才听得虎啸的。

那只受伤的吊睛白额虎，确是不止啸一次，马胜龙也是想到了这一点，才敢用这个借口的。但马胜龙却没想到，第一次虎啸之时，那只老虎是离此数里之外。羊吞虎疑心大起，冷冷说道：“这孩子耳朵这么尖？恐怕是你弄醒他的吧？不要你给他回答，夏侄？你是怎么惊醒的？”

马胜龙拔了鸡毛，用树枝做成一个木叉叉着来烧，故意多用点力，木叉穿过鸡头，对着李光夏说道：“老二，你这是什么话，我怎会无缘无故弄醒夏侄？哎呀，我真是粗手粗脚，这鸡头几乎给我弄断了。”羊吞虎厉声道：“你别打岔。夏侄你说。”

李光夏对敌人的时候，胆子是很大的。但这两位“叔叔”，却把他弄得莫名其妙，他也还不敢断定他们是好人还是坏人，当然更不敢把他们当作敌人了。他受了马胜龙的恐吓，心里很是害怕，连忙说道：“不错，我是听得虎啸惊醒的。我睡不着觉，这也没有什么紧要吧？”

李光夏迫于无奈，撒了个谎，替马胜龙遮掩过去。心里越发思疑，“他们都向我打听林伯伯的消息，又都怕我把消息告诉另外的人，这是为了什么？他们都说自己和林伯伯是八拜之交，又都说另外两人可能存有坏心，他们向我探听消息，是真的为了与林伯伯的交情，还是想向朝廷领赏、升官发财？”

鹿克犀柔声说道：“好孩子，我和羊叔叔都是因为疼你，所以关心你睡得好是不好。”他是因为羊吞虎盘问马胜龙实是问得太着痕迹，他深知这孩子聪明机警，故此轻描淡写地替羊吞虎从旁解释。

小女孩垂涎说道：“好大的肥鸡，分一条鸡腿给我，行吗?”

羊吞虎也骤然省悟，虽然他对马胜龙尚有疑心，也就不拟再问下去了，当下说道：“好，你割下半边鸡，到外面把风吧。”那只肥鸡已是烤熟了。

马胜龙如释重负，应了声“是”，抽出佩刀，正要割鸡，忽听得脚步声响，有个清脆的女孩子的童音说道：“好香，好香！”

羊吞虎听得出是两个人的脚步声，跳起来喝道：“是谁？”心中不由得暗暗惊诧：“一个童音未脱的女孩子，轻功怎的如此不凡？伴她同来的那个大人，只怕更为了得了。”要知羊吞虎刚才虽在用神盘问马胜龙，但倘若来的是两个寻常人，脚步声他必然可以远远察觉，如今直到他们走近，方始听得出来，这两人的轻功造诣当然大是不凡了。

喝问声中，来人已经进了庙门，一个是年约五十左右，身材瘦长，青衣小帽，面色焦黄，像个“老家人”模样的汉子。另一个果然是个稚气未消的女孩，看来也是十岁左右，和李光夏差不多一般年纪，梳着两条小辫子，脸上一对小酒窝，配上一双黑漆明亮的眼睛，十分活泼可爱。

那瘦长汉子抱拳道：“对不起，我和这小姑娘赶路，错过宿头，想找个地方歇宿。”那女孩子望着那肥鸡似乎不胜垂涎之至，说道：“好大的肥鸡，分一条鸡腿给我，行吗？”

羊吞虎盯着那汉子问道：“阁下是否刚才打伤老虎的人？”那汉子道：“惭愧，惭愧，我功夫生疏，竟未能将它一镖打死，教你老哥见笑了。”羊吞虎哈哈笑道：“彼此都是江湖上的汉子，不用客气了。这位小姑娘肚子饿了，是吗？好吧，这只鸡已经烤熟了，你们先吃吧。”

那女孩大喜道：“你这人很好，慷慨得很。”伸出小手要拿，那瘦长汉子已拦在她的面前说道：“刚烤熟的鸡很烫，我给你撕开来吧。”这汉子是个老江湖，从羊吞虎的眼神中已瞧出他不怀好意。

羊吞虎突然大喝一声：“拿去！”将烧鸡朝着那汉子的面门一掷，立即便是一个劈掌。

那瘦长汉子霍的一个“凤点头”，烧鸡从他头上飞过，羊吞虎“呼”的一掌，已朝着他的天灵盖劈下。那汉子头还未抬，右臂高举，成了“朝天一炷香”的招式，中指恰恰对准了羊吞虎掌缘的“冷渊穴”，这是手少阳经脉的起点，倘被点中，羊吞虎这条臂膀势将残废。

羊吞虎见他指法奇妙，不愿两败俱伤，五指合拢，倏地从“劈掌”变为“勾手”，只要一抓一勾，就可将对方的中指拗折。他变招固然迅速，那汉子也并不慢，就在他化“劈”为“勾”的刹那之间，那汉子身形一长，也已从“朝天一炷香”变为“童子拜观音”，双掌合拢，硬劈羊吞虎的拳头。

羊吞虎的拳力可以胜于一指，但单拳却是不能对付双掌，这时双方已经正面相对，谁也不能闪开，羊吞虎右拳一伸，左掌横扫，倏地也从单拳勾手变为了“阴阳双撞掌”，四掌相交，“蓬蓬”两声，声如擂鼓，羊吞虎退了两步，那汉子则以右脚脚跟为轴，转了一圈，方始消了对方的猛劲，稳住身形。但他虽转一圈，却并未后退，功力显得比羊吞虎稍胜一筹。

那只烧鸡从瘦长汉子的头顶飞过，飞到了那小姑娘的面前，那小姑娘一手抓着烧鸡，说道：“我只要一条鸡腿，你怎么把整只烧鸡都给了我了？”烧鸡飞来之时，挡着她的视线，这小姑娘还未知道她家的老仆已与对方动手。

那青衣汉子喊道：“妞妞快跑！”马胜龙狞笑道：“小丫头往哪里跑？”早已拦住门口，便要抓那小姑娘。那青衣汉子待要过去救援，却被羊吞虎拦住。青衣汉子功力虽是稍胜一筹，急切之间，却也不能把羊吞虎打退。

那小姑娘叫道：“你敢动我一根毛发，我爹爹把你们全都杀了！”马胜龙嘻嘻笑道：“你爹爹是谁？”那瘦长汉子喝道：“不可说出你爹的名字！”

那小姑娘应道：“是。要杀这几个贼汉子，谅也用不着我的爹爹。”马胜龙怒道：“好呀，你这小女娃也会吹大气，就算你是江海天的女儿，我也要把你杀了。”

鹿克犀笑道：“江海天的女儿已给千手观音打伤，江海天只有一个女儿。三弟，你无须顾忌。”鹿克犀只注意到那青衣汉子，他打的是如意算盘，准备在双方功力都消耗得差不多之后，他再出手收拾残局。至于这个小姑娘，他根本就不放在心上。

马胜龙骂那小姑娘，嘴巴还未合拢，那小姑娘忽地把烧鸡向他掷去，说道："你们这班臭贼，我不吃你们的东西!"

马胜龙若是和大人交手，即使轻敌，多少也会有几分提防；只因对方是个乳臭未干的小孩，他只道手到擒来，毫不在意，哪知冷不防就着了道儿，只听得"卜"的一声，已给烧鸡打中，鸡头塞入他的嘴巴，门牙都给撞得隐隐作痛，骂也骂不出来了。

那小姑娘嘻嘻笑道："滋味好么?"那青衣汉子喊道："还不快跑?"本来这小姑娘打中了马胜龙之后，大有机会可以逃跑，她却是一副小孩子的心情，见马胜龙的嘴巴被鸡头塞住，那只烧鸡就似吊在他的嘴边似的，摇摇摆摆，形状甚是滑稽，她不该留下来取笑几句，机会稍纵即逝，正待转身，马胜龙已是腾身飞起，向她扑来。

那小姑娘见他来得势凶，拾起一根烧了半截的干柴，笑道："你这鸡还未烤得熟透，我给你加一把火。"她刚才很容易地打中马胜龙，只道这大个子的本领稀松平常，还是满不在乎地戏耍。

带着火焰的干柴从小姑娘手中飞出，但马胜龙这回有了提防，还焉能给她打中，只听得"咔嚓"一声，马胜龙咬下了鸡头，将鸡头吐出，把那根干柴打落了。

小姑娘吃了一惊，这才知道这个大个子并非易与。马胜龙暴跳如雷，恶狠狠地追那小姑娘，骂道："臭丫头，你敢戏弄老子，我不把你撕作两半才怪!"张开蒲扇般的大手，向小姑娘背心抓下，那小姑娘却是溜滑得很，好几次眼看就要抓着，还是给她躲过去了。

鹿克犀忍不着笑说道："老三，不必暴躁，你只要堵住门口，一个小孩子还怕捉不住吗?"他的心神仍是放在那青衣汉子身上。这时那青衣汉子和羊吞虎已交手十数招，稍稍占了一点上风，但急切之间，还是不能摆脱羊吞虎的纠缠。鹿克犀是抱定以逸待劳的主意，并不急于出手。

马胜龙在"祁连三兽"中本领最弱，平素就有点自卑，这时接连几次抓不着那小姑娘，深感面上无光，一怒之下，竟然拔出佩刀，就斫那个空着双手的小姑娘。

他手中拿了一柄三尺来长的钢刀，刀锋所及的范围当然要比手臂宽广多了。刷刷刷几刀劈出，那小姑娘东跳西闪，险象环生，狼狈不堪。

李光夏不由得动起侠义心肠，突然箭一般地窜出，叫道："马叔叔，你怎么可以，可以——"马胜龙喝道："走开，留神斫伤了你！"刷刷又是连环两刀——第一刀从那小姑娘头顶削过，第二刀圈回来就可以割断她的喉咙。这是马家"回回刀法"的绝招，即使是武功相若的大人也很难逃避。

那青衣汉子大喝道："你们还是人么？残害小孩，要不要脸？"急怒之下，全身气力都涌了出来，呼的一声，双掌击下，羊吞虎接了这掌，胸口如中铁锤，跄跄踉踉地连退数步，眼睛发黑。可是这青衣汉子虽然击退了羊吞虎，亦已迟了一步，他刚一转身，待去救援，只见刀光如雪，马胜龙的第二刀已圈了回来，尖利的刀锋，几乎已贴着那小姑娘的颈项。

就在这间不容发之间，李光夏突然窜到马胜龙背后，飞脚踢中了他的腿弯。只听得"卜通"一声，马胜龙那高大的身躯，竟似一根木头似的倒下去了。原来李光夏的脚尖正踢中了他的关节穴道，李光夏气力虽弱，这踢穴的脚法，却是他父亲所授，甚是高明。马胜龙被踢中了，一时之间，竟是不能动弹。

这几个变化都是大出鹿克犀意料之外，待他赶过去时，青衣汉子已拉着那个小姑娘走出了庙门。这青衣汉子用力过度，受了一点内伤，但鹿克犀不知深浅，见他一掌击退了羊吞虎，身手尚自矫健，却是不敢追赶。

那小姑娘踏出庙门之时，回眸一盼，两个小酒窝现了出来，笑靥如花，说道："多谢你啦！"李光夏忽感不妙，心想："我救了这小姑娘，两位叔叔会放过我吗？"正想逃跑，马胜龙已解开穴道，大吼一声，跳了起来，一手向李光夏抓下，骂道："你这小王……""小王八蛋"这四个字还缺二字未曾骂出，鹿克犀已挡着他的拳头，一臂将李光夏揽住，说道："老三，你应该体谅侄儿才是。"

马胜龙怔了一怔，说道："大哥，你问问他为什么吃里扒外？"

鹿克犀笑道："不必问了，我知道侄儿的心思，他是不愿见那小姑娘丧在你的刀下，这也是他的侠义心肠。夏侄，我说得对不对?"李光夏心道："到底是鹿伯伯好些。"说道："不错。我见这姑娘怪可怜的。马叔叔是大人，杀了她似乎、似乎是以强欺弱。"他把心一横，索性把想说的话都说了出来。

马胜龙又羞又恼，双眼圆睁，待要发作，鹿克犀忽地向他抛了个眼色，说道："老三，他是小孩子，其中的道理，他一时想不明白，待我和他说吧。贤侄，你虽是侠义心肠，这件事你却是做错了。你要知道你是钦犯之子，朝廷鹰爪都是要捉你的，怎能让外人知道你的踪迹?"李光夏道："这小姑娘总不会是鹰爪吧?"

鹿克犀道："她虽然不是。但和她同来的这个汉子武功如此高强，你怎知他是什么人物?所以宁可杀错，也不能放过他们，泄漏消息啊。马叔叔要杀人也是为了保护你，你做错了事，快去求叔叔恕罪吧!"

李光夏给鹿克犀一番转弯抹角的"道理"，说得倒是有点迷茫起来，但小孩子对是非善恶的观念最为执着，纯洁的心灵总是隐隐感到不对，"马叔叔是个大人，拿刀杀一个年纪比我还小的姑娘，这还算什么侠义道?"但他也是个机灵的孩子，想至此处，也忽地感到了不妙，"马叔叔倘若真是坏人，他能杀那小姑娘也就能够杀我，我在他们掌握之中，逃是逃不掉的。只好听鹿伯伯的话，暂且应付一时吧。"便朝着马胜龙道："是我小孩子不懂事，马叔叔你别见怪。"这几句话他是迫于无奈说的，小孩子无论怎样机灵，要他说违心的说话，总是掩饰不了他那懊恼的神情，语调也是很不自然。

羊吞虎背转脸，吐了一口鲜血，他硬接了那青衣汉子的一掌，虽无性命之危，元气亦已大伤。对鹿克犀自是心中含恨，但他却要比马胜龙聪明一些，一听便听懂了鹿克犀的意思，心里想道："不错，咱们还需要从这小鬼的口中套取秘密，现在还是不能将他杀了。不但如此，这小鬼机灵得很，若是给他知道咱们不怀好意，以后就别想叫他听话了。只怕在路上也要闹出事来，那时杀他也难，不杀他也难，杀他难以交差，不杀他，他会胡叫乱嚷。"再又想道:“鹿老大不讲义气，有心让我受伤，实是大大可恼。但我如今功力受损，骗这孩子，也还需仰仗于他，可是不便就在此时发作。罢，罢，我且暂忍口气，待到了京城，我养好了伤，那时再与他算账。这小鬼到那时再杀，也还不迟。”

马胜龙余怒未息，羊吞虎走了过来，咳了一声，说道:“侄儿一时不明白，老三，你却怎么和小孩子生起气来了?”马胜龙最惧二哥，而且他也不是完全糊涂，见鹿、羊二人都“帮”李光夏说话，登时也就明白过来，立即说道:“我怎么会与孩子一般见识?嘿嘿，嘿嘿，他有侠义心肠，我还很欢喜他呢!”为了表示亲热，还轻轻地在李光夏肩头拍了两下。李光夏听了他那刺耳的笑声，心中却是不寒而栗。

羊吞虎道:“咱们的行踪已给外人知道。明日一清早便得动身，转一个方向走。老大，你的事办好了没有?”鹿克犀道:“办好了。我已约了朋友途中接应，不转方向，亦是无妨。”他所说的“朋友”，那是指与京中派出的高手联络上了。羊马二人当然懂得他的意思。羊吞虎道:“那贼汉子给我打跑了，谅他不敢再来。不过咱们还是谨慎一些的好，今晚仍然轮流守卫吧。夏贤侄，你也该早睡了。”可怜李光夏却哪里睡得着觉。正是:

虎口叼羊谋稚子，伤心竟夜未成眠。

欲知后事如何?请听下回分解。

第十一回　万里双骑追恶寇
千金一诺为孤儿

李光夏翻来覆去想的只是一个问题：“鹿伯伯和这两位叔叔是不是好人？”马胜龙挥刀要斩杀那小姑娘的一幕重现眼前，那青衣汉子的骂声也似在耳边，“好不要脸，欺负孩子，你们还是人吗？”

李光夏心里想道：“羊叔叔和马叔叔一定不是好人，那汉子骂得很对。”但“鹿伯伯”是好人还是坏人，他可还不敢断定。不过鹿伯伯和两个“不是人”的“叔叔”称兄道弟，只怕也“好”不到哪里去。李光夏越想越是害怕，心里自思：“最好是不要倚靠他们，想个法子逃跑的好。”

但在三个大人的看管之下，这三个人的武功又都要比千手观音高得多，那次他逃出千手观音的掌握已经是险死还生，思之犹有余怖，如今要在三个大人看管之下逃走，他虽然机灵之极，也实在想不出法儿。李光夏翻来覆去地胡思乱想，不知不觉天色已亮。

羊吞虎内伤颇是不轻，他服了随身所带的药丸，休息了一晚，仍是觉得胸口隐隐作痛，他生性要强，不愿在鹿、马二人面前露出来，仍然依照原定的计划，一大清早，便即动身。

鹿克犀道：“夏侄，你今日还是和我合乘一骑。”羊吞虎这才注意到鹿克犀昨晚并没买回马匹。鹿克犀不待他发问，便即解释道：“昨晚我赶到那小县城，什么店铺都早已关门了，哪里还有马市。”羊吞虎道：“你为什么不向公——”鹿克犀向他抛了一个眼色，立即打断他的话道：“你说向马行公会去买吗？这小县城是没有公会的。我的朋友也拨不出多余的坐骑借给我。”

羊吞虎原来的话语是要他向“公家”要一匹，看了鹿克犀的眼色这才省起自己险些说错了话。他经过了这两日来与李光夏相处，也已知道了李光夏极是聪明，“公家”二字若一出口，定会引起这孩子的疑心。因此明知鹿克犀是砌辞推搪，也就不必再追问了。

鹿克犀的确是不想放松李光夏一步，所以没有添买马匹的。他说的什么“马行公会”，当然是捏造的名词，但李光夏究竟是个孩子，懂得的世事太少，马市之外是否还有个“马行公会”？“马行公会”又是否不管白天黑夜都有马匹出卖的？他可是丝毫也不懂了。因而也就没有在意。

羊吞虎用力一按马鞍，跨上坐骑，虽是极力隐忍，也还有点气喘。鹿克犀看出他是受了内伤，故意叹了口气，说道：“我想起一件事情，可是有点危险，不可不防！”

羊吞虎愕然道：“什么危险？”鹿克犀道：“老二，昨晚和你交手的那青衣汉子，本领很不错吧？”羊吞虎装作不在乎的神气说道：“不错是不错，要和我打个平手，那他还得再练十年。昨晚侥幸他逃得快，不过他也受了重伤了。”鹿克犀心里暗笑：“只怕你比他伤得更重。”却不揭破，说道：“老二，你的功夫，大河南北，谁不佩服。这汉子能和你拆到二十招之外，也算得是一流高手了。”

羊吞虎甚是得意，哈哈笑道：“这倒是真的。”鹿克犀道：“老二，你听得他和那小丫头对话没有？他不过是人家的仆人哩！”羊吞虎道：“这又怎样？”鹿克犀说道：“仆人已然如此厉害，主人本领可想而知！那小丫头不是吓唬咱们，说她的爹爹要把咱们杀得一个不留？”羊吞虎冷笑道：“老大，你就怕了？”他故作镇定，其实心里亦有点发慌。

鹿克犀道：“怕是不怕，但也不能不防。我的意思是最好不让他回报主人，在路上就把他杀了。如今天才发白，他受了伤，料想不过逃至山下。趁早去追，还可斩草除根。”

李光夏这一惊非同小可，心道：“原来鹿伯伯也不是好人。他要斩草除根，岂不是要将那小姑娘也一并杀了？”鹿克犀似是知道他的心意，说道：“侄儿，这也是为了你好，不让你的消息泄漏出去。”李光夏道：“我宁可落在鹰爪手中，鹿伯伯，你饶了那小姑娘吧。”鹿克犀道：“你心地很好。但你可曾想到，要是你落在鹰爪手中，我们三人也难活命?”李光夏道：“他们未必就是和鹰爪一条线的。”

鹿克犀道：“即使不是，咱们和她的仇也是结定的了。让她主仆逃了，日后她爹爹寻仇，你于她有恩，她爹爹可以饶你。我和你的两位叔叔，说不定三条老命就要豁出去了。江湖上讲的是‘量小非君子，无毒不丈夫。’侄儿，你日后要做个闯荡江湖的好汉，侠义之心不可无，但心肠也要练得硬一点才好。”李光夏知道说也没用，索性把心一横，准备与他们决裂，说道：“我不忍见那小姑娘死在你们刀下，你们去，我不去。”

羊吞虎心里踌躇，想道：“那汉子不知伤势如何，但我已是不能再动手了。”便顺着李光夏的口气说道：“老大，侄儿的话也是不错。咱们带了侄儿去和敌人动手，更是不便。”他受伤之后，对老大的骄气，也就不知不觉地减了。

李光夏觉有转机，正要帮口再说。鹿克犀已是又笑起来，说道：“老二，你怎的糊涂了。要杀那个汉子，不必咱们亲自动手。你忘记了咱们还有许多朋友吗？我已约好他们在中途接应了。”

鹿克犀所说的“朋友”，即是指京中派遣出来的那批高手。羊吞虎道：“对，那么老大，你就去报讯吧。”鹿克犀笑道：“我要保护侄儿，侄儿也离不开我，我看还是老二，你——”羊吞虎赶忙说道：“老三，你去!”马胜龙吓了个跳，说道：“我去？我武功低微，要是中途遇上了——”羊吞虎道：“那青衣汉子已受了重伤，即使中途遇上了他，他也不是你的对手。何况你的马快，还怕跑不过他的两条腿吗？你这样胆小，我瞧着就生气。不许多说，快去!”

马胜龙最忌二哥，见羊吞虎声色俱厉，只好说道：“好，好，我去，我去!”鹿克犀本来想遣开羊吞虎，但转念一想，羊吞虎已受了伤，让他同在一起也阻碍不了自己的行事，也便不加反对，就让马胜龙前去报讯。

李光夏暗暗叫苦，却也无法可施，只有暗求上天保佑，“千万别要让坏人捉住了那小姑娘。”马胜龙走后，鹿、羊二人也即出山，李光夏躲避不开，也只好似昨天一样，与鹿克犀合乘一骑。

李光夏在这里为那小姑娘担忧，那小姑娘此时也是在为着李光夏担忧，盼他平安无事。

且说那青衣汉子昨晚逃出庙门之后，立即将那小姑娘背了起来飞跑。要知他虽然也受了内伤，但总还比这小姑娘跑得快，他是怕敌人追来，对方有三个人，自己受了伤，又要保护这小姑娘，决计不是他们对手。故此必须拼命奔逃，早离险地，到了山下，那就不怕了。

那小姑娘叫道："安大叔，咱们可不能一跑了事呀!"那青衣汉子道："怎么?"那小姑娘道："别人救了我的性命，我不能让他落在坏人手中。"那青衣汉子道："你是说那小孩子吗?"小姑娘道："是呀。你不知道那孩子救了我吗？我可连他的姓名都未知道呢。"那青衣汉子道："咱们是自身难保，不能再顾别人了。那孩子叫他们做'叔叔'的，总是他们的自己人。"

那小姑娘道："不，我知道那孩子不会是他们的亲侄儿，我看见那恶汉瞪着眼睛斥骂他的。要是亲叔侄，那些人不会对他这么凶。"青衣汉子苦笑道："不管他们是亲的也罢，疏的也罢，咱们都不能再顾这孩子了。老实告诉你吧，我已经受了伤，打不过人家了。非得快快跑下山去不可。"

那小姑娘大惊道："你受了伤?"那青衣汉子叹道："你当你安叔叔是天下无敌吗？天下无敌的是你的爹爹。待回去见了爹爹，你再叫他打听那孩子的来历吧。别多说了，我要赶紧跑呢!"

那小姑娘伏在她安大叔背上，只听得呼呼风响，两排树木，闪电般的向后退去。那小姑娘心道："安大叔的轻功还是如此高强，他所受的伤大约也不是紧要的了。"她哪知道，她的安大叔是为了要带她早离险地，几乎连吃奶的气力都用上了的。所受的伤其实已不轻，更糟糕的是，他身上只带有治外伤的金创药，对他所受的内伤毫无用处。

青衣汉子衣襟带风，飞快前奔，忽地迎面也卷起一阵狂风，树林中突然扑出了两只吊睛白额虎。其中一只正是刚才中了他一镖的，皮毛上还是血迹斑斑。原来这两只大虫一公一母，公的受了伤，将母的召来给它报仇，老虎是百兽之王，甚嗅灵性，认得仇人。

青衣汉子一镖打去，那公的吃了个亏，知道趋避，伏地一滚，竟然避开了他这一镖。说时迟，那时快，另外那只母大虫一声大吼，从半空中便扑了下来。青衣汉子一掌劈中它的脑袋，那母大虫前爪搭地，滚过一边，腰胯一掀，后爪已在那汉子的腰背抓了一下，撕下了一片血淋淋的皮肉。就在此时，那只公的也窜来了。

青衣汉子受的虎爪之伤倒不很重，但心中却是大大吃惊，原来他已使到了九分气力，他的掌力本足以裂石开碑，而今一掌打中那母大虫的天灵盖也未能将它打死，可见元气已是大伤，功力只怕仅及原来的三两成了。

那小姑娘一跃上树，折下一根树枝，当作甩手箭发出，她气力虽小，瞄得却是很准，那只公老虎正跳起来扑那青衣汉子，正巧被树枝戳中了它的眼睛，一只虎眼登时瞎了。青衣汉子背上少了个人，身手矫捷得多，趁此时机，闪电般的双指一挖，把这伤虎的另一只眼珠也挖了出来，迅即躲到大树背后。

这老虎发了狂，霹雳般的大吼一声，猛扑过去，一头撞在树上，撞得个发昏章二十一，瘫作一团。那母大虫尾巴倒竖，一剪一扑，青衣汉子转了两个圈圈，逗得那母大虫跟他团团乱转。

青衣汉子觑了个准，揪着那母大虫的头皮，一按按将下来，擂鼓似的在它背脊上打了十几拳，那母大虫不能动弹了，这才放手。

小姑娘跃了下来，青衣汉子又把她背起飞跑，小姑娘道："安大叔，你累了，我自己跑吧。"青衣汉子道："咱们已耽搁了一会，须得更跑快些。天黑路滑，你跑路跟不上的。你不用担心，我还有气力。"话虽如此，那小姑娘已是听得他气喘吁吁。

东方渐渐现出一片鱼肚白，那小姑娘道："好了，天亮了，你放我下来吧。安大叔，你跑得好快，哈，原来已经到了平地啦。"那青衣汉子吁了口气，说道："大约可以没事了，到大路上你再自己走吧。"话犹未了，忽地一个踉跄，脚步失了重心，向前倾倒。原来他一不小心，踢着一块石头，在山上没失事，在平地却摔倒了。

那小姑娘早已跳下，将他扶起，说道："安大叔，你跌伤了?"那青衣汉子道："没，没有，哎哟，咳，……"忽地一大口鲜血喷了出来。原来他早已筋疲力竭，全仗着一股劲提起精神，到了山下，这股劲一松，精神便自涣散，再也支持不住。

那小姑娘慌了手脚，说道："安大叔，你不能再走路了。我，我扶你走吧。"那青衣汉子盘膝坐在地上，说道："不必。再过一会，天色便大亮了。那时，咱们家里的人也该在路上了，我再放流星花炮。"

那小姑娘道："哦，我爹爹派了许多人来找我吗?"那青衣汉子道："这还用问。你不知道，你偷偷走了出来，简直把你的爹爹急坏了。"

那小姑娘道："都是我不好，累了安大叔。"那青衣汉子道："你以后可别再淘气了。你要到终南山去玩，也该向家里人说一声呀。"那小姑娘笑道："我答应了杨哥哥去他家玩的。我怕告诉了我爹爹，他就要把我管得更严了。"

那青衣汉子眉头一皱，说道："真是淘气。那杨家——"他似乎还想说些什么，却已上气不接下气，底下的话还未曾说得出来，忽听得蹄声得得，两骑快马飞也似地跑来，那青衣汉子吃了一惊，心道："这可是两匹世所罕见的千里马，骑马的一定不是寻常之人。哎呀，倘若是那三个强盗一路的，这可就不好了。"挣扎着要站起来，可惜浑身乏力，"咕咚"一声，不由自己地又坐下去了。

转眼之间，那两骑快马已到了他们面前。骑在马背上的是一个相貌威严的中年汉子，和一个眉清目秀的少年，一到了他们面前，便双双跳了下来。

那小姑娘叫道："你们是谁?"那少年笑道："小姑娘别害怕，我们是好人。"那中年汉子忽地"咦"了一声，面色沉重，走到青衣汉子面前，说道："阁下是谁?因何受人伤了三焦经脉!"此言一出，青衣汉子不由得大为震骇，这中年汉子只是看了一眼，就看出他所受的内伤，显然是个身怀绝技的武学大行家。他不知对方来历，一时之间，竟是不敢答话。

那小姑娘道："三焦经脉受伤，很危险吗?"那中年汉子道：

“请恕在下直言，若不早些医治，恐有性命之忧。”那小姑娘吃了一惊，连忙说道：“他是安大叔，是我家看门的老家人，你会看病，想必也会治伤了？”

那中年汉子心里也是好生惊诧，想道：“这汉子的内功已颇有根底，想不到竟然是一个看门的仆人，那是什么人家，仆人也如此了得？”当下说道：“倘若不嫌冒昧，在下愿意效劳。”

那青衣汉子淡淡说道：“多谢了。看来你们是忙着赶路，咱们非亲非故，我不敢劳你费神。”那中年汉子笑道：“出门人彼此相助，理所当为，何必定须相识？我这里有颗小还丹……”那小姑娘道：“哦，是少林寺秘制的小还丹吗？我爹爹曾和我说过，这是治内伤的第一圣药，我爹爹自己制炼的只第二……”那青衣汉子喝道：“小华，不要多嘴！”向那中年汉子拱了拱手，说道：“阁下好意，安某心领。你有事请便吧！”言下之意，竟是不耐烦那中年汉子在此啰唆。

与中年汉子同来的那个少年人皱了眉头，说道：“师父，人家不领情，咱们又何必强着给人家治病？哼，真是狗咬吕洞宾，不识好人心。”说到最后这两句话，那少年是转过了头，嘀嘀咕咕地自言自语，以发泄胸中之气的。

那青衣汉子眉毛一竖，愠怒说道：“你说什么？我是死是活都是我自己的事情。谁知道你们是什么人，我不要你们的药，你们就骂人啦？”

那中年汉子道：“凌风，不许胡乱说话。”向青衣汉子作了一揖，说道：“小徒言语莽撞，你别见怪，他心地是好的。你不知我的来历，也难怪有见疑之意，我是——”那少年人已抢着说道：“我师父是江大侠，你想来也该听过我师父的名字，他赠药与你，难道还会害你不成？”

这两人正是江海天与叶凌风，江海天为了要找寻李光夏，一路留心，他远远看见这边有个大人和孩子，一大清早，就坐在山下，显得甚不寻常，他在远处，看不清楚是男孩还是女孩，故而过来看个究竟的。

那青衣汉子道：“哦，你是江海天，江大侠！”虽然似是有点感到意外，却也不怎样吃惊。江海天道："大侠二字，实不敢当。我平生喜欢结交朋友倒是真的。这小还丹你可以放心服了吧？"

江海天以为说出了自己的名字，那汉子定可坦然无疑，接受他的赠药，不料那汉子仍是淡淡说道："多谢了。这颗药丸还是请江大侠收回去吧，我心领也就是了！"

江海天不禁愕然，心道："我好心赠药，他却摆出这副拒人于千里之外的神气，不也太过不近人情了么？"那小姑娘道："安大叔，这药……"似是想那汉子接受，那汉子却已打断她的话道："小华，你忘了家里的规矩吗？"

江海天好奇之心大起，但碍于江湖上的禁忌，不便动问。那汉子也似自知不近人情，抱歉说道："江大侠，请恕我辜负你的好意，实不相瞒，这是我家主人的规矩。家主恩怨分明，他不许手下人与人轻易结怨，也不许手下人轻易受人恩惠。尤其因为你是江大侠，我若受了你救命之恩，我家主人就不知应如何报答你了。这不是我给主人添了麻烦吗？"

江海天道："但你三焦经脉受伤，若不及早救治，只怕过不了今天。"那青衣汉子道："江大侠如此古道热肠，我也就实言相告了吧。我怕的只是过不了这个时辰，若是过了这个时辰，我的同伴已经来了。"

江海天道："哦，原来如此，那倒是我多事了。你家主人高姓大名，可能见告吗？"那青衣汉子道："这个要请江大侠见谅，家主闲云野鹤之身，久已不与江湖人物来往的了。江大侠名震天下，当然不是寻常的江湖人物可比。但在下若非事先得主人允可，却是不敢将主人名讳宣之于口。"

江海天见这青衣汉子颇有英雄气概，而且谈吐文雅，而这青衣汉子只不过是那家人家的一个看门仆人，不由得对那主人更增仰慕。当下说道："既然如此，那我只好自叹无缘结识贵主人了。"

正想离开，那小姑娘忽道："江大侠，我爹爹听说你武功天下第一，他也很想见你一见。"江海天喜道："好，那你家居何处，可以告诉我么？我还有点事情要办，待办妥之后，一定登门拜探你的爹爹。"那小姑娘道："只有我爹爹去访客人，他是不喜欢客人来访他的。你愿意会我爹爹，我回去告诉他，你等着他来找你吧。”江海天颇为失望，心道：“这人的脾气真怪。”便道：“我家住山东东平县杨家庄，请你转告你的爹爹，我在三个月之后，定在家中候驾。”

那小姑娘忽道：“我爹爹是否会来找你，我不知道。但我有一事相求，不知江大侠可肯应允？”江海天道：“小姑娘，你说吧，只要是我做得到的，我一定应承。”心里暗暗奇怪，“她家既然有不许向外人求助的规矩，何以她又犯她爹爹之禁。”果然便看见那青衣汉子皱了眉头，向那小姑娘瞪了一下眼睛。那小姑娘道：“安大叔，你别瞪眼。我是为了别人求江大侠的，算不得是犯了爹爹禁令。”

江海天微笑道：“什么人？”那小姑娘道：“是一个心肠很好的男孩子，可惜却落在坏人手里，你可以把他救出来吗？”

江海天精神一振，连忙问道：“这孩子是不是姓李？”那小姑娘道：“我不知道。但我知道他的名字中有一个‘夏’字，因为有个坏人叫他做夏儿。”江海天大喜道：“对了，一定是李光夏了。小姑娘你快说吧，那些坏人在哪儿？”

那青衣汉子忽道：“小华，不许说！”那小姑娘道：“安大叔，你给那些坏人打伤，难道还要帮他们隐瞒吗？”那青衣汉子道：“你又忘了家里的规矩了，你爹爹是恩怨分明，有恩报恩，有仇报仇。从不假借外人之力。这些坏人欺侮了你，打伤了我，那也就是你爹爹的仇人了。这仇非得咱们自己来报不可！”

江海天又好气，又好笑，心道：“哪来的这许多怪规矩、臭规矩，这家主人也未免太骄傲！”说道：“我只把孩子救出来，那些坏人仍然留下，让你们将来自己报仇，这总可以了吧？”那青衣汉子道：“不行。那些坏人不会这样顺从你的，总是不免要和你动手。动手之下，谁能担保没有死伤？”

江海天急道：“这孩子是我好朋友的孩子，我正要找他回来的。”

那青衣汉子道：“你放心，这孩子叫他们做叔叔伯伯，料想他们不会将这孩子折磨。待我们报仇之后，这孩子当然也会落在我们手中。那时，我们再向主人请示，若得主人点头，我们也自会将这孩子送到你的府上。”

这青衣汉子只知他家主人的“规矩”，江海天实是拿他没办法，只好说道：“那帮坏人共有几个，这你总可以说吧。”青衣汉子沉吟道：“这个嘛，说说倒也无妨，共是三个。”江海天道：“其中一个是不是额头上有个肉瘤的。”那小姑娘道：“不错。哦，原来这些坏人你也是认识的么？”江海天曾听得尉迟炯说过鹿克犀的形貌，心知这三个坏人定是“祁连三兽”无疑。

这时朝阳已经普照大地，隐隐听得远处有马蹄之声。那青衣汉子突然摸出了几个流星花炮，弹上半空，放出了悦目的烟花。不多一会，只见七八骑健马都向这山脚驰来。那青衣汉子道：“我的伙伴来了。江大侠，多谢你的热心，但现在你可不必为我担忧了。”

那帮人却不知道江海天是什么人，只道那青衣汉子是给他打伤的。有几个性情急躁的，便大声吆喝，向江海天飞出暗器；有两个还从马上跳起，距离三丈开外，便拿流星锤向他打来。青衣汉子连忙叫道：“这位是江大侠，我的伤与他无涉，你们不可造次！”

江海天挥掌划了一道圆弧，那几件暗器都在半途掉下了，那两个流星锤也似碰着了无形墙壁，突然停在半空。江海天微笑道：“请代江某向你们主人致意。少陪！”当下师徒二人跨上坐骑，绝尘而去。

叶凌风催马赶上师父，说道：“那汉子真不识好歹，师父，你的脾气也太好了。”江海天道：“他是忠于主人，而且受了伤，难道我还能迫问他的口供吗？好在我也从他们口中探听到了不少消息。那青衣汉子是昨晚所受的伤，那祁连三兽料想是在百里方圆之内，未曾走远。咱们先向回头路找，找不着再向前找。咱们这两匹坐骑日行千里，这百里之内，大路小路，总共也不过十来条，即使每条路都走一趟，也用不了一天工夫。”江海天想不到那青衣汉子乃是昨晚在山上碰到祁连三兽的，他回头寻找，走的方向恰恰相反，以致错过，后来要多耗许多心力，才找得着李光夏，这是后话，暂且不表。

这时鹿克犀、羊吞虎二人带着李光夏，也到了山下，不过青衣汉子是在山的南边，他们则是北面下山，双方自是不会碰头。

鹿克犀与李光夏合乘一骑，他老奸巨滑，早已瞧出这孩子已是生了疑心，他也打定了如意算盘，倘若从李光夏口中套不出天理教的秘密，就改用强蛮手段搜他的身；并将他拷打，即使也无结果，但林清的下落他反正是知道的了，他只要将李光夏带到京师，并将林清的消息报告上去，那已是功劳不小了。

羊吞虎受了伤，一定跟不上他快马奔驰，说不定还要中途病倒，马胜龙又已调开，这功劳也就无人分他的了。他又已约好了京中派出的高手沿途接应，不怕尉迟炯夫妇截劫。他唯一恐惧的是李光夏受拷打之后寻死觅活，但他也有办法应付，他可以点了李光夏的穴道，将他装在麻袋之中，他不肯进食，就每晚灌他参汤，五七天内，总不至于饿死，那时他也早已到了京师了。

鹿克犀不断地在想坏主意，李光夏一路之上也不断地在想法子摆脱他们的魔掌。可是鹿克犀的毒辣手段已准备好了，李光夏却还没有想出办法。

羊吞虎快马奔驰，跟着鹿克犀走了一段路程，果然便已气喘吁吁，说道："前面是座茶亭，咱们进去歇歇，吃点东西吧。"鹿克犀暗暗好笑，说道："才不过走了十多里呢，到了前面小镇再歇吧。"羊吞虎忍气说道："我肚子有点饿了。"鹿克犀心想："你支持得过今天，也过不了明天。"也就不为已甚，系好坐骑，便携了李光夏与他同进茶亭。

这时日头还没多高，茶亭里只有一个客人，是个驼背的老头子，自斟自饮，只叫了一碟花生送酒，看来甚是寒酸。

鹿克犀叫店小二切了两斤熟牛肉，要了一壶汾酒，羊吞虎只吃了几块，就放下筷子。鹿克犀道："这卤牛肉味道很不错呀，老二，你不是说肚子饿吗，怎的不吃？"羊吞虎道："我嫌这牛肉太咸。"鹿克犀道："这么要点别的东西吧？"羊吞虎道："不用了。奇怪，现在我的肚子又不饿了。"

原来羊吞虎的内伤喝不得酒，他不愿给鹿克犀瞧破，强自支撑，陪他喝了一杯，腹中已如刀绞，哪里还吃得牛肉？连忙默运玄功，调匀呼吸。鹿克犀偏偏不住地和他说话，羊吞虎只好听几句，答一句，幸而他功力颇深，没有当场出丑，心里可在暗暗地咒骂老大。

不久又来了一个客人，背着搭裢，似是小贩模样，一进来就嚷道：“哈，真是巧遇，巧遇！”鹿克犀不觉愕然，只见那驼背老头站起来说道：“你不是夏茅乡的金哥吗？”那小贩模样的人道：“张大爷，你好记性，我的姑妈嫁在你这条村，去年我还走过一趟亲戚的。”那老头哈哈笑道：“不错，不错。拿算盘打起来，你还是我的晚辈亲戚呢。来吧，我请你喝酒。”

鹿克犀暗暗好笑：“原来是这糟老头子碰上了同乡，几乎吓了我一跳。”

那老头说道：“金哥，你这么早可是要赶到武邑做买卖。”金哥道：“正是，你老人家呢？”那老头道：“我却是刚从武邑回来。”金哥道：“武邑市道如何，有什么生意好做？”那老头道：“别的我不知道，武邑带个武字，练武的风气倒是真的很盛，只要有点钱的人家子弟，都喜欢骑马射箭，我看贩马一定可以有几个利钱。”

金哥道：“我想起来了，张大叔，你的小舅子不就是在武邑做贩马生意的？”那老头说道：“我这次就是来探他的病的。他上个月不小心，在马上摔下来，摔断了一条腿。我的浑家听到了这个消息，急得不得了。”金哥道：“哎哟，这是不能不急呀，摔断了腿，可不能做贩马这一行了。”

那老头笑道：“谁知我到他的家门，他一听到我的声音就跑出来接我，哈，原来早已好了。”金哥道：“是哪个医生给他医好的，这药道可高明得紧呀！”那老头道：“这人不是医生，家里还很有点钱的呢。他医好我的小舅子，不要一个钱，连药都是白送的。”

金哥道：“这人是谁，如此好心？他不做医生，你的小舅子又是怎生知道他的？”那老头道：“那人是武邑西乡开武馆的，如今年老，早已不收徒弟了。乡下人尊称他为程三爷，你知道我的小舅子西瓜大的字认不够一箩，他也跟人称他三爷，省得去记他的名字。我的小舅子曾到过他的乡下贩马，知道这位三爷擅于续筋驳骨，这次求他医治，果然有求便应，一医就好。当真是天大的造化，好过去求菩萨。”

金哥笑道："怪不得你老人家喜气洋洋，在茶亭里不喝茶，喝起酒来了。"那老头哈哈笑道："可不是吗？所以我一大清早便要赶路回家，好告诉我那浑家，让她也高兴高兴。"

一个武师懂得续筋驳骨，这也是寻常之事，鹿克犀自己也会，是以听了这两人的谈话，并不特别在意。李光夏听了，却是心中一跳，这两日他与祁连三兽同行，走的又是山路，经过些什么地方，他是全然不知，此时听了那两人的说话，才知现在是武邑。武邑在山东与直隶（即今河北）交界之处，天理教发源于直隶，总舵在保定，武邑也有一个秘密的分舵。李光夏暗自想道："这位程三爷，只怕多半就是我的程百岳程伯伯了。"程百岳是武邑分舵的舵主，李光夏听他爹爹说过，可是却从没有见过面。

羊吞虎歇了一会，腹痛已是减轻，但不敢再喝酒了。他怕鹿克犀再劝他喝，说道："老大，咱们还是赶路吧。"鹿克犀道："你还没有吃什么东西啊，就饱了吗？"羊吞虎道："这里的东西不合我的口味，马马虎虎吃一点也就算了。到前面再吃吧。"鹿克犀哈哈一笑，将盘中牛肉一扫而光，说道："我倒是觉得很合口味。好，走吧！"心里暗笑："你吃不下东西，饿着肚子跑路，看你还能支持多久？"

鹿克犀吃饱了肚子，精神抖擞，扬鞭策马，把坐骑催得四蹄如飞，往前疾跑。羊吞虎头昏眼花，咬着牙根急追，不久又是气喘如牛，两匹马的距离又逐渐拉远。

李光夏低声说道："鹿伯伯，我昨晚没有对你说实话。"鹿克犀道："什么？"李光夏道："羊叔叔、马叔叔，他们都曾向我打听过林教主的消息的。只是他们要我瞒着你，否则就要杀我。所以我没敢告诉你。"鹿克犀道："你告诉了他们吗？"

李光夏道："我怎会告诉他们。唉，如今我才知道，羊马两位叔叔实在不是好人，只有你鹿伯伯才是好人。"鹿克犀大为得意，说道："你知道就好了。"

鹿克犀暗暗得意，正想趁此时机，哄李光夏说出天理教的秘密，李光夏忽地说道："鹿伯伯，你待我这么好，我很惭愧，我、我对不住你。"

鹿克犀以为这孩子当真是受了自己的感动，于是柔声说道：“什么事情，我不怪你，说吧。”李光夏道：“我、我对你也没有说实话。”鹿克犀心头一跳，道：“什么？”李光夏道：“我前天告诉你的林伯伯的消息，那是假的！”

清廷最重视的是缉拿天理教总教主林清，教中的秘密还在其次，鹿克犀吃了一惊，连忙问道：“那么真的消息又是怎样？你的林伯伯如今是真的躲在何处？”

李光夏道：“林伯伯他不是躲在米脂藏龙堡。他是躲在武邑程伯伯的家中。”鹿克犀更是吃惊，说道：“那岂不是就在此地了？”

李光夏点点头道：“不错。但我以前所说的话，也不是完全骗你的。林伯伯与我爹爹分手之时，说是现在风声正紧，向远处逃，日子拖得长，沿途到处可能发生危险，倒不如在近处躲躲，朝廷的鹰爪想不到我这样大胆，定往远处追查，待避过风头，我再偷走。他与我爹爹约定，半个月之内，爹爹若是没事，就到程伯伯家里会他。半个月之后，那他就可能逃到米脂去了。”

鹿克犀听他说得很合情理，竟是相信不疑，于是连忙又问道：“你这位程伯伯叫什么名字，住在哪儿？你还记得林伯伯与你们分手的日子吗？”他提出一连串问题，李光夏装作有点忙乱，先回答他的最后一个问题：“是上月二十三。”鹿克犀屈指一算，到如今刚好是十四天。

李光夏徐徐又道：“程百岳伯伯你不认得吗？”鹿克犀道：“他住在小县份，我、我是听你爹爹说过，却未、见过他。”他是想李光夏带他去诱捕林清，到时必须与程百岳见面，故而不敢冒充认识。

李光夏道：“程伯伯排行第三，刚才那两个乡下人所说的程三爷，我猜想多半就是他了。”鹿克犀道：“这么说，他是住在西乡。”他们现在走的是西南方向，一算路程，到西乡不过十来里路。

李光夏道：“鹿伯伯，前天我还不敢完全信你，我记住爹爹的吩咐，所以不敢对你说出实话。昨晚你不许这两位叔叔打我骂我，我知道你真是好人了，我才敢对你说的。现在咱们既是经过武邑，我想去见一见林伯伯，你肯送我去吗？”

鹿克犀心想，林清身为总教主，武功一定不弱，自己一个人只怕对付不了他。但倘若今日不冒险前去，明日他只怕就要走了，夜长梦多，更从何处缉拿？岂不是丢了奇功一件？正是：

一心求富贵，各自斗机谋。

欲知后事如何？请听下回分解。

第十二回　虎猛鹿狡谋富贵
主骄奴妄气英豪

鹿克犀心中转过无数念头，终于是因为功名利禄的诱惑太大，利令智昏，遂决意冒险一试。当下说道："我和你的林伯伯也是八拜之交，如今既然是知道了他的下落，我当然应该前去会他。以后你愿意跟他还是跟我，都随你的意思。"李光夏怕他起疑，说道："林伯伯以后还要奔走四方，我不愿给他多添麻烦，当然还是跟你。我跟你练好武功之后，那时我也长大了，再跟林伯伯就可做他帮手了。"

鹿克犀道："好孩子，你真是太懂事了。你懂事，我就放心得多。我和你到了程家，有两件事情，你可得牢牢记住，一定要听我的吩咐！"

李光夏道："什么事情，请伯伯吩咐。"鹿克犀道："我不认得你这位程伯伯，咱们到了程家，他一定不会马上叫你林伯伯出来的，少不免要先问一问我的来历。第一件事情，我要你记着的是，你不可说出我的真名实姓，也不可说出我是你爹爹的结拜兄弟。我给你编一个故事，你就说你前两天落在朝廷鹰犬手中，是我在路上与你相逢，将你救出来的便了。"

李光夏聪明之极，一听得鹿克犀这么说，就知道他以前所说的都是谎话，这些谎话是决计骗不过程伯伯的，故而要另外编一套，不敢再冒认是自己爹爹的八拜之交。

李光夏心中明白，却故意装出一副不懂事的孩子神情，说道："鹿伯伯，咱们为什么要在程伯伯前扯谎？"他知道若不是这么的问一句，反而会招引鹿克犀的疑心。

鹿克犀哈哈笑道："你不懂吗？好孩子，你这么聪明，我一说你就懂了。常言道得好，知人知面不知心，所以害人之心不可有，防人之心不可无。一来林教主是否如今尚在程家，还未可以断定。二来也难担保，你这位程伯伯就真是好人，说不定利令智昏，他已把教主卖给了朝廷呢？你若一到他家，就说出我的来历，那就是自投罗网了。必须见着你林伯伯才可以说实话。你懂了么？"

李光夏装作恍然大悟的神气，说道："懂了，懂了。那么第二件呢？"

鹿克犀道："到了程家之后，你与我须得寸步不离。程伯伯若是要你单独和他进去会林伯伯，你切不可答应。因为我怕他骗你。你我寸步不离，若有意外，我也可以保护你啊！"

原来鹿克犀打的主意是，用李光夏作为人质，来要胁林清，倘若林清真在程家的话。只要林清一露面，他就要抓着李光夏，迫林清束手就擒，否则就把李光夏杀了。

鹿克犀深知这类英雄好汉的脾气，对"恩"、"义"二字，看得十分重要。李光夏的父亲李文成是由于做了林清的替身，以致丧命的，他只留下了一条根子，只要自己把这孩子抓牢，哪怕林清还不就范。即使要他的性命来作交换，想必他也不敢不从。

李光夏听了，心里暗暗叫苦，想道："林伯伯根本就不在程家，我和这位程伯伯又不认识的。这头独角鹿不许我和程伯伯有单独说话的机会，却教我怎能挣脱他的掌握呢？"但这是唯一的指望，当下也就只好满口应承，说道："是，鹿伯伯你顾虑得极是周到，我一定照你吩咐行事。"声音不觉已是有点颤抖。鹿克犀心道："不怕你这小鬼刁钻，一到程家，我的手指已扣住你的脉门，决不让你离开半步。"

鹿克犀勒住坐骑，叫道："老二，老二，快点上来，我有话和你说。"羊吞虎头晕眼花，正自喘不过气来，被他一催，心中着急，"哇"的一口鲜血吐了出来，登时跌下马背。

鹿克犀又惊又喜，心道："也好，省得我另想办法来摆脱你。"骑马过去，假惺惺地问道："老二，你怎么啦？"羊吞虎身体已是支持不住，再也不能隐瞒，说道："老大，我不能骑马了，你扶我去找一家农家。"鹿克犀道："你伤得很重吗?"

羊吞虎死要面子，说道："不算很重，但我扭伤了两条筋，走路可是不便。昨晚我打那贼汉，用力也用得多了一些，今朝又是一早赶路，身体稍稍有点不大舒服，也想找个地方养养神，只要让我打坐一两个时辰，大约也就会好了。"

鹿克犀说道："哎呀，我正要告诉你，我和侄儿有点事情，如今就要到西乡去走一趟。你既然不是伤得很重，你就留在这里歇歇吧。反正老三随后也要从这条路来。我给你出个主意，你点起信香催他们快些来吧。"

羊吞虎听出内里大有文章，挣扎着爬起来倚着马背，说道："你们到西乡干嘛?"鹿克犀道："你专心养神吧，闲事你可不必分神管了。我们兄弟一场，我总会照顾你的。待会儿老三他们来了，你留下一个人服侍你，其他的人，你请他们到西乡接我。朋友们帮我的忙，我鹿老大也绝不会亏待朋友的。"

鹿克犀也是话里有话，那即是有好处他愿意分与大家的意思。要知他此去诱捕林清，虽然早已准备好了狠毒的手段，但心里仍是不免害怕遭遇危险。

鹿克犀想要功劳，又怕危险，心里一想："只要我能计捕林清，最大的功劳就是我的了。反正拿了林清之后，将来也是要大内高手一同押解的，倒不如现在就请他们前来接应，分一点功给他们，我却可以少冒许多危险。"当下他匆匆说了几句只有他们"祁连三兽"才懂得的黑话，叫羊吞虎转告马胜龙，要他和大内高手，在村头接应，切不可走近程家，免得打草惊蛇。他若是遭遇意外，需要救援，当以啸声为号。马胜龙是一早去与京中派出的那些高手接头的，估计他们至多是半个时辰之后，就可以从这条路上经过。

羊吞虎深恨老大不够义气，丢下他一个人在大路上，倘若碰上敌人，实在危险之极，但也无可奈何，只好连忙焚起信香，希望马胜龙那班人快快赶到，这信香是祁连山特有的香木所制，燃起的香烟，可以凝聚空中，历久不散。

鹿克犀拨转马头，就向西乡走去。他怕李光夏起疑，路上向他

"解释"道："我是怕你程伯伯变了心，咱们倘若遭逢意外，陷在他家，也得有人知道。但你放心，若是你林伯伯当真在程家的话，我绝不泄漏消息，那时你就留在程家，我出来遣散我那帮朋友，过了一天再去会你。"

李光夏道："是。鹿伯伯，我知道你样样都是为我打算。"鹿克犀放下了心上的石头，暗暗得意，想道："好在我昨晚拦阻老二老三，不许他们责骂这个小鬼，果然哄得他十分相信，以为我是好人。"

程百岳在武邑颇有声名，鹿克犀到了西乡，向乡人一打听，便有人给他指路，很容易的就找到了程家。

程家的大门在白天也紧紧关闭，鹿克犀暗暗地欢喜，心道："林清一定是躲在程家了，所以他们才这样小心门户。"遂上前打门。

出来了一个门公模样的老人，向鹿克犀打量了一下，说道："三爷这几天没空，不接病人。而且他也不懂医内科的。"原来这门公看见是两个陌生人，身体又并无受伤迹象，只当他们是慕名前来求医，受的是内伤。

鹿克犀道："我们不是来求医，是来会友的。"门公道："会友，会什么友？"心想："三爷的朋友我都知道，就没见过你这个人。"

鹿克犀道："你告诉三爷，就说他一位姓李的老朋友的儿子要见他。"

那老门公又道："咦，你这话我可有点弄不清楚。你是那个姓李的儿子吗？看来你好像不只五十岁了。我们三爷怎能和你的爹爹是老朋友？"

鹿克犀道："哎呀，你老人家怎地这样缠夹不清。不是我，是这孩子。"

那门公打量着李光夏，道："这孩子怎么样？"鹿克犀道："他姓李，我姓鹿。他才是你们三爷那位好朋友的儿子，他的爹爹不幸死了，无依无靠，故此我特地带他来投靠你们三爷。你明白了不？请你将我那番话禀报三爷，他自然会知道的了。"

那门公眨眨眼睛，似乎露出一丝吃惊的神色，道："好，你等一会儿吧。”过了一会，那门公出来将门打开，说道：“三爷答应见你们了，请进来吧。”

鹿克犀心情很是紧张，拉着李光夏的手，走进程家，那门公笑道：“鹿先生，你倒是很疼爱这个孩子啊，像三岁小孩一样宝贝他。你和他爹交情一定很好的了？”

鹿克犀心头一凛，想道：“我也是太紧张了，待林清露面，我再扣着他脉门也还不迟。莫叫程家的人看出破绽，那就弄巧成拙了。我与他寸步不离，也不怕他逃得出我的掌心。”当下装作漫不经意地随口应道：“是啊，我最喜欢聪明伶俐的孩子。”他答复了前面的一个问题，后面的那个问题则不置可否了。

老门公带他们进了客厅，说道：“你们请坐会儿。”给客人倒了两杯茶便退下去。

鹿克犀小声说道：“夏儿，记住。在你林伯伯出来之前，你不可离我半步。”他与李光夏同坐在一张长椅上，虽然不再扣着他的脉门，但只要一伸手就可抓着他的要害。

过了一会，只听得“唧唧”声响，一个年约五十左右浓眉大眼的汉子，手里玩着两枚铁胆，走了进来，很似个老武师的模样。鹿克犀忙站起来道：“三爷，你好。我带了你的侄儿来拜候你啦！”

那汉子似有点诧异神气，道：“我的侄儿？嗯，你爹爹是谁？”

李光夏道：“我爹爹是李文成。程伯伯，我有为难之事要求求你。”

鹿克犀心道：“什么为难之事？这孩子简直不懂说话。”忙接过口道：“是呀，他爹爹不幸惨死，程三爷，这消息想必你已知道的了？他——”

那汉子忽道：“且慢，这是怎么回事？你爹爹叫什么？哦，李、李文成，这名字我连听也没听过。我不认得你的爹爹，你们弄错人了。”

此言一出，一老一小都是愕然，李光夏心思灵敏，立即想到：“是了，程伯伯不认得我，他不知我是真是假。唉，可要怎样才能使他相信呢？”

鹿克犀着急道：“天理教的李舵主，李文成，三爷，你怎能不知道？”那汉子变了面色，说道：“什么天理，良心？我是正正当当人家，从不与三教九流的人物来往。你们上错门了，请往别处找吧。”站起来就端起茶杯，这是送客的表示。

李光夏人急智生，忽地站起来嚷道：“专等北水归汉帝，大地乾坤一代传。”他手上端着一杯热茶，往后一摔，瘦小的身躯，就似弹弓一样射了出去。

那汉子怔了一怔，叫道：“你说什么？”鹿克犀被热茶泼了满头满面，这一下大出他意料之外，一抓抓空，李光夏已在地下打了个滚，滚到那汉子的脚边，叫道：“程伯伯救我！”

李光夏说的这两句话乃是天理教的联络暗号，但必须总舵的各香主和各地的分舵舵主才知道的，这汉子却不知道。但他虽不知道，见了李光夏如此情形，也不禁吃了一惊，心道：“莫非真的是李文成的孩子？”

鹿克犀一声大吼，跳起来便朝着李光夏的背心大穴抓下，李光夏打了个滚，从那汉子的胯下钻过。那汉子的两枚铁胆也已飞了出去。

鹿克犀双掌拍出，那两枚铁胆给他拍落，鹿克犀心中一松，“原来程百岳的武功不过如此！”呼的又是一掌拍出，那汉子叫道：“三爷，快——”话犹未了，双掌相交，“蓬”的一声，那汉子禁不起鹿克犀的掌力，已是倒在地下，七窍流血。

李光夏吓得魂飞魄散，他曾听得他父亲说过，说这位程伯伯的武功与他不相上下，这才敢将鹿克犀引到程家的。想不到程百岳竟是如此不济，只一掌就给鹿克犀打得重伤，死多活少。李光夏哭喊道：“程伯伯，想不到我倒是害了你了。”

鹿克犀哈哈笑道：“你这小鬼，胆敢骗我！”李光夏退到墙边，无路可走，眼看就要给他手到擒来。

忽听得轰隆一声，窗子飞了半边，有人跳了进来，喝道：“住手！谁敢在我程家撒野！”

原来这个人才是程百岳，刚才那个汉子不过是他的管家。要知程百岳乃是天理教的分舵舵主，身份也是不能暴露的，他未见过李光夏，当然害怕是有人故意布下圈套，随便带一个孩子来冒充是李文成的儿子，套他的口风。所以他不敢露面，却躲在窗外面偷听。鹿克犀、李光夏一直把他的管家当作是他，他更以为是假冒的了。

想不到程百岳太过小心谨慎，却错过了时机。本来他的武功是在鹿克犀之上，若然他不用管家冒充他的话，李光夏一挣脱了魔掌，鹿克犀则只有遭殃的份儿，但如今却是慢了一步。

且说程百岳一拳击破窗子，飞身跳入，鹿克犀已是一把揪着了李光夏的胸口，李光夏张口一咬，咬得他手背鲜血淋漓，但仍是给他紧紧揪住了。李光夏的麻穴被他指头按住，浑身不能动弹。

程百岳一拳击下，鹿克犀反手一推，拳掌相交，鹿克犀给震得倒退数步，胸口如受铁锤，“哇”的一口鲜血喷了出来，但他仍然是紧紧揪住了李光夏未曾放手。

程百岳这一招是“双龙出海”，右拳击出，左拳跟着打来，鹿克犀一个转身，把孩子挡在面前，迎着程百岳的拳头，喝道：“姓程的，你打吧！”

程百岳知道是李文成的孩子，这一拳如何还能打下？

鹿克犀抹干净了嘴角的血迹，哈哈笑道：“你这小鬼好厉害，但毕竟还是逃不出我的掌心。程百岳，咱们可以好好谈了吧？你要这小鬼活呢，还是死呢？”

程百岳愤然道：“你敢动他一根毫发，你也别想活着出去。”

鹿克犀笑道：“这么说，你是要他活了。成呀，咱们做一桩交易吧？”

程百岳道：“这孩子的性命在你手中，但你的性命也在我手中。你放了这孩子，我也放你。这样交易，总公平了吧？”

鹿克犀冷笑道：“我怎能相信你的说话？”程百岳怒道：“程某是何等样人，岂能骗你，我把你送出大门，你把这孩子放了，如何？”

鹿克犀笑道：“即使你不骗我，也没那么容易！”程百岳道：“你要如何？”鹿克犀道：“你把天理教的总教主林清交出来，我要他跟我走。待林清到京师投案之后，我再放这孩子。”

程百岳道：“你见鬼么？谁说林教主在我这儿？”鹿克犀道：“李文成的孩子说的，这还有假！”程百岳道：“哦，是他说的？”他怔了一怔，登时懂得了李光夏的用意，心道："好一个聪明的孩子！"

鹿克犀冷笑道："你认了吧？这交易你是依不依从？"程百岳正在盘算如何应付，心想："却不知道这厮认不认得林教主，否则，倒可以找一个人假冒，伺机夺下这个孩子。"鹿克犀大不耐烦，说道："你交不交人，你若不肯把林清交出来，那你就随我到京师投案！"

李光夏被他揪着，挣扎不脱，但却已运气冲开了穴道，尖声叫道："你这坏家伙，你想捉我林伯伯，那是做梦！我告诉你的消息，都是假的！他不在米脂，也不在此地，我不是这样骗你，你怎肯来？"

鹿克犀气得七窍生烟，骂道："岂有此理，你这小鬼，竟敢骗我！"李光夏叫道："你这么大一个人欺骗孩子才真是不要脸！程伯伯，你不要顾我，你把他杀了！"鹿克犀见他能自解穴道，好生惊诧，忙用重手法再点了他的穴道，冷说道："你想死还不容易，可我还不想杀你呢！程百岳，你随我到京师投案！哼，拿不到顶儿尖儿的角色，拿到第二等的角色，也总是功劳一件！"

程百岳沉声说道："你别欺人太甚，你出不了这间屋子！"

鹿克犀大笑道："你想杀我？你一动手，这孩子先就没命！而且还要把你的全家杀绝，你至多是把我打伤，我依然还可以大摇大摆地走出这间屋子，你信不信？"说罢，发出了一声长啸。

不过片刻，只听得马嘶人喊，那老门公进来报道："三爷，外面来了一大群凶汉，正在打门，要你老人家出去回话！"原来是马胜龙和一班大内卫士，已把程家围住。

鹿克犀道："不到黄河心不死，现在你总该心死了吧？你随我去投案，这孩子和你家人的性命都可保全，否则，哼，哼，我的人一杀进来，你程家便是寸草不留了！"

那老门公愤然说道："三爷，把他杀了，咱们马上逃走！"原来程家因是天理教分舵所在，有一条秘密地道，可以通到外面的。

鹿克犀哈哈笑道："不错，程百岳你的本领是胜于我，但你自问能在五十招之内杀了我么？"倏地拔出鹿角叉，说道："我数到三字，你不依我的话，我就把李文成的孩子杀死，然后与你动手！一、二——”

程百岳沉声说道：“好，我随你到京师投案！”鹿克犀掏出一副精钢手铐，说道：“你叫这老奴才把你双手铐上！”那门公怆然说道：“三爷，你此去京师，无异是自行送死！”程百岳道：“老王，不必多言，快快把我铐上。走得一步是一步，这孩子真的是李舵主的遗孤。”

那老门公无法，只好含泪将程百岳双手铐上。程百岳凄然说道：“你们逃命去吧！”顾不得与妻子诀别，当下便走在前头，似犯人一样的让鹿克犀押解出去。

程百岳慢吞吞地一步步地走，鹿克犀喝道：“快些，你还在打什么鬼主意么？”程百岳道：“你急什么？我已然落在你的手里，大不了是个死字。大丈夫生为人杰，死为鬼雄，又何足惧哉？好，我就当真打个鬼主意了。”双手一抬，举起手铐，朝着自己的天灵盖就砸。

一个活的“匪首”当然要比死的价值多，鹿克犀为了自己多得功劳着想，连忙伸出鹿角叉拨开他的手铐，赔笑说道：“三爷，不是我心急，我是怕外面的弟兄等得心急，不见咱们出去，万一打了进来，毁了你的房屋，嗯，那就真是对不起你三爷的义气了。”

程百岳“哼”了一声，冷笑道：“姓鹿的，你倒是很够朋友！我是赶着脑袋走路，可用不着你假惺惺来给我担心房屋了。”

话犹未了，只听得咚咚的重物撞门之声，外面的武士果然已经在用铁锤砸打，不一会大门打塌，如狼似虎的武士一拥而入。

这帮武士由御林军副统领贺兰明率领，鹿克犀投顺朝廷，就是走他的门路，两人相见，贺兰明哈哈笑道：“鹿老大，真有你的，这小鬼就是李文成的孩子吗？”鹿克犀道：“不错，托大人的鸿福，把他拿获了。”

贺兰明道：“这大人呢？又是什么奢拦人物？”鹿克犀道：“禀大人，他是天理教武邑分舵的舵主。”贺兰明道：“总教主林清呢？”鹿克犀道：“还未查得确实消息，但总可在这一老一少的口中拷问出一些口供。”其实他已知道了林清在米脂藏龙堡这个消息，不过，他却不愿立即吐露。

贺兰明哈哈笑道：“你的功劳可不小啊！好，你们搜屋，看看还有什么党羽，将这人的家小也一齐捕了！”

程百岳的家人早已从地道中逃走，武士们搜遍了每个角落，连人影也不见一个。鹿克犀道：“依我看来，还是将这两个犯人火速押解京师紧要。这姓程的倔强得很，在此拷问，急切间只怕难以拷出结果，反要拖延时候。他的家属党羽，慢一步再行缉捕也还不迟。”贺兰明也怕夜长梦多，出什么意外，当下传令道：“好，马上起程，放一把火将他家烧了！”

鹿克犀会合了这班武士，对程百岳可就不再客气了，给他又加上了一副重重的脚镣，就由马胜龙牵着他走。

不一会火光大起，村邻们见是一群军官所放的火，哪里敢来相救。贺兰明、鹿克犀等人哈哈大笑，在烟火弥漫之下，这才似一群野兽般的呼啸而去。

鹿克犀得意之极，与贺兰明并辔同行，一路夸说自己如何机智，如何英勇，独自破获了天理教的武邑分舵。当然他在夸功之时，也没有忘记给贺兰明捧场，多谢贺兰明赶来相助，两人彼此吹捧，皆大欢喜。

可是他们也没有得意多久，就在刚刚走出村头的时候，猛听得马铃声响，只见官道上尘沙滚滚，几骑快马疾驰而来，“呜”的一声，远远的就射来了一枝响箭。

鹿克犀刚才在程家给程百岳打了一掌，虽然伤得不重，亦已颇损元气，他又要“照顾”李光夏，生怕响马冲来，交手不便，连忙抱着李光夏跳下马背，让贺兰明这班人上前抵挡。

转瞬之间，那帮“响马”已经来到，七骑马，八个人，其中一骑，是一个青衣汉子和一个小姑娘合乘的。

贺兰明手下共有十三人之多，还未算马胜龙与鹿克犀在内，他一见对方只有八人，其中一个还是个乳臭未干的小姑娘，哪里放在眼内？当下哈哈大笑，喝道：“哪里来的瞎了眼的强盗，敢来挡道？你可知你老爷是什么人？”

贺兰明丝毫不以为意，鹿克犀却是大吃一惊，他认得那青衣汉子和那小姑娘，昨晚在古庙里一场恶斗，羊吞虎给那青衣汉子打得重伤，武功之高，鹿克犀是亲自见过了的。如今他们和这许多人堵住道路，分明是寻仇而来。而这帮人也分明不是普通的响马！

那青衣汉子喝道："谁管你是什么人？给我滚开，我找的不是你！你在此碍我手脚，那就是你自找晦气了。"贺兰明大怒，正要发作，忽听得那小姑娘银铃似的声音说道："喏，这马面汉子就是昨晚要杀我的那个贼人。"

她话犹未了，那帮"响马"中突有一人自马背上飞起，俨如饥鹰扑兔，自空掠下，张手朝着马胜龙便抓！

马胜龙已勒着坐骑，人未离鞍，连忙一刀劈出，这一刀是向对方抓来的手臂斫去的，那人身子悬空，无可闪避，依武学的常理而论，他一条臂膊，非给这一刀斫掉不可。

哪知这人的身手快到了极点，人在半空，毫无凭借，突然翻了一个筋斗，倏地便是一脚踢出，"当"的一声，把马胜龙那口长刀踢得飞上了半空！他翻了一个筋斗，仍然是头下脚上，姿势未改，一抓之下，恰好抓着了颈背厚肉，将他提了起来，这几下手法干净利落，快如闪电。贺兰明未及过去相助，那人已把马胜龙揪下了马背。

那汉子揪着马胜龙道："华姑娘，你说要如何惩罚？"那小姑娘道："姑念他没有斫伤我，饶他一命，把他的双手断了！"那汉子道："是！"只听得"喀喇""喀喇"两声骨头碎裂的声响，马胜龙的两条手臂已被那人硬生地拗折！

鹿克犀吓得魂飞魄散，正想带了李光夏悄悄溜走，程百岳忽地大喝一声，提起脚镣朝着他猛地便扫。

原来程百岳的脚镣本来是抓在一个武士手中的，那武士看了这一幕血淋淋的惨象，也正自吓得目瞪口呆，程百岳就趁此时机，一个转身，运用腰力，反而把他掩倒，将脚镣抓了过来。

鹿克犀做梦也想不到程百岳戴着脚镣手铐，竟会突然向他发难，冷不及防，这一下打个正着，登时将他的手背打得血肉模糊，不由得他不放松了李光夏。

就在这时，那小姑娘清脆的声音又在叫道："那小哥儿是救我的恩人，谁敢动他一根毫毛，你们替我把他杀了！”

贺兰明又惊又怒，喝道：“李大进，你们五人把这死囚抓回来。其他的人随我杀贼！”李大进是御林军的一个队长，武功甚高，这次率领了五名军官，会同贺兰明办案，做他的副手。李光夏穴道未解，鹿克犀虽然松开了手，他仍然不能动弹。贺兰明心想有李大进和五个御林军官，去对付一个戴着手铐脚镣的犯人和一个不能动弹的小孩子，自是可以手到擒来。

那青衣汉子冷笑说道：“你这个狗官，真是不知死活！”把手一挥，七骑八人都冲了过来。

有两个军官，正要去抓李光夏，李光夏是倒在地上的，他们正自弯下了腰，那青衣汉子喝道：“给我躺下！”人未离鞍，十数丈外，倏地就发出了两枝透骨钉，无声无息地射了过来，正好一个一枚，射中了那两个军官“笑腰穴”，那两个军官倒在地上打滚，纵声狂笑，笑得惨厉之极，先是狂笑，继而变成了嚎叫，终于气绝！

另外三个军官围攻程百岳，程百岳戴着手铐，双手被铐在一起，只有手指还能使力，但他是练过金刚指的功夫的，只用指力，使动那条脚镣，仍然是舞得呼呼风响，不亚于一条铁鞭。那两个军官迫切之间，竟是近不了他的身子，转瞬间，那青衣汉子和那小姑娘已然飞马来到。那青衣汉子道：“这犯人却不知是什么身份，你去问问这小哥儿，看看是不是他的朋友？”

原来这帮人讲究的是恩怨分明，却不理是非曲直，是介乎正邪之间的一帮人物。他们既不同于侠义道的路见不平，便即拔刀相助，对国家大事，也是不闻不问；但又不同于助纣为虐的邪派之滥杀无辜。只要你不犯他，他也不会犯你。李光夏是那小姑娘的恩人，所以围攻李光夏的那两个军官，都被青衣汉子用透骨钉杀了；而围攻程百岳的那三个军官，青衣汉子却不去犯他。

那小姑娘笑嘻嘻地将李光夏扶了起来，说道：“昨晚你救了我，如今我来救你了。喂，这戴着脚镣手铐的汉子是什么人？与你是有恩还是有仇？”

李光夏被鹿克犀用重手法点了穴道，不能动弹，也不能说话。围攻程百岳那两个军官却不知道他不能说话，见那青衣汉子手段如此厉害，怎还敢等待李光夏回答那小姑娘，只恨爹娘生少了两条腿，慌忙逃跑。

贺兰明大怒，纵马过来，青衣汉子一抖手发出了六枚透骨钉，分打他上中下六处穴道。贺兰明武功远在这班武士之上，冷笑喝道：“米粒之珠，也放光华！”他使的是一条软鞭，软鞭一卷，只听得叮叮之声，不绝于耳，青衣汉子所发的六枚透骨钉，都给他的软鞭打落。

那小姑娘抱着李光夏一个打滚，贺兰明的软鞭卷了个空，啪哒一声，打得泥土飞溅。那小姑娘叫道：“这臭贼好凶，刘大叔，你来！”

贺兰明身为御林军副统领，第一次被人骂作了“臭贼”，又是好气，又是好笑，说道：“臭丫头，你如此护这小子，那就和这小子都随我上京去吧。”软鞭一抖，驱马赶上，便要将她也卷起来。

猛听得一声喝道：“大胆狗贼，你敢伤了我家小姐，我要你碎尸万段！”声到人到，使的也是一条软鞭，马上马下，两条软鞭登时交起手来。

贺兰明在这条软鞭上有二三十年的苦练之功，在鞭法上极为自负，哪知这汉子比他更胜几分。只见他软鞭一抖，笔直得就似一杆长枪。武学有云：“枪怕圆，鞭怕直。”软鞭若能使得像长枪一样圆直自如，功力之深，自是非同小可！

贺兰明心头一凛，只听得啪的一声，两条软鞭已是缠在一起。那汉子喝道：“撒手！”贺兰明用力一夺，放马便跑，要想把那人拖倒地上，哪知这人气力大得出奇，贺兰明的坐骑竟给他拖得反而倒退几步！

贺兰明玄功内运，力贯鞭梢，要把那姓刘的汉子甩开，哪知双方真力一较，贺兰明终是逊了一筹，只听得“卜勒”一声，贺兰明的软鞭虽未至于给他夺去，却已断为两截！

他的软鞭一断，对他倒是很有好处，那汉子不能再拖住他的坐骑了。贺兰明的坐骑是匹久经训练的战马，阻力一去，登时发力狂奔，四蹄如飞，绝尘而去。

主将一跑，这群武士齐发一声喊，登时也一哄而散。小姑娘这帮人也不去理会他们。

只有那鹿克犀来不及上马，走得不远，给那青衣汉子一把揪住。那青衣汉子道：“华姑娘，这个人是昨晚那三个恶贼中的一个，杀是不杀？”

那小姑娘无法解开李光夏的穴道，正是没甚心情，看了一眼，淡淡说道：“这个人昨晚没和咱们动手，这小哥儿又是叫他做伯伯的，看来似乎还是好人，放了他吧。”

那青衣汉子道：“对，他也是受了伤的，杀之不仁。好，便宜你了，滚吧！”

程百岳连忙叫道：“放不得，放不得！这厮最为刁滑，正是罪魁祸首。今日之事，就是他搅起的，他胁迫夏侄，串通了朝廷鹰犬，要捉拿林教主的，你们还未知道呢。”

程百岳只道这帮人是江湖的侠义道，和李文成一定有深厚的交情，所以才兴师动众，救他儿子，即使不认得林清，但一说起林教主来，他们自必明白。

哪知程百岳是完全猜度错了，那姓刘的汉子是小姑娘家的管家，这帮人以他为首，冷冷说道：“我不管你们的什么教主的闲事。我家的小姐说要放了，你就不用插嘴！”程百岳是个响当当的汉子，当然也有几分傲气，几曾受过人如此奚落？只因这帮人是救李光夏来的，他才不便发作，但也不愿再说话了。鹿克犀在他们争论的时候，早已跳上马背，急急忙忙地跑了。

那青衣汉子道：“小张，借你的缅刀一用。”突然来到程百岳面前，刷刷两刀，将他的脚镣手铐斩断，说道：“我不问你犯了何事，你也不必问我来历。瞧你似乎也是一条汉子，我给你除了镣铐，你也走吧！”

程百岳道：“这李家的孩子呢？”那青衣汉子道：“这小哥儿于我家小姐有恩，我们将他带回去，我们的主人自会安置他，你不用操心了。”

程百岳怔了一怔，叫道：“不行！”那青衣汉子道：“为何不行？”程百岳道：“我是他爹爹的好朋友，他本来是要投靠我的。你们不能将他带走！”

那青衣汉子道：“我们可不能听信你一面之词。咦，这小哥儿怎么老不说话？”那小姑娘道：“安大叔，你过来看看，他似乎是给人点了穴道，我解不开。”

鹿克犀是“祁连三兽”之首，武功不算很高，但点穴却是独门手法，另有一功。尤其他因为第一次用普通的点穴法被李光夏自行解开了穴道，第二次就改用了重手法，这就更难解开了。

小姑娘的那帮人围拢过来，端详了好半天，连李光夏被点的是哪一处穴道都不敢判定，“解穴”是不能凭着胡猜，轻易尝试的，他们没有办法，唯有面面相觑。

程百岳也不敢尝试，冷冷说道：“这就是姓鹿那厮下的辣手，可惜却给你们放走了，要不然倒可迫他解穴。”

那姓刘的管家在这帮人中武功最强，他虽然也不敢判定所点的穴道，但却看出是重手法点穴，当下“哼”了一声，说道：“人家已经走了，无法与你对证，你冷言冷语，也是无补于事。哼，不过是重手法点穴罢了，谅也还难不倒我们。我自有办法解穴，咱们走吧！”那小姑娘很不放心，说道：“刘大叔，你当真有办法解穴，那何不现在……”

那姓刘的汉子本不愿在外人面前露出自己的短处，但给小主人一迫，却不得不说实话道：“重手法点穴，过了十二个时辰，效力便要大减，那时我只须给他推血过宫，被封的穴道便可以自行解开了。”

程百岳一再被那些人奚落，不由得心头火起，这时见那姓刘的汉子已把李光夏抱上了马背，急得大叫道：“喂，你们怎可如此不讲道理？”

那姓刘的汉子道：“谁知道你是什么人？你别再啰唆啦。”那青衣汉子道：“不错，昨晚那几个恶贼，这小哥儿还叫他们做叔叔伯伯的呢，还不是一样的没安着好心肠。”言下之意，竟似对程百岳也隐隐含着猜疑。

李光夏心中着急得不得了，却苦于没法张口说话，只能对那小姑娘直眨眼睛。

那小姑娘道：“李家哥哥，我不知道你想说些什么。好吧，看在这人很是舍不得你，就让他与你一同到我家来吧。”

那姓刘的汉子忙道：“咱们家里怎能容许外人胡乱来的？他可不比这小哥儿，这小哥儿于你有恩，带回家去，在你爹爹面前还好说话。带这样一个大人回去，你爹爹不打断他双腿才怪。那时，你想给他恩典，反而是害他了。”他把允许外人到他主人家里当作“恩典”，这话一说，直把程百岳气得七窍生烟。正是：

主子骄狂奴也妄，家规太不近人情。

欲知后事如何？请听下回分解。

第十三回　遍觅孤雏存友道
驱驰千里护英豪

姓刘的身份乃是管家，这小姑娘也不敢不听他的说话，于是说道：“我要他与我作伴，我当然不会亏待他的，你放心好啦。刘大叔是我们的管家，他不招待你，你强求也没用的。”

那青衣汉子道：“走吧，你爹爹等着你呢。”程百岳大怒道：“谁稀罕到你们家里？我是要这孩子留下！”那姓刘的汉子抱着李光夏早已坐在马背，这时正要放缰纵马，程百岳猛地向前一跃，伸手便要把他拉下马来。

那汉子怒道：“你真是不知天高地厚，要找死么？”挥动马鞭，刷的一鞭打下。程百岳就用那条脚镣作为武器，横扫过去。

那汉子长鞭挥舞，矫若游龙，程百岳连着两鞭，猛地一声大喝，铁链一收，把他的马鞭卷住，双方功力相若，那汉子没有给他拉下马来，但他的坐骑却也迈不开脚步。

程百岳跟着那匹马走了几步，那青衣汉子拨转马头，笑道：“我们的小姐肯要这小子作伴，那就是他天大的造化了。即使你的说话都是真的，你也该为你的世侄庆幸才是，没的却来歪缠，好，你这条脚镣是我给你斩断的，现在再给你补一刀吧！”缅刀劈下，“咔嚓”一声，那条铁镣，只剩下短短的几寸还在程百岳手中，刀锋几乎是贴着他的掌缘削过，却没有伤着他。那小姑娘拍手笑道：“安大叔，好刀法！”

程百岳一被甩开，那七骑马坐着七个大人、两个孩子已是疾驰而去。远远的只听得那“安大叔”笑道：“这孩子看来倒是有点来历。江海天今早也曾和我歪缠了一气，说来说去。也就是要打听这个孩子。嘿嘿，我连江海天都不卖账，还管他什么林教主、木教主?”

程百岳吃了一惊，心道：“他们说的不是江大侠吗？江大侠怎么也要找这个孩子？这帮人个个武功高强，我追上去也没有用。也罢，待我安顿了家人，且上山东杨家庄去走一趟。向江大侠打听打听。我与他虽然素不相识，但江大侠素重江湖道义，说起来他多半会给我帮忙。”

程百岳回到村子，只见他那几间房子已是烧成了一堆瓦砾，火还没有熄掉，邻居们正在救人，见他来了，围上来连忙问长问短。程百岳无暇多说，找着了一个天理教的弟子，请他给自己的家人通报消息，便即匆匆离开。

正行走间，忽见两骑快马旋风般的疾驰而来，程百岳暗暗喝彩：“好两匹龙驹！咦，难道是那些人又回来了?”

心念未已，那两骑快马已停在他的面前，一个神态威严的中年汉子和一个眉清目秀的少年跳下马来。程百岳大吃一惊，那少年也还罢了，那中年人目蕴神光，程百岳是个武学行家，一看就知对方是个英华内敛、武功极高的人物。

那中年人打量了程百岳一下，也有一丝诧异的神色，便即抱拳说道：“萍水相逢，请恕冒昧。我想向老哥打听一件事情。”程百岳道：“请说。”

那中年人道：“有这么样的三个大人和一个小孩子，骑着马的，不知老哥可曾遇见。”他说的那四个人形貌，正是“祁连三兽”和李光夏。

程百岳心中一动，连忙问道：“阁下可是山东江大侠?”那中年人道：“不敢，小可正是江海天。阁下想必是武林同道，未曾请问高姓大名。”

原来江海天与叶凌风师徒二人看见此处村庄白日起火，江海天凭着他的江湖经验，料想此处定是出了些意外事情，故此赶来看个究竟，希望打听到一些有关消息。想不到无巧不巧就在半路上遇上了程百岳。江海天也看出了他内功颇有基础，而且从他满身尘土和疲惫的神态看来，还可以断定他刚在不久之前，曾和人动手打过一场。因此江海天才会下马问他。

程百岳又惊又喜，报了姓名，说道："江大侠，我正要找你！"当下将他所遭遇的事情，一一都对江海天说了。江海天也将李文成辗转托孤之事告诉了他。

江海天道："那帮人走了多久？"程百岳道："大约一个时辰，是向这一条路走的。这帮人凶得很，他们一定要把夏儿带回家去，说是要给他们的小姐作伴。"

江海天道："我知道这帮人，拼着得罪他们的主人，我把夏儿夺回便是。"程百岳道："好，若有消息，请江大侠托人告知米脂藏龙堡的张士龙张堡主。祝江大侠马到成功，寒家已被朝廷鹰犬焚毁，此地是不能久留的了。"两人便即匆匆别过。

江海天已把事情一力承担，程百岳当然是非常放心，心想他是天下第一高手，要夺回一个孩子那是易如反掌，"夏儿得他收为徒弟，也无须我再为他顾虑了。"但他自己的身份已经泄漏，可不能再在武邑等待江海天的消息。因此他遂临时改变计划，改赴米脂，找他们的教主林清，禀报李文成父子的消息。

按下程百岳暂且不表，且说江海天、叶凌风师徒二人，别过了程百岳之后，便即快马加鞭，向他所指点的那条路追去。沿途果然见有许多凌乱的马蹄脚印，细心察视，看得出这个马帮有七八骑之多，与程百岳所说的马匹之数相符。

江海天放下了心。要知他们师徒二人的坐骑乃是日行千里的骏马，那帮人走了不过一个时辰左右，江海天满以为至多在黄昏之前便可赶上。

哪知到了一个三岔路口，他们一路上追踪的那些蹄印突然一个都不见了。叶凌风不觉愕然，说道："这些人会变戏法不成？为什么一到此地便即消失？"

江海天究竟是个江湖上的大行家，稍稍一想，便明其理，说道："这帮人大约也已料到我来追踪他们，使了一点狡计。想必是用厚布包了马蹄，所以地上没留痕迹。"

叶凌风道："这里是一条三岔路，咱们摸不准他们走的哪一条，说不定前面岔路之中又还有岔路。这可是很难追踪啊！师父，依我之见——”江海天勒住坐骑，说道：“你是怕难了？”

叶凌风嗫嚅说道：“弟子不是怕难，但我想——”江海天道：“你想什么？爽爽快快说吧。”

叶凌风道：“我想那小姑娘是为了报恩，才要她家的仆人将李师弟带回去的，一定不会将李师弟为难，那青衣汉子也曾与师父说过，他回去就要禀报他的主人，转达师父想与他会面的心意。天下谁不想结识你老人家，料想他家的主人一定会带了李师弟前来拜访师父。我想咱们与其茫无头绪地去追踪，不如回家等候他来拜访还稳当一些。”

原来叶凌风是有他自己的打算。他这次跟随江海天出来，一心以为师父会带他去认识江湖上的成名人物，哪知师父日夜赶路，一路上根本就没有拜会过一个武林同道。如今风波叠起，枝节横生，又不知何日方能找到李文成的孩子，一同回家。这么一来，夜长梦多，叶凌风可就放心不下在江家养病的宇文雄了，他怕的是宇文雄在江家与江晓芙朝夕相对，莫要在他回去之前，宇文雄已先获得了江晓芙的芳心。

叶凌风主张回家等候，实是存着私心，不过说来也未尝没有理由。但江海天想了一想，却仍是说道：“不行。在家里等他送上门来，希望究属渺茫，还是继续追踪的好。”

叶凌风好生失望，嘀咕道：“就这样茫无头绪地去追踪么？”江海天道：“也不见得就是茫无头绪，那帮人有七八骑之多，咱们沿途打听，总可以得到一些线索。李文成托孤于我，我若不能将他的孩子早日找回，总是不得安心。”

叶凌风不敢再说，只好跟随师父。师徒二人先走右边这条小路，走了五十余里，问过好几个过路客人，也曾向路边的茶亭伙计打听，都说没有见过这一帮人。江海天折回来再走中间这条路，走了十多里，问过几个路人，有的因为不知他的来历，怕惹事而不敢说，最后问到一个在田中耕作的农夫，才打听得确实的消息，那帮人是在正午时分从这路上经过的，这时已是将近黄昏了。

晚上不好赶路，也无法找人打听，江海天只好到镇上一个客店投宿，第二日绝早起身，再一路追踪，走了不久，果然又碰上了岔路。

以后一连多天，都是类似的情形，待打听得那帮人确实是从那条路经过时，相距的时间已是越来越长。他们师徒二人从直隶西南角进入山西，打听到的消息，那帮人已是在五天之前，就从这条路走过的了。

但这也还有线索可寻，不幸又过了几天，进入偏僻的山区，却再也打听不到那帮人的消息了。叶凌风旧话重提，说是追踪无望，劝他师父不如回家。江海天叹口气道："换一条路走，过几天再说吧。大同是北丐帮总舵所在，咱们可以到那里请仲帮主帮忙打听。"江海天至此亦有点灰心，心中只存着一个希望了。

这一日他们正在路上行走，忽见前头有两匹快马，跑起来四蹄如飞，看来也是两匹罕见的千里马。

江海天道："这两匹骏马的主人定然是不寻常的人物，咱们追上去看看。"他们师徒二人所乘的白龙驹与赤龙驹甚具灵性，见了同类的骏马，起了争胜之心，不待主人鞭策，便放尽脚力，向前追赶。但也要过了约莫一支香的时刻，双方的距离才渐渐拉近。

江海天这时正是看得分明，不觉吃了一惊，原来骑在马上的乃是两个军官。马蹄上有烙印，江海天曾见过御马，他眼光锐利，只一瞥就认得这是大内的钤记。江海天心道："这两个人坐的御马，一定是大内派遣出来的高手无疑。这可不方便向他们打听了。他们如此匆匆赶路，不知是为了什么紧要的事？"恰好就在此时，那两个军官在马上交谈，有几句话语断断续续地飘进江海天的耳朵。

只听得其中一个军官道："那独角鹿的消息不知可不可靠？"另一个军官道："不管是真是假，咱们也总得缚住那条孽龙。然后，——"说至此处，江叶两骑马已赶了上来，那两个军官愕然回顾，话声也倏然而止。转瞬之间，江叶二人的坐骑一阵风似的就过去了。那两个军官不禁失声叫道："好两匹宝马！"

江海天听到了这几句断断续续的对话，不由陡地疑心大起，暗自想道："他们所说的独角鹿，想必是一个人的绰号。'祁连三兽'中的鹿克犀额角凸出一个肉瘤，莫非说的就是他了？夏儿已给那帮人抢去，这消息官家早已知道，那鹿克犀所报的又是什么消息呢?还有，那条孽龙又是指谁?”

这时他师徒二人的坐骑早已把那两个军官远远甩在背后，江海天暗暗后悔，心道:“早知如此，不如在背后跟踪他们。等待机会查个水落石出。”要知江海天的坐骑已经显示出它的脚力，倘若此际江海天勒住坐骑，策马缓行，等候他们，那就太过着了痕迹。

鹿克犀是主谋诱骗李光夏的人，虽然他如今已是给另一帮人抢去，但有关鹿克犀的消息也还很可能牵连到李光夏。江海天好不容易才发现这一丝线索，焉肯放过?

江海天本是不善于作伪的诚厚君子，但人急智生，却也给他想出了“笨”方法来。

在马行如飞之际，江海天突然“啊哟”一声，假装失足坠马，摔出了数丈开外。他那匹赤龙驹久经训练，见主人坠马，便即放慢了脚步，走到江海天身边。

叶凌风大吃一惊，连忙也勒住坐骑，过去看他师父。他是个绝顶聪明的人，一惊之后，随即起疑，师父的武功、骑术，都是人所罕及的，怎的会突然坠马了?问道:“师父，你怎么啦?”江海天道:“还好，摔得不算很重。”

那两个军官的坐骑，比不上他们师徒二人的神骏，但也相差不远，不过一会，就赶了上来，见此情状，哈哈大笑，说道:“你这匹坐骑虽然不错，但脾气却似乎很是凶呢，哈哈，好马也要选择主人，看来它是不服你骑。”他们的坐骑跑得很快，说了这几句话，也就早跑出了一大段路程了。江海天假装哼哼唧唧，也没有回答他们。

此后，江海天就控制坐骑，不让它跑得太快，也不让它太过落后，黄昏时分，那两个军官进入一个小镇投宿，江海天也跟着进去。

那两个军官刚在客店门前下马，见江叶二人也跟着来到，微有诧意，说道:“你们的坐骑倒是跑得很快啊。你没有摔坏吗?”江海天道:“托赖，托赖。还好，还好。”

客店的主人见有军官来到，慌忙出来迎接，百般奉承。那两个军官大剌剌地说道：“把我们的马匹好好洗刷，好好照料。我们明日一早便要起程。”那店主人应道：“是。”上去牵马。江海天道：“我们这两匹马不用洗刷，你只须给我喂饱它草料便是。”

那店人也稍稍懂得相马，不觉有点踌躇，说道：“我们的马厩地方不大，你们四匹马同在一起，若是其中有一匹发了脾气，踢坏了另一匹，这个，小的可担待不起。”高的那个军官哈哈笑道：“不要紧，我的马若给踢伤，就把他的赔给我便是。这也是两匹好马，应该给他好好照料。”

江海天心里暗暗好笑，“原来你们是在打我这两匹马的主意。”那店主人见军官如此说了，方敢收容江叶二人的坐骑。

待到三更过后，江海天悄悄起床，吩咐叶凌风道：“我去去就回。若是有什么响动，你立即出声。”

江海天的轻功已到了炉火纯青的境界，神不知鬼不觉的就到了那两个军官的窗外偷听。

许久都不听见声息，江海天心道：“难道他们睡着了？好，既是听不到什么，我索性进去点了他们的昏睡穴，搜一搜他们身上带有什么公文。”

正想付之行动，忽听悉索声响，一个军官道：“咦，你也没睡着？”另一个军官笑道：“彼此，彼此。陆兄，有件心事我委决不下，咱们斟酌、斟酌。”

那姓陆的军官小声道：“李兄可是担心咱们这次藏龙堡之行？”那姓李的军官道：“就是呀。你说，咱们明天是赶路还是不赶？”

那姓陆的军官道：“我不很明白你的意思。赶又怎样，不赶又怎样？”

那姓李的军官道：“若是放尽咱们坐骑的脚力，三天之后，便可赶到米脂。但是，其他几路未到，只是咱们两个人，这个，这个——”

那姓陆的军官道：“我明白了，你是担心降伏不了那条孽龙？”

那姓李的军官道：“张士龙虽是名震西北，我还不怎么惧他。我担心的倒是林……”他的同伴忙道：“嘘，小声，提防隔墙有耳。”江海天听到一个“林”字，不觉心头一跳。

要知江海天交游广阔，武林中稍微有点来头的人物，他几乎无不知晓。听了这话，不觉心里想道：“原来他们所说的那条‘孽龙’乃是米脂张士龙。张士龙以霹雳掌与乱披风拐法称雄陕甘道上，在江湖人物中，也算得是一等一的高手了。这两个军官不惧张士龙而惧一个姓林的，这人的身份、武功当然应该是远远在张士龙之上，哎呀，不妙，具有这样身份武功而又是姓林的江湖好汉，除了天理教的教主林清之外，那还有谁？”

江海天竖起耳朵细听，只听得那姓李的军官笑道：“谁敢到此偷听？凭着你我听风辨器的本领，即使有行人到来，难道咱们还会听不到声息？”那姓陆的道：“总是小心的好。”

那姓李的说话不怕，到底还是听了同伴的劝告，说了一个“林”字之后，便没有把名字说出来。两人似乎是咬着耳朵说话，江海天虽然凝神静听，也听不出他们说的什么了。

过了一会，只听得那姓李的军官笑道：“妙计，妙计。陆老弟，到底你心思灵敏，咱们就依计而行。若是此计不成，再等他们来齐了动手。”听来他们似乎是计议已定，不必再咬着耳朵说话了。

那姓陆的军官道：“咱们再商量另一件事情。”姓李的笑道：“你智计过人，还有什么事情会令你为难，要与我商量？”

姓陆的道：“事情不会辣手，不过咱们还是商量一下，看用什么方法的好。”姓陆的道：“就是咱们今日所遇的这两个，他们的坐骑我越看越是喜欢。敢情比咱们的大内所饲的御马还要强得多呢。”

姓李的军官哈哈笑道：“原来你是看上了人家的坐骑。这有什么可商量的，夺过来就是了。不瞒你说，我也正有此意呢。”

姓陆的道：“那中年汉子，似乎身有武功。你看不出来吗？”

姓李的道：“我看也不会很强，他在路上不是摔了一跤吗？若然他本领非凡，焉能摔倒？”

姓陆的道：“他虽摔倒，随即就赶上来了。焉知不是假装的？而且我曾仔细注意，他双眼神光湛然，内功根底，颇似不弱。”

江海天听到这里，心里想道：“这姓陆的招子倒是很亮。且看他们要怎么样对付我？”

那姓李的却又笑了起来。

江海天破窗而入，笑道："两位大人不必惊慌，我是来和你们谈一桩交易的。"

那姓陆的军官道："李兄因何发笑?"那姓李的道："我笑你也未免太过怕事了。"那姓陆的道："我是不想多惹麻烦。"那姓李的道："你既不想多惹麻烦，我倒有个计策，咱们先礼后兵。"姓陆的道："如何先礼后兵?"

姓李的道："咱们现在就到他房中去，请他们出让坐骑，要钱就给他十两金子，要官就保荐他一个七品管带。练武的人，还有不图个功名富贵的吗？何况咱们是什么身份，这样给足了他们面子，他们还会不答应吗？万一他们不肯应承，那时再与他们说话，引他分了心神，我在旁边只要听到一个'不'字，就发毒箭杀他。"

话犹未了，只听得"砰"的一声，江海天已是打破窗子，哈哈一笑，跳了进来。

那两个军官这一惊非同小可，姓陆的跳将起来，长剑出鞘，挽了个剑花，护着自身；姓李的则嗖、嗖、嗖，接连发出了三枝毒箭。

毒箭射出，毫无声息，也不知有没有射着。只听得"嚓"的一声，江海天已经擦燃了火石，点亮了油灯，笑道："两位大人不必惊慌，我知道两位大人想要我的坐骑，我不敢有劳两位大人贵步，所以特地到来，和你们谈一谈这桩交易的。"

那两个军官惊疑不定，道："你在外面偷听了?"江海天笑道："两位大人在路上已经夸赞我的坐骑，难道我还猜不着大人的心吗?幸亏你们没有杀了我，杀了我，这桩交易就谈不成功，彼此都没有好处啦!"哈哈一笑，袖中抖出三枝毒箭，品字形地插在桌子上。

那两个军官领教了江海天接毒箭的功夫，已知道决不是他对手，连忙和颜悦色地说道："不知好汉意欲如何?"

江海天道："我不要金子，也不要七品顶戴，我还有个天大的富贵送与你们两位。"那两个军官面面相觑，心道："有这样便宜的事?"那姓陆的道："那你究竟图的什么?"江海天道："我是学成文武艺，货与帝王家。只想求两位大人带挈，让我也给皇上当差。"

那姓陆的哈哈笑道："哦，原来你是嫌七品官儿太小，要图个更大富贵。好好，我保荐你给大内总管，让你也当个内廷侍卫。你说，你有什么天大的富贵要送与我们?"

江海天道："天理教的教主林清躲在米脂张士龙家里，我一个人不敢去捉他，我愿意带你们去捕拿钦犯，这不是天大的富贵吗？事成之后，我与小徒的坐骑也让与你们，只求你们保荐，在功劳簿上也写上我一个名字。”

那两个军官吃一惊，那姓李的性情鲁莽，失声叫道：“这消息你也知道了。”

江海天道：“哦，原来两位大人就是到米脂捉拿林清的么？早知如此，也用不着我来通风报讯了。那么，咱们的交易——”

姓陆的较为沉着，说道：“壮士，你高姓大名。”江海天报了姓江，却胡乱捏造一个名字。姓陆的道：“江壮士，你武功高强，既有心给皇上当差，那就随我们去吧。”口里如此说，心里打的却是坏主意。准备在利用了江海天之后，即把他谋杀，当然在谋杀之前，还要套问他何以会知道这消息的来由。

哪知江海天也正是来套取他们的口风的，他们刚才漏出一个“林”字，但江海天还未拿得准是否林清，是以故意捏造了一番说话来试探他们。如今探出了确实的消息，还焉能放过他们？

当下，江海天仍然不露声色，说道：“多谢两位大人栽培。不过，小的还有点担心。那林清的武功实是非同小可，咱们三个人只怕还不容易对付。不知两位大人——”

姓李的道：“你放心，我们自有妙策。”那姓陆的道：“到时，你听我安排便是，现在不必多问。”

江海天见那姓陆的已似起疑，便淡淡一笑，说道：“两位大人，现在你们也听我的安排吧！”那两个军官大惊叫道：“什么，你——”话犹未了，江海天已是出手如电，根本不容他们有挣扎的机会，倏地就点了他们的穴道。

江海天笑道：“两位大人好好歇歇，过了十二个时辰，你们的穴道自会解开。”原来江海天本来要盘问他们准备用何“妙策”对付林清的，但转念一想，他们绝不会实言相告，问也无用，故此不如点了他们的穴道，自己赶在前头，先到米脂给林清报讯。他用的是重手法点穴，除非是有功力与他相当的人，方能解开，否则必须待十二个时辰之后方能自解。以江海天坐骑的脚程，十二个时辰，至少也在三百里开外了。

江海天赶忙回到自己的房间，说道："凌风，咱们马上就走。"叶凌风道："上哪儿呀?"江海天道："上米脂。"

叶凌风很不愿意，心想："这么越走越远，不知何时方得回家?"问道："什么事情?要走得如此匆忙?那两个鹰爪子呢?"江海天道："我已点了他们的穴道了。这件事，路上再与你说吧。"叶凌风不敢再问，只好匆匆收拾行装。

他们师徒俩刚走出房间，忽听得马匹嘶鸣之声，江海天吃了一惊，说道："有人盗马!"

这晚月暗星稀，江海天赶出客店，只见两条黑影，刚刚坐上马背，还未跑得几步，江海天大喝道："给我滚下马来!"呼呼两掌拍出。

他与这两匹马的距离约有十来步远，他的劈空掌力，能够打到二十步开外，还生怕用力大了，将这两个贼人打死，故而只敢用了七成力道。但虽是七成力道，料想江湖上的人物，能够禁受得起的已是没有几人。

那两个汉子也在马背上各自反手挥掌，只听得他们闷哼一声，叫道："好功夫!"但却居然没有坠马。就在这一瞬间，那两匹马已跑出十数丈之外，江海天的劈空掌力也达不到这么远了。

那两匹马走得远了。但另外两匹马却在昂首长嘶，向他跑来，江海天大喜道："原来咱们的坐骑并没有给贼人偷走，他们偷走的是那两个军官的坐骑。"

但虽然如此，江海天还是想查个水落石出，要知那个汉子能接得起江海天的劈空掌力，当然不是寻常人物，江海天必须弄清楚他们来历，看他们是友是敌。当下跳上马背，叫叶凌风道："追!"

他们这两匹坐骑起初跑得还很迅速，渐渐的就慢了下来。江海天道："不对!"连忙下马，叫叶凌风捡了一束枯枝，擦燃火石，点起火把，细心察看坐骑。

江海天毕竟是久历江湖，经验丰富，不多一会，就看出毛病所在，他坐的那匹赤龙驹是前蹄屈曲，不敢着地；叶凌风坐的那匹白龙驹则是后蹄屈曲，不敢着地。

江海天吁了口气，说道："还好，大约是中了梅花针之类的微细暗器，没有毒的。”他随身带有磁石，用磁石一试，果然在赤龙驹的前蹄、白龙驹的后蹄，各自吸出了一口梅花针。原来这两匹马性子倔强，那两个汉子拣容易降服的骑，却把这两匹用梅花针打伤。

江海天给两匹坐骑敷上了金创药，叶凌风问道：“这两匹马还能用吗?”江海天叹了口气，说道：“跑是还能跑的，但却不能像原来那样快跑了。不过，也还可以比普通的马匹稍快一些。”

叶凌风道：“既是如此，咱们还赶不赶往米脂?”江海天道：“朝廷已经派出几批高手，要往米脂缉拿林清，咱们怎能不赶去报讯？临时不能找到好马替换，但即跑得慢些，咱们也必须尽力而为。”

叶凌风吃了一惊，道：“林清？那不是天理教的总教主吗?”江海天道：“是呀！他关系重大，所以我也只好把找寻你的李师弟的事情暂且搁一搁了。”

叶凌风无奈，只好随着师父赶路。他们那两匹坐骑，在吸出梅花针，敷上金创药之后，虽然还能跑路，速度已减慢许多，他们大约是四更天离开那个小镇，到了第二日中午时分，还未走出百里之遥。那两匹马呼呼喘气，口吐白沫。

叶凌风睡眠不足，连夜奔波，亦已感到精神不济，直打呵欠，不禁说道：“师父，人纵未累，马也疲了。歇一歇吧。”

江海天不是不爱惜徒弟，也不是不宝贝坐骑，但他为了要赶往米脂，救林清的性命，却不容他在路上耽搁。

可是眼前的事实，却又确是人倦马疲，若然依旧马不停蹄，只怕人要病倒，马也累翻。

江海天好生难处，心里想道：“我一定不能让朝廷鹰犬，赶在我的前头，去害林清。还有，昨晚那两个汉子，也不知是友是敌，倘若也是去缉捕林清的，那就更是大大的不妙了。

“看情形，这两匹坐骑是必须养息几天了。但我倘若另买两匹坐骑替换，却把它们交给谁人看管？这是两匹世间难得的神驹，总不能把它们抛弃了。还有，叶凌风恐怕也受不了那么辛苦，跟我日夜奔波。”

江海天苦苦思量，终于想出了一个不得已的、但却可以三方面兼顾的办法。当下勒住坐骑，说道：“好，咱们就在这里歇歇吧。”

叶凌风用他师父所授的内功心法，坐在地上，做了一会吐纳功夫，精神大大恢复。他知道师父急着赶路，他自己虽然很不满意，但却想讨好师父，便过去察看坐骑，说道：“这两匹畜牲也似乎好了一些，师父，咱们可以再走啦。”

江海天却道：“且慢。”叶凌风怔了一怔，道：“师父有何吩咐？”江海天道：“你跟了我一个多月，我每日在路上授你的各种武功口诀拳剑招数，你都记得了吗？”叶凌风道：“我都牢牢记着了。”

江海天点点头道：“好，你很聪明，不负我立你为掌门弟子。我看你的内功也似颇有进境，但真正深浅如何，我还未能确切知道。嗯，你接我一招。”

声出掌发，来势凌厉之极，竟然是一招可以伤人立死的杀手。叶凌风大吃一惊，心道：“师父何以使用杀手试招？哎呀，难道，他，他已看出我的破绽？……”说时迟，那时快，江海天的掌心已是向着他的天灵盖拍下，叶凌风无暇思索，本能地便以全力还招，使的也是新学会的一招杀手。正是：

只缘曾作亏心事，疑鬼疑神便露形。

欲知后事如何？请听下回分解。

第十四回　独闯龙潭饶侠气
自投罗网中奸谋

双掌相交，江海天含笑说道："好，好！一个月的工夫，算得是很不错啦！"叶凌风只觉头重脚轻，似是被一股无形的潜力抛了起来，但这股力道却非常柔和，身体毫无痛楚的感觉、轻轻巧巧地落在地上，似乎只不过是给师父将他的身子搬移一个位置而已。叶凌风这才放下了心上的一块石头，知道师父是试他的功力，并非看出他什么破绽。

江海天笑道："凌风，你不用惊疑。我是故意施展杀手，试你本领深浅的。你现在大致可以接得起我两成真力，功力已是比从前增强了一倍有多了。招数还不怎么熟练，但只要碰着的不是一流高手，你也尽可以对付啦。难得你的进境如此神速，我也可以放心让你留下来了。"

叶凌风怔了一怔，问道："怎么？师父，你，你不要我跟随你啦？"

江海天道："不是我要撇开你，我只是顾惜你的身体和这两匹坐骑。前面不远就是曲沃县城，我与你进城之后，你就找一间客店住下来。待我到米脂见了林清之后，再回来与你会合。"

原来江海天打的是这样的主意，他若独自赶路，白天可以骑马，晚上可以施展轻功，以他的造诣，展开绝顶轻功，比寻常的马匹最少要快一倍。这样就可以比两人同行，多赶三倍的路程。而且可以让叶凌风与那两匹坐骑养息十天八天，这岂不是三方面都顾到了。

这个办法，正合叶凌风的心意，他心里暗暗欢喜，口头却假惺惺说道："有事弟子服其劳，师父，弟子不怕辛苦，愿在你老人家身边听候差遣。"

江海天道："你有这番心意，我很欢喜。但这两匹坐骑必须养好了伤，才能使用。我以后日夜赶路，每天最多只打坐一个时辰，恢复精力。以你现在的武功基础，你还不能跟我这样做的。所以你最好是留下来，看管这两匹坐骑，你自己也可趁此余暇，温习我传授你的各种功夫。"

叶凌风这才说道："救人要紧，弟子遵命。"

江海天师徒进了曲沃县城，江海天找了一间客店，将叶凌风安顿下来，说道："我快则八天，多则十日，便会回来。你无事不可出门，就在客店里自己练功吧。"叶凌风恭恭敬敬地连声应话。

江海天在市集买了一匹坐骑，西北各省的大小城镇几乎都有马市，多的是"口外"张家口良马，江海天又善相马，选了一匹，跑起来比他原来受了伤的赤龙驹果然要快一些。

江海天早已准备好了充足的干粮，一路不用歇息，到了黄昏时分，那匹马亦已累得口吐白沫。江海天便即弃马步行，入黑之后，路上已少行人，他施展绝顶轻功，也不怕惊世骇俗了。

似这样日夜奔驰，饶是江海天内功深厚，到了四更时分，也不禁大有倦意，于是便按照原来计划，到树林里坐一个时辰，第二日一早，到附近小镇买了一匹坐骑，补充了干粮，便又赶路。

以后每日如是，自曲沃至米脂约二千里的路程，他日间骑马，晚上施展轻功，跑了三日三夜零半个白天，第四日中午时分，到了米脂，经过小溪，临流一照，只见形容憔悴，满面胡须，便似一个刚刚出狱的囚犯一般。

江海天暗自好笑："这个样子，连我都不认得自己了。若给莲妹见到，定会吓她一跳。藏龙堡的人也不知会不会放我进去呢?"

到了米脂，心情稍稍轻松，但仍是顾不得进城理发，打听了藏龙堡的方向，便又催马赶去。

藏龙堡在米脂西北，一路走去，初时还经常碰到行人，渐渐就越来越少。江海天忙着赶路，初时也还未怎么注意，后来已到了藏龙堡所在的那条乡，想找个路人打听，不但路上没有人，目力所及的四面田野，也没发现人影，这才有点纳罕。

张士龙住的地方叫藏龙堡，这是江海天早已知道了的。但他却不知道藏龙堡的确实地址。

张士龙在米脂颇有名声，所以他第一次向路人打听之时，路人便告诉他在哪条乡，而他也以为到了这条乡之后，一问便会知道的。哪知到了之后，竟是四野无人。

江海天至此亦不禁暗暗纳罕，心道："现在虽然不是农忙时节，田野间也该有斩柴的樵子，除草的农夫，怎的却是这样冷冷清清，乡下人都到哪里去了？"

江海天在路上找不到人，正想到附近村庄，向居民打听，却忽地发现有两个行人来了。

江海天不愿耽搁时候，便迎上前去，拱手说道："两位大哥，请问张士龙张大爷家住哪里？"

那两个人见江海天形容古怪，吃了一惊，说道："你是什么人？找张大爷？"江海天不便告诉他们实话，只好扯个谎道："我是张大爷约来的，有些事情，必须与他当面言说。"

张士龙经常有江湖朋友来访，那两个乡人大约也见过类似的客人，便道："既然如此，我们便带你去吧。"

江海天道："不敢耽误两位大哥干活，请你们指点道路，我自己去就行啦。"那两人说道："也没有什么活儿好干，我们反正闲着没事。"

江海天道："我正想请问，为什么没人干活？"一人小声说道："你老是张大爷的朋友，我不妨告诉你。县里衙门传出的风声，说是有什么重要的匪人藏在我们这条乡，不日就要大举清乡。你老知道，清乡就是灾殃，拿不到'匪人'便抓百姓，小则破财，大则送命，这可不是开玩笑的。所以乡下人一听到这个消息，便都躲到外地去，要待风头过了，才敢回来呢。"

江海天吃了一惊，寻思："难道林清躲在藏龙堡的消息，这里的官府也早已知道了？但可有点不对呀，这样重要的犯人，即使他们确实已得知消息，也不会张扬出去的。这是什么道理？"

江海天惊疑不定，问道："那么张大爷还会在家吗？"那两个人道："官府从来不敢惹张大爷的。实不相瞒，这消息就是张大爷在县衙门里当差的徒弟前两天给他捎来的。张大爷叫乡人逃避，他自己要留在这儿担当。"江海天心道："张士龙的侠义确是名不虚传。如此说来，想必林清也已远离此地了。不过，既然来到这儿，总得查问个清楚。"

那两个人似是十分注意江海天的神色，江海天这时也开始注意他们，他是武学大行家，稍微注意，便看出这两人身有武功，而且颇是不弱。

江海天道："两位大哥何以不走？"那两个人道："我们是给张大爷跑腿的，又都是光棍一条，不怕牵累家人。所以我们放心跟着张大爷，他老人家不跑，我们也就不跑。"江海天心道："原来他们是跟过张士龙学过功夫的，这就对了。"

没多久，那两个人把江海天带到了藏龙堡，藏龙堡倚山修建，形势险要，气象不凡，果然似一座堡垒模样。

那两个人拉起堡门的铜环，咚、咚、咚地扣了三下，说道："有远客来啦。是张大爷约来的朋友。"过一会儿，两扇铁门打开，有个人出来仔细地打量了江海天，说道："你是我们堡主的朋友吗？堡主并没吩咐，说是今日会有客来。你尊姓大名，可否赐告？"

江海天知他起疑，便实说道："小可是山东东平江海天，有要事求见堡主。"那人"啊呀"一声，道："原来是江大侠，请稍待一会，容我进去禀报。"带他来的人也跟着进去，过了约半支香时刻，堡门又再打开。

只见一个髯须如戟的汉子大踏步走了出来，直上直下地打量了江海天一眼，伸出手来，说道："何幸得江大侠光临，有失迎迓，恕罪，恕罪，恕罪。"

江湖上的人物，见面行握手之礼，那是最普通不过的事情。江海天不以为意，伸手与他相握。双手一握，忽觉对方发出一股雄浑刚猛的力道。

江海天心道："我与他从未会过，敢情他怕是有人冒充，所以要试试我的本领。"当下默运玄功，将对方那一股雄浑的掌力，轻描淡写地全部化解，但却并不反击。

那髯须汉子只觉掌力发出，便如泥牛入海，无影无踪，吃了一惊，连忙收掌道："江大侠绝世武功，张某拜服！江湖上人心诡诈，我不能不有此一试，请江大侠不要见怪。"

江海天也哈哈笑道："张堡主的霹雳掌果然是名不虚传，经此一试，咱们是可以敞开胸怀说话了。"江海天试出了对方的霹雳掌的刚猛掌力，已知道对方一定是张士龙。

张士龙道："好，请进里面说话。"前头引路，将江海天带进密室，奉上香茶，说道："江大侠远来，不知有何见教？"

江海天道："不知林教主可在此间？"

张士龙怔了一怔，道："江大侠哪里得来的消息？"

江海天道："张堡主请勿见疑，我是专程为……"张士龙哈哈一笑，打断他的话道："我怎敢疑心江大侠，不过，这件事情，关系重大，不知这消息是怎样泄露出去的，江大侠可肯见告么？"

江海天将那晚偷听到那两个军官的谈话，告诉了张士龙，又把李光夏受鹿克犀之骗，以及程百岳的遭遇都一一说了，说道："依我猜想，这消息大约是鹿克犀从李文成孩子的口中骗取的。鹿克犀向朝廷告密，只怕在这几日之内，大内高手便要接续而来！我是专程报讯来的。"

张士龙道："唉，想不到李文成竟然遭了敌人毒手，而他的遗孤又是下落不明！"似乎他是第一次得知李文成的消息。

江海天道："逝者已矣，他的孩子暂时没有危险，以后可以慢慢访查。现在是林教主的安危紧要，听说你们这里要'清乡'，不知是否此地的官府也已得到了风声？林教主可曾远避？"

张士龙道："这个、这个……嗯，事情是有了一点变化。江大侠，请喝茶，待在下向你详细禀告。"

江海天跑了这么多路，正自感到焦渴不堪，莫说是上好的香茶，就是一碗水对他来说也是如同甘露，他说话告了一个段落之后，紧张的心情也松弛下来，当下便揭开盅盖，将那碗香茶一口喝干，只觉津生舌底，香入脾腑，不由得赞道："好茶，好茶！"

张士龙道："这是朋友从黄山带来的云雾茶，江大侠喜欢，多喝一碗。”江海天笑道：“第一碗是解渴，第二碗可得慢慢品尝了，张堡主，林教主的事情究竟如何？”

张士龙道：“不错，林教主本来躲在我这儿，但不料前两日发生了一件意外的事，咳，咳，真是意想不到的事情……”他咳了几声，慢吞吞的只是叹息“意外”，江海天心里焦躁，忙问：“究竟是什么意外？”礼貌上头，他不便催促张士龙快说，心里可在埋怨这张士龙说话拖泥带水，真是急惊风碰到了慢郎中。

张士龙把眼睛瞅着江海天，缓缓说道：“江大侠不用着急，且容我仔细道来。嗯，这件意外之事嘛……”江海天正自感到他的眼神有点古怪，忽地腹中隐隐绞痛，江海天大吃一惊，故意晃了一晃，张士龙道：“这件意外之事嘛……哈，哈！倒也，倒也！”

江海天跳将起来，蓦地喝道：“你这厮是谁？胆敢害我！”声出掌发，立施杀手。那髯须汉子早有防备，一跳跃开，只听得“轰隆”一声，一张八仙桌给江海天的掌力打得裂成八块。

那髯须汉子哈哈笑道：“在下行不更名，坐不改姓。御林军副统领褚蒙是也。江大侠，你喝了鹤顶红与孔雀胆经过大内秘法泡制的‘香茶’，可不能动怒呀！你与我打架，只有死得更快，哈，哈！我所说的意外就是这个了，你明白了么？”

江海天喝道：“无耻狗贼，我先把你毙了！”追上去，连环掌发。但他这几日来，日夜不停地赶路，饶是铁铸的人儿，精神也已疲惫不堪，褚蒙出尽全力，与他对了两掌，“腾、腾、腾”的连退了三步，但却没有给他击倒。

褚蒙好生吃惊，心道：“这厮喝了世间罕有的剧毒，居然还有如此功力，确是名不虚传！”哈哈笑道：“江大侠，你力不从心了！咱们还是交个朋友吧，你要不要解药？”他意在拖延时候，好让江海天毒发。

江海天焉能上他这个当，沉住了气，喝道：“我要你的命！”如影随形，追上去又是一掌。

猛听得有人哈哈笑道：“江大侠，我们已在此恭候多时了。难得你果然来到，请你再指教两招！”两股劲风，左右袭来。江海天听风辨器，知道左边的敌人用的是绵掌掌力，右边的敌人使的似是

江海天喝道：“你这厮是谁？胆敢害我！”声出掌发，立施杀手。

峨眉刺之类的兵器。

江海天反手一掌，“蓬”的一声，将左边那人震退，掌力未尽，迅即划了半道弧形，中指一弹，铮的一声，又把右边那人的兵器弹开。江海天只以一掌之力，仅用一招，就击退了两个偷袭的敌人。但从这交手一招，他也测出了这两个人的实力。使兵器的那人本领平平，也还罢了，左边那人的绵掌掌力，却是功力颇深，至少不在御林军副统领褚蒙之下。

他一掌应付偷袭的两个敌人，另一掌仍然向褚蒙拍去。褚蒙双掌齐出，与他这一掌的掌力对消，侥幸没有受伤，闪过一边。

江海天回过头来，喝道：“你们是那晚的偷马贼。”

那两人笑道：“江大侠真好眼力。可是你这话却说错了，我们是借用同伴的坐骑，焉能说得上一个偷字？只是我们也迫不得已伤了你的坐骑，还望恕罪。”

江海天那晚只见过这两人的背影，如今才看清楚他们的相貌。使兵器的那人年约五旬，身材较他同伴肥矮，额上有个肉瘤，兵器是一柄黑黝黝、形似判官笔，但却在笔尖开叉的怪兵器。

江海天心中一动，指着那人喝道：“你就是骗走李文成孩子的那头独角鹿。你——”身材高的那个接声说道：“祁连山羊吞虎幸会江大侠。我们的三弟折在你们的人手里，嘿嘿，量小非君子，无毒不丈夫，江大侠，你今日落在我们手上，你也认命了吧！”

江海天喝道：“你们这一群奸诈之徒，哼，哼！用这等毒计来加害于我，只怕还未必能如你们所愿！”掌劈指戳，指东打西，指南打北，褚蒙、羊吞虎还可以硬接几招，鹿克犀将鹿角叉舞得呼呼风响，却是不敢近身。

但三人之中，鹿克犀却最是老奸巨滑，他近不了身，眉头一皱，计上心来，笑道：“江大侠，你不是为了林清而来么？你想不想知道他的结果？呀，可惜呀可惜……”江海天蓦地一声大吼——身形一起，一招“鹰击长空”，便向他抓了下去，鹿克犀一按机关，他这柄鹿角叉中空，内里藏着毒箭。

毒箭朝着他的面门射来，江海天身子悬空，无可闪避，猛地张口一咬，以“啮簇法”咬着箭杆，就在此时，褚蒙已挥掌击他后心。

江海天一记劈空掌向前打出，“嘭”的一声，把鹿克犀摔了一个筋斗，这还是幸亏那支毒箭将江海天的动作稍稍阻迟片刻，要不然这一掌打实，鹿克犀焉有命在?

褚蒙这一掌也在同一时候击中了江海天，江海天有护体神功，中毒之后，功力虽是仅及原来的十之一二，褚蒙这一掌击下去，也仍是似乎击在铁板上一般，江海天不过晃了一晃，而他已是登、登、登的连退三步。

江海天蓦地转过身来，“呼”的一声，毒箭自口中吐出，冷笑说道:“我不在乎多沾一丁半点的毒，且叫你也尝尝毒箭的滋味。”褚蒙脚步跄踉，闪避不开，肩头中了毒箭。

这毒箭虽是不及褚蒙给江海天喝的那杯毒茶厉害，但也是见血封喉的毒箭，江海天不在乎，褚蒙可是吓得魂飞魄散，连忙叫道:“鹿老大，快快给我解药!”

鹿克犀给江海天的掌力震翻，在地上打滚，还未来得及跳起来。说时迟，那时快，江海天已是又一掌震退了羊吞虎，倏地回身，猛地一抓，以大擒拿手法，扣了褚蒙的脉门。

江海天沉声喝道:“把解药给我，我放你再打过。”褚蒙暗暗叫苦，原来这大内秘制的毒药，乃是他向掌管大内药库的太监讨取的，宫中定例，毒药可以赐给臣下，不管赐这毒药是迫你自杀或要你杀人，但解药则是例不随同赐予的，叫褚蒙如何拿得出来?

鹿克犀站稳脚步，忽地冷冷说道:“你要不要林清的性命?”江海天喝道:“怎么?”鹿克犀道:“解药是没有的，但凭你的功力，也未必便会毒死，我倒想和你另作一桩交易。林清已被我们活捉，你若要他性命，咱们一个换一个，我把林清给你，你把褚大人放开。”

江海天道:“你让我见了林清再说。”鹿克犀道:“这个当然。咱们是公平交易，我还能要你上当不成。你等一等，我这就去把林教主请来。”

江海天见他眸子不正，眼光闪烁，猛地想道:“不对。倘若林清当真是已落在了他们手中，他们还不快快将林清押解回京，却还在这藏龙堡作甚?”

江海天“哼”了一声。把褚蒙提起，往外便闯。鹿克犀道:“江大侠，你说了的话怎么不算？你专程来给林清报讯，如今却又不想救他了吗?”

江海天喝道:“让开！谁敢一动，我就要了你们褚大人的性命!”抓着褚蒙背心，推他前行，便向外闯。

羊吞虎武学造诣颇深，听出江海天中气不足，说到后面那几个字，声音已是微微颤抖。心中想道:“看来他已是剧毒发作，此时若不将他毙了，后患无穷。褚蒙的性命，只好暂不管他了。”

江海天忽觉一阵晕眩，脚步一个跄踉，羊吞虎忙闪过一边，猛地一声大喝，起脚便是一勾，江海天身躯后仰，一个肘锤撞出，正正撞中了羊吞虎的心口，羊吞虎似皮球般地给抛了出去，跌了个四脚朝天。

可是他在以肘锤打翻羊吞虎的时候，抓着褚蒙的那只手的劲道便难免稍稍放松，褚蒙功力不弱，一见有机可乘，立即全力挣扎，居然给他脱出了江海天的掌握。

褚蒙急急跑到鹿克犀身边，叫道:“快、快给我解药!”江海天一声大吼，如影随形般的跟着向鹿克犀扑去。但他双眼昏花，视物不清，蒙蒙眬眬只见一团黑影，一掌打去，只听得“蓬”的一声，却把一张长凳打得四分五裂，原来是鹿克犀把这张凳子推到他的面前，挡了一挡，他却把它看作鹿克犀了。

褚蒙吞下解药，他侥幸挣脱，犹自胆寒，正要夺门而出，羊吞虎跳了起来，叫道:“不必害怕，他比我们伤得更重。褚大人，机会难得，放虎归山，后患无穷!”

褚蒙一想，以江海天的功力，若是给他跑掉，只怕鹤顶红与孔雀胆的剧毒，也未必就能毒死了他，他一养好了伤，此仇岂有不报之理？即使自己躲在皇宫之内，也是坐卧难安。他一想与其终生担惊害怕，不如现在与江海天一拼，当下大叫道:“来人啦!”

原来在江海天到来的前一天，藏龙堡已给他们攻占。计陷江海天的种种安排，都是出于鹿克犀的献策。

这次前来缉捕林清的分为三路，驰赴藏龙堡，江海天在客店碰见的那两个军官是头一拨，受命先来米脂，知会当地官府，为大举“围袭”事先布置的。羊鹿二人本来也是属于这一路的，但因为他们的坐骑赶不上那两个军官，那两个军官急于邀功，在路上撇下他们，让他们落后。他们那晚深夜才赶到那小镇投宿，未进客店，先发现了马厩中江叶二人那两匹坐骑。鹿克犀认得其中一匹曾经是江海天女儿骑过的白龙驹。

江晓芙受了重伤，在家养病之事，鹿克犀是知道了的。他见了这匹白龙驹，料想必是江海天到了此地，于是匆匆忙忙，换了同伴的坐骑便跑，后来江海天追了出来，打了他们一记劈空掌，鹿克犀更可以断定，那两个军官定是已被江海天制伏无疑。

褚蒙带领了七名大内卫士，走另一条路，这一路人马才是捉拿林清的主力。还有第三路人马作为缓兵，一时未到。

鹿、羊二人追上褚蒙，日夜兼程，赶到米脂，调动地方官军，攻下了藏龙堡，但却捉不到林清与张士龙。于是由鹿克犀出谋划策，把官军冒充堡丁，盘踞在藏龙堡不走，等江海天或林张的其他朋友自投罗网。褚蒙的掌力是刚猛一路，对于霹雳掌法也曾学过，正好冒充张士龙。从前程百岳曾叫管家冒充他的身份，对付过鹿克犀，如今鹿克犀的安排正是师他故智。不过他是立心把江海天置之死地，却要比程百岳当日对付他的手法毒辣多了。

那七名卫士在堡中各处警卫，听得褚蒙呼喊，除了其中一人不能离开岗位之外，其他六人先后赶来，把江海天困在垓心。

江海天双眼昏花，只凭着听风辨器的本领发招。他虽然功力剩下的不到一成，比那些卫士也还要高强许多，褚蒙、羊吞虎受伤之后，不愿拼命，驱使那些卫士围攻，有两个走得太近，给江海天以大摔碑手法，一手一个，摔得四脚朝天。其他卫士，装腔作势，大呼小叫，一时之间，都是不敢上前。

羊吞虎发觉江海天的掌力渐渐减弱，喜道：“是时候了，褚大人，咱们并肩子上啊！”

江海天突然坐在地上，冷冷说道：“不错，是时候了，你们来吧！”

褚、羊二人吃了一惊，心里却是想道：“难道他是力还未尽，故意诱敌?”不约而同，都是踌躇不敢举步。

江海天忽地咬破中指，一股浓墨般的血箭射了出来，大喝一声，飞身跃起，砰砰两掌，又把两名卫士打得四脚朝天。

原来江海天是以绝世神功，将毒血都挤向指尖，射了出来。不过，这只是救急之法，放血之后血气大伤，等于自耗十年功力，而且也只是仅可支持片刻，决不能久战。

褚蒙曾吃过大亏，见江海天突然精神奋发，猛如怒狮，这一惊非同小可，连忙撒腿就跑，也顾不得招呼同伴了。

江海天最恨鹿克犀，不理褚蒙，大步上前，一掌便向鹿克犀打去。鹿克犀挺叉急刺，江海天一声大喝，擘手夺过了鹿角叉，反打回去。

鹿克犀不敢接叉，一闪到了羊吞虎背后，羊吞虎也不敢接，但他的武学造诣却较深湛，当下掌锋一搠，指头稍沾叉柄，将那柄鹿角叉送出。

鹿克犀走避不及，“卜”的一声，给自己的鹿角叉插个正着。幸亏经过了羊吞虎的一捋一带，劲力已卸去几分，鹿角叉插进他的肩头，侥幸没穿过琵琶骨。

羊鹿二人，先后受伤，哪里还敢恋战?那六名大内卫士，受伤的没受伤的，也都一哄而散。

江海天追了出去，褚蒙远远叫道:“快把犯人带走。”江海天怔了一怔，心道:“难道是我猜错了，林清竟是落在他的手中不成?”

五名卫士跟着褚蒙的方向向大门口逃走，只有一名卫士，却向后院跑去。江海天连忙追赶，只差几步就可追上，鹿克犀发出毒箭，“嗤”的一声，射中了那卫士的后心，待得江海天赶到，那卫士已然气绝。

江海天大怒，转过身来，又去追赶他们，追了几步，只觉气力渐渐衰弱。江海天吸了口气，大喝道:“限你们今日滚出米脂，否则我撞上了，一个不留!”他用的是狮子吼功，尽管功力不足，但这一喝仍是震得众人耳鼓嗡嗡作响。

其实就是没有江海天这么一喝，他们也是唯恐走得不快的了。那些冒充张家家丁的官军，见褚蒙等人都逃走了，当然也是纷纷逃命。

藏龙堡里一片寂静，江海天暗暗叫一声“侥幸”，原来他已气衰力竭，倘若那些人敢来围攻的话，只怕他早已性命难保。

江海天服下了一颗小还丹，这虽不是对症解药，但却可以恢复元气，江海天已经把毒血从指端挤出，以他的功力，若有静室供他运功自疗，估量在三日之内便可以把余毒肃清。

江海天心里想道：“他们逃到县城报讯，定有大队官兵再来。这藏龙堡是不能久留的了。但褚蒙所说的犯人不知是谁，却是应该查个水落石出。”

江海天逐间房搜索，走了几幢屋子，数十间房，鬼影也不见一个。江海天心道：“莫要又上了他们的当？”心念未已，忽地隐隐听得似是有兵器碰击之声。

江海天凝神静听，声音竟是从地底下传上来似的，不觉皱了眉头，心里想道：“想必是有秘密的地道，却怎生找得入口？”

江海天既要觅地疗伤，又要提防官军再来，一时间踌躇莫决，是留在这里继续搜查、寻找地道的入口呢？还是火速离开、待养好了伤再来打听？

江海天要想离开，但又怕真的是林清还困在此地。正自彷徨，忽听得悉索声响，在对面的柴房中走出一个人来。

江海天仔细打量这人，见是个五旬开外，头发斑白，腰背微偻的老汉。江海天道：“你是什么人？”那老汉道：“我听他们叫你江大侠，你当真是山东的江海天、江大侠么？”江海天道：“大侠二字，愧不敢当，江海天则确实是我。”那老汉点点头道：“你把那些王八羔子打走，我信得过你一定是江大侠了。我是张家的老仆人。”蓦地跪下去向江海天磕了三个头。

江海天扶起他道：“老人家，你这是干嘛？有话好说。”那老汉道：“求江大侠救林少爷。”江海天吃了一惊，道：“什么，林少爷？”

那老汉道：“就是林教主的少爷。”江海天道：“怎么，是林清的儿子落在他们手中了？如何救法？”那老汉道：“请随我来。”

江海天随着他走，一面问道：“林教主和张堡主呢？”那老汉叹口气道：“那日官军攻进藏龙堡，林教主带他少爷，本来已经冲出去了。但我们的堡主因为给他们殿后，却陷入了包围之中。林教主手挥双刀，又杀回来，拼死将我们的堡主救出，可怜他不能两边照顾，他的少爷就给这班强盗捉去了。我们的堡主已受了伤，兀是不肯逃走，要和林教主再杀入堡中，救他少爷。可是林教主把他点了穴道，背起他就跑了。他为了我们堡主，舍弃了自己的儿子！”

江海天叹道：“这才真是一对够义气的朋友。老人家，那你怎么还敢留在此地？”那老汉道：“我冲不出去，给他们抓住。一同被抓的有六七个人，都被送到县里当作什么‘教匪’关了起来，只有我装作又聋又哑，那班强盗将我留下给他们挑水劈柴。”

说话之间，已走到甬道的尽头，那老汉揭开一块石板，露出了地道的入口，说道：“这底下有间地牢，你听得兵器碰击的声音么？我猜想林少爷就是被关在这间地牢之中。”江海天擦燃火石，和那老仆人急急忙忙走到一间石室外面。厮杀的声音是听得更清楚了。

石门紧闭，江海天用力一推，纹风不动。那老仆人气喘吁吁地赶来，说道：“苦也，苦也！这石门是在里面上锁的！”

江海天若有裁云宝剑在手，不难破门而入，但这柄宝剑他是早已传给女儿了，这两扇石门，厚达七寸，饶他是有绝世神功，也难击破，何况又是在中毒之后，功力已不到原来的一成？

那老仆人叫道：“林少爷，是你在里面吗？你听得见我吗？你应一声！”里面传出清脆的童音，“是我！张伯，我爹爹呢？”

江海天吁了口气，说道：“还好，这孩子似乎还未受伤。”话犹未了，只听得孩子“哎哟”一声叫了出来，原来他说话分神，给敌人的刀锋在肩上划破了一道伤口。

那老仆人急得大叫道：“林少爷，你快开门！是我和江大侠来救你了！”

里面但闻兵器碰击之声，显然是那孩子被杀得手忙脚乱，连抽空回答都不可能，哪里还能够在敌人的刀锋之下，给他开门。

看守这孩子的卫士却哈哈笑道：“原来是江大侠来了。好，你们赶快劝这小鬼头束手就擒，否则你们就等着收尸吧！”江海天咬了牙不作声。半晌，那卫士又在喝道：“小贼囚，把脚镣抛下，我叫三声，你若不依从，我把你一刀两段。一、二——”

那老仆慌忙叫道：“林、林——”江海天掩盖住了他的嘴巴，低声说道：“别怕，他不敢杀！”只听得里面大叫了一声：“三！”那孩子“呸”的一声道：“你杀了我，我爹爹会给我报仇！我不怕你！”追逐的脚步声，兵器的碰击声响成一片，那孩子果然并未被杀。

江海天又惊又喜，心道：“这孩子和李文成的孩子一样，都是胆大包天。有其父必有其子，果然不错！”

他料定这卫士不敢杀林清的孩子，乃是要把孩子当作护身符，因为他并不知道外边的形势，他也得预防若是张士龙重夺回藏龙堡，即使不能一时间破门而入，但多雇石匠凿门，多则一天，少则半日，也总可以凿开。

他怎知道，在江海天的处境，却是越早离开此地越好。他必须觅地疗伤，大队官军定会再来，他多留一刻就多一分危险。所以江海天是一则以喜，一则以忧。欢喜的是这孩子的英雄气概，担忧的是自己没有办法救他！他若再给敌人砍上两刀，受了重伤，这可如何是好：“怎么办呢？怎么办呢？”正是：

安得拔山扛鼎力，扭开金锁走蛟龙。

欲知后事如何？请听下回分解。

第十五回　堪叹英雄遭劫难
何来小子慑群魔

忽听得“咔嚓”一声，似是刀锋削断了什么东西，那老仆人只道孩子的脑袋已被斫去，禁不住失声惊呼，哭了出来。江海天道:“只是斫中了木头，你别哭，我有办法了!”那老仆人料想江海天不会骗他，连忙抹泪收声。

江海天叫道:“右斜方三步，用霸王鞭石。对，盘龙绕步。快使铁锁横江！变招，回风扫柳，连环三式……”

原来江海天功力虽减，听风辨器的本领仍是十分高明，听出林清的孩子是用一条铁链对抗那卫士的单刀，孩子使的是“尉迟鞭法”，卫士使的则是“五虎断门刀”。孩子的招数也颇纯熟，只是缺乏临敌经验，不懂得如何去破对方的刀法。

林清的孩子名叫林道轩，今年只有十二岁。他是怎样取得一条铁链作兵器的呢？原来这条铁链就是他的脚镣，看守他的那个卫士是御前二等带刀侍卫，自恃武艺高强，压根儿就不曾把一个小孩子放在心上。他整天守着孩子，有时难免要打个瞌睡，就把那脚镣缠在柱上，还给他加上一副手铐，这已经算得是防范周密的了。

这副手铐是大人用的，扣着他的手腕，并不很紧。林道轩小时候又曾跟一个以耍杂技为生的教徒学过收缩肌肉的功夫，杂技中的“钻圈”钻过比自己身体小得多的圈子便是这种功夫。江海天在上面恶斗的时候，恰好那卫士正在打瞌睡，孩子的耳朵灵，已听到了那卫士尚还未醒。

林道轩胆子大，心思也灵敏，只道是他爹爹和张叔叔已杀回来，趁此难逢的时机，就把手铐褪下，又把脚镣解开。那卫士惊醒之时，他已把脚镣拿在手中，当作铁鞭使用了。

孩子的气力当然不能与大人相比，幸亏他身手敏捷，这才支持了这许多时候，但也受了一点轻伤。正在危急万分，堪堪就要给敌人抓着的时候，忽然听得江海天在外边指点他的招数，林道轩精神一振，不必再用心思，就依照江海天的指点，对付敌人。

这一来就等如江海天借这孩子的手，与那卫士厮杀。每一招都抢在那卫士的前头，即使林道轩气力弱，经验差，但占了先发制人的便宜，那卫士还焉能打得过他？

不过十余招，那卫士着了一“鞭”，正中膝盖，脚步踉跄，林道轩喝道：“给你小祖宗跪下吧！”铁链在他腿弯猛打三记，那卫士果然“扑通”跪倒。

林道轩打晕了那个卫士，在他身上找到锁匙，这才得以打开牢门，让江海天和那老仆人进来。可怜他经过了一场恶斗，血汗交流，衣裳湿透，就似在血泊里洗过个澡一般。

那老仆人将他一把搂在怀中，喜极而泣，喃喃说道：“幸亏老天爷还有眼睛，你这条小命算是保全了。快过来谢这位江大侠。哎呀，你伤得这么厉害，血都还未止呀！”

江海天说道：“别忙道谢，我给你看伤。”牢中的石柱上挂有瓦风灯，江海天叫老仆取来，仔细察看了孩子的伤势，又给他摸了把脉。说道：“还好，没伤着骨头。我给你敷上金创药，用不上三天，你的伤口便会复合了。”

林道轩道：“张伯，我爹爹和张叔叔呢？”那老仆人道：“少爷，你放心，他们没事，都已逃出去了。”林道轩道：“在哪儿？你领我出去找我爹爹。”那老仆人苦笑道：“我怎能知道。少爷，你养伤要紧，以后再打听消息吧。”

江海天问了他的名字，说道：“轩侄，这儿是不能耽搁的了。张堡主受了伤，你爹爹与他避祸他乡，什么时候，你们父子能够相逢，也还难以预料。你无依无靠，你可愿意跟我么？我把本领传授给你，你做我的第四个徒弟。”

林道轩道：“不，我不能连累你。”江海天见他小小年纪也知为别人着想，越发喜欢，笑道："我若是怕受连累，也不敢来此救你了。"那老仆人道："江大侠的本领才真是大呢，那些强盗都给他一个人赶跑了。"林道轩道："我知道。我爹爹常常说起江大侠的。你肯收留我，爹爹知道了，一定也是非常喜欢的。师父，我给你磕头了。"林道轩这才改口称师，跪下去磕了三个头。

江海天心里暗暗好笑，"我一直没收徒弟，想不到在这半年，却接二连三地收了四个弟子。我本来是要找李文成的孩子的，却又不料有意栽花花不发，无心插柳柳成荫。那孩子没找着，却先收了林清的孩子做徒弟。"

林道轩拜过师父，起来说道："师父，我有一件心事。"江海天笑道："小小年纪，有甚心事？"林道轩道："我有一个最要好的朋友，名叫李光夏，他爹爹和我爹爹是结拜兄弟。我和他瞥着大人也结拜了的。我曾和他约定，将来一同习艺，师父，你、你也肯收容他吗？"

江海天哈哈笑道："你的好朋友早已是你的三师兄了。"林道轩喜道："那么，我不久就可见着他了？"江海天道："不，我现在还在找寻他。不过，我已答应收他为徒，虽未入门，名分早定，所以仍然要算是你的师兄。这事情慢慢和你说吧，你先换衣服去。"

那老仆人道："这可真是好极了，有你江大侠千金一诺，李家少爷迟早总可以找着，他们这一对小朋友又可以相聚了。"

江海天救出了林清的孩子，又是欢喜，又觉为难。脸上露出笑容，心头却是如坠铅块。他目前的本领，不到原来一成，决不能带了这孩子逃跑。他要三日的时间疗毒，这孩子大约也要三日时间治伤。这三日如何能够平安度过？这可是一个令他煞费思量的难题。

那老仆人似是知道他为难之处，说道："堡中已没有一匹马留下，江大侠，你若是带这孩子走路，遇上大队军官，只怕会有危险，不如暂避一避风头。"他想到这个危险，却还不知江海天是受了重伤。

江海天道："我正想请教你老人家，附近可有什么僻静没人知道的地方，可以供我躲藏？"

那老仆人道："离此七八里的后山，有一个岩洞，是我昔年无意中发现的，从不告诉外人。你和林少爷躲几天，待得风声没那么紧了，我再给你找两匹坐骑。”

江海天道：“好，既是有这样一个好地方，咱们就赶快走吧，此地是不能久留的了。”

那老仆给林道轩换过一身干净衣裳，背了一袋干粮，带领江林二人从后门出走，这时已是日落西山，暝色四合的时分。

在山上走了一会，江海天听得茅草丛中，似有声息，喝道：“什么人？出来！”那人探出半边脑袋，说道：“我是割草的乡人。”

那老仆人“哼”了一声，道：“这一条乡的人，我全认得，就没见过你，不用问了，准是官军冒充的，江大侠，把他杀了！”

那人“卜通”跪倒，叫道：“可怜我上有八十岁老母，下有……”那老仆人冷笑道：“下有三岁小孩，是吗？这些江湖套语，想瞒得过江大侠？”江海天也知若留此人，定有后患，但他毕竟心慈，只是点了他的晕睡穴。便道：“不必再理他了，咱们再继续走吧。”

那老仆人道：“江大侠何以饶了这厮？”江海天道：“他是个丝毫不懂内功的寻常人，我点了他的昏睡穴，他要三天之后，方能醒来，过了三天，即使我给官军发现，谅他们也奈我不何。”

走了一会，只见崖壁上一条瀑布，飞珠溅玉，俨若挂起了一幅水帘，江海天拉着孩子，跟着那老仆爬上山坡，从瀑布的侧面绕过，拨开乱草，蛇行而进，到了“水帘”后面，衣裳虽是沾了不少湿漉漉的污泥，却是免了落汤鸡之苦。那老仆人搬开了一块石头，说道：“到了。江大侠，你看这个所在可好？”

原来里面竟是别有洞天，这岩洞前面狭窄，仅能容一个人爬行，后面却甚为宽敞。更妙的是毫无污秽，而且上面有两个拳头大小的窟窿，可以通风，比一般人工开凿的坑洞，还更适合居住。

江海天道：“好极了，这个所在，外人决计难以发现。”那老仆人放下了一袋干粮，说道：“这袋干粮，总可以供你们四五天之用。这里的乡人，自那日官军攻占藏龙堡之后，早已逃避一空。倘若不是我亲自来看你们，有人在外面呼唤，那就一定是鹰爪冒充我们的人，你可千万不要答应。这里外人是难找到，但也不能不预防万一。”

江海天怔了一怔，道："你不和我们同住这里吗?"那老仆人道："我还要回去。说不定堡主会偷偷回来，需要有一个人给你们互通消息。"江海天道："官军一定会再来藏龙堡的，你老人家还是避一避的好。我想林教主和你们的堡主大约也不会冒险回来。"

那老仆人道："他们不知道林少爷已经脱险，不是亲自回来，迟早也会派人来打听消息。堡中也总得有个人看守。我随便找个地方匿藏，堡里这么多地方，官军未必找得着我，找着了也未必就会杀我。"

江海天见他执意要走，心里也佩服他对张士龙的耿耿忠心，说道："如此，你老人家多多小心了。为了避免危险，你也不必来探望我们，三日之后，若无意外，我会与这孩子夜间偷进堡中，与你见一见面。"

那老仆人走后，江海天叫林道轩好好睡上一觉，他自己则运功疗伤。小孩子生机蓬勃，过了一个晚上，精神已是大大好转，只是伤口尚未复合而已。第二日江海天传授了他一些可以即学即用的功夫，例如暗器打穴，近身搏斗的小擒拿手法之类。林道轩人极聪明，一教即懂。

江海天让他自行练习，自己则静坐运功，到了晚间，只觉真气已是可以渐渐凝聚，疗效比他原来的预期还要稍快一些。林道轩的一套小擒拿手法，也已练得滚瓜烂熟。

第二天，江海天再传他一套"天罗步法"，这套步法，对付强敌，最为有用，但却非常复杂。江海天原以为他最少要用三天工夫才能熟练的，哪知到了晚间，看他练习，已是中规中矩，只是在变化精微之处，还稍欠功夫而已。

江海天大为欢喜，心道："这孩子的聪明，看来实不在凌风之下。武林朋友常说，拜得好师父不容易，选择好弟子更难。想不到我这两个徒弟，都是良材美质，比我小时候强得多了。"

第三日是最紧要的关头，江海天行最上乘的大周天吐纳法，将真气导入丹田，只要功行完满，体内的余毒便完全发散，功力也可以恢复如初，但在行功的时间之内，却绝对不能中断，否则便有走火入魔，半身不遂的危险。林道轩的伤已经好了八九成，为了预防意外，在洞口给师父瞭望。

大约到了正午时分，林道轩忽见红光从前山升起，过不多久，天上的云彩都已染得一片火红，山风吹来，热乎乎的，林道轩叫道："师父，不好，藏龙堡起火了！张伯不知逃出没有？"

江海天也感到燠热，看出去起火的方向果然是藏龙堡。不问可知，这一把火定然是官军所放。

江海天道："把洞口堵上。今晚我再和你去探听消息。"他行功正到紧要关头，莫说不能逃走，心神也不能分散。只好听天由命，希望敌人不能发现这个隐密的所在。

林道轩搬了一块大石，堵住洞口。他也知道师父行功正到紧要关头，倘给敌人发现，实是不堪设想，心中忐忑不安。

黑暗中两师徒默默相对，也不知过了多久，忽听得"汪、汪、汪"的狗吠声，随即有人说道："难道是躲在这里？这里也没洞穴，前头是瀑布，却怎能藏人？"这是御林军副统领褚蒙的声音。

另外一个人道："你前晚当真看到三个人么？是什么模样的？"这是羊吞虎的声音。

"小的怎敢说谎？那晚看见的三个人：一个小孩，一个中年人，一个老头儿，那老头儿称那中年人做江大侠的。"这是那晚冒充乡人，给江海天点了晕睡穴的那个人。本来应该满了三天才醒的，还差半天，想必是给褚蒙或羊吞虎发现，因为只差半天，闭穴的功效已消失了十之八九，所以江海天的独门点穴手法，也给他们解开了。

褚蒙道："这就一定不会错了。想那鹤顶红与孔雀胆合制的毒药何等厉害，江海天纵有通天彻地之能，至少也要十天半月的工夫，方能拔毒疗伤。他必定是躲在这里。"

羊吞虎道："难道这瀑布后面会有山洞？"瀑布是从峭壁上冲下来的，在山脚汇成一个水潭，水潭的对面有块空地，瀑布从高处作抛物线冲下，峭壁下面离地数丈的一段在瀑布后面，水流并未经过，但因瀑布似水帘一样挂在半空，这一段峭壁上有没有洞穴，却是看不清楚。

羊吞虎话犹未了，那两头猎犬已是从侧面绕过瀑布，到了那块空地上，朝着峭壁吠个不休。

褚蒙看出猎犬走过之处，荆棘茅草有被践踏的迹象，笑道："这更不会错了!"一行人便跟随猎犬，斩棘披荆，也到了瀑布后面的空地上。这条路线就正是江海天他们那日所走过的。

褚蒙这一行人，除了褚蒙和羊吞虎之外，还有五名御林军军官。他们正是作为援兵，来围捕林清的第三路人马。鹿克犀则因那日伤重，正在养伤，没有同来。

羊吞虎道："这可怪了，灵獒吠个不休，峭壁上又没有发现洞穴。"

褚蒙道："这两只猎犬乃是西藏所进贡的灵獒，训练有素，闻到人的气味，才会这样吠的。搬这块石头试试!"原来那两只猎犬正蹲在洞口狂吠，那块石头就是林道轩拿来堵塘洞口的石头。

一个气力大的军官用力一推，果然把那块石头推动，露出了洞口，但他们从外面看进去，黑黝黝的却什么也没看见。

林道轩躲在一根石笋后面，紧张得心脏狂跳。褚蒙伏地听声，笑道："一点不错，里面有人!"他已听到了林道轩的呼吸了。

林道轩在里面发抖，不但是为了自己的性命，更害怕的是连累了师父。但他固然是怕得发抖，羊吞虎和褚蒙在外面也同样是心怀恐惧，踌躇不敢进洞。

褚蒙道："你们两个把这洞口铲开，进去探看。"这个山洞，外窄里宽，所以褚蒙要手下把洞口铲开，才好通过。他们这一行人带有两把钢铲。

那两个气力大的军官知道江海天的名声，却未亲见过他的本领，听说他已中了大内秘制的剧毒，也就不怎么害怕。他们在长官的吩咐之下，自己也意欲贪功，当下便挥动钢铲，铲开泥土，敲碎石头，一步一步地走进这个山洞。

忽听"哎哟"一声，走在前头的那个军官，"卜通"便倒。原来是林道轩在暗处飞出石子，打中了他的穴道。

可是前头的倒下，后头的便有了防备。林道轩第二颗石子飞出，后面的那个军官挥铲一拍，当的一声，石子反打回去。林道轩跳跃走避，身形登时暴露。

那军官大吼一声，跳上去便是一铲，火花纷飞，林道轩原来藏身之处的那根石笋，竟给他一铲铲平，幸亏林道轩走快了一步。钢铲铲平了石笋，钢铲倒卷，亦已不能复用。

褚蒙叫道："要捉活的！"那军官起初以为偷袭的是江海天，如今才看清楚是个孩子，心里暗叫了一声"惭愧"，心道："对付一个孩子何用如此张皇？"抛掉钢铲，双臂箕张，扑过去便把他活擒。

林道轩刚学会了一套小擒拿手法，反手一拿，那军官做梦也想不到一个孩子招数竟然如此厉害，他还未擒着林道轩，手腕竟然给林道轩拿住，林道轩用力一拗，"噼啪"一声，把他的一条手臂硬生生拗折！

那军官有如受伤了的野兽，负痛狂嗥，挥拳猛击，双方近身扭打，林道轩也是难以避开，"砰"的一声，被他抛了一丈开外。那军官断了一条手臂，痛彻心肺，击倒了林道轩之后，他自己也不支倒地。

褚蒙先是大吃一惊，继而狂喜。要知江海天若是已经痊愈，能够动手的话，决不会让一个孩子冒险去对付敌人；他们这么多人，还怕对付不了一个孩子吗？

褚蒙想到的，羊吞虎当然也早已想到了。两人胆气立壮，立即冲入山洞。后面三个没受伤的军官也跟着进去，并给先头那个军官解开了穴道。

只见江海天端端正正地盘膝坐在地上，动也不动，对周围一切，竟似是视而不见，听而不闻。他行的"大周天吐纳法"，正到了最紧要的关头，倘若身子移动，真气逆行，定然全身瘫痪。

褚、羊二人曾经在江海天手下吃过大亏，虽然明知江海天已无能为力，心中也还是有些恐惧，只怕万一有诈，后悔莫及。褚蒙先行试探，哈哈笑道："江大侠，你如今已是瓮中之鳖，顽抗无益，我敬重你是个好汉，咱们交个朋友吧。你叫这孩子乖乖地跟我们走，我们也就不打扰你养伤了。"

江海天俨如老僧入定，根本就不理会褚蒙说些什么。羊吞虎是个武学行家，小声说道："看这情形，他是正在运功疗伤，到了最紧要的关头，决计不能与咱们动手的了。"褚蒙道："不错，我看也

林道轩喝道:“休得伤我师父。”不顾利害地拔刀便冲。

是这样。”但江海天的武功神奇莫测，他们曾经身受，无论如何，心中总还是有几分怯惧。因此尽管在旁边窃窃私议，一时之间，却还不敢造次。

气力最大的那个军官等得已不耐烦，心道：“一个中了剧毒的人，何必这样怕他？”冲上前去，朝着江海天的琵琶骨便是一抓，林道轩爬了起来，喝道：“休得伤我师父！”但他刚刚爬起来，却又被羊吞虎一记劈空掌将他震退三步。

只听得一声大叫。跌倒的不是江海天，而是那个军官。原来江海天虽然不能起来动手，但他正在运用最上乘的内功，真气鼓荡，布满全身，那军官用的气力越大，反震的力道也就越大。这一招把他震得个头破血流。

另一个军官大吃一惊，挺起一柄长矛就向江海天刺去，心道：“我的手不接触你身体，你本领再强，毕竟也还是血肉之躯，看你还能坐着不动，抵御我的长矛？”

江海天仍然端坐不动。他耳辨那长矛刺来的风声，身形微侧，长矛“卜”的一声，从他胁底刺过，矛头穿破他的衣服，却被他手臂挟住。江海天有“隔物传功”之能，真力从长矛上反震回去，那军官登时也跌了四脚朝天。但因是“隔物传功”，力度并不太强，那军官跌了一跤，只是身体疼痛而已，远远不如他的同伴之狼狈。江海天手臂一松，长矛当啷坠地。

其他几个军官相顾失色，说道：“这人是有妖法的，不可惹他！”有一两个胆小的，转过身来，便想逃走。

褚蒙喝住他们，哈哈一笑，说道：“不用惊慌，这姓江的是只有招架之功，决无反击之力。你们不必惹他，他也伤害不了你们。捉了这孩子，咱放一把火把他烧死便是！”原来江海天只能用“隔物传功”的本领震倒敌人，虚实深浅已是给褚、羊二人探悉，等于给他们证实了他们的判断。

可是还有他们不知道的是，江海天刚才虽不过是身形微侧，但真气亦已散乱，幸而还不至逆行而已。要是他们趁这个时机，上前攻击，以褚、羊二人的功力，一举手就可将江海天击毙。

江海天度过了一个难关，只好凝神静气，收束散乱的真气。一点也没有能力照顾林道轩了。

羊吞虎磔磔怪笑："小贼，看你逃得上天！"一步步逼近，林道轩定了眼神看他。褚蒙笑道："这小鬼倒也胆大。"话犹未了，林道轩突然和身一扑，羊吞虎哈哈大笑道："小鬼头，你居然还要和我动手？"伸出蒲扇般的大手，拦腰便是一抓。这一抓是他独门的擒拿手法，满以为一个小孩子能有多大本领，还不是手到擒来？

哪知林道轩脚跟一旋，本来他的身子是向左前方扑去的，突然间就转到了右方。青光一闪，一柄锋利的短刀已朝着羊吞虎的腰眼插下。

这一下大出羊吞虎意料之外，但他的真实本领，毕竟是比林道轩高出不知多少。一觉青芒耀眼，寒气侵肌，陡然间身形已挪后半尺。林道轩匕首划过，"嗤"的一声，割了他一幅衣襟。羊吞虎反手一掌打了过来，但林道轩也跳开了。

褚蒙大为奇怪，心道："这小鬼才跟了江海天两日，怎的就学来了这一身神妙武功？"当下说道："羊兄，你截住他的去路，待我捉他。"

褚蒙一掌护身，一掌进逼。把林道轩迫到了死角，一抓抓去，哪知仍是抓了个空。林道轩溜滑之极，竟然从他的肘下钻了出来，举刀朝他的背心便刺。

他不刺还好，这一刺登时把自己的本领泄了底，褚蒙本是以一掌护身的，反手一拿，就把他的匕首夺了过来。林道轩身体失去了重心，脚步一个踉跟，险险跌倒。

羊吞虎见有机可乘，心道："这一回还捉你不到！"飞身扑上，林道轩忽地一个筋斗，身法古怪之极，羊吞虎眼看手指已触及他的背心，哪知还是抓了个空。

褚蒙哈哈笑道："这小鬼只是学会了一套古怪的步法。咱们来一个网里捞鱼。"他带来的五个军官，有一个手臂拗折，正在接臼裹伤。其他四人分站在四个方向，用兵器连接成一个圆圈。褚、羊二人，就在圈中，一个在前，一个在后，两头进逼，捕捉林道轩。

本来林道轩可以抓紧时机，在他们圆阵未合拢之前，逃出去的，但他舍不得抛弃师父，稍一迟疑，对方已将他团团围住。

林道轩仗着一套天罗步法，东西躲闪，就像和他们捉迷藏似的，羊褚二人费了许多气力，还未将他捉住。羊吞虎道："把他打晕了再说。"褚蒙道："也好，但可得小心，别伤了他的性命。留着他还有用处呢!"他们已大致知道林道轩功力的深浅，当下使出劈空掌力，把林道轩打得昏头转向。

忽听得有个清脆的声音说道："瞧瞧，谁在下面打架?"

林道轩给两股劈空掌力推压，头晕眼花，天罗步法已是运用不灵，羊吞虎袖中笼指，倏地一指戳出，点了他的穴道。他们既已制伏了林道轩，便都回过身来，看看来的是什么人。

只见进来的是一男一女，都不过十五六岁年纪，男的金环束发，女的刘海覆额，就像一对金童玉女一般。

那小姑娘噘着小嘴儿道："这么多大人，欺负一个孩子，好不要脸!"

手臂拗折的那个军官，已经接好断臼，满肚皮闷气正自无处发泄，跳起来就骂："哪里来的两个小杂种，给我滚出去!"

话犹未了，只听得"啪"的一响，那军官着了一记清脆的耳光，那少年冷冷说道："跪下来叫我三声小祖宗，我就饶你!"

那军官大吼一声，抄起长矛就刺。他知道来的不是普通人家的孩子，但恃着人多势众，怎甘受辱。

哪知道这未成年的大孩子手法竟是快得出奇，那军官长矛刺空，对方早已到了他的身边，"哼"的一声，说道："你不听话，我是有言在先，再也不能饶你的了!"啪啪两响，两条手臂、伤的好的全都折断，那少年夺过长矛，插进他的喉咙，将他钉在地上。

一个不过十五六岁的少年，手段竟是如此狠辣，那些军官都是又惊又怒，抡刀舞剑，便要将他斩为肉泥。

那少年双手叉腰，一副满不在乎的神气，猛地大喝一声，第一个冲到他身前的军官"卜通"便倒，那少年摊开手掌，只见两颗血淋淋的眼珠已在他的掌心。

那少年冷笑道："你有眼无珠，要来何用?"那军官正在张大嘴巴惨叫，少年把手一扬，两颗眼珠塞进他的嘴巴，那军官痛得晕了过去。

其他三个军官见了这血淋淋的景象，饶他们都是杀人不眨眼的魔君，也不禁胆战心惊，不约而同地都停下了脚步。

褚蒙的本领当然远非这三个军官可比，他可并没有给这个少年吓呆。虽然他也惊奇这个“大孩子”的本领好得出奇，但自忖也还可以对付得了。正想上去施展金刚掌力，羊吞虎忽道：“且慢。你是谁家的孩子？”

那少年道：“你认不得我，我认得你。你是祁连三兽中的病猫不是？”

这少年把羊吞虎称作“病猫”，可说是侮辱已极。“祁连三兽”之中，羊吞虎武功最高，脾气也最凶，褚蒙以为他定要发作，哪知羊吞虎只是面色一沉，却仍然不敢动手。

原来在羊吞虎意欲发作的时候，忽地想起一个人来，禁不住心头一凛，连忙强抑怒气，问道：“你是杨家的少爷么？”

这少年哈哈一笑，道：“算你有点眼力，知道我是谁了。你知罪么？”

羊吞虎道：“不知羊某在什么地方得罪了你杨少爷？”

这少年道：“你没有得罪我，但你得罪了我的表妹。嘿，嘿！你自己说应该如何处罚吧？”

羊吞虎道：“你的表妹？这话从哪里说起？”

这少年道：“你在古庙中欺负的那个姑娘，就是我的表妹。”

羊吞虎大吃一惊，面色倏变，颤声道：“你的表妹，她、她是不是竺家的姑娘？”

这少年道：“不错。你今日撞在我的手上，算是你运道好了。我姨父的规矩，他家的仇人，必须他的家人去杀。我也不能坏了他的规矩，所以我可以饶你一死。你把你的两只耳朵割下来，再挖一颗眼珠给我！”

那少女噗嗤笑道：“芃哥，亏你想得出要把这两样东西送给小华。只怕她未必喜欢这样血淋淋的礼物。嗯，你就只知道讨好小华！”

杨芃笑道：“我也送一件礼物给你，你瞧这官儿顶上的花翎不是很好玩吗？我剥下他的顶戴，送给你玩。”

褚蒙是二品武官，皇上赏他双眼花翎的顶戴，这是特殊的恩宠，想不到一个乳臭未干的少年，竟要剥下他的顶戴当作玩物。褚蒙不禁大怒，喝道："不知死活的臭小子，我要剥你头皮！"

羊吞虎道："褚大人——"褚蒙怒道："羊吞虎，你怕了一个乳臭未干的小儿，不怕天下英雄耻笑吗？管他是谁家的孩子，难道还能强得过当今皇上？"呼一掌就向这少年横劈过去。

杨芃冷笑道："你要剥我头皮，哼，哼，你这么说，我倒是非要你的脑袋不可了。你的当今皇上也救不了你。"倏地青光一闪，拔出了一柄匕首，他比褚蒙矮了一个头，跳起来就要割他首级。这少年不费吹灰之力，杀了两个军官，只道褚蒙也不过如此。哪知褚蒙身为御林军副统领，岂是他手下军官可比？

褚蒙喝道："撒手！"一招"摘斗摩星"，五指如钩，拿住了杨芃的手腕，拇指紧紧扣他虎口。杨芃的匕首拿捏不牢，当啷坠地。

杨芃是跳起来刺他咽喉的，身子悬空，被他扣住右手虎口，哼也不哼一声，居高临下，左掌竟然又是闪电般的对着他的天灵盖拍下来。

褚蒙喝道："好狠的小子，叫你知道我的厉害！你服了么？"口中说话，右掌迎上，只听"蓬"的一声，双掌相交，褚蒙手腕一翻，又扣紧了他的虎口。杨芃头下脚上，两只手都被对方拿住，再也不能动弹。

褚蒙哈哈大笑，不料对方的身体竟似越来越沉重。按说杨芃不过是个十五六岁的"大孩子"，体重至多也不会超过百斤，但褚蒙双手擎着他的身子，竟有泰山压顶的感觉，不觉弯下了腰，连笑也笑不出来了。

褚蒙这一惊非同小可，这少年功夫之"邪"，休说他从没见过，连听也没有听过。要知虎口被扣，多大的气力也使不出来，而这少年不但没有瘫软，还能够使出千斤坠的重身法，如此怪异的武功，饶是褚蒙还可以支持得住，也不禁暗暗心慌。

那几个军官只道杨芃已被他们的副统领制伏，齐声欢呼，有的说道："把这小子剥皮抽筋，挖出他的心肝活祭王大哥和李大哥。"有的说道："别忙把他处死，拷问他是谁家的孩子，将他满门抄斩。”那几个军官得意叫嚣，褚蒙却是有苦说不出来。

只有羊吞虎一声不响，暗皱眉头。他看出了褚蒙其实只是在招架对方的压力，并没占到丝毫便宜。因为他知道这少年的底细，所以也并不感到特别诧异。

原来这少年的父亲乃是个十分厉害的大魔头，羊吞虎也不很清楚他的来历。三年前这大魔头看上祁连山小雷音谷的风景，移家来住。“祁连三兽”的老巢本是在祁连山的，这大魔头要迫他们作仆人，否则就要赶出祁连山。祁连三兽连他的管家也打不过，只好远远避开。他们投靠朝廷，除了贪图利禄之外，躲避这个魔头，也是原因之一。

这一瞬间，羊吞虎心中已转了好几次念头，终于一咬牙根，想道：“姓杨的老魔头已是十分狠毒，他姓竺的那个襟兄比他还要狠毒三分。我得罪了他的女儿，反正他也是不能放过我的了。我若不助褚蒙，这小子先就要割我的耳朵，挖我的眼珠。哼，哼，倒不如把这小子杀了，托庇褚蒙，藏身大内，还有活路。”

羊吞虎一咬牙根，杀机陡起，当下默运玄功，“呼”的便是一掌拍出。他的绵掌有开碑裂石之能，这股掌力，若是打在杨芃身上，杨芃身子悬空，正自全力与褚蒙相持，不死也得重伤。

却不料螳螂捕蝉，黄雀在后。与杨芃同来的那个少女，早知羊吞虎是个大敌，一直注视着他，焉能容他得逞？羊吞虎手掌一扬，她已拔下了头上银簪，“铮”的一声，对准了羊吞虎的掌心弹去，其疾如矢。

掌心的“劳宫穴”是手少阳经脉的起点，倘若给她这支银簪刺个正着，只怕不死也得重伤。羊吞虎本能地将手掌一偏，避开了她这支银簪。

这一偏不打紧，劈空掌力却失了准头。褚蒙双手擎着杨芃的身子，这股劈空掌力若是移上一尺，可以打着杨芃，一偏之后，掌力却打到了褚蒙的身上，幸而不是正面的胸口要害，而是打着了他的斜肩。

褚蒙大叫一声，双臂一软，五指松开，杨芃跌出了一丈开外，迅即一个鲤鱼打挺便翻起身来。

羊吞虎扑上前去又是一掌，杨芃立足未稳，双掌一交，给他的掌力推得连退几步，脚步踉跄，险险跌倒。

那少女拾起了几颗石子，接连向羊吞虎弹出，羊吞虎这次有了防备，挥舞长袖，将石子荡开，移转方向，反打杨芃。但杨芃亦已稳住了身形，把石子避开了。

褚蒙大怒道："你们都是死人吗？还不快快把这丫头拿下。"他带来的五个军官已折其二，还有三个军官未曾受伤，他们并不是没想到要拿这少女，只因他们刚才都在注意杨芃，对这个少女未免有点轻视，只道待他们的副统领拿下杨芃之后，这少女还不是手到擒来？怎想得到他们的副统领竟折在杨芃手下，而羊吞虎也吃了这少女的亏。

这三个军官一拥而上，那少女拔出了佩剑，冷笑道："你们这班人专欺负弱小，碰上了我，一个也休想活命！"剑招如电，刷的一剑，便伤了一人。褚蒙叫道："你们只守不攻，用重兵器克制她的宝剑。你们挡得十招，我便来拿她。"

原来褚蒙正在养神蓄力，在他气力未恢复之前，他可不愿意冒险。那三个军官得了褚蒙指点，用长枪大戟，布成了犄角之势，彼此呼应，只守不攻。那少女急切之间，果然不能取胜。

这一边，三个军官给这少女杀得只有招架之功；但那一边，杨芃却给羊吞虎攻得手忙脚乱。

杨芃毕竟只是个十五六岁的少年，恶斗褚蒙之后，再来一场剧战，而这个对手的本领又要比褚蒙还高出一筹，十来招一过，杨芃渐渐感到气力不支。

羊吞虎磔磔狞笑，道："我杀了你这臭小子，好歹也出一口鸟气！"掌锋划了一圈，将他身形圈住，随即一掌便向他天灵盖拍下。

杨芃忽地叫道："爹爹，你来啦！"羊吞虎心头一震，不由自己地吓了一跳，杨芃倏地从他胁下钻出，反手抓他穴道。

羊吞虎练有金钟罩的功夫，但给杨芃一抓，下半身也觉酥麻。羊吞虎反手一掌劈下，杨芃已闪过一边。

羊吞虎这才知道上当，大怒道："好小子，你叫我爹爹我也不能饶你！"他运气三转，跳跃如常，扑上前去，拦住了杨芃的去路，运掌如风，又向他狠狠攻击。

杨芃初来时一派骄狂，如今却不由得暗暗叫苦，心道："这臭贼我爹爹本是要他做马夫的，我竟打他不过，这可真是太失面子了！"他想的是面子，羊吞虎想的却是要取他性命，招招紧迫，杨芃又惊又怒，喝道："你这臭贼，你敢杀我？我爹爹剥你的筋，抽你的皮！"

羊吞虎大笑道："你叫你爹爹来吧。哼，你爹爹穷凶恶极，正合该绝子绝孙！"劈面一抓，杨芃奋力一挡，将他这一抓荡开，发觉对方的力道似乎比最初交手之时稍减，心里才没有这么惧怕。

原来羊吞虎给他抓了一把穴道，虽仗着金钟罩的功夫，并无大碍，但给扭了麻筋，一时间未能复原，气力只能使出原来的八成。

不过这八成气力，已经胜过了杨芃。时间一长，杨芃的气力是越来越弱，而羊吞虎的酥麻之感渐渐消失，却是越来越强，杨芃东躲西闪，又陷入了险象环生的境地。

那少女见杨芃险象环生，大为着急，突然使出险招，身躯一矮，从一柄大刀底下钻过，她身法快到极点，那军官把大刀斩下之时，她已欺到了身前，刷的一剑，就穿过那军官的咽喉。其他二人吓得心胆俱寒，大叫道："褚大人，你快来呀！"

褚蒙本来是要他们抵挡十招的，这时已经是过了十招了，但褚蒙只顾自己，他的功力恢复了七八成，看了那少女的本领，自忖还未有把握胜得了她，于是有心让手下多打一会，消耗那少女的气力，然后自己再以逸待劳，不愁不把那少女手到擒来。至于手下是死是活，他可管不了那么多了。

褚蒙应道："别怕，别怕，我就来啦！"话是如此，却迟迟不肯上前。

那少女杀掉了一个军官，对方所布成的犄角之势，已是给她打开缺口，不能互相呼应。那少女指东打西，指南打北，不过数招，把那两个军官也都杀了。

褚蒙这才一跃而起，取出了一对护手钩，哈哈笑道："小妞儿，你长得不错呀，跟我做个贴身丫头吧，过几年我把你收房，有你的福享呢！"

这少女几曾听过这样的肮脏话儿，柳眉倒竖，“呸”的一声骂道：“臭贼，我不杀你，誓不甘休！”剑光如练，一招“玉女投梭”，就刺到了褚蒙前心。

褚蒙笑道：“你要杀我，我可疼你呢。”他口中说笑，手底却是不敢放松。那少女剑招来得凌厉之极，褚蒙虽是把她的招数一一化开，但也颇费气力，心里想道：“看来只有把这小丫头杀了，才好放火去烧江海天。”

那少女急着要去援助杨芃，必须先把褚蒙打退，一轮急攻不下，心烦意躁。褚蒙哈哈大笑，立即转守为攻，双钩飞舞，俨如两道银蛇，紧紧裹住那少女的长剑。护手钩本来是克制刀剑的一种兵器，褚蒙的功力也比那少女高强，登时把她杀得手忙脚乱。

幸而那少女的剑法是她家传的独门剑法，她面临性命危险的关头，保卫自己，乃是出于本能，这么一来，她不急着要冲过去赶救杨芃，专心对付褚蒙，褚蒙看不出她的剑法家数，倒也有点顾忌，一时间却是不易取胜了。

这少女勉强可以自保，杨芃却又临到了性命危险的关头。羊吞虎已恢复如初，掌力越催越紧。杨芃却是气力越来越弱，连招架也感到为难。

羊吞虎一声狞笑，左掌一圈，把杨芃身形罩住，右掌一起，朝着他的天灵盖就打下来。这正是他先前曾施展过的那招杀手，他恨杨芃刚才叫他上当，如今再次使将出来，狞笑道：“你再叫爹爹吧！”

杨芃暗叫：“我命休矣！”但总不能束手待毙，明知无济于事，也只好奋力招架。

羊吞虎这一掌，掌挟劲风，来得本是又快又狠，但不知怎的，眼看就要打着杨芃的天灵盖，却忽地打了一个寒颤，就差那么一点，掌势便在杨芃的头顶上空停了下来。

说时迟，那时快，杨芃已是一招“天王托塔”，双掌齐推，只听得“砰”的一声，羊吞虎竟然跌了个四脚朝天。

这一下大出杨芃意料之外，他只求能够化解敌人的杀手，于愿已足，想不到敌人竟给他的掌力震翻！杨芃心道：“莫非有诈？”腾的飞起一脚，把羊吞虎踢得又翻了个筋斗，羊吞虎双眼翻白，哼也不哼，显然已是毫无抵抗的能力。

原来这是江海天暗中相助之功。他所行的“大周天吐纳法”已将功德完满，体内散乱的真气，只差少许，还未曾凝聚丹田。但他眼看杨芃性命不保，焉能不管，于是冒险施为，使出隔空点穴的功夫，点了羊吞虎的“肩井穴”。此穴一点，羊吞虎足以裂石开碑的绵掌掌力，丝毫也使不出来了。

杨芃全神应付对方杀手，江海天是袖中笼指，使出隔空点穴的功夫，他丝毫也没发觉，只道当真是自己的力量战胜了敌人。当下哈哈笑道：“原来你也是银样蜡枪头！”拾起了刚才被打落的匕首，刀锋一吐，挖了羊吞虎的一颗眼珠，接着嗖、嗖两刀，割下了他的两边耳朵。喝道：“滚吧！留待姨父取你性命！”

羊吞虎痛彻心肺，剧痛之下，穴道解开。他心里明白，这一定是江海天暗助，生怕江海天取他性命，听得一个“滚”字，如奉纶音，掩着伤口，狂奔出洞，逃出之后，这才忍不住痛，惨叫起来。

江海天心地仁慈，听得羊吞虎的惨叫之声，远远传来，心道：“杀了他还好一些。这孩子武功极好，只是手段却未免太狠辣了！”他行功未曾完满，使出“隔空点穴”的功夫之后，真气有一股窜出丹田，幸而他已做了八九成功夫，这一股真气窜出，尚无大碍。他知道杨芃与那少女联手，定然可以打败褚蒙。当下便不再分心，低首闭目，全神运功，收束真气。

褚蒙见了羊吞虎的惨状，吓得心胆俱裂，连忙也要逃走，可是他还未逃得出洞，已给杨芃追上。杨芃喝道：“你侮辱我的纨姐，还想活命吗?”越过他的前头，匕首照面便刺，褚蒙的本领，其实还稍稍在他之上，但他只道羊吞虎是这少年杀的，早已吓得慌了。

褚蒙双钩一锁，意欲夺取杨芃的匕首。锁拿刀剑，本是护手钩的特长，他这一招用得也确实不错。可惜他吓得慌了，手腕颤抖，双钩交锁，却不能合缝，露出了好大一个破绽。杨芃匕首乘虚而入，倏地划过，割破他的腕脉。那少女亦已追来，补上一剑，刺中他的背心。

褚蒙双钩坠地，“扑通”跌倒。杨芃道：“这狗官污言辱你，你要不要亲手杀他？”那少女道：“我不想杀人了。他腕脉割断，已成残废，也够他受了。就让他去吧。”

杨芃笑道：“纨姐，你心地忒也慈悲。好吧，看在你的份上，姑且饶他一死。这支花翎，送给你玩吧。”拔下褚蒙顶戴上的花翎，一把将他抓了起来，摔出山洞。

那少女笑靥如花，说道：“这花翎倒很好玩，多谢你的礼物。但你不如拿去送给小华吧，也好叫她知道你替她出了口气。”杨芃笑道：“你以为我只会讨好小华么？她年纪还小，我讨好她，她也不会领情的。”那少女道：“什么领情不领情的？你安着什么心眼儿了？”

杨芃笑道：“你才是小心眼儿，我只是说句笑话而已，你可想到哪儿去了？好吧，现在咱们说正经话儿。这小孩子看来倒是很聪明伶俐的，你要不要带他回去，做个书童？”

那少女道：“我才不学小华呢，我不喜欢臭小子服侍，我不要什么书童。不过，这小孩子武功、胆量倒是都很不错，你给他解开穴道，问问他叫什么名字？小小的年纪，为什么和祁连三兽结上了梁子？”

杨芃道：“我才懒得问他这许多说话，我又不想和他交朋友。时候不早，咱们也该走啦。”那少女道：“你救了人家，就该做好人做到底，这不过是举手之劳。”杨芃道：“我并不是说不救他呀。好，解开了他的穴道，咱们就走了。”

杨芃只道解穴不过是举手之劳，哪知羊吞虎的重手法点穴，却是独门手法，他试了几次，竟然毫无效果。只弄得林道轩苦着脸儿，却又叫不出声。

那少女道：“怎么？解不开吗？这孩子似乎难受得很呢！”杨芃红了脸皮，走到江海天身边，他看出江海天并不是着人点穴，不由分说，闷气就发泄在江海天身上，双掌一推，说道：“我给你赶跑贼人，你倒舒服得很，坐在这里动也不动！哼，你是什么人，那些强盗为什么不杀你？你是强盗的同党么？”正是：

小子无知真可笑，英雄当面自夸功。

欲知后事如何？请听下回分解。

第十六回　大侠酬恩承重诺
少年负义昧良心

江海天恰好此时功行完满，张开了眼睛，说道："是，我是惭愧得很，我没有能力保护小徒，多亏了你们啦！谢谢，谢谢！"他是天下第一高手的身份，胸襟也特别广阔，并不以小孩子的无礼言语为忤，还按照江湖的规矩，将这两个乳臭未干的少男少女，当作恩人看待，向他们作了两个长揖。

杨芃怎知道他自己的性命也是江海天救的，他喜欢受人恭维，心安理得地受了江海天的礼，也不还礼，说道："哦，原来你是这孩子的师父么？你徒弟的武功倒似乎很不错呀，你却怎的如此不济！你既是他的师父，那些强盗为什么让你安然在这儿打坐，不来杀你，却只是去欺负你的徒弟？"他好奇心起，不问清楚，又不想走了。

江海天道："我的骨头硬，那些强盗硬杀我不了。"杨芃道："这是什么意思？你的话真怪，要骗我不？杀一个人还不容易！"江海天道："那些强盗试过的，他们当真杀不了我，不是骗你。"杨芃道："好，我来试试！"举起匕首，就想刺他一刀。

那少女急忙拉着了他，道："芃弟，这人疯疯癫癫，你怎么和他认真起来了？你本意是要救他的，岂可杀他！"

杨芃脸上一红，说道："是。我一时没想到这人是个疯子。"江海天又好气又好笑，道："我不是疯子，你们两位稍留，我还有话和你们说。"

杨芃收了匕首，道："你是疯子也好，不是疯子也好，你的徒弟我不管了，你自己管吧！”

江海天伸指遥点，一缕锐风，破空射出，在距离三丈之外，解开了林道轩的穴道，说道：“轩儿，你也过来多谢这两位恩人。”

杨芃这才吃了一惊，心道：“果然有点本领，大约不是疯子。”

林道轩过来行了礼，他气血未曾舒畅，只能低声地说出“多谢”二字。但心里却有许多疑团，想问杨芃和这少女。

杨芃因为不能解开他的穴道，有点不好意思，说道：“好了，咱们救人已经救彻，可以走啦。”江海天忽道：“且慢！”

杨芃道：“怎么？你还有什么事情要我帮你忙吗？”江海天道：“我不能平白受了你们大恩，意欲投桃报李，报答你们。你想要什么？你们都是爱好武功的，是么？”杨芃一时不解其意，翻了翻眼睛道：“是又怎么？”

与杨芃同来的那个少女心思灵敏，眼珠一转，已然明白江海天话中之意，笑道：“敢情你是想教我们几手功夫，作为礼物么？”武林习俗，长辈教小辈几手功夫作“见面礼”，或者当作某事的酬劳，那是常有之事，在这样情形下，就无须要定师徒的名分。

杨芃的聪明本来不在那少女之下，但他骄傲得紧，根本就不想到这层，听了少女的话，不觉纵声大笑，朝着江海天道：“你真的有这个意思么？哈哈，这可真是笑死人了！你今日若然不是侥幸碰上了我，你早已自身难保了，还说教我武功？莫说你这点本领，我看不上眼，比你再强十倍百倍的，我还不屑学他们的功夫呢！哈哈，你当真有这意思么？”

江海天从来不打诳语，微微一笑，说道：“好，那就作罢论吧。算是我不自量力。”

林道轩运气一转，血脉已然畅通，说道：“杨公子，你莫小觑了我的师父，我师父是江大侠，人人知道的江海天、江大侠！”江海天道：“轩儿，不许乱用大侠二字，你师父只是个普通人。”林道轩嘀咕道：“这又不是我说的，我爹爹的朋友在谈到你的时候，都是这样称呼的。”

杨芃好奇地盯着江海天，说道：“什么江大侠？你说人人知道，我就没听说过！嗯，以你的武功而论，那手隔空解穴，吓吓江湖上的凡夫俗子，那也足够有余了。江湖上的大侠小侠，本是互相标榜的，你有这手功夫，称称大侠，那也无妨。”

杨芃对江海天这手隔空解穴，其实也是暗暗佩服的。但他还不知道江海天一身超凡入圣的武功，隔空解穴，对江海天来说，不过是微末之技而已。所以杨芃虽然也佩服这手功夫，总还觉得不能与他家传武功，相提并论，他听江海天口气，竟是承认想教他几手功夫作为礼物，心里很不舒服，不假思索，便把江海天大大奚落一番，尖酸刻薄，不留余地。

江海天淡淡说道：“小孩子不懂事，我早说过我不是大侠，杨公子何必认真。杨公子你一定是名家子弟了，令尊大名可能赐告吗？”江海天尽管极是谦虚，心里也有点诧异：“他小小年纪，武功如此高强，父亲定是个大有来头的人物，怎能不知道我的名字？”

杨芃哈哈笑道：“你想和我爹爹交朋友么？你别妄想了，我爹爹脾气很坏，等闲之人，他是决不理会的。你不用知道他的名字了。”说罢，就想与那少女同走。江海天道：“杨公子，且慢！”杨芃回头道：“你这个人怎么纠缠不清？尚有何话要说？”

江海天道：“对不住，我想向你打听一个人。你有个表妹，名叫‘小华’，她收了一个书童，是吗？”

杨芃嗔道：“这又关你什么事了？”江海天道：“那书童的名字是不是叫做李光夏？”

那少女道：“不错，你认得他？”江海天道：“他是我一个朋友的儿子，我正要找他。你姨父姓甚名谁，家住何方，这个可以见告吧？”

杨芃冷笑说道：“我姨父脾气比我爹爹更坏，他杀人不眨眼的，外人不得允许，到他那儿，也不用他动手，他家的仆人早就把你一刀杀了。”

江海天微笑道：“我虽不知你姨父名字，但我知道他也有意思想见我的。”杨芃道：“你怎知道？我不相信！”江海天道：“我见过你的小华表妹，她亲口对我这么说的。”

杨芃道：“小华倒是对我说过，说是有坏人要找这个孩子。”江海天道：“不错，那是另外一帮人。但不是我。”杨芃哈哈一笑，说道："我知道你不是坏人，你是江大侠。但我表妹也没提过你。"江海天道："我老实告诉你吧，我是那孩子的师父。"林道轩赶忙也插口道："我和他是从小一起长大的结拜兄弟。"

杨芃道："我不管你们的闲事。你说我姨父想见你，那你就等他来找你吧。要不然你自己打听去。我对你们的事情毫无兴趣，我可要走啦！"

那少女道："你们放心，我的表妹对那孩子很好。好得连芃哥都快要吃醋啦！"说罢，抿嘴一笑。

林道轩连忙说道："好姑娘，我求你一件事情。我名叫林道轩，下次你见到你表妹，请你告诉她，我还活在世上。"那少女不觉又是噗嗤一笑，说道："你活在世上，与她有何相干？你未必认识她吧？"

林道轩道："我是请她告诉光夏，免他挂念。"那少女道："好，我放在心上了。"林道轩道："你表妹高姓大名，可以给我知道吗？日后碰上了，我也好向她道谢。"那少女笑道："小华倒是很有人缘。好吧，她是个小姑娘，我不怕告诉你她的名字，她姓竺，竹枝头下面两画的竺，双名清华。我姨父的名字，你就不必问了。"林道轩道："是。姑娘，你的高姓大名呢？我也要向你道谢呀！"

那少女似是颇为欢喜林道轩，笑道："很少见你这样又大胆、又活泼、又啰唆的孩子！好吧，告诉你吧，免得你问个不休。我复姓上官，单名一个纨字。丝旁一个弹丸的丸。今天救你，是杨家哥哥的功劳，你无须向我道谢。"

杨芃冷冷说道："你这孩子真是啰唆。我是要替表妹出气，才杀这班人的，根本不是为你，也无须你来道谢。我姓杨名芃，草头下面一个凡字的芃，告诉了你，免得你来多问。好啦，纨姐，别再在这里耽搁了，咱们走吧！"言辞、神色，大不耐烦。

江海天忽又说道："且慢！"杨芃怒道："你们的话有完没有？我可没有时间和你们扯谈。"

江海天道："对不住，再耽搁你们片刻，我只是想说几句话表明我的心意。"杨芃道："你想说的，我已经知道啦。不必再啰唆了。"头也不回的就走出山洞。他只道江海天要说的左右不过是些感激的话儿。

江海天毫不动气，平平静静地说道："杨公子，上官姑娘，即使你们不是存心救我，我也总是欠了你们的情。日后你们若有用得着我的，只要不是为非作歹，我可以答应给你们做一件事情。你们记着吧！"他用的是"传音入密"的上乘内功，声音一如平常，杨芃在山洞外面已走出半里之遥，还是听得清清楚楚。

杨芃冷笑道："这人真是不知自量，我杨芃有事还需求外人么？天大的事情，有我爹爹和你姨父，都不用愁。"

上官纨走在后头，却大声说道："多谢你的好意，我记在心上，预先多谢了。"赶上杨芃，说道："你怎可以如此没有礼貌。我看这姓江的只怕当真是有点来历。"杨芃道："管他是甚来头，他的本领，总不能胜过我的爹爹和姨父。"他们的私下谈论，江海天虽是听不见，但他只听到了上官纨的大声回答，也可以想象得到杨芃的傲慢的反应了。

林道轩愤然说道："这姓杨的小子居然敢瞧不起师父，他只道只是他救了咱们，却不知道你也曾救了他的性命。师父，你为什么不告诉他？"

原来江海天以隔空点穴点倒羊吞虎，林道轩在一旁却是看出来了。这并不是因为他的武学比杨芃高明，而是因为他在角落里全神观战，而这几日他又曾学了江海天的点穴手法，所以江海天虽是袖中笼指，他从羊吞虎受创的迹象，已看出是师父的神通。

江海天笑道："我怎能与小辈一般见识。而且，他也确是对咱们有恩。大丈夫立身处世，应该只记别人的好处，不可只记别人的坏处。除非他真是大奸大恶，那又另当别论。"林道轩道："是。多谢师父训诲。"江海天哈哈一笑，道："轩儿，难得你悟性很高。好，咱们也该走啦！"

林道轩跟着师父，走出山洞，只觉步履轻健，大胜从前，心中惊奇于师父所传的内功之神妙，暗笑那杨芃当面错过，有眼不识泰山。

两人走上山头，向藏龙堡的方向遥望过去，只见烟雾弥漫，余烬未灭，堡中的数十幢建筑，崇楼高阁，都已化成了一片瓦砾了。

林道轩想起那十分爱护自己的张家老仆，不觉热泪盈眶，哽咽说道："张伯只怕已是凶多吉少了。那些杀人放火的强盗，我、我恨不得把他们一个个杀掉！"烟雾之中，还隐约可以看得见幢幢黑影，也不知道是放火的官兵未曾走开，还是乡人已经回来救火。

江海天轻轻抚摸他的头顶，说道："好孩子，这笔账你记下来吧。但你更要记得受鞑子残害的不只你张伯一人。报仇不是只凭血气之勇，逞快一时。你要学你爹爹和你李家叔叔的榜样，只有把鞑子赶出去，那才是报了国仇。"

林道轩道："是。我跟师父学好本领就找我的爹爹。只可惜李叔叔已被鞑子杀害，光夏哥哥如今又被人迫作书童，不知何日方能相见？"

江海天道："好在如今也得到了一些线索，知道他是在一个姓竺的人家了。这姓竺的既是武林中大有本领的人物，慢慢总可以查访出来。"

林道轩道："师父，咱们现在上哪儿？"江海天道："我先带你去见你的大师兄。然后再做商量。你大师兄叫叶凌风，我叫他在一个名叫曲沃的小县城等我。"

从米脂到曲沃，快马也要走个五六天。江海天来的时候，是日夜不停地施展绝顶轻功赶来的，也走了四天。现在他带着林道轩一同回去，当然不能这样赶路，累坏了孩子。两人脚程虽然比平常人也还是快得多，但走到曲沃，已是花了十一天的时间。江海天本来与叶凌风约定，多则十天，少则八日，他回到曲沃的。一算起来，连来时的四天与养病的三天时间在内，他回到曲沃，先后已是隔了一十八天。超过了原来约定的时间八天了。

江海天以为叶凌风没有其他事情，虽然超过了约定的时间很多，他难免等得心焦，总还会在曲沃等候。哪知叶凌风做出的事情，却大大出他意料之外。

且说叶凌风与师父分手之后，最初那十天八天，的确是安心等候。他在旅舍里用功温习江海天在路上传授给他的各种功夫，足不出户，大有进益。过了十天，他自修告一段落，师父未见回来，他可就有点不安心了。

叶凌风心里想道："师父虽然武功盖世，但总是孤掌难鸣。前来缉拿林清的大内高手为数众多，他此去说不定刚好碰上。哎呀，只怕凶多吉少，即便不是死于非命，亦已受了重伤了。"

叶凌风越想越是害怕，"我是江大侠的掌门弟子，江湖上也已经有许多人知道了。师父若是遭逢不幸，我难免也受牵连。上次在泰山遇敌，还有个萧志远帮手，这次倘若遇上了敌人，我单身如何对付？不如、不如，三十六计，走为上计！"

"走向哪儿呢？回家去么？"他想起了当年离开之时曾发誓不再回家，他也想起了自己"壮志未酬"，回家未免太失颜面。他踌躇许久，终于摇了摇头。

忽地脑海中现出一个清丽的少女的影子，那是他的师妹，江海天的女儿江晓芙。"对啦，我为什么不趁这个机会回师父家去？师母是邙山派掌门，她可以保护我。哈，这真是一举两得之事，我不是早就想回去和师妹见面的么？可是师母问起来，我怎么说？师父的消息还未确切知道，难道我可以捏造说他已死了？要不然就捏造说他被大内高手捉去了？"

那两匹受伤的骏马——赤龙驹和白龙驹，经过十天的调治，也早已养好了伤。这两匹神驹都可以日行千里，本来他可以飞骑赶到米脂探听消息，也不过是两天工夫便可到达。但他一来不敢；二来他心中也有自私的打算，碰不上师父，固然危险，师父倘安然无事，碰上了，师父仍然必定与他去寻觅李光夏，这么一来，何时方能重见师妹？

师妹若是独处深闺，候他回去，那还罢了，偏偏还有个师弟宇文雄在她家中养病。他想起了江晓芙那日在荒谷中给发现之时，对宇文雄亲热的情形，不觉嫉火如焚，心道："我不趁这机会赶快回去，给宇文雄这小子捷足先登，那可就是太不值了。对啦，我可以对师母如实地说，师父到了米脂，就失了音讯，我途中遇敌，行藏已露，只好逃回报讯。即使师父他日安然无事，回到家中，但约期已过，他也不能怪我独自回家。我回去报讯，也正是为了师父啊。说不定他还会嘉奖我当机立断呢！"

思念及此，心意立决。其时已是傍晚时分，他决定第二日一早便动身回去。当下趁着天色未黑，上街去采办干粮和一些需要在路上应用的东西，马鞍坏了，也得再配一个。曲沃是个小县城，他随处溜达，采购东西，不知不觉，走到了行人稀少，靠近城门的一条小街道，迎面突然碰上一人。

这人粗眉大眼，虬髯如戟，突然在叶凌风的面前止步，说道："这真是巧遇了，你师父呢？怎么，你瞪着眼睛，不认得我了？"

叶凌风猛地一惊，这虬髯汉子不是别人，正是曾叫他吃过苦头，在德州丐帮分舵门前，用烂泥团打下他的青钢剑，令他当众丢脸的那个大盗尉迟炯。

叶凌风一惊之下，不自觉地便往旁边躲闪。尉迟炯伸出蒲扇般的大手，一把拉着了他，哈哈笑道："不必害怕，我和你的师父早已化敌为友，我还能打你吗？哎哟，好小子，你怎么打我？"

原来叶凌风被他一把拉住，本能地便是反掌一推，尉迟炯脚步跄踉，"哎哟"一声，嘴角竟然沁出血水，但他立即又是一抓，五指似铁钳般的把叶凌风抓住。

叶凌风动弹不得，心里着慌，连忙说道："我这是无心之失，你、你拖着我干吗？"

尉迟炯喘着气说道："快带我去见你师父！"叶凌风听他气息重浊，深觉有异，仔细打量，这才发现他面如黄蜡，似带病容，身上穿的那件棉袄，也有一摊血渍，看得出是有血水从里面沁出来。

叶凌风道："你为何要见我师父？你碰上什么事情？先说清楚。"他料想尉迟炯多半是受了伤，心里就不那么惧怕了。

果然尉迟炯说道："你不见我是受了伤么？后面有三个鹰爪孙追我！闲话少说，快快带我去见江大侠！"

叶凌风道："你把手放开，再听我说。"

尉迟炯哈哈一笑，说道："好小子，你拜了师父，还不到三个月吧？武功已是大胜从前了。险些我也给你推跌一跤。"五指松开，叶凌风也是一个踉跄，方才站稳脚步，心里暗暗吃惊："这厮受了重伤，居然还是远胜于我。他身上流血，口中也在吐血，想必内伤外伤都很不轻。那三个鹰爪孙能够将他打得重伤，一定是非常厉害的人物了！哎呀，不妙，不妙。这事还是少惹为佳。"

尉迟炯怎知他的心思？他因为叶凌风是江海天的徒弟，早已把他当作了自己人，过去的小嫌，哪还会放在心上，当下说道："走呀，那三个鹰爪孙就要追来了，你还不往前带路？"

叶凌风淡淡说道："哦，原来你是要求助于我师父。"尉迟炯着了恼，"哼"的一声说道："你是奚落我么？不错，我平生从不求人，只除了江大侠。我敬重你的师父，才求他。你是不是不愿带路？"

叶凌风领教过他的厉害，知道他的性情极为粗暴，说不定一言不合，又会拳头相向，被他一顿排揎之后，不敢再说冷言冷语，于是依实说道："我师父不在此地。"

尉迟炯浓眉打结，顿足叫道："晦气，晦气！你何不早说？"原来他是准备逃进城来找一个黑道上的朋友的。这位朋友和他的交情不算很深，而且武功也不过仅是二流角色，但为人甚讲义气，却是尉迟炯素所深知。尉迟炯是被敌人追得紧急，无可奈何，才想到了要来投奔这位朋友，在他家中暂避一时的。因此当他遇上了叶凌风，便立即改变主意，想要求助于江海天了。

不料叶凌风和他磨了许多时候，这才说出江海天不在此地，把个尉迟炯弄得啼笑皆非。要是叶凌风早说，他还来得及去找那位朋友，如今已是来不及了。

叶凌风道："对不住，我师父不在此地，我是无力相助。你自己想法子吧。祝你平安无事，后会有期。"

尉迟炯双眼一翻，一步跨过了他的前头，说道："慢走！"叶凌风道："怎么？"尉迟炯道："你坐的是赤龙驹还是白龙驹？把你的坐骑暂借给我！"尉迟炯曾乘坐过白龙驹，也知道赤龙驹的脚力与白龙驹不相上下，都是日行千里的骏马。只要自己一跨上马背，敌人就休想追得上他。

叶凌风聪明绝顶，尉迟炯想得到的，他当然也早已想到了。尉迟炯还未知道，这两匹龙驹都在此地哩。

可是叶凌风却有他自己的打算，心里想道："我要救你不难，两匹坐骑正好合用，可是我为什么要受你拖累？你受了伤，我非照顾你不可，你是侮辱过我的人，我犯得着为你冒这样大的风险么？

何况我还要回去与师妹团聚呢，更不能带你同走了！”

尉迟炯道：“你迟迟疑疑，意欲如何，借是不借？”叶凌风道：“不瞒你说，我的坐骑是有一匹，但既不是白龙驹，也不是赤龙驹，而且我那匹坐骑，也正在生病！”

尉迟炯鉴貌辨色，一听就知他是说谎，怒道：“好小子，亏你是江大侠的徒弟，简直没半点大丈夫的气概！明人跟前别说假话，你不愿借不是？”伸出蒲扇般的大手，倏地又抓着了叶凌风。

叶凌风冷冷说道：“你要求我相助，最少也得说两句好话吧？你一来就动手动脚，你欺负我不打紧，但你也是瞧不起我的师父了！”

尉迟炯怔了一怔，叹气道：“龙游浅水遭虾戏，虎落平阳被犬欺。罢，罢！我尉迟炯本来不应求你！”

尉迟炯恼怒之下，一甩手把叶凌风推开了几步。叶凌风心里冷笑，“你不缠我，我正是求之不得。”如遇大赦，转身便跑。

尉迟炯出了口气，忽地心念一动，“不对，不对。这小子莫非是在骗我？”吸了口气，忍着疼痛，迈开大步，如影随形的又追上了叶凌风。

原来尉迟炯一起了疑心，叶凌风说的话，他已全不相信。心想：“江大侠带他出江湖历练，怎会将他抛在这样一个小县城里？一定是这小子不怀好心，阻止我与他师父见面！江大侠义薄云天，我可不能和这小子一般见识。”他凭着经验推测，断定江海天是在此地，所以仍要跟踪叶凌风去看个究竟。却不知叶凌风说的这个倒不是假话。

叶凌风回头见他追来，吓了一跳，道：“你怎么还不赶快找寻藏身之所，老跟着我干嘛？”尉迟炯道：“到你的寓所拜会你的师父呀！”叶凌风道：“我师父确实不在此地，你不相信，只有自己倒霉！”

尉迟炯冷笑道：“你知道我是个杀人越货的大盗么？你师父在此，我和你就是朋友，他不在此，嘿，嘿！我就不用和你讲交情啦！我也不杀你，你的坐骑我则是非借不可的了！再说得清楚点，我不是向你求助，我是以强盗的身份劫你的坐骑，你依得要依，不依得也要依！”

叶凌风暗暗叫苦，心中正自盘算如何摆脱这个“灾星”，忽听得蹄声得得，三骑快马已经进了城门。

叶凌风大惊之下，抬头望去，只见是三个军官，他只认得其中的一个是“祁连三兽”中的鹿克犀。

原来鹿克犀在藏龙堡受伤之后，回去再请援兵，和他同来的这两个军官，一个是御林军的副统领贺兰明，一个是带刀侍卫李大进。御林军有两个副统领，贺兰明的本领在另一个副统领褚蒙之上。李大进也是内廷侍卫中有数的高手。

尉迟炯则是与妻子分手之后，来山西访友并寻觅李文成的孩子的。他虽然拜托了江海天，但觉得自己也不应置身事外，是以私下仍然在暗中帮忙江海天打探消息。

无巧不巧，贺兰明等人在路上遇上了尉迟炯。贺兰明的本领已经与尉迟炯不相上下，加上一个李大进便稳占上风。鹿克犀经过了十天调养，伤也好了。三人联手，把尉迟炯打得重伤。但尉迟炯也打伤了李大进，并将他们的坐骑都用飞锥射杀。他们是在驿站换了马匹，再追来的。

尉迟炯拉了叶凌风一把，悄声说道：“快走，咱们此刻是有祸同当了！”要知叶凌风毕竟是江海天的徒弟，到了这样紧要的关头，尽管尉迟炯憎恶他，也还是把他当作自己人看待的。

他们所在之处是在一条偏僻的小巷，靠近城门，但也还隔着一条街道。此时已是入黑时分，小城的街巷转弯抹角，交叉穿插，最长的一条街道也不过十来丈远便要转弯，马匹难以驰骋，这正是适合于他们逃跑。

叶凌风一阵迟疑，说道：“咱们分头逃走，分散他们的注意不更好吗？”他实在不愿意受尉迟炯的拖累，还是打着自己的如意算盘，只要抢先一步，回到客店，他就可以跨上骏马逃走。而且分头逃走，料想那三个鹰爪孙当然是去追捕尉迟炯，决不会分出人手去追他。

尉迟炯心头火起，却又不便出声斥骂，就在此时，贺兰明眼利，已经看见了尉迟炯的背影，哈哈笑道：“好个恶贼，还想逃么？

哈哈，他只有一个同党，不足畏惧，将他们一齐捉了！”鹿克犀道：“不限定要活的吧？”贺兰明道：“不错，活的拿不着，死的也要！”鹿克犀一按鹿角叉，嗖、嗖、嗖三支短箭射出！

叶凌风听得他们把自己当作尉迟炯的同党，吓得拔脚飞奔，他跑得快却跑不过那支短箭，眼看就要给箭射中，幸亏尉迟炯手快，他打落了射向他自己的那两支箭后，一跃而前，还来得及用劈空掌将射向叶凌风的那支短箭打落。

贺兰明等三人下马进来，尉迟炯喝道：“来而不往非礼也，看锥！”一扬手还敬了三柄飞锥。他受伤之后，力道已减，这三柄飞锥也都给对方打落，但毕竟也阻了他们片刻。

尉迟炯悄声斥道：“胆小鬼，镇定些！听风辨器，拔剑防身。好，我让你在前，我给你殿后。”他只道叶凌风是江海天的徒弟，这听风辨器之术自当是精通的了。哪知叶凌风对上乘武学的诀窍倒学了不少，这听风辨器之术却是要经过长期习练的，他懂得一点，远远还谈不上拿来应用。他一急之下，将剑狂舞飞奔，剑光闪烁，随着他的身形，正好给了敌人作个追捕的目标。

贺兰明哈哈笑道：“是个刚出道的雏儿！”他们这一边三个人胆气更壮，甩手箭、金钱镖、飞蝗石等等暗器纷纷射来，尉迟炯殿后，以劈空掌力扫荡暗器，掩护叶凌风，时不时还发出飞锥还敬。但这么一来，他在受伤之后，气力是更为耗损了。

曲沃是个小县城，天黑之后，街道上已是行人寥落，商店大都关上了铺门。此时突然出现了贺兰明这几个凶神恶煞般的军官，在街道上追逐逃犯，暗器乱飞，更是吓得鸡飞狗走，行人逃避一空，还未收市的店铺也赶紧钉上了大门。暗器倒没有误伤行人，但街道“肃清”之后，尉迟炯与叶凌风被作为追捕的目标，则是更显明了。尉迟炯无处可以藏匿，只盼能够赶快跑到叶凌风的寓所，即使江海天果真不在此地，他们也可以跨上骏马逃亡。

尉迟炯跑过了几条街道，囊中的暗器已是发个净尽，无法还击，而对方的暗器则还在打来。尉迟炯正在暗暗叫苦，忽见叶凌风一纵身跳上了民房。

尉迟炯只道是叶凌风的寓所已近，振起精神，跟着上去，贺兰明一抖手发出了三支甩手箭，尉迟炯跳跃不灵，右腿中了一支，但他手按屋檐，一个翻身，仍然跳上了瓦面。

但他受伤之后，身形已是摇摇晃晃，脚步跄踉不定。叶凌风忽地转身，非但不是扶他，反而突然一掌，将他打下屋去。尉迟炯做梦也想不到叶凌风会落井下石，饶他功力再高，也是难以避开，这一掌打得委实不轻，将他跌了个四脚朝天！

原来叶凌风已看出他受伤之后，轻功不灵，有意跳上民房摆脱他的。尉迟炯“不识相”仍跟上来，叶凌风一个狠心，登时就施辣手！

尉迟炯气得七窍生烟，破口大骂：“臭小子，你简直不是人！”他骂声未了，贺兰明等人已是哈哈大笑，追了到来，扬声叫道：“好一个聪明的小子，你做得好，你立了功劳，就不必再逃了，下来领赏吧！”

李大进日间吃了尉迟炯的大亏，此时一来是为了报复，二来是为了争功。一马当前，抢上来就要活捉尉迟炯。

尉迟炯心道：“大敌当前，这小子以后再找他算账。”蓦地一声大吼，跳起身来，便是一掌。李大进料不到他重伤之后，还是如此凶猛，给他一掌打得狂喷鲜血，尉迟炯站了起来，他却倒下去了。

贺兰明大怒道：“好个恶贼，你已是死到临头，还不束手就擒？”挥动长鞭，向尉迟炯猛烈抽击，鹿克犀则发暗器助战。果然是如叶凌风所料，他们最紧要的是捉拿尉迟炯，并没有分出人手追他。

尉迟炯虽然勇猛，受伤之后，毕竟是寡不敌众，恶斗了数十回合，终于被贺兰明擒了。正是：

明刀无足惧，暗箭最伤人。

欲知后事如何？请听下回分解。

第十七回　布下玉笼囚彩凤
安排香饵钩金鳌

叶凌风如飞逃跑，隐隐还听得尉迟炯高呼酣斗之声，渐远渐弱，终于完全静止。料想尉迟炯已是被那几个军官所擒。

这时，叶凌风也已回到客店，松了一口气，心道："幸亏那几个鹰爪孙尚未知道我是何人。尉迟炯看来是个硬骨头的汉子，他即使恨我，也会看在我师父的份上，决不至于把我供出来的。"

想至此处，叶凌风却不禁脸上发烧，他毕竟未曾良心尽丧，这时头脑稍稍清醒下来，不由得有点内疚于心，尉迟炯是个硬骨头的汉子，他自己呢？

叶凌风暗自苦笑："那几个鹰爪孙叫我前去讨赏，嘿，嘿，他们哪知我胸中抱负，竟把我当作卖友求荣的小人了！"他自嘲自笑，却又自宽自解，心道："大丈夫应当随机应变，尉迟炯根本不是我的朋友，我也没有能力助他，我前途如锦，难道要给他连累送命不成？他是个无恶不作的大强盗，又曾欺侮过我，我打他一掌，那也是他应得之报！别想他了，那几个鹰爪孙擒了尉迟炯之后，只怕还要追来。我得马上逃走！"他给自己找出了"理由"，又觉得自己并没做错了。

店里的客人，早已得知外面有公差追捕逃犯的消息，人人躲在房里，不敢出来。掌柜和伙计，关牢了大门，聚在账房里屏息以待，只怕有公差借故前来查夜。叶凌风从外面进来，穿窗而入，谁都没有发觉。

叶凌风匆匆收拾了行装，留下了一锭银子，当作房钱，又悄悄地溜了出来。马棚在客店侧面，小县城的客店，所搭的马棚十分简陋，根本无人照料。马棚里也只是有叶凌风那两匹马。

叶凌风三步并作两步，走进马棚，摸索着正要解开系马的绳子，黑暗中忽听得有人发出了一声怪笑，似是枭鸟夜啼，令人毛骨悚然。

叶凌风大吃一惊，喝道："是谁?"那人阴阳怪气地说道："叶公子，你干的好事啊!"

叶凌风拔剑出鞘，朝着那声音来处，刷的一剑就刺过去。那人身手矫捷之极，叶凌风一剑刺去，"咔嚓"一声，剑尖刺进了系马的木桩。

那怪客却并不还手，说道："贺兰明和独角鹿就要追来了，这个时候，你还要与我动手，你想等着他们来捉你么?"叶凌风一听，这怪客似乎没有恶意，连忙拔出剑来，斩断系马的绳索。那怪客又是一声怪笑。

叶凌风防他暗袭，横剑当胸。只听得那怪客说道："你一个人何需两匹坐骑?这一匹给了我。"黑暗中他竟似看得见叶凌风的动作，在叶凌风要拉第二匹坐骑之前，他已抢先发话。

贺兰明等人的吆喝声已经可以听见，叶凌风不敢与他争夺，抢出马棚，骑上了白龙驹便跑。贺兰明与鹿克犀刚好追到这一条街。贺兰明道："好小子，这一匹马可不错呀!喂，你跑什么?你立了功劳，不是想要功名富贵么?"

叶凌风回头一瞥，只见尉迟炯被扣了手镣，长长的铁链，握在贺兰明手上。尉迟炯双眸炯炯，正自向他射来!

叶凌风不敢再望，刷的一鞭，策马向相反的方向逃跑。鹿克犀道："哼，这小子不肯投顺咱们。"一按鹿角叉，嗖的便是一支短箭射来。

叶凌风反剑一挥，将短箭拨落。贺兰明道："不错，将这小子射死了，对咱们更有好处!"一扬手，飞镖随着短箭疾射而来。他是意欲杀了叶凌风抢他的坐骑。

贺兰明功力又在鹿克犀之上，飞镖后发先至，白龙驹跑得虽然很快，但正走到待道转弯之处，不能随意驰骋，飞镖挟着劲风，已是射到他的背后。

叶凌风心头一震，这支飞镖来势极猛，只怕不是自己的本领所能打落，忽听得“当”的一声，似是有两支飞镖在空中碰个正着，在他后面同时落下。

贺兰明喝道：“好呀，这小子还有同党！”另一骑马也从马棚中窜了出来，贺兰明一手三暗器，一枚透骨钉射叶凌风，另外两支飞镖向相反方向打那怪客。

叶凌风已经转过了弯，跑到第二条街，白龙驹四蹄如飞，霎一霎眼，已又到了这条街的尽头，那枚透骨钉打不到这么远的距离了。

叶凌风听得那怪客哈哈的笑声，看来也没有给暗器伤着。叶凌风无暇理会他，自顾自逃跑。小县城的城门只有一个年老的更夫看守，哪敢阻拦于他。叶凌风一剑劈开铁锁，便自出城去了。

跑到了路上，可以自由驰骋，不过一会，已把那小县城远远甩在后面。叶凌风这才松了口气，再也不用害怕贺兰明追上来了。

可是贺兰明追他不上，另一个人却追上了他。他跑了一会，又听到了那怪客的笑声。那怪客坐的赤龙驹，和他这匹白龙驹不相上下，追上来了！

这怪客的笑声十分刺耳，叶凌风心道：“这人行径古怪，来历不明，即使他并无恶意，也是以避开为妙。”可是两匹坐骑，脚力不相上下，尽管叶凌风快马加鞭，那怪客虽然越不过他的前头，却也是不即不离地跟在他的背后。

那怪客笑道：“叶公子，可以歇歇啦。”叶凌风道：“你是谁？怎么老跟着我？”那怪客道：“今晚我总算帮了你的忙，你为何要躲避我？咱们下马谈谈，我是谁，我自然会告诉你。”

叶凌风对这怪客委实是有点害怕，想了一想，说道：“你帮了我的忙，这匹马我送给你当作谢礼便是。咱们素昧平生，有什么话好谈的？”

那怪客道：“可谈的多着呢。比如说你今晚干的好事，不是就可以谈一谈么？”叶凌风吃了一惊，道：“你说什么，我可不懂。我干了什么好事了？”

那怪客哈哈笑道：“明人跟前，何必说假。叶公子，你今晚干的事情我都瞧见啦！嘿，嘿！哈，哈！你不想听我说，你心里害怕，是么？可是，你不听我说，我可要对你师父说去。嘿，嘿！江大侠倘若知道尉迟炯是你把他丧送给鹰爪孙的，你猜他会把你怎么样？你这掌门大弟子还能当得成么？”

叶凌风听了，心头大震。想起拜师之日，他师父告诫他的一条条严厉的门规，倘若今晚之事，当真让师父知道，只怕不只是不让他做掌门弟子，说不定还要取了他的性命。

叶凌风勒马说道：“你意欲如何？”声音已是微微颤抖，那怪客跳下马来，说道：“骑着马不方便交谈，下来吧。这地方正好说话。”

这时正是天濛光的时候，路上还没有行人，这是一条靠着山边的小路，两山挟峙，下面是湍急的河流。他们正来到山坳之处，地形相当险峻。叶凌风杀机陡起，心道：“这人知道了我的秘密，若留活口总是后患。”下马之后，佯作要和他拉手，陡然便是一掌拍出。

叶凌风曾见他打落贺兰明的暗器，知他武功甚高，这一掌全力施为，使的乃是师父所授的“须弥掌法”的精妙杀手。指望出其不意，一掌就击毙他！

那怪客叫道：“哇，哇，不得了，叶公子，你好狠呀！”身形摇晃，他闪避得已经甚是巧妙，可是江海天所授的须弥掌又岂比寻常，“卜”的一掌，仍然打中了他。那怪客大叫一声，跌了个四脚朝天。叶凌风想不到这么容易就收拾了他，喜出望外。当下上前察看，看他死了没有。

叶凌风走近两步，正要踢他一脚，将他身子翻转过来，看他是死是伤。临时心念一转，笼手袖中，却把长袖在他身上轻轻一拂。

只听得“嗤”的一声，那怪客突然跳起，一抓就把叶凌风的袖子撕下了一大幅。原来他是诈死来诱叶凌风上当，幸而叶凌风见机得早，要不然若是举脚踢去，就决难躲得过他这一招凌厉的大擒拿手，即使是改用剑刺，在这样意外的情形之下，也难免给他把兵刃夺去。

叶凌风一觉不妙，那怪客已扑了到来，冷笑道：“好狡猾的小子！”说话之间，已用分筋错骨手法接连发了三招。

接连三次都没有抓着叶凌风，那怪客“噫”了一声，只见寒光疾闪，叶凌风已是拔剑出鞘，朝胸便刺。

原来叶凌风在上前察看之时，已预防会有意外。他新近学会了天罗步法，那怪客武功虽强，对这种奇妙的步法却从未见过，是以接连三抓，都落空了。

叶凌风胆气顿壮，心道：“师父所传的本领果有奇效。”当下以迅捷无伦的追风剑法，向那怪客展开了狂风暴雨般的攻击。

那怪客赞道：“好剑法！”一记劈空掌将剑尖荡歪，也抽出了刀来，笑道：“你师父的剑法虽然精妙，但你却还未成气候，要想杀我，那还是差得太远！”

那怪客看得很准，叶凌风跟了江海天两个月，学的功夫是很多了，但都是在路上口授的心法、诀窍，还有就是在休息的时候，把一些招数演给他看。但江海天与他同行的这两个多月，天天忙着赶路，休息的时候很少，他演了一趟，叶凌风已是没有多余的时间练习。认真来说，他拜师之后，下苦功练武的时间只有在客店的这十天。饶他是聪明绝顶，也不过仅能把招式、步法练得相当纯熟而已，还未谈得上“熟极生巧”，更谈不上心领神会，临敌之际，运用自如，随机应变。

果然过了三五十招，那怪客摸熟了他的路数，叶凌风的破绽便渐渐显露。激战中叶凌风脚踏八卦方位，侧身进剑，这本是“天罗步”配合“追风剑”的一招精妙招数，但他连用两次，那怪客料到第三次还是这样，预先抢占了他所要踏上的方位，大喝一声：“撤剑”，刀背一磕，果然把叶凌风的长剑打落。

那怪客哈哈一笑，长刀一圈，把叶凌风身形罩住，道：“叶公子，你服了么？”叶凌风“哼”了一声道：“你这点本领算得什么，你敢让我回去，再过三个月，你就不是我的对手！”他揣测这人可能是像尉迟炯一类的绿林好汉，这类人最为好胜，因此试用激将之计。

不料这怪客并不受激，反而点了点头，道：“你这话说得不错。

江海天武功天下第一，你已得了他的衣钵真传，人又聪明绝顶，再过三个月，我自问是打不过你的了。嘿，嘿，可是现在你却打不过我，咱们可以好好地谈一谈了吧？”

叶凌风道：“你要谈些什么？”那怪客笑了一笑，说道：“叶公子，我先问你一件事情。今晚我才知道你的心狠手辣，我瞧，七步追魂手褚元一定是你杀了的吧？”

叶凌风道：“不错，是我杀的！你可知道褚元早已投靠了官府，是绿林的叛徒……”他不知道这怪客身份如何，但心想他既是与贺兰明等大内高手作对，若非侠客，就是盗魁，一定也会憎恨绿林叛徒的。

话犹未了，那怪客已是截断他的话道：“褚元是什么人，我不必你告诉我。他是我的老朋友！”

叶凌风吃了一惊，失声叫道：“你、你是——”那怪客道：“我不但是褚元的老朋友，又是御林军副统领贺兰明的师兄。我名叫风从龙，你总该听得褚元说过我吧？”

叶凌风胸脯一挺，朗声说道：“大丈夫可杀不可辱，我既落在你的手上，你就杀了我给褚元报仇吧！”他自思难逃一死，想起了自己是江大侠的掌门弟子，岂能向敌人乞怜？因此尽管心中害怕，显现的却是一副英雄气概。

风从龙哈哈大笑，纳刀入鞘，说道：“我要毁你，还何必给你打落贺兰明的暗器。你聪明狡狯，心狠手辣，我就正是欢喜你这种人。今晚幸好给我碰上，要不然你给我师弟杀了，那就真是太可惜了！”

叶凌风惊疑不定，道：“你、你也是朝廷的、的官儿么？”他本来要说的是鹰犬二字，到了口边，却改成了“官儿”。

风从龙道：“叶公子，在你眼前，我怎敢说是官儿。你是我的少主人，风某要想升官发财，那还得靠你叶公子的提携。”

风从龙越说越奇，叶凌风更是吃惊，道：“你究竟是什么人？为何认我做你少主？”

风从龙笑道：“我已经说得这样明白，你还不知我是谁么？嘿嘿，你不知道我，我却知道你。叶公子，你已经到了曲沃，为何不回去看你爹爹？你骑上这匹马，用不了三天就可赶到西安了！”

叶凌风颤声道：“你，你是我爹爹手下？”风从龙打了个哈哈，道：“你总算猜对了，我是陕甘总督叶大人的护院统领。你爹爹派出褚元找你，褚元一去不回，我也只好亲自出马了。你杀了褚元之事，我替你隐瞒，你跟我回去吧！”

叶凌风虽然吃惊，却也放下了心上的一块石头，暗自想道：“他是我爹爹手下，料想不敢杀我。”说道：“我不回去。你只当找不着我就是了。”

风从龙冷冷说道：“叶公子，你放着一个好好的总督少爷不做，却去跟一班江湖反贼胡混，我真不知你抱着什么打算？江海天肯收你作掌门弟子，你大约也是隐瞒家世，冒认别人为父了吧？”

叶凌风面上一阵青、一阵红，斥道：“大胆奴才，无礼！”

风从龙冷笑道：“叶少爷，这‘奴才’二字，你爹爹还不敢这样叫我呢。不错，我是你爹爹的护院头儿，但我是拿了大内总管的荐书去的。我只是对当今皇上才称奴才，你爹爹可还得怕我三分哩，你懂了么？”

叶凌风是个七窍玲珑的人，一点即透，如何不懂？这个风从龙是拿了大内总管的荐书到陕甘总督衙门当护院头儿的，换言之也即是皇上派他去监视他爹爹的。此事并不稀奇，历来做皇帝的都是猜疑心重，每一个封疆大吏的身边，都会安插下朝廷的耳目，并不单是对他父亲如此。

叶凌风明白了风从龙的双重身份之后，“少主人”的架子是不敢再端了，但仍是不肯回去，放软了口气说道：“人各有志，我不愿回总督衙门当少爷，这是我的事情。你替我隐瞒，我总会记得你的好处。”

风从龙笑道：“多谢了。你不用对付褚元的手段来对付我，我已经是感激不尽了。叶公子，我知道你的心意，你是舍不得不做江海天的掌门弟子吧？你学了他的武功，可以称雄天下。嘿，嘿，这也确实是比做一个总督的少爷更强一些。好，你既立定了这个志向，那我就成全你吧！”

叶凌风大吃一惊，这“成全”二字，在江湖人物口气，有正反两方面的解释，他只知道风从龙要下手杀他，登时吓得面色灰白。

风从龙哈哈笑道："叶公子不用惊疑，咱们打开了天窗说亮话吧，只要对大家都有好处，那你做江海天的弟子又有何妨。我不揭穿你的底细，让你安心跟江海天练成武功。这好了吧？"

叶凌风迟迟疑疑问道："不知你可想得到什么好处？"

风从龙道："你先跟我回去一趟，见见你的爹爹。咱们再仔细商量。反正你的坐骑日行千里，也用不了几天工夫。你见了爹爹之后，什么时候要走，都任由你。此事包在我的身上，你不必害怕你爹爹留难。"

叶凌风想了一想，说道："不，我还是不能回家。"风从龙眉头一皱，说道："大少爷，你当真不肯给我一点薄面么？"叶凌风道："不是我不给你面子，我是害怕……"风从龙道："害怕什么？"叶凌风："害怕在路上碰见我的师父。"

风从龙怔了一怔，道："你师父去了陕西么？"叶凌风道："不错，他到米脂去走一转，这几天就要回来的了。"风从龙道："到米脂干什么？"叶凌风料想瞒不过他，说道："到米脂藏龙堡打听林清的下落。"

风从龙脸上露出笑意，说道："你倒没有说假。他干嘛要去打听林清下落？"

叶凌风心想，这风从龙既然见过了贺兰明与鹿克犀，关于李文成的秘密他想必也已知道了一些了，便道："是去给林清送讯。告诉他关于李文成的事情。"

风从龙道："那日在泰山上助李文成杀了朝廷四个高手的是谁？"叶凌风嗫嗫嚅嚅说道："这个，这个——"风从龙道："你不必吞吞吐吐，我已知道你是一个，还有另一个是谁？你不说实话，我也会查出来的，那时你休怪我用狠辣的手段来对付你。"

叶凌风暗自思量："萧大哥已回川北，反正他是就要举事的了。他既然敢亮出旗号与朝廷作对，这事说也无妨。"便道："是萧青峰的孙儿萧志远。"

风从龙道："很好。我再问你，李文成临死时对你吐露了什么秘密？”

秘密是有的，那就是李文成说的那两句联络暗号，他与好几个地方的反清首领已搭上了关系，约定好了，以后倘若不是他亲自到来，其他的人就必须凭那两句暗号作为联络。

叶凌风知道此事关系重大，尽管他怕死贪生，一时间也还是不敢吐露。

叶凌风人很机灵，心里害怕，脸上却装作满不在乎的神气，镇定如常地说道：“那李文成是个老江湖，我于他虽有拔刀相助之恩，毕竟也还是初次相会，他岂能倚作腹心，将秘密吐露给我。”风从龙道：“难道他对后事全无交代？”叶凌风道：“有是有的，他把他的儿子托给我们，要拜在我的师父门下。”

风从龙老于世故，叶凌风的说话哪些是真，哪些是假，他一听就听出了个七八分，心里想道：“这小子狡猾得很，但我也不好迫得太紧了。好，且来个先松后紧，叫他知道我的厉害。”

风从龙道：“叶公子，你是当真不肯回家的了？”叶凌风道：“我学成之后，自会回去。”风从龙道：“你是怕江海天知道你的身份，便要把你逐出门墙？”叶凌风道：“正是这个道理，所以我怕现在回去，在路上碰见我的师父，你我同行，给他盘问起来，那就不妙了。风统领，你今日放过我，我日后不会忘记你的好处。我可以把一种上乘武功，偷偷传给你。”

风从龙淡淡说道：“我今年五十有二，重新再学一种武功，那是决难有甚成就的了。我不想要你这个好处。”叶凌风心里着慌，说道：“那你想要什么？只要我力之所及……”

风从龙哈哈一笑，提高了声音说道：“叶公子，你要我放你不难。今后我随时会派人与你联络，江海天结交的都是一些图谋不轨、反抗朝廷的江湖人物，你得到什么消息，都要告诉我。你答应了，我再把联络的办法告诉你。”

叶凌风大吃一惊，说道：“这，这你不是要我作你们的‘细作’么？”风从龙冷冷说道：“一点不错。我就是要你在江家卧底，否则我何必让你做江海天的掌门弟子？”

叶凌风满面涨红，似是感觉受到极大的侮辱，说道：“你这是作践我，你干脆把我一刀杀了吧！”

原来叶凌风当年弃家出走，的确是有着一番抱负的。

他出生在官宦人家，自幼聪明伶俐，很得父母宠爱，小时候他是根本不知民间疾苦，也不懂得什么要为国为民的道理的。后来来了一位姓崔的教书先生，这人文武双全，是个志在反清复明的义士，他为了逃避朝廷的通缉，改了名字，躲进襄阳知府衙中教书。那时叶凌风的父亲正是襄阳知府。

叶凌风受了这位教书先生的熏陶，渐渐懂得了一些道理，也渐渐留心世务。在一个知府的衙门里，只要是肯留心，总可以看到官府欺压百姓的不平之事。他也曾为这些事情和父亲吵过嘴，他父亲吵不过他，最后也总是说道：“小孩子懂得什么？你爹爹是做皇上的官，有不服王法的暴民，爹爹自然要整治他。只要皇上赏识我的能干，即使是冤枉了几个老百姓，那又算得什么？”

那位崔先生知道了他和父亲吵嘴，反而劝他多些忍耐，先学好了本事，日后才能施展胸中抱负。崔先生的武功不是很强，他除了将自己所学倾囊授与之外，还授意叶凌风，叫他跟家中的“护院”练武，这些“护院”，都是他父亲重金礼聘来的各地名武师；或是判了死罪的江洋大盗，他父亲私自开释，找别个死囚顶替，却将这些大盗收作护院的。叶凌风曾跟七步追魂手褚元学过武艺，就是这个时候的事情。

这位教书先生叫叶凌风忍耐，原因就是避免叶凌风的父亲对他起疑。岂知他的东家早就对他起疑了。他看着儿子的言行都不大对劲，于是一面暗中派人监视他这位崔先生，一面盘问儿子，老师平日除了书本之外，还教了他一些什么。他父亲问得很巧妙，常常是在家常谈话中若不经意地问他。但叶凌风也很机灵，怎肯实说？反而在回到书房之后一五一十地对先生说了。

崔先生知道此地不可久留，立刻决定逃走。叶凌风想出了一个妙计，可以助他逃走，但却要崔先生带他同走，他才肯帮忙。崔先生一来是疼爱这个弟子，二来也为了本身安全，答应了他。于是在一个晚上，叶凌风请几个本领最高的“护院”喝酒，酒中放了麻汗药，这本是江湖上最常见的下三流行径，瞒不过精明人的。但那些“护院”却怎想得到他们的少爷也会使用这种江湖勾当，结果这看来是拙劣的计划竟告成功。叶凌风也从此随着崔先生流浪江湖，避祸塞外。

那个时候的叶凌风，确是有着一番抱负，要驱除鞑虏，恢复中华的。可是他在官宦人家成长，他爹爹又是个名利之心极重的大官，因此尽管他受了先生的熏陶，家庭的影响仍是不能完全去掉。这就是他后来念念不忘即使是为国为民，也要“出人头地”的原因所在。

但此际，风从龙要他在江家充当细作，要他当鹰犬的鹰犬，这可是他也不能忍受的了。他一怒之下，胸中热血沸腾，居然誓死不从，倒颇出风从龙意料之外！

风从龙斜着眼睛瞅他，发出嘿嘿的笑声，笑声、眼色透露着无限的冷酷与阴险，说道：“叶公子，不必我亲手杀你。我只须把你今晚所做的事情告诉江海天，再把你的身份说给他听。嘿，嘿，我看江大侠也不会轻易饶了你吧？你死在我的手里，你还可以硬充好汉；但倘若你给师父废去武功，逐出门墙，嘿，嘿，人人知道你是个临危卖友的小人，江湖上的侠义道可就不能容你了！”

叶凌风心头大震，他知道风从龙绝不是虚声恫吓，他倘若真的这样做，师父也必然如他所说的那样处置他。即使不杀掉他，至少也要废去他的武功。这可要比死更为难受。

风从龙冷冷说道：“叶公子，你仔细想想。我看还是咱们合作的好。我给你隐瞒遮盖，只要我不说出去，你师父绝不会知道你的秘密。你既可以学成天下第一等武功，又可以暗中为朝廷效力。这可真是两全其美哪！”

叶凌风心乱如麻，他费尽心机，好不容易才得到江海天收为弟子，怎能给人轻易地毁了他的前途？还有他那美丽聪明的师妹，他又怎舍得下？师母屡次透露口风，已是有意把女儿许配与他的了。但若果自己不答应风从龙，风从龙就可以破坏他的姻缘。自己一给师父逐出门墙，那就什么都完了。

叶凌风心里想道：“暂且答应了再说，做不做还在我呢。我学成了武功，找个机会把他杀掉灭口，那就不用受他挟制了。”

叶凌风在风从龙阴险冷酷的目光下渐渐软化，终于像只斗败的公鸡，颓然说道："风统领，你赢了。我依你就是。"

风从龙似是早已看透了叶凌风的心思，说道："你我合作，这是彼此有利的事情。叶公子，我不怕你使奸。你的秘密，我不会透露给你师父知道，但我会写下来留给御林军统领，作为绝密的档案。即使你将来杀了我也没用。今后你必须听我命令，你明白了么？"

叶凌风面色灰白，他自以为聪明，岂知碰上一个更为老辣险狠的对手，看来今后一生，恐怕再也逃不脱他们这一伙人的掌握。但叶凌风也没有办法，只好干笑说道："风统领，你也忒多疑了。咱们义气博义气，我怎会想到要暗算你呢？"他对风从龙实是害怕到了极点，只求早早过关，先离开这个魔鬼般的人物。

岂知风从龙还不能让他就此过关。

叶凌风道："我可以走了吧？"风从龙冷冷说道："你急什么？我还有话说。"叶凌风无可奈何，只好又坐下来，听他说话。

风从龙拍拍他的肩头，说道："叶公子，你我合作，须得彼此有诚意才行，你若不说实话，叫我怎能相信你有诚意？"叶凌风硬着头皮道："我几时有说假话？"风从龙道："你刚才说的那位萧志远，他与小金川的冷天禄、冷铁樵勾结，谋叛朝廷，你就没有告诉我！我知道你们二人交情极好，你敢说你不知道吗？"

叶凌风大吃一惊，心想："这事情他怎么也知道了？"只好说道："你没问他，我一时想不起来。"

风从龙冷笑道："好，那么这件事情也就算了，我再问你另一件事情。李文成是天理教派出江湖联络各大帮会、各地不轨之徒的使者，他临死之前，曾对你和萧志远说出一张名单，名单上的人有与他有往来的人物，你把那些人的名字对我说说。"

叶凌风这一惊更是非同小可，暗自想道："李文成是曾经说过几个人的名字，这几个人是与他定了联络的暗号，他还来不及告诉总舵主的，可是却并非所有与他有来往的人，更没有什么名单呀！"

风从龙哈哈笑道："叶公子，你一定惊讶我是怎么知道的吧？老实说，萧志远已落在我们手中，他经不起拷打，全都供了。我现在就是要与你作一对证，看你说的是不是实话?”

叶凌风惊疑不定，最初的想法是：“萧大哥是铁铮铮的汉子，岂会招供?”随即再又想道：“蝼蚁尚且贪生，只怕到了生死关头，当真是招供了也说不定。至于那张子虚乌有的名单嘛，或许是他受迫供，熬不过酷刑，就所知的说了之外，胡乱再凑上几个人的。”

他哪里知道，风从龙是来套他口供的。风从龙是一个极为干练狠辣的老江湖，他只知道冷天禄叔侄在川北起义，以及李文成在教中的身份这两件事情，其他都是他凭着经验推断出来的，所以说得有七八成近乎事实，却也并不全对。至于说到萧志远落在他们的手上，那就完全是编造出来的了。可叹叶凌风自己贪生怕死，以小人之心度君子之腹，竟以为萧志远也是如此。

风从龙阴狠的眼光向他迫视，冷冷说道：“萧志远连你也供出来了，你还要隐瞒吗?”叶凌风咬了咬牙，说道：“好，我把我所知道的都对你说了就是。”风从龙哈哈笑道：“好，这才对啦!”

叶凌风道：“李文成临死之前，是曾说出几个名字，但什么名单，那却是没有的。我可不能胡乱捏造、诬供。”风从龙道：“那你就说你所知道的吧。”

叶凌风道：“有川北的徐天德、冷天禄；陕北的张士龙、张汉潮；山东虞城的郭泗湖，山西潞氏的丘玉，李文成说的就是这么多了。”

风从龙双眼一翻，道：“就仅是六个人吗?”叶凌风道：“这六个人是李文成已经有了联络，但未曾告诉总舵主的。其他的人，天理教的总舵已经知道，他还何须多此一举，告诉外人。你太多疑心，太无道理!”

叶凌风侃侃而谈，倒似显得有几分“理直气壮”，风从龙拍拍他的肩膊，哈哈笑道：“叶公子，不是我信不过你，是我怕你偶然忘记，有所遗漏。”叶凌风大声道：“你要我胡乱罗织不相干的人么？这种缺德的事，我可不干!”

风从龙连忙说道：“当然，当然。你毕竟算是江海天的掌门弟子，是一个侠义道。我怎能要你胡乱诬赖好人呢？咱们以后彼此提携的日子还长着呢，我今日有甚无礼之处，叶公子你也得包涵包涵。”

叶凌风本来是捏着一把汗的，一听风从龙的口气已经是完全相信了他，这才放下了心上的石头。原来他也还瞒着几个重要的人物，而且那最关紧要的两句暗号，他也没说。他所说的那六个人，张士龙是米脂藏龙堡的堡主，虽是陕北武林的领袖人物，但他收藏林清的消息已经泄露，官府也已知道的了，所以，叶凌风以为说也无妨，张汉潮是张士龙的堂兄弟，藏龙堡若受官军所攻，张士龙自会通知他躲避。冷天禄，徐天德早已准备在川北起事，想来也已发动，不怕鹰爪缉拿。另外一个郭泗湖听说早已不在家乡，还有个丘玉已加入了天理教，天理教的总舵出了事，他当然也会闻风远避。

叶凌风是经过一番考虑，才说出这六个人的名字的。他自觉于心有愧。于是想出了这些可以为自己罪行开解的理由，虽然还有点儿“内疚”，但也似“心安理得”了。他却没有好好想过，他泄露了这些秘密，不但对反清的义士有所损害，而他自己一旦失足之后，也就越陷越深！

风从龙向他说了几句好话之后，叶凌风以为可以走了，风从龙却又笑道：“叶公子且慢，还有一件紧要的事呢！”

叶凌风心中一凛，只道他听出了什么破绽，也只得硬着头皮说道：“我所知道的都已说了，你还要问些什么？”

风从龙笑道：“你知道的说了，我的话却还没对你说呢。咱们今后如何联络，这可是很重要的事啊！你怎能不问个清楚，就想走呢？看来你对咱们的合作，还是无甚诚意！”

叶凌风这才知道对方并非迫供，也就笑道：“你知道我是一个堂堂总督的少爷，怎懂得你们这些鬼门道。好吧，算我疏忽，未曾想起，那你风大人就吩咐吧！”

风从龙拱手道：“总督少爷，不敢，不敢。在名分上你是我的少主人，这‘吩咐’二字，可要颠倒过来说才是。好吧，少爷，你既吩咐我将这些‘门道’交代，那就请你留心听听吧。

“在东平镇上，我们开有一家酒店，就是临湖的那家。你今后若是在你师父家中，一有什么消息，你就假装到这酒楼喝酒，伙计们自会来问你的。

“要是我有什么事情要派人找你，你记着‘日月无光’这句暗号，说得出这句暗号的就是自己人。嘿，嘿，反叛朝廷的要‘反清复明’，我就偏要他日月无光！你懂得么？你记住了么？”

叶凌风心里暗暗叫苦，却还不能不赔着笑脸说道：“都记着了。”风从龙哈哈一笑，这才跨上马背，说道：“叶公子，你真是聪明人，我回去禀告总督大人，你爹爹一定会夸赞你的。你知不知道，你肯在江家‘卧底’，不但是帮了我的忙，更是帮了你爹爹的大忙啦！朝廷有旨，你爹爹就要调任四川总督，正是要去对付冷天禄、萧志远那班反贼。你这匹赤龙驹借与我，我可要赶着回你爹爹的衙门了！”

风从龙跑了之后，叶凌风才猛地一惊，心道：“他说我爹爹要去对付冷天禄、萧志远，哎呀，原来萧大哥并未曾落在他们的手中，我是受了他的骗了！”

叶凌风怔忡不安，惘惘然骑上马背，自己安慰自己道：“幸好那两句暗号我可没说。我所说的那六个人，谅他们也未必捉得到。只是，只是今后他们还是要似冤魂不息地缠着我，这可如何是好？”

叶凌风心乱如麻，忽地他脑海中现出江晓芙那天真烂漫的影子，心中想道：“以后的事以后再说，晓芙师妹总不会疑心我的。我赶回去，尽力讨好师母，先把婚事定妥再说。我是掌门弟子，倘再做了江家女婿，我即使有甚行差踏错，师父爱屋及乌，想也不至于便把我怎样。对，就是这个主意！”正是：

一失足成千古恨，再回头是百年身。

欲知后事如何？请听下回分解。

第十八回　排难解纷劳大侠
寻徒觅药斗魔头

叶凌风赶回江家，一心想做师父的女婿，而他的师父，却正在为他感到不安。

江海天因为带着林道轩同行，不愿这孩子太过疲累，每天不过走一百多里，从米脂走到曲沃，距离和叶凌风分手的日子，已经是第十八天，亦即是说超过与叶凌风所约的期限八天了。

江海天到那客店一问，始知叶凌风早已走了。而且还留下几天房钱未结。那店主人还记得江海天是那一日和叶凌风同来的人，一见了他，便拉着他，要他代“同伴”结账。

江海天大为诧异，仔细查问，叶凌风为何没有结账就走。

叶凌风那一晚是为了躲避贺兰明等人追捕，在推跌了尉迟炯之后，回到客店，便匆匆跑的。店主人当然不会知道这些详情，但那一晚街上发生公差追捕逃犯之事，他们却是知道的。那一晚他们关上店门，躲在账房里惴惴不安，准备公差查夜。也正因如此，叶凌风什么时候回来，什么时候出去，他们都毫不知情。但后来贺兰明等人在他旅店门前，与叶凌风遭遇，发生了一场打斗，马嘶人叫的声音，他们却是听见了的。这店主人虽然不是江湖的人物，却也多少懂得一点江湖之事，他们疑心叶凌风是个逃犯。

江海天一人回来，向他们查问当晚之事。那店主人并不惧他，将他拉进账房，悄悄地告诉了他，乘机把叶凌风所欠的房钱多报了三倍。原来这店主人还算好心，不过是想占点便宜而已，倒不是要找江海天的麻烦。

江海天替徒弟还了房钱，忧心不已。暗自想道：“以凌风的本领，一般的鹰爪他还可以对付。就只怕他碰上了褚蒙一类的大内高手。这店主人说听得我那两匹坐骑嘶叫之声，却不知他是上马逃了，还是落在鹰爪的手中了？”

李文成的孩子没找着，叶凌风又失了踪，把个江海天急得似热锅上的蚂蚁，但他连叶凌风碰上的是什么人都不知道，留在曲沃也查不出所以然来，只好向回头路走，希望在江湖同道的口中，打听到一些线索。若然什么线索都得不到，那就回家安顿了林道轩再说。

江海天交游满天下，一路上也拜访了好几个武林中的头面人物，他们都说听得风声，有大内高手从他们地头经过，但他们的手下，却没有碰见过如江海天所说的那个少年和他所骑的骏马。

但走了几日之后，江海天忽然意外地在路上碰见两个人。

这一日他们经过吕梁山下，正在赶路，忽听得山上有人叫道：“江大侠，老朽在此等候多时了。上来叙叙如何？”

江海天听得声音好熟，一时却想不起是谁，心道：“这人用的是最上乘的‘传音入密’功夫，又自称‘老朽’，想必是一位武功极高的老前辈。”当下答道：“前辈见召，敢不遵命？”携着林道轩，便朝着声音来处，飞步上山。

林道轩道：“咦，这人在什么地方，我怎么看不见？”江海天笑道：“就看见了。”展开了“八步赶蝉”的绝顶轻功，林道轩在他牵引之下，脚不沾地，几乎就似是御风而行。

那人哈哈笑道：“什么前辈晚辈？你认不得老叫化了么？”江海天脚步一停，那人亦已到了他的面前。却原来是丐帮的帮主仲长统。

仲长统是他义父华天风的好朋友，和他师父金世遗当年也很有交情。江海天以前是跟着义妹华云碧称他叔叔的。他们二人最后一次是在水云庄云家分手，已经相近二十年没见面了。

江海天喜出望外，连忙上前行礼，说道：“仲叔叔，帮主，原来是你。”南北两丐帮合并之后，仲长统继翼仲牟而为丐帮帮主，丐帮与邙山派的渊源极深，江海天和他俩重交情，刚刚见面，一时想不到最适当的称呼，故此称他“叔叔”之后，又尊他一声“帮主”。

仲长统笑道：“日子过得真快，你这个当年的毛头小伙子如今已是名满天下的大侠了。这个小娃娃是你的徒弟吧？”

江海天道：“帮主叔叔，你这‘大侠’二字可折煞小侄了。这小娃儿名叫林道轩，他爹爹便是天理教的教主林清。轩儿，上来见过叔公。”

仲长统摸摸林道轩的脑袋，笑道：“父是英雄儿好汉，你这徒弟收得不坏呀。我的大弟子，你见过了吧？”

另一个中年化子，这时刚刚赶到。江海天认得他是仲长统的大弟子元一冲，几个月前曾在德州的丐帮分舵见过一面的。

元一冲面上有道伤疤，江海天上次和他见面的时候还未有的，显然是新受创伤了。江海天颇为惊诧，心道：“丐帮是天下第一大帮，元一冲在丐帮分舵之中，坐着第三把交椅，谁敢这么大胆，在他面上砍了一刀？”

仲长统道：“贤侄，你可是得着风声，赶着回去么？”江海天道：“什么风声？”仲长统道：“近来各处义军纷起，清廷恐妨武林中的各帮各派与义军联结起来，所以御林军的军官与大内高手几乎倾巢而出，侦察各帮派的动静，丐帮与邙山派更是他们注意的两大目标。你的妻子是邙山派掌门，我以为你得到风声，所以赶着回家去助她应变。”

江海天道：“邙山派一向是清廷的眼中钉，此事也在我意料之中。我是要赶回去的，但也不急在早个一天两天。丐帮可是碰上了什么事情了么？”

仲长统性情直爽，笑道：“贤侄一猜便着。我在此相候，一来固然是为了多年不见，想与你叙叙，二来实不相瞒，也是碰上了一点麻烦，你若是没有别的紧要事情，我想请你作个伴儿，会一个人。”

江海天道：“可是朝廷鹰犬，找上了你麻烦了？”心想以丐帮的声势，除了朝廷鹰犬之外，别的人谁敢有这胆量找他麻烦。哪知这一次却完全猜错了，仲长统笑了一笑，说道：“老叫化行踪无定，鹰爪孙想找我的麻烦也找不着，他们只能广布眼线，侦察我帮的动静而已。这个找我麻烦的人，却是存心要与老叫化较量较量的。”

江海天吃了一惊，道：“这是个什么人物，如此大胆？居然指名要与叔叔较量么？”仲长统冷笑道：“他指名要我去向他赔罪呢！这即是存心与我较量了！”

江海天更是吃惊，道：“如此无礼，究竟是怎么一回事情？”要知即使撇开丐帮是江湖第一大帮这一点不说，仲长统也是当今之世顶儿尖儿的武林高手，二十年前，他的混元一气功已经名震江湖，如今炉火纯青，更是比从前高出不知几倍。

仲长统道：“吕梁山上的天笔峰盛产一种药草，是配制金创药最有效的药草。三十年前我经过天笔峰曾发现这个秘密，当时曾采摘了一些草本移植你义父华天风的药圃之中，承他告诉我配药的方法。但后来我却没有再到过天笔峰。天笔峰险峻难上，普通的刀火之伤，用平常一点的金创药已足以对付，我连年穷忙，自己抽不出空，也就犯不着叫帮中弟子前去采药冒险。

“这次是虞城的郭泗湖，他那支义军准备与官军大打一场，托我给他配制一批金创药，需要的数量很多，又要功效最快的。我就想起了吕梁山天笔峰的药草来，过了三十年，想必遍地滋生更为茂密，正好取来应用，便叫元一冲带了帮中四个弟子前去采药，这四个弟子都是我挑选出来的，功夫都还不错。以为采摘无主的野草，该不会有甚麻烦，哪知偏偏就碰到了意外。一冲，后来的事，你所身经，你对江大侠说吧。”

元一冲道：“我们五个人刚刚上了天笔峰，还未发现师父所说的这种野草，就碰上了一对少年男女，都不过十六七岁的模样，那少年十分凶横，一见就骂，说是不得此地主人允可，谁也不许上这天笔峰来。叫我们立即滚下去。我们这才知道天笔峰已经有人占据，当下就和他说理。”

江海天道：“不错，即使他们住在那儿，也不该霸占名山，自居主人！而且那些野生药草，也不是他家种的，焉有不许人上去采摘之理？”

元一冲道：“我也是和他这么说的。可是这乳臭未干的小子，根本就不和我说理。我只说了几句话，他动手就打了。”

江海天道：“这一打就把那自称天笔峰的主人引出来了吧？”要知元一冲是丐帮第三把好手，和他动手的只是个十六七岁的少年，江海天自是以为元一冲必胜无疑，但他脸上的刀痕又说明了他是铩羽而归，那么这一刀想必是赶来助阵的大人所斫的了？

哪知这一推测又是全部落空，元一冲面带羞惭，说道：“还没有呢。这小子乳臭未干，武功却是极为狠辣。我起初还原谅他年幼无知，不想与他一般见识，还生怕伤了他，却不料他一出手就是极为怪异的分筋错骨手法，我、我险些吃了大亏。幸而有混元一气功护身，还不至于给他扭伤筋脉。”

江海天诧道：“竟瞧不出他是哪一派的手法吗？”元一冲很不好意思地说道：“晚辈见识无多，竟是瞧不出半点端倪。”

江海天道：“后来怎样？”元一冲道：“后来我站稳了脚步，勉强和他打成平手。但四个师弟，却打不过那个女的。不到一盏茶工夫，都给她点了穴道！”

听到这里，江海天也不禁暗暗吃惊，仲长统刚才说过，这四个丐帮弟子，都是他认为“武功不错”，才挑选出来，做元一冲的助手的。仲长统口中的“不错”，那就最少是在江湖上第二流的好手了。一个年轻的女子，能够在不到一盏茶的时间之内，将四个丐帮好手点了穴道，也是足以震世骇俗的了。

元一冲接着说道：“我一急之下，使出全副本事，打了这小子一掌。想冲过去救援师弟，可是已经慢了一步，那女的已点了四个师弟的穴道，跑上来和我动手了。

“那小子给我打了一掌，大约是受了点伤，心头火起，竟拔刀从我背后砍来，我回身招架，面门给他砍了一刀。那女的动手快捷，一手抢了她表弟的刀，另一手点了我的穴道。”

听到这里，江海天忽地插口问道：“你怎么知道他们是表姐弟？”元一冲道：“我被擒之后，听得他们交谈，是以表姐弟相称。”林道轩也忽地叫起来道：“那男的是不是叫做杨芃，女的叫上官纨？”

仲长统喜道：“贤侄，原来你知道天笔峰这家人家的来历么？”

江海天道："上个月我曾经遇见一对武功很好的少年男女，也是以表姐弟相称的。如今听一冲所说，那对男女的年纪、脾气、武功家数等等，都似乎和我所见的相同。但我还未知道他们的门派渊源、父师来历。"

元一冲道："这么说来，多半就是江大侠所遇的那两个人了。他们并没说出名字，不过天笔峰那家人家的主人却确是复姓上官，单名一个泰字。"

江海天道："好，那你先说你的遭遇。你被擒之后，又是怎么回来的?"

元一冲道："那女的抢了她表弟的刀，说道：'这几个化子武功很好，又能上到天笔峰来，定有来历，不可将他们伤了，交我爹爹发落吧。'那男的说道：'我当然是要交给姨父发落的。不过这化子打我一掌，我气他不过，这才砍了他一刀。你当我当真是要杀他么?'就这么样，那女的折了山藤，就将我们五人缚成一串牵回家去。"

江海天与丐帮渊源极深，等于是一家人，所以元一冲不怕说出这些耻辱之事。为了让江海天知道一切细节，他说得很详细。但说到给那少女缚成一串之时，还是禁不住满面通红。

江海天道："人外有人，天外有天。在江湖上闯荡的人，哪一个不曾受过挫折。我少年时候，也曾屡次为人所擒的。元师弟不必耿耿于心，后来怎样?"

元一冲道："后来，那少女的父亲来审问我们，我是怕有辱师门，不肯说出师父的名字的。但他刁滑得很，把我们五人分开审问，不知是哪位师弟给他骗出口供，他知道我的来历之后，却单独把我放回，要我通知师父，说他名叫上官泰，他、他、他……唉，这真是奇耻大辱。"

仲长统道："上官泰要我亲自去向他赔罪，他才肯交回我帮中那四个弟子。丐帮的确是从未有过这样的耻辱，看来上官泰是存心要与我较量，折辱丐帮。不过，他虽然无礼之极，也还是依着江湖规矩约我当作私事处理，故此我也不便广邀朋友助拳。当然我也不能不提防他另有布置。贤侄，有你同往，那是最好不过了。"

江海天道："这件事很是奇怪，这上官泰也不知是何方神圣，竟无端端的来找你麻烦；不过，他的女儿，与那姓杨的少年却曾于我有恩。"

仲长统怔了一怔，大感奇怪。试想江海天是何等武功？何等身份？他是武林公认的第一高手，而且交游广阔，有甚事情难得倒他，何至于要接受一对少年男女的恩惠？这话从江海天口中说出，仲长统几乎不敢相信自己的耳朵，但他知道江海天素来说一是一，说二是二，既是他亲口说出，那就决不会是假的了。

仲长统一怔之后，甚是尴尬，打了个哈哈，说道："贤侄若有为难之处，那就不必去了。"

江海天笑道："就是没有老叔这回事情，我也要找这家人家的。"当下将自己在米脂藏龙堡的遭遇告诉了仲长统，仲长统这才知道原来是他在运功疗毒之时，那对少年男女曾为他抵御过鹰爪的袭击。

林道轩道："其实当时师父虽然不能走动，那些鹰爪也伤不了他。若说受恩，只是我受了他们的恩惠。而且师父也曾暗中救了那杨芃的性命，不过他不知道罢了。"

江海天道："这又不是做买卖，我怎能与小辈计较，说是已经报答他了？总之咱们是曾受了他的好处。不过我受他的好处，与上官泰之对仲帮主无理取闹，这却是两回事情。但上官泰既是上官纨的父亲，我也想请老叔给我一个面子，让我作个调人，只要上官泰肯放人，我看咱们也就可以罢手了。"

仲长统道："冲着贤侄的面子，只要他善罢甘休，我当然也不为已甚。"

林道轩道："师父，这回可要查明李家哥哥的下落了？"

仲长统道："哪个李家哥哥？"江海天道："就是李文成的孩子。"仲长统早已知道前半段事情，问道："现在还未知道他落在谁人手里吗？"江海天道："已经知道一点线索了。咱们边走边说吧。"

江海天将后半段的事情说了出来，说道："他现在是落在一家姓竺的人家手中，给竺家的小姑娘做了书童。现在已经知道的是，上官泰和杨芃的父亲以及那竺家小姑娘的父亲，这三人是襟兄弟。三人的行事都是极为古怪，不近人情。但尽管他不近人情，我总是要查个水落石出。不过这次的事情还是以老叔为主，待你们和解之后，我再向那上官泰查问。”

他们轻功迅速，说话之间，已到了天笔峰下。远远看见山上的一间石屋了。

山上有人掷下一块石头，喝问道：“来者是谁，胆敢上山？”跟着一个女孩子娇嫩的声音笑道：“你别吓坏了人家，待我来说。”“这天笔峰是不许外人擅自上来的，你们要采药到别处去吧。”说话声中，也掷出一颗石子，赶上了前面那块石头，一碰之下，小石粉碎，大石飞出的方向，也稍稍偏斜。看来那女孩子倒是一片好心，要令那颗石头失了准头，免致打伤了下面的人。

仲长统心中有气，一记劈空掌发出，他的混元一气功何等厉害，只听得呼呼风响，那海碗般粗大的石头，登时改了方向，转了个弯，飞上半空，就在半空中“轰”的一声，爆炸一般，裂成数十百块，陨石如雨！这还是仲长统念在那小姑娘“好心”的份上，要不然他若把这块石头反打回去，掷石的那个汉子，就更要大吃苦头了。

仲长统一掌打出，立即朗声说道：“丐帮帮主仲长统应约前来拜访上官山主！”声音发出，群峰回响，说到后面，前面的话语已变作回声，只听得“丐帮帮主”“上官山主”这些字眼交织成一片声浪，就似有数十百人在山中呼叫一般。

仲长统是有意用上乘内功，传声入密，试试那上官泰的本领，看他有无反应。要知声音从下面传至上面比较困难，仲长统估量自己的声音一定可以传到石屋里上官泰的耳中，要是上官泰不能同样传声送到他耳中的话，那就是上官泰输了。

心念未已，只听得一个冷傲的声说道：“知道啦。让来人上山！”前面三个字是答仲长统的，后面五个字是吩咐他的女儿和管家的。只是这么简简单单的八个字，充分表现了他的傲气，竟是连一个“请”字也不屑多说。

说话虽没礼貌，功力却是惊人。每一个字都似沉重的石块一般，听在耳中，心头如受敲击。江海天、仲长统当然不会受他影响，元一冲与林道轩二人可得赶忙堵上了耳朵。

江海天心道："此人从山上传声，顺风而下，虽是较易。但这份雄浑的功力，却也绝不输于仲帮主的混元一气功了。"当下微微一笑，对仲长统道："这是天竺传来的佛门狮子吼功，昔年西藏密宗的赞密大师或者有此功力，如今已是不多见了。"他这几句话听来只是与朋友闲话，也并不特别提高声音。但在石屋中的上官泰却是听得清清楚楚，不由得大吃一惊，心道："这人是谁，我只说了一句话，他就听出了我的武学渊源了？而功力的深厚，也似乎是只有在我之上，决不在我之下！"

不说上官泰在屋子里暗暗惊诧，且说江海天这一行四众，上了山峰，只见一个年约十五六岁的小姑娘，和一个青衣汉子走来迎接，那小姑娘果然是那日在藏龙堡见过的上官纨，青衣汉子则想必是她父亲的管家了。

上官纨也还认得江林二人，诧道："咦，你们怎么知道我在这儿？"她只道江林二人是来找她道谢的。林道轩笑道："我师父有未卜先知之能，他合指一算，就知你在这儿，特来向你道谢了。"上官纨忍俊不禁，笑得打跌道："你这小鬼头倒是很会说鬼话。"

江海天道："仲帮主是我的朋友，我们偶然遇上，听说上官山主约他相会，我也想会会当世高人，就陪他来了。却原来上官山主就是令尊，这真是巧遇了。但虽是巧遇，我们也正好借此机缘，向你道谢。"

那管家冷冷说道："这么说你们不是丐帮的了？嘿，嘿，你既知道我家主人是当世高人，那你也应该知道他是非高人不会。我家主人约的是仲帮主，不是约你，你赶快下山去吧，免得自讨没趣。"

仲长统双眼一翻，道："你简直有眼不识泰山，你知道他是谁？他——"正想说出江海天的姓名身份，江海天已抢着说道："我虽是无名小卒，但忝属仲帮主的朋友，或者你家主人看在仲帮主份上也愿见我呢？若是你家主人也要赶我，那时我再走也还不迟吧？"

仲长统哼了一声道："你开口高人，闭口高人，你认得几个高人。也罢，我不与你一般见识，废话少说，往前带路！"

那管家见过仲长统刚才所显的那一手劈石如粉的混元一气功，对他已是颇为怯惧，给他这么一喝，气焰顿挫，说道："仲帮主，你别动怒。我们做下人的，只知遵奉主人所定的规矩。贵友既然定要与你同来，那就请吧。"心想："他不知进退，我何必阻拦，就让他自讨苦吃好了。"他却不知江海天比仲长统武功更高，还只道他是等闲之辈。

上官纨对林道轩似乎颇有好感，说道："你们别怕，我爹爹倘若要为难你，我会给你说情。可是你可得记着一件事情。"林道轩道："什么事情？"上官纨悄悄说道："你千万别在我爹爹面前，称你的师父是什么'大侠'。你向我吹牛不打紧，若在我爹爹面前给你师父吹牛，我爹爹就定要与你师父比试武功，那时我也没法救你师父了。"

林道轩道："但我师父确实……"江海天已接着他的话道："不错，我确实不能称作大侠。轩儿，你还不多谢这位姑娘提醒你。"林道轩道："是，多谢姑娘。"却忍不住"噗嗤"地笑了起来，仲长统更是笑得打跌。

上官纨眼珠滴溜溜一转，问道："你们笑些什么？"仲长统道："没什么，我们只是觉得好笑。"上官纨道："是啦，这位小兄弟给他师父吹牛，你也觉得好笑了不是？"仲长统道："正是，正是。"不觉又笑了起来。上官纨哪里知道，仲长统是笑她年少无知，竟把一个名闻天下的武学宗师，当作了冒牌大侠。

江海天道："那位杨公子呢？"上官纨道："你是说我的表弟么？你来得不巧，他正好昨天回家去了。"想了一想，却又笑道："不过，也可以说是来得巧。那日你说要教我表弟几手功夫，他很不高兴，说你狂妄无知，简直是侮辱了他。好在他今日不在这儿，要不然他可能会叫我爹爹给你苦头吃的。"江海天道："是。我说错了话，也正是后悔得很呢。请姑娘包涵一二。"

说话之间，已到了那幢石屋前面，两翼石墙延展，围成一道弧形，像个西域的碉堡形式，建筑颇为雄伟。那个管家擘开喉咙叫道："丐帮帮主已经带到！"他回到了家，恃着有主人撑腰，胆气顿壮，说话又无礼起来，简直似是把个丐帮帮主当作个犯人看待。

仲长统忍住了气，只听得上官泰扬声说道：“蠢材，丐帮帮主已然驾到，还不快快将客人请进，还用禀告么？”上官泰听了仲、江二人上乘的传音入密功夫之后，说话倒是客气几分了。

上官纨悄悄说道：“我爹爹竟似对你们另眼相看，这真是少有的事。看来大约不会将你们难为了。”

那管家垂头丧气，将他们引进客厅，只见一个五十左右、身材魁伟的汉子坐在当中。仲长统踏进客厅，他才站了起来，略略欠身，施了一礼，说道：“这位是仲帮主么？”仲长统道：“不敢，正是仲某应约而来。”

上官泰目光从众人面上扫过，停在江海天身上，微微一凛，心道：“这人英华内敛，气宇不凡，刚才说出我武功来历的人，想必就是他了。”

上官泰注视了江海天片刻，问道：“这位朋友是——”江海天道：“小可山东东平县江海天。”他不想在上官泰面前掩饰身份，就大大方方地说出自己的名字。

江海天名闻天下，说出自己的名字之后，仲长统、元一冲两师徒都把眼睛看着上官泰，看他有何反应？在仲长统心中，以为上官泰即使不是肃然起敬，至少也要大吃一惊。

只见上官泰眉头一皱，果然似是有点诧异的神气，自言自语道：“江海天？这名字我似乎听谁说过？哦，对了，对了。纨儿，这位江先生就是你和杨家表弟，那日路过米脂。在山洞中碰到的那个人吧？”

这一反应大出仲长统意料之外。不错，上官泰是曾听过江海天的名字，但这却是因为杨芃凑巧碰上江海天，回来和他说起的。听他语气，在此之前，他却是从未听人说过江海天。

仲长统诧异极了，心想：“这上官泰难道在这二十年间，都是在这天笔峰上，与世隔绝不成？又难道他从来不与江湖朋友来往？怎的连江海天是何等样人也不知道！”

上官纨倒是吃了一惊，心道：“糟了，糟了。我一时忘记没有提醒他要他捏个假名字。表弟是将那日的事情都告诉了爹爹的，爹爹一定要试他的武功了。”只好点头说道：“不错，就是此人。他是来向我和杨表弟道谢的。”她倒是有意给江海天说句好话。

上官泰笑了一笑，说道：“凭你们这两个娃儿的本领，能给江先生帮上个什么忙，值得人家向你道谢，此事有点蹊跷！”

江海天一本正经说道：“令嫒令甥的确是于我有救命之恩。要不是他们拔刀相助，我与小徒那日定然难逃鹰爪之手。”

上官泰半信半疑，说道：“这么说，你要教杨芃的功夫也是确实为了酬谢他吗？或者，你是因为看出他的武功家数，要收他为徒，另有图谋吧？”

江海天不懂他说的是什么意思，但也听得出他是怀疑自己别有不好的用心。当下说道：“我不知自量，实是贻笑大方。但决无歹意！”上官纨也帮他说话道：“爹爹，他确实不知我们的来历。刚才他还向我道歉，后悔那日说错了话。”

上官泰道：“江先生，我那甥儿年幼无知，辜负了你的好意。不过，他虽然无缘得拜良师，我也要为他多谢你的好意。”当下伸出手来，显然是要伸量江海天的本领。但这也是江湖人物见面的一种礼节，用拉手来表示亲近。江海天不愿失礼，无可奈何，也只好伸出手来与他相握。

上官泰练的是西藏密宗的大手印功夫，专伤奇经八脉，掌力一发，有如狂涛骇浪，一个浪头接着一个浪头冲来。江海天也不禁暗暗骇异，心道：“此人掌力之霸道，还在叶冲霄当年的大乘般若掌力之上。若不是我练成了正邪合一的内功，只怕还当真不容易应付呢！”

上官泰的掌力冲击了九次，一浪胜过一浪，但每一次掌力冲击过去，都似激流流进了大海，瞬息之间，已被大海包容，在大海之中根本不能兴波作浪！

上官泰这才第一次懂得了什么叫做“深不可测”！他的掌力未能撼动对方分毫，却又不见对方的掌力反击。到底对方的本领如何，他是一点也摸不到深度。但至少有一点可以肯定的是，对方的实力是只有在自己之上，决不会在自己之下了。

原来江海天是有心调解，故此不愿令对方难堪。否则力强者胜，他把对方的掌力硬封回去，对方不死亦必重伤。

上官泰的掌力冲击了九次之后，见江海天兀是神色如常，不禁大是尴尬。江海天哈哈一笑，放开了手，说道：“上官山主，好功夫！”

饶是上官泰骄傲之极，也不得不暗暗心折，当下也是哈哈一笑，说道：“江大侠才是真人不露相，露相不真人呢。纨儿，你和芃侄真是有眼不识泰山了。”他不着边际地夸赞了江海天两句，但语气之中，却并没有服输的表示，那两句话也可以说是指杨芃与他女儿那日碰上江海天之事而言。仲长统听了，暗暗纳罕，心道：“难道他们的较量，竟是平手不成？”

上官泰对江海天改口以“大侠”相称，上官纨与那管家却是大惊失色，冲口说道：“爹，我还以为他这‘大侠’是吹牛的呢？”上官泰道：“你们两个有眼无珠，懂得什么？江大侠不与你们一般见识，那日才让你们称功道劳。你以为江大侠当真是受了你的恩么？”他不知道当日的真实情形，但也猜到了十之七八。

江海天倒是老老实实，说道：“当日我是受了剧毒，的确是幸亏有令媛令甥之助，才得脱险的。”

上官泰半信半疑，说道：“然则江大侠此次前来，是以什么身份来的？”言下之意，即是问江海天究竟算是丐帮的朋友还是他的客人。

江海天道：“丐帮的仲帮主是我世叔……”话犹未了，上官泰眉毛一竖，“哼”的一声说道：“哦，原来你是给丐帮撑腰来的？”

江海天笑道：“我不是给谁撑腰来的，丐帮是天下第一大帮，也无须别人给它撑腰！上官山主请把我的话听完全了再加判断如何？”

江海天这几句话说得十分有力，却也是一点不假。丐帮若是不按江湖规矩，只须率领帮中子弟，大举而来，上官泰纵有天大神通，也绝难以寡敌众。不过仲长统请江海天作伴同来，也确有借重于他之意。他是提防上官泰这边埋伏有助拳的人。所以他们本来的计划乃是江海天并不出头露面，倘若上官泰不顾江湖规矩，要群殴的话，那时再由江海天出头震慑他们。不过，因为上官纨恰巧是上官泰的女儿，既然碰上，江海天可就不能再隐藏不出来了。

上官泰也自觉急躁了一些，喝了口茶，压下脾气，缓缓说道："然则江大侠来意如何?"

江海天道："我与你们两家都有一份交情，仲帮主是我世交，但令媛却又于我有恩，所以我但愿你们两家不要因小事伤了和气。不知上官山主意下如何?"

上官泰哈哈一笑，说道："冲着你们两位的面子，我怎能不卖个人情？只不知贵帮弟子，那次上山，是自己来，还是仲帮主你差遣他们来的?"

仲长统道："他们都是奉我之命，来天笔峰采药的。"

上官泰皱了皱眉，说道："我隐居天笔峰，原是图个清净，实不喜欢外人骚扰。所以我曾定下禁约，不许外人上山，否则咎由自取！不过，那四位既是丐帮弟子，又有江大侠到来说情，我也不为已甚，就让仲帮主领回去吧。"

仲长统心道："你这禁约荒谬绝伦，还说是卖我情面?"但上官泰既然答应将丐帮弟子放回，仲长统倒是真的看在江海天份上，不愿再动干戈，当下说道："上官山主不再降罪敝帮弟子，足见宽宏大量。但采药之事如何？还请山主允许。"言中已有刺讽之意，但因为丐帮还要在他这里采药，所以说得相当含蓄。不过那"宽宏大量"四字，听来却是有点刺耳了。

哪知上官泰还有下文，只见他取出了一张写好的文书，说道："看在两位情面，贵帮弟子我不再加罪，但只此一次，下不为例。他们既是奉了仲帮主之命，那么就请仲帮主在这上面画个押，权当是具个甘结吧。"将那张文书摊在仲长统面前。仲长统一看，不由得七窍生烟，无名火起！正是：

强占名山颁禁例，横蛮实是太荒唐。

欲知后事如何？请听下回分解。

第十九回　把酒言欢肝胆照
连襟挑拨是非多

你道仲长统何以如此动怒，原来上官泰要他画押的乃是一张“悔过文书”。用丐帮帮主的口气，写明丐帮自知不合，保证以后对帮中弟子严加约束，足迹不许踏进天笔峰周围十里之内！至于禁止采药，那更是不在话下了。

仲长统怒气勃发，抓起笔来，把“丐帮”的字眼都改成了“上官泰”的名字，“帮中弟子”则改为“家人子弟”，最后一句完全勾去，改成“不得干预外人上山”。这张“悔过文书”不过寥寥数十字，经他动笔一改，瞬息之间，已改成了一张用上官泰口气写的“悔过文书”。

江海天起初不知他们搅些什么，不便上前观看，待到发现他们神色不对，这才上前看清楚了这张文书。不由得暗暗叫苦。这件事情，上官泰固是横蛮无理，仲长统也是火气太大。待到江海天看得明白，双方已是闹僵，再也没有转圜的余地了。

仲长统冷笑道：“上官山主，这张文书，我看还是该你画押，权当是具个甘结吧！”上官泰一言不发，接过文书，嗤嗤两声，就撕成四片。

江海天道：“上官山主，仲帮主，请你们两位再斟酌斟酌……”上官泰冷笑道：“没有什么好说的了，请照江湖规矩办事，胜者为强吧。是我输了，我就画押，但万一侥幸，仲帮主失手的话……”仲长统应声说道：“我就画押。很好，就是如此吧！君子一言，快马一鞭，两无反悔！”

江海天还想尽力挽回，说道：“两位是否可以看在小可份上，各让一步。大家坐下，再好好谈谈。”仲长统道：“江贤侄，别人不知丐帮行事，还有可说。你是深知丐帮的，丐帮自从开帮立业以来。几曾有过低头服小，自甘受辱之事，若只是我仲某人私事，我让步不难；但如今我若让步，我就是对不起丐帮历代祖师！”

上官泰更是倨傲，根本不屑多说，只是冷冷地扔下一句话道：“江大侠，要么你袖手旁观，要么我向你领教！”

仲长统大怒道：“此事我与你了结！你不请别人助拳，我也就是一人领教你的高招。不必扯上第三个人！”

上官泰哈哈笑道：“仲帮主英雄气概，佩服佩服，那么，就请江大侠做个证人吧！”他其实也有几分顾忌江海天，正是要迫仲长统说出这样的说话。

江海天也不禁有了点气，心里想道：“这上官泰虽然厉害，仲帮主也未必就会输了给他。我且让他们先打一场，再作计较。”

上官泰道：“外面场子宽广一些，请！”当下便在前头带路，仲长统等人跟在后面，到了练武场中。他家的仆人听说主人要与丐帮帮主比武，早已闻风而来，围绕场边，等着给主人助威了。

两人都在场中站定，上官泰抱拳说道：“仲帮主远来是客，请先赐招。”他虽然傲慢无礼，在比武之际，却不失武学名家身份，按着“主不僭客”的规矩，决不肯占对方便宜。

仲长统道：“咱们是否点到即止？”上官泰哈哈笑道：“素仰帮主以混元一气功威震江湖，山野鄙夫，幸会高人，请帮主不必客气，尽管施展，让我开开眼界。”言下之意，即是要以平生武学，与仲长统见个真章。

仲长统按下怒气，淡淡说道：“不敢。山主既然定要伸量，老叫化就舍命陪君子吧！”彼此都是大有身份的武林人物，此时若再客套，反显得是小家子气，因此，仲长统也就不再谦让，话说之后，便双掌合拢，朝着上官泰似揖非揖地发出了一招“童子拜观音”。

这一招数是最普通的“起手式”，也是客人向主人表示礼貌的一个招式。但招数虽然平常，在仲长统手中使出，却是非同小可。

他这里双掌一合，面向着他，站在场边的那些人，已感到劲风扑面，都不觉心中骇然，退了两步。

上官泰道："不必多礼!"单掌一挑，还了一招"辕门投戟"，这也是表示不敢受礼的意思。但他单掌上挑，使出的却是刀剑招数，仲长统要是给他掌锋挑上，腕脉只怕就要断了几根。

仲长统心道："这厮的功夫倒是邪门!"不待他指尖划到，双掌已是倏地一分，从"童子拜观音"变成了"阴阳双撞掌"，掌力一发，隐隐带着风雷之声，猝击上官泰双胁。

上官泰喝声："好!"一个转身，骈指如戟，点仲长统臂弯的"曲池穴"；另一只手掌却使出"大手印"的功夫，"砰"的一声，与仲长统硬对了一掌。

双方一合即分，仲长统多退了两步，身形也晃了一晃，上官泰却兀立如山，不过在顶门上冒出丝丝白气，若不是小心观察，肉眼几乎看不出来。

上官泰的家人轰然喝彩，从表面看来，也确似仲长统输了一招。仲长统的大弟子元一冲也不禁忧心忡忡，心道："这上官泰如此威猛，只怕我师父年纪老了，要吃他的亏!"斜眼偷瞧江海天的面色，江海天却是神色如常。

要知仲长统的"混元一气功"是双掌分击，上官泰却是以单掌使出"大手印"的功夫。等于是他以七成的功力来与仲长统的五成功力相拼，所以在掌力比拼上似乎是仲长统稍稍吃亏。但他另一只手，用三成功力使出的重手法点穴，却无法封闭仲长统的穴道，反而给仲长统的内力震得他内息散乱，非得立即默运玄功调匀气息不可。他顶门上的丝丝白气，就是默运玄功的结果。

江海天是个武学的大行家，场中也只有他才看得出其中奥妙，论功力还是仲长统稍胜一筹，但上官泰那些狠辣奇幻的邪派功夫，却又在仲长统之上。一奇一正，一杂一纯，总的说来，还是各有擅长，难分高下。江海天心里想道："仲帮主倘若守得住他的攻势，打到最后，总是仲帮主占的赢面较大。"本来他可以用"天遁传音"之术，对仲长统暗中指点，但这是有悖于光明磊落的行径，他连想也没有想过。

双方交手两招之后，都知道对方是个劲敌。上官泰有意激怒对方，高呼酣斗，猛打狂攻，招招都是杀手。他一双肉掌，等于是两件不同的兵器，时而当作点穴镢，使出了独门的断脉闭气功夫；时而掌势如刀，使出的却是五行剑的招数。打到紧处，还时不时双掌变幻，使出专伤奇经八脉的“大手印”功夫。这“大手印”功夫最为消耗真气，所以不能连续使用，而要间歇施为。

以仲长统的武学造诣，本来也应该知己知彼，看得出对方的优劣，而避敌之长，攻敌之短。可惜正应了一句俗话：“当局者迷，旁观者清。”他在上官泰狂攻之下，退了几次，场边上官泰的一众家人，或则在给主人喝彩，或则在大声嘲笑他；仲长统是天下第一大帮的帮主身份，在对方的狂攻之下，连续后退，深感颜面无光，不知不觉之间，就中了敌人激将之计，当下战略一变，出手迅若雷霆，以混元一气功催动掌力，与上官泰对攻起来。

不过，仲长统毕竟也是经验老到，虽是抢攻，却不急乱。他脚踏五门八卦方位，掌力是随着敌人的身形攻击，但并不急于和对方硬碰。而上官泰也颇有戒心，招数也是有隙即乘，一沾即退。这么一来，等于是双方用劈空掌交战，但却又与一般的劈空掌交战不同，他们之间，距离极近，随时都可以化虚为实，立下杀手。而且由于他们的内家功力，都已到了第一流的境界，在这样近的距离之内，手掌纵然未曾接触，只是那劈空掌力的攻击，已比一般的交手凶险万分！

场中只有两人相斗，但斗到紧处，却似千军万马追逐一般，只见砂飞石走，人影叠叠，仲长统、上官泰的身法都是快到极点，如同幻出无数化身，从四面八方向对方扑击。旁观的除了江海天之外，根本就分不出哪个是仲长统，哪个是上官泰了。上官泰的家人奴仆，几曾见过如此激烈的高手比斗，人人都是看得惊心动魄，目瞪口呆，也忘了给主人捧场喝彩了。

江海天也不禁有点忐忑不安，心中想道：“可惜仲帮主不懂得稳中求胜，如此下去，只恐两败俱伤！”但他以证人的身份，却又不能出手阻止，只有暗暗着急。

过了半枝香时刻，上官泰顶门上白气越来越浓，仲长统也已是大汗淋漓，重浊的喘息，江海天也可以听得见了。

江海天知道仲长统的脾气，在这胜负未分之际，若然自己上前将他们分开，仲长统一定认为是坍了他的台，而上官泰也只怕要用作借口，指责自己是帮了仲长统。

江海天既不想给人误会，但更怕他们两败俱伤，正自踌躇不决。只听得“嗤”的一声，上官泰突然背转过身，趁着仲长统猛然一愣之际，五指反手一划，把仲长统的衣袖撕破，指甲在他脉门划过。

激战中背向敌人，这是大大违反武学常理之事，仲长统就是因为对方这个突如其来的古怪动作，在那瞬息之间，拿不定主意是否要下杀手，怔了一怔，便受了对方的暗算。

指甲划过的劲道不大，仲长统内功深湛，也还可以禁受得起。但虽然如此，脉门毕竟是人身要害之处，腕脉受了点伤，半边身子已是隐隐感到酥麻。

仲长统大怒，心道：“我是一念之仁，不想在背后攻击，不料你这厮却就下了如此辣手。”大怒之下，吸了口气，猛的一个欺身反扑，欢臂箕张，罩住了上官泰的身形，全身真力，凝聚掌心，使出了混元一气功！

上官泰其实也并非要用诡谋取胜。他刚才那记怪招，乃是“反五行步法”，用意是在破仲长统的“五行步法”，而和他硬碰的。他自知不耐久战，故而要使尽平生所学，与仲长统速决雌雄。

上官泰也料不到仲长统受伤之后，反攻如是之快，百忙中无可闪避，也只得孤注一掷，拼着耗损元气，双掌都使出了大手印的功夫。双方掌心尚未接触，在对方掌力紧迫之下，都觉得胸口如同压上了千斤巨石，透不过气来！这一刹那，双方都是又惊又悔！

上官泰本来是要与仲长统速战速决的，但这时双方以毕生功力付之一掷，这已不是决雌雄，而是拼生死了。上官泰这才知道仲长统的功力还超乎自己的估计，这一下硬拼的结果，自己只怕性命难保！

上官泰固是吃惊，仲长统亦是后悔，他在对方掌力紧迫之下，也发觉了自己是暴躁铸成了大错。对方的大手印功夫专伤奇经八脉，这一掌硬拼之后，只怕自己不死也得重伤！

双方都在吃惊，后悔，但掌力已发，谁也不敢在这性命交关之际，先自撤回；而且这是毕生功力尽数发出，势如狂涛骇浪，溃堤奔涌，即使他们要想收回，也是欲罢不能！

眼看两人就要碰上，同归于尽，忽见一条人影，其疾如矢，倏地到了他们中间。双臂一分，只听得“砰砰”两声，仲长统、上官泰的掌力都打到了那人身上。原来是江海天眼见危急，再也无暇考虑。立即赶来救他们的性命。宁愿过后受他们责怪，也不能让他们命丧当场。

江海天以绝顶神功，左掌接了仲长统“混元一气功”，右掌接了上官泰“大手印”。这两人的掌力如狂涛骇浪般冲来，江海天若然运功抵御，他们冲击来的力道就要给震回去反伤自身，故此江海天只能凭本身的武学造诣将他们的掌力消解，也就是让他们的掌力全都打到自己的身上，硬接下来！

仲长统的“混元一气功”，上官泰的“大手印”都是武林中一等一的功夫，非同小可！饶是江海天绝世神功，硬接下来，一刹那间，也觉得胸口烦闷，头晕目眩。但也毕竟把这两大高手分开了。

两人分开之后，都是浑身无力，各在一边呼呼喘气。两人也都心中明白，这是江海天冒了极大的危险，救他们的性命，并无偏袒任何一方。但尽管他们心中感激，一口气却还未曾喘得过来，也说不出感谢的话。

尤其是上官泰，他的“大手印”功夫最为耗损元气，掌力被江海天以绝顶神功消解了之后，虽没受伤，亦如大病过后，面如金纸，委顿不堪！他的家人奴仆，只道是主人受了江海天的暗算，哗然大呼，可也没有谁敢进场与江海天动手。

江海天呼出了一口浊气，正要解释，忽听得一声长啸，一条人影倏地从众人头顶飞过，叫道：“好功夫，好辣手！我来领教阁下的高招！”是个三绺长须、五旬开外的老者，跛了一足，挟着一根竹杖，但来得却是快如闪电！

江海天见来人如此身手，也不禁心头微凛，“想不到天笔峰还有如此人物，看来比上官泰还要厉害几分！高人异士，真是无处无之，我不认识的不知还有多少！”江海天一来不愿自我表功，多所解释；二来那人快如闪电，也不容他有表白的余暇，倏地已到了他的身前，挥杖便击。

青竹杖在他手中一颤，登时幻起一片碧绿的竹影，又似无数吐着碧莹莹青光的长剑，向江海天同时刺来。原来那人是以竹杖使出青钢剑的招数。瞬息之间，遍袭江海天的十三处大穴！剑尖刺穴，已经是极难练的上乘武功，而这人以一根竹杖，在一招之内，连刺对方十三处穴道，手法之怪，更是惊人。连江海天这样通晓各家各派武功的人，以前也没有见过。

但江海天的功夫早已到了炉火纯青之境，对方虽是幻出千重竹影，使出虚实互用的刺穴手法，也骗不过他明察秋毫的眼睛，他觑个真切，猛地赞一声：“好！”中指一弹，正正弹中了对方的竹尖。青光流散，霎然间又凝聚起来，幻影消灭，仍是一根竹杖。那人退了一步，江海天虎口也隐隐有点发热。

那人也赞了一声：“好功夫！”竹杖支地，身形倏地凌空而起，这次却是用“鹏搏九霄”的身法，挥掌凌空击下。江海天心道：“这人想是要再试我的掌力，也好，我就看他究竟有多少斤两！”

江海天兀立如山，一掌拍出，一人是自上而下，一人是自下而上，“蓬”的一声，双掌相交，那人凌空一个筋斗，翻了下来，单足站得稳稳的，是“金鸡独立”的姿势，青竹杖立即又向前戳出。江海天也不过是晃了一晃，未曾后退一步。

双方掌力较量，表面上是功力悉敌，谁都没有吃亏。但江海天是在硬接了仲长统、上官泰两人全力发出的“混元一气功”与“大手印”之后，才与那人较量的。江海天虽没受伤，元气亦已耗损不少。所以，实在说来，那人已是大大占了江海天的便宜。但虽然如此，那人能够与江海天打成平手，即使是暗中占了便宜，这份功力，亦已是当世罕见的了！

两人再度交锋，那人的青竹杖这次是以重手法戳来，江海天自忖“弹指神通”的功夫，未必能把他的竹杖弹开，不敢轻敌，改用上乘武法“四两拨千斤”的手法，挥袖一拂一带，把竹杖轻轻地拨过一边。那人不待他的衣袖卷上，竹杖已抽出来，倏然间又变成了伏魔杖法，横扫江海天的下三路！

伏魔杖法，源出少林，是最刚猛的杖法。那人功力非凡，一根分量很轻的竹杖在他手中挥舞，竟是隐隐挟着风雷之声，不亚于一根沉重的铁杖。江海天心道："这人的武学倒也广博，值得与他一交，却不知他是何来历?"

江海天默运玄功，双掌一圈，说也奇怪，那人的杖势虽是极为凌厉，却戳不进江海天双掌所及的圈子之内。原来江海天用的是天山派的"大须弥掌法"，这套掌法，用于防守，最是坚强不过，更配上江海天深奥的内功，那人本领再高，也是难以得逞！不过，江海天元气未复，要想在一时三刻，将那人打败，却也不能。江海天又存了与他结交的心意，也不愿使出最厉害的杀手。

那人杖掌兼施，片刻之间，与江海天已过了五六十招，兀是打成平手。但江海天的"大须弥掌法"只守不攻，表面看来，却似乎是那人占了优势。

仲长统最初并未在意，以为江海天天下无敌，这人要与江海天为难，只是自讨苦吃。到了此时，已不由得暗暗吃惊，以他的武学造诣，也只看得出两人是打成平手，而不知江海天的潜力尚未完全发挥，实际仍是江海天占了优势。

仲长统心中想道："不好，这老匹夫不知是从哪里钻出来的，武功竟然如此高强！江贤侄适才为了救我的性命，元气耗损不少，久战下去，只怕难免吃亏。但我现在又无能助他，这可如何是好?"这时仲长统已喘过口气，但还是浑身乏力。

仲长统正在着急，忽见上官泰站了起来，哈哈笑道："杨兄，你误会了。这位江大侠并非与我为敌，实是救了我的性命。要不是他刚才将我拉开，我与仲帮主已是同归于尽了!"

原来上官泰虽然行事荒谬，骄傲横蛮，但毕竟是个武学宗师的身份，他得以死里逃生，对江海天也是甚为感激，不愿恩将仇报。是以在他喘息过后，有气力能够说话之时，便把真相和盘托出，替江海天解释了。

那人哈哈一笑，退出圈子，将竹杖一插，说道："我早已知道了，你当我看不出来么？我是有意试试江大侠的武功，嘿嘿，果然

杨钲与江海天打得难解难分，仲长统暗暗惊诧。

是名不虚传!”听这人的口气，他倒是早已知道江海天的名声的。

江海天连忙说道:“不敢。多亏杨老前辈手下留情，侥幸打成平手。”

上官纨站在林道轩身边，她不知江海天说的是客套话，伸了伸舌头，对林道轩悄声道:“我这姨父比我爹爹还要厉害，你的师父居然和他打成平手，是可以称作大侠了!”

上官泰上来谢过了江海天救命之恩，江海天道:“我只盼两位化干戈而为玉帛，有失证人职责，不揣冒昧，把两位分开。上官山主不加怪罪，我已感激不尽，何用言谢。”

上官泰听江海天说得如此谦和，心中暗暗惭愧。仲长统却还有点余怒未消，跳起来道:“他救了你也救了我，咱们这一场还是未分胜负，上官山主，你要不要约期再比。”

上官泰甚是尴尬，打了个哈哈，说道:“仲帮主的混元一气功比我高明得多，佩服，佩服!再打下去，我决不是你的对手，我有言在先，我既输了，自当将贵帮子弟释放。还要请江大侠与仲帮主赏面，喝我一杯薄酒，权当赔罪。”

仲长统道:“喝不喝酒，往后再说，采药之事如何?”上官泰笑道:“仲帮主放心，今日天色已晚，明日我叫他们都去给你效劳就是。你要采的什么药草，只须动口吩咐!”

仲长统争的不过是一口气，听上官泰已自认输，这口气也就消了。礼尚往来，当下也恭维了上官泰几句道:“上官山主武功奥妙，十招之中，倒有七八招是老叫化未曾见过的，老叫化也是好生佩服!”他说的是恭维，也是实话，上官泰得到本领相若的对手称赞，心中更是舒服，哈哈笑道:“这么说来，咱们倒是不打不成相识了。”于是与仲长统重新行过了握手之礼，两人彼此佩服，又已是打得筋疲力竭，这次握手，就的确是江湖上的见面礼，而非暗中较量了。

上官泰吩咐家丁开牢放人，随后就给江海天与仲长统介绍那个跛足汉子:“这位是内兄杨钲。金旁一个正字的钲，这位是丐帮的仲帮主。这位江大侠，杨兄早已知道，毋庸小弟介绍了。杨兄，你也来得真巧啊!”

杨钲道："我是来找芃儿的，他离家数月，未见回来，我担心他在外面闯祸，先到竺大哥那儿，竺大哥说他与你的女儿一同来你这儿了。幸亏我今日刚好赶到，要不然就错过了与江大侠见面的机缘了。"

上官泰道："哦，原来你已经到过竺兄那儿？"杨钲道："江大侠的大名就是竺兄告诉我的。他对江湖上的事情，倒是比咱们留心得多，不似咱们的闭塞。"

江海天心中一动，说道："这位竺前辈是——"上官泰道："是我们二人的连襟，他是大姨夫。"江海天道："他可是有个女儿名唤竺清华的？"

上官泰诧道："你怎么知道？"江海天道："我有个未入门的徒弟，父母双亡，流落江湖，他父亲留下遗嘱，托我照顾他的。听说这孩子如今是在竺家，给这位竺小姐作书童。"上官纨道："二姨父，我和芃弟早已见过江大侠了。清华表妹的名字，是我说出来的。"

杨钲笑道："原来如此。江大侠，你的那位未入门的高徒可是叫做李光夏么？"江海天说道："正是。"杨钲道："这就怪不得了。"江海天道："怪不得什么？"

杨钲道："怪不得这孩子不肯做我们竺大哥的徒弟，原来他已有了你这样一位名师。但，江大侠你可以放心，竺家父女和这孩子似乎很有缘分，我们竺大哥的脾气本来是非常古怪的，但李光夏不肯做他徒弟，他却并不恼怒，待他依然很好。名义是书童，实际和子侄也差不多。"

江海天道："虽然如此，我受了他父亲的重托，总得把他找回来。不知这位竺前辈仙居何处，可容我去拜访他么？"

杨钲道："我这位竺大哥的性情十分特别，如果他想和什么人会面，他会自己找上门来，但别人找他，他却是不肯出来相见的。"上官纨笑道："我爹爹和二姨父都有点怕我这大姨父，大姨父未有交代。他们是不肯把地址告诉你的。"江海天心道："这姓竺的脾气和我的师父倒是差不多。你要见他见不着，除非他自来找你。想来这姓竺的武功，又当比上官泰、杨钲更高了。"

杨钲道："你这丫头乱嚼舌根，我和你爹爹怎么怕了竺姨父了？"他嘴里不承认，事实却是给上官纨说中，始终不敢把竺家的地址说出来。

杨钲似乎有点尴尬，接着说道："竺大哥曾与我说过，说是他久闻江大侠的大名，也很想和你结识结识。如今又碰巧有了这桩事情，说不定江大侠到家之时，我那位竺大哥已在贵乡候驾了。"他补上这一段话，一来是安江海天之心，二来也是给自己解嘲，并非自己不敢说出竺家地址，而是料定了那姓竺的会去找江海天。

江海天心道："邙山派正是有事之秋，我即使知道那人的地址，此时也无暇抽身。"便道："既然如此，我等着竺前辈屈驾赐见便是。要是两位再见着他、也请代我致谢，谢他收容小徒。"

上官纨笑道："我爹爹和二姨父都说大姨父的武功是天下第一；如今他们对你的武功也是非常佩服，听口气似乎你也是天下第一。江大侠，倘若你与我大姨父碰上，较量起来，这可就真有意思了。"

江海天笑道："你爹爹和二姨父因为我是客人，对我也就特别客气，其实我的功夫还差得远呢，怎能和你的大姨父相比？"

上官纨道："不对，不对。我爹爹对人是从不客气的，除了大姨父之外，他也从来没称赞过别人的武功。至于我的二姨父，他比我爹爹还要骄傲，连对大姨父，他口头上也并不怎么佩服的，不过，我知道他心里佩服罢了。因此，他们肯称赞你的武功，那就绝不是客气的说话了。"

杨钲笑道："你这丫头就是喜欢看热闹。不过，话说回来，我那竺大哥确是有意思和江大侠比比武功。不是我故意恭维，依我看来，江大侠的武功是要稍胜我竺大哥一筹。唯其如此，这就更可虑了……"

江海天还未来得及说话，上官泰已抢着说道："可虑什么？"

杨钲道："你还不知道吗？竺大哥新近练成了六阳手，能以阴力断人筋脉，他若是比不过江大侠，只怕就会使出这六阳手来。我与江大侠虽是初次相识，但却佩服江大侠是位够义气的朋友，倘是一不小心，给竺大哥伤了，我也过意不去。这六阳手厉害之极，我自问是无法抵御的。但倘若有人练成了近乎'金刚不坏身法'的护体神功，和他一交手就先封闭了自己的全身穴道，那么他的六阳手也就无所施其技了。”

江海天心里有点诧异，暗自想道：“杨钲和那姓竺的乃是至亲，为何和我初次见面，就把他的武功秘密泄漏给我？这是武林中最犯忌的事情。难道当真是为了佩服我，怕我受他的襟兄所伤，故而指点我吗？他说那姓竺的存心要与我比试武功，也不知是真是假，但无论如何，我总是外人，他倘若不愿见我与他襟兄两败俱伤，就该设法从中调解才是。犯不着把他襟兄的武功秘密告诉我呀？他不怕我存着坏心，识得破解六阳手的方法之后，反而把他襟兄伤了？”

江海天心里不无怀疑，但表面上对方总是一番好意，因此他就先谢过杨钲，随着笑道：“我这点微末之技，绝不敢与令亲比试。两位放心，令亲若要与我较量，我马上就先认输，那么他总不能伤我了。”

上官泰哈哈笑道：“江大侠的涵养功夫，人间少见，佩服，佩服！其实武功练到了天下第一，也不会轻易与人动手过招的了。我那竺大哥话虽是如此说、想来也只是想与江大侠口头上切磋而已，未必就真的要拼个你死我活。”

杨钲颇不悦，冷冷说道：“你还不知道咱们大哥的脾气吗？他自负武功天下第一，等闲之辈，他当然不会动手过招。但江大侠在江湖之上，也是被推许为武功天下第一的，以他这样的好胜，他岂能容得别人与他并驾齐驱？他说待他办妥一件事情之后，就要亲自去找江大侠，那当然是要去和江大侠较量的了。”

江海天笑道：“我是浪得虚名，怎能与世外高人相比。要是碰上竺老前辈，我自当以晚辈之礼相见。俗语说得好：退一步风平浪静，让三分海阔天空。所以两位大可放心，在下决不至于与令亲动手，伤了和气；咱们别谈这个了，杨老前辈，说起来我还要多谢令郎呢，日前我为鹰犬所困，幸得令郎与上官小姐仗义相助，我师徒二人方才免了一场灾难。”他有意扭转话题，心中则在想道：“这姓杨的似乎怕我和他的襟兄这场架打不起来，嗯，莫非他们襟兄弟之间，有着心病。”

杨钲的确是有点想挑拨江海天与他的襟兄较量，但江海天如此谦退，他也不好太着痕迹，当下便顺着口气说道："我正是想请问江大侠是怎么一回事情？阿纨，你和你的表弟是在哪儿见过江大侠的？"

上官纨比杨芃较为老成，但毕竟也还有些孩子脾气，当她知道江海天的确是个"大侠"之后，而江海天又口口声声感谢她那日"相助"的事情，她心里当然是高兴得了不得。于是不待江海天答话，便赶忙叽叽呱呱地把那日巧遇江海天之事，一五一十都对杨钲说了。

杨钲笑道："原来是这么回事。那祁连三兽我本是要他们作奴仆的，他们偷跑出来，想不到竟勾搭上了朝廷鹰犬，谋害江大侠。小儿虽曾为江大侠稍尽绵力，还是不足以补我的罪过。我这厢向江大侠赔罪了。"他带笑说话，笑容却颇勉强。

江海天是个老实人，没有留意，仲长统却暗暗瞧在眼里，心道："上官泰虽然横蛮，却也有几分豪爽；这姓杨的却似颇工心计的奸滑之徒，哼，他刚才听到他的儿子斩杀朝廷鹰犬之时，眉头稍微皱了一下，莫非他也是暗通官府的？这倒不能不提防一二了。"

江海天见他如此客气，很感不安，当下也就拱手还礼，说道："杨老前辈言重了。令郎拔刀相助之德，我感激还来不及呢，怎能因为祁连三兽是尊府私逃的仆人，就怪责上老前辈了？"

说话之间，上官泰的管家已把丐帮那四个被囚的弟子带了出来，那管家事先并没说明是释放他们，他们一见了本帮帮主，都是不禁又惊又喜，齐声道："帮主，这可好了，你老人家来了……"蓦地发现仲长统是与上官泰站在一起。状颇亲热，这四个弟子好生诧异，窒了一窒，底下求师父给他们出口气的说话，不觉在口边停住。

仲长统一看，这四个弟子都没带伤，被囚多日，反而养得肥白了些，心中想道："上官老儿倒没有将他们虐待，只是元一冲吃亏大些，但他面门那一刀是杨钲的儿子杨芃斫的，不能算在上官老儿的账上。"他与上官泰打了一场之后，应了"不打不成相识"那句老话，彼此反而有几分惺惺相惜，当下仲长统也怕弟子们说出不好听的话来，便截断他们的话道："我与上官山主已经言归于好，这山上的药任由咱们采摘，你们谢过上官山主，就和我走吧。”

上官泰连忙说道：“我已说好了的，请你们屈驾多留一天，容我稍备薄酒，给你们权当赔罪。采药之事，只要你帮主说出药名，我也自有人给你效劳。这点面子，你都不肯给我，那就是还在怪责我了。”

仲长统道：“我们实是不想再打扰山主。”上官泰道：“笑话，笑话。你这么说比骂我还难受！我得罪贵帮，现在已诚心诚意地赔罪了，你还要怎么？何况现在天色已晚，你们难道定要露宿不成？你们要这样做，我也不能让你们这样做。这太不把我当朋友了！”

江海天笑道：“上官前辈诚意挽留，仲帮主，咱们就打搅他一晚吧。”仲长统性情豪爽，此时他对上官泰倒不是怨恨，只是他心里却讨厌那个杨钲，是以才说要走。但见上官泰确是出于诚心，而江海天又已答允，他心里一想，那杨钲即使不怀好意，有江海天在此，也不惧他，便道：“赔罪这不敢当。就当作是咱们交个朋友吧。”

上官泰听得江海天、仲长统二人都已答应，大为欢喜，当晚就备了酒席，主客一同畅饮。上官泰还怕他们不放心，每一次拿上来的酒壶，他都是先倒了一杯，自己喝了，才敬客的。

席间彼此谈论武功，气氛倒也融洽，只是杨钲却有点心神不属的样子，而他与上官泰也从不谈及他们本身的来历。

席散之后，上官泰给客人安排了住址，让丐帮诸人在一间大房，江海天师徒在一间较小而雅致的书房。

仲长统暗自思量：“上官泰如此安排，想是有心让我与帮中弟子相叙。”要知那四个丐帮弟子释放出来之后，一直未有机会得与帮主畅谈，上官泰粗中有细，设身处地为仲长统着想：“如果我是他，我一定想知道，这几个弟子在被囚期间，可曾受了什么委屈，甚或折磨？他也会想，这些事情，他这几个弟子不便当着外人吐露。尽管双方已经和好，但设若我是帮主，我也会关心本帮弟子，对他们的遭遇，是非问个明白不可的。好，反正我对这几个丐帮弟子从无半点折磨，我何不乐得大方，让他们的人聚拢来谈个够？”仲长统、元一冲再加上那四个弟子，一共是六个人，六个人同住一间大房，在礼数上表面看来似是“待薄”，但深一层想，却正是上官泰想得周到的地方。

仲长统久历江湖，老于世故。上官泰这个心思，他焉有猜想不到之理，心道：“上官泰如此安排，倒也显得光明磊落，即使我的弟子曾受多少委屈，也就算了。但另有一层，却是不能不多加顾虑。那杨钲口蜜腹剑，看来却不似好人。今晚我与江海天师徒分开两处，江贤侄武功极高，但却是个十分忠厚老实的人，我须得提醒他，免得有甚意想不到的暗算，他心中毫无准备。”

那个管家送他们进房安歇，两间房有条走廊隔开，一间在东，一间在西，但相隔也不很远。仲长统放下一半心事，但还是要提醒江海天。他不想太着痕迹，遂故意落后一步，向江海天打了一个眼色，悄声说道：“今晚不要熟睡，小心一些！”

仲长统虽然没有“天遁传音”功夫，但内功亦已到了上乘火候，声音凝成一线，隔数步之远，送进江海天耳中，江海天听得清清楚楚，其他的人连那管家在内，没有这份功力，则是一无所闻。尤其那管家因为是走在仲长统前面，根本就看不见仲长统曾张开嘴唇。

江海天颇感诧异，进房之后，关上了门，心里想道：“主人好客，那姓杨的也非俗流，对咱们真可说得是倾心结纳。不知仲叔叔何故起疑？但仲叔叔既然是如此说，加些小心也好。”于是在床上盘膝打坐，不久，林道轩已是熟睡。

相近三更时分，忽觉似有衣襟带风之声从屋顶掠过，江海天心中一凛，“这两人轻功不弱！”深夜人静，万籁无声，江海天听得出是有两个夜行人，从隔着几间屋的瓦面上掠过。

江海天想起仲长统的叮嘱，心道：“难道真有人不怀好意，暗地里来谋害我们不成？”心念未已，那衣襟带风之声已是一掠即过。听那夜行人的去向，是向着外间跑出，绝非朝着他们这里而来。江海天放下了心上一块石头，哑然失笑：“在一个陌生地方，多加小心，那是对的，但也不用太过多疑。”

但他放下了心上的石头，另一重好奇之心又不禁油然而兴，暗自想道：“来的不知是何等样人？从他们这一身超卓的轻功看来，本领定然非同小可。倘若是上官山主的敌人，我在这里作客，理该为主人御敌；倘若来的是他们的朋友，出去相见，那也无妨。”

江海天决意去查察究竟，遂轻轻推开窗门，跳上瓦面，这晚月色暗淡，那两个夜行人的踪迹早已不见。仲长统也没见出来，想是他还没发觉有夜行人经过。江海天本要去通知他的，但转念一想，还是自己先去看看再说，倘若根本没有什么事情，大惊小怪，岂不惹主人笑话？而且留下仲长统在房中看守，也稳当一些。他深知仲长统之能，几重瓦面外的轻微声息，他或许未能察觉，但若真有夜行人到了距离三丈之内，他无论如何总会听得出来。两间房相隔不到三丈，有他留守，自己也可以放心离开。

夜行人虽是踪迹已杳，但江海天刚才听声辨向，早已心中有数。当下使出“踏雪无痕”的绝顶轻功，悄无声的便追下去。

越过十几间瓦面，再翻过围墙，仍然未见夜行人踪迹，江海天越发奇怪，心道：“看来不是上官泰的敌人了。但何以一进来便出去？若说是屋内的人，三更半夜，又出去作甚？”

江海天有心查察究竟，遂继续追踪，毕竟是他的轻功更为高强，追了一会，果然发觉了前面两条黑影。

那两个人却未发现他，江海天追得近了一些，凝神看去，吃了一惊，却原来这两个人竟是上官泰与杨钲。

江海天心道：“我早该想到是他们了，从屋内出去的，除了他们，还有谁有如此本领？可是他们为什么要在深夜出去呢？是他们另外发现了敌人么？”

就在这时，只听得上官泰道：“在这里可以了吧？这里离开我家已有十里了。”杨钲笑了一笑，说道：“是么？那么江海天的耳朵再长，也听不见了。就在这里吧。”说罢，突然回头一望。显然是还在害怕有人跟来。正是：

密室仍须防有耳，深宵主客两离家。

欲知后事如何？请听下回分解。